TUYO ES EL REINO

colección andanzas

ABILIO ESTEVEZ
TUYO ES EL REINO

TUSQUETS
EDITORES

1.ª edición: noviembre 1997

Diseño de la colección: Guillemot-Navares
Reservados todos los derechos de esta edición para
Tusquets Editores, S.A. - Cesare Cantù, 8 - 08023 Barcelona
ISBN: 84-8310-036-3
Depósito legal: B. 26.906-1997
Fotocomposición: Foinsa - Passatge Gaiolà, 13-15 - 08013 Barcelona
Impreso sobre papel Offset-F. Crudo de Leizarán, S.A. - Guipúzcoa
Liberdúplex, S.L. - Constitución, 19 - 08014 Barcelona
Impreso en España

Indice

AGRADECIMIENTOS

A Ramona y Luisa Pazó, Maydel Montesino, Alfredo Alonso, Bernardo Alonso, Gisela Gimeno, Ana Torrents, Beatriz de Moura, Ion de la Riva, Lorenzo Nadal y Cristina Fernández Cubas.

Maestro, ¿qué debo hacer de bueno para alcanzar la vida eterna?

Mateo, 19, 16

I
Una noche en la historia del mundo

Se han contado y se cuentan tantas cosas sobre la Isla que si uno se decide a creerlas termina por enloquecer, así dice la Condesa Descalza, que está loca, y lo dice sonriendo y con cara de burla, cosa nada sorprendente porque ella siempre tiene cara de burla, y lo dice haciendo sonar los pulsos de plata y perfumando el aire con el abanico de sándalo, sin detenerse, segura de que todos la escuchan, paseando por la galería con los pies descalzos y el bastón en que se apoya sin necesidad. Habla de la Isla y con la Isla. Esto no es una Isla, exclama, sino un monstruo lleno de árboles. Y después ríe. Y cómo ríe. Escucha, ¿no oyes?, la Isla tiene voces, y, en efecto, todos creen oír las voces, que la Condesa Descalza les contagia la locura. Y la Isla es una amplia arboleda de pinos, casuarinas, majaguas, yagrumas, palmas, ceibas y las matas de mango y de guanábana que dan los frutos más grandes y más dulces. Y hay también (cosa sorprendente) álamos, sauces, cipreses, olivos, y hasta un espléndido sándalo rojo de Ceilán. Y le crecen multitud de enredaderas y rosales que Irene planta y cuida. Y lo surcan arriates de piedra. Y tiene, al centro, una fuente de agua verdosa donde Chavito ha puesto un regordete niño de barro con una oca en los brazos. Formando un rectángulo, se levantan casas, deteniendo a duras penas el avance de los árboles. Los árboles, no obstante, tienen fuertes raíces y levantan las aceras de las galerías, y los pisos de las casas, y por eso los muebles se mueven, caminan como si tuvieran alma. Yo te digo habrá un día en que los árboles entren a las casas, recalca, con tono de profetisa, la Condesa Descalza. Y aunque sienten miedo, Merengue, Irene y Casta Diva ríen, se ríen de ella, esta loca tiene cada cosas.

A la Isla se llega por la gran puerta que da a la calle de la Línea, que está en una zona de Marianao llamada (será fácil deducir por qué) Reparto de los Hornos. La entrada debió de haber sido suntuosa hace años. Tiene dos severas columnas que sostienen el frontón y la solemne verja, bastante herrumbrosa, que permanece cerrada. En lo alto de la verja, junto a unas letras retorcidas donde se lee LA ISLA, hay una campana. Si uno quiere que le abran, debe mover la verja varias veces para que las campanadas avisen, y entonces vendrá Helena con la llave y abrirá el candado. Los tiempos están muy malos, dice Helena a todo el que llega, a modo de justificación. El visitante debe reconocer que, en efecto, los tiempos están muy malos. Y pasa al zaguán. No importa que allá afuera, en la calle, el calor sea insoportable. El zaguán no tiene que ver con la calle: está fresco y húmedo y resulta agradable detenerse en él para secarse el sudor. En una esquina se puede ver el carro de Merengue, tan blanco que da gusto, con los cristales que relucen. Y hay además tiestos con diferentes variedades de malanga, y una torpe reproducción de la Victoria de Samotracia. La Isla todavía no se ve, aunque se la presienta; desde el zaguán no puede distinguirse la Isla porque una enorme antipara de madera interrumpe la visión. Antes de llegar a la galería, las paredes son de un amarillo deslucido, y el techo, supuestamente blanco, es tan amarillo como las paredes. De hierro, sin adornos, son las lámparas y casi ninguna tiene intactos los cristales. En la primera esquina, justo al lado de la puerta del tío Rolo, una escupidera de metal oscuro y una percha de madera que se ha desgastado sin uso. Cuando finaliza la antipara, y se avanza unos pasos por la parte izquierda de la galería, hacia la casa de Rolo, se puede afirmar que por fin uno ha llegado a la Isla.

Y nadie sabe la fecha en que la Isla fue construida, por la simple razón de que no fue construida en una fecha, sino en muchas, a lo largo de años, en dependencia de la mayor o menor fortuna de los negocios de Padrino. Lo único que se sabe con certeza es que la entrada principal se terminó cuando el gobierno de Menocal, en pleno brillo de las «vacas gordas». Lo otro

18

son especulaciones. Algunos piensan que la primera casa fue la de Consuelo, levantada hacia 1880, y puede que tengan razón si se observa que la casa de Consuelo es la más deteriorada. Rolo afirma, usando datos que nadie sabe de dónde extrae, que buena parte de la edificación ya existía cuando el Tratado de París. Dato que no vale tener en cuenta si se conoce que Rolo, con tal de mostrar conocimientos, es capaz de afirmar los mayores desatinos. De cualquier modo resulta evidente que este enorme rectángulo de cantería que cerca una parte de la Isla (la que comprende lo que ellos llaman el Más Acá), no fue levantado de un tirón, sino que se hizo a lo largo de sucesivos gustos y necesidades. Y quizá por eso tenga el aire de improvisación que muchos le achacan, el parecer un edificio que nunca se hubiera terminado. Altas e irregulares paredes renegridas. Exiguas ventanas con hojas de cristal nevado. Estrechas puertas de dos hojas. Lucetas azules y malva. ¿Qué importa la fecha? El profesor Kingston, aclara, socarrón, que la Isla es como Dios, eterna e inmutable.

Y por suerte las casas están en el Más Acá, porque el Más Allá es prácticamente intransitable. Una estrecha puertecita de madera, construida hace muchos años por Padrino, y ahora casi destruida, separa el Más Allá del Más Acá. Aquél es una amplia faja de terreno no delimitada por el rectángulo del edificio, una faja de terreno libre que corre hacia el río y donde se levanta una sola casa, la del profesor Kingston, y una barraca donde el padre de Vido tuvo en otro tiempo la carpintería. El único camino que más o menos se puede apreciar en esa parte es el que el viejo profesor ha hecho con su paso diario.

Ocurre que, en su conjunto, la Isla (el Más Allá y el Más Acá) es muchas islas, muchos patios, tantos, que a veces ellos mismos que viven allí desde hace años, se pierden y no saben adónde dirigirse. Y el profesor Kingston afirma que depende de las horas, que para cada hora y para cada luz hay una Isla, una isla diferente; la Isla de la siesta, por ejemplo, no se parece a la de la madrugada. Helena sostiene que sin estatuas sería distinto.

Es cierto, las estatuas. ¿Y quién puede imaginar la Isla sin estatuas? Estatuas con que Chavito ha llenado la Isla. Seres mudos e inmóviles, pero tan vivos como los demás, con tanta conciencia y pobreza como los demás, tan tristes y débiles como los demás. Así dice la loca. Y los otros sonríen, niegan con la cabeza. La pobre. Pobre loca.

En un rinconcito que nadie ve, entre el Discóbolo y la Diana, como quien va a la antigua casa de Consuelo, está la Virgen de la Caridad de El Cobre, en urna construida con cristales y piedras (traídas desde las canteras de Oriente). Las piedras y los cristales se confunden con el follaje. Hay que saber dónde está la Virgen para encontrarla. Es una imagen humilde y pequeña, sin fasto, como el original que se halla en el santuario de El Cobre. Todos saben que esta Virgen es la patrona de Cuba; pocos saben que no hay en el mundo imagen más modesta, menuda (mide apenas veinticinco centímetros), sin retorcidas refulgencias, casi construida con la intención de que cueste reparar en ella. El artista (eminente) que talló la cara mestiza es, por supuesto, anónimo. El traje (sin adornos) fue hecho con tosca tela de un amarillo casi blanco. Carece de corona; para ser sincero, falta no le hace: el pelo endrino es adorno suficiente. El niño en sus brazos, también mestizo, posee una graciosa expresión en la carita. Y donde el artista anónimo demostró la grandeza fue en los tres jóvenes que, a los pies de la Virgen, en un bote, reman desesperados, atrapados por la tormenta, por allá, por la bahía de Nipe. Todo el mundo sabe que la Caridad se apareció a estos tres jóvenes que estaban a punto de morir. Los eligió para salvarlos. Los eligió para mostrarse. Como son tan pequeños, precisa fijarse con sumo cuidado en ellos para descubrir que el artista anónimo (y eminente) los dotó de vida, es decir, de angustia. Hay dos (aún no han tenido la Visión) que están seguros de que van a morir. El tercero, en cambio, el más elegido de los tres, ya ha descubierto el resplandor y mira hacia lo alto. El artista anónimo lo ha sabido mostrar en el instante en que su cara, aún sin perder la consternación, comienza a cubrirse de beatitud. También es justo consignar aquí que el oleaje de madera que pretende tragarse a los tres hombres es un alarde de virtuosismo. Frente a imagen tan humilde (por lo pequeña, digo), Helena ha puesto un búcaro sin adornos, siempre repleto de flores amarillas. Hay, además, algunos exvotos. No se debería perder de vista la urna, la Virgen, casi perdida entre sus paganos compañeros (el Discóbolo y la Diana). En algún momento, será protagonista de un hecho singular que marcará el inicio de la catástrofe.

¿Sabías que el mar estaba cerca? Sí, está cerca y pocos lo saben. Ignoro por qué tan pocos lo saben, si en esta Isla, donde quiera que uno se pierda, el mar estará cerca. En una isla el mar es lo único seguro, porque en una isla, la tierra es lo efímero, lo imperfecto, lo accidental, mientras que el mar, en cambio, es lo persistente, lo ubicuo, lo magnífico, lo que participa de todos los atributos de la eternidad. Para un isleño la perenne discordia del hombre contra Dios no se da entre la tierra y el cielo, sino entre la tierra y el mar. ¿Quién dijo que los dioses viven en el cielo? Pues no, sépanlo de una vez, tanto los dioses como los demonios viven en el mar.

Ignoro por qué tan pocos saben que el mar está cerca, si después que se pasa la estrecha puertecita de madera que separa el Más Acá del Más Allá, y se deja atrás el cuarto del profesor Kingston, el estudio de Chavito, la antigua carpintería; después que se pasa la zanja a la que llaman ostentosos el Río (¡qué afán de ennoblecer lo pequeño, lo pobre, lo zafio!), se entra a un marabuzal. Al marabuzal lo llaman el Monte Barreto. (Barreto fue una especie de Gilles de Rais tropical.) En ese marabuzal, hacia la derecha, se abre un caminito. Quizá, lo sé, eso de «caminito» sea un eufemismo. Se trata simplemente de un estrecho espacio donde el marabú no resulta tan agresivo, donde con un poco de imaginación se puede andar sin demasiada dificultad. Andando media hora por ahí se llega, primero, a las ruinas de la casa que dicen fue la del tal Barreto (donde lo enterraron, donde cuentan que aún vive, a pesar de que hace más de cien años que murió). Luego, el marabú se va haciendo escaso, la tierra comienza a convertirse en arena y las matas de marabú, poco a poco, son pinos, gomeros, uvas caletas. De pronto, cuando menos se lo espera, se acaba todo, es decir surge una franja de arena. Y aparece el mar.

Decido que hoy sea jueves, finales de octubre. Ha oscurecido desde mucho antes del crepúsculo, porque ha sido el primer día del otoño (que no es otoño) de la Isla. Aunque amaneció un hermoso día de verano, poco a poco, sin que nadie pudiera percatarse, comenzó a levantarse el viento, y el cielo se vio cubierto de nubes oscuras que adelantaron la noche. Chacho, que había llegado del Estado Mayor pasadas las cuatro de la tarde, fue el primero en darse cuenta de la tempestad que se avecinaba y dijo a Casta Diva que recogiera la ropa de la tendedera y salió a la galería. La mujer lo vio después, absolutamente inmóvil, mirando tal vez las copas de los árboles. Es verdad, pensó Casta Diva, el mundo se va a acabar, y cerró las ventanas porque el viento, además de fuerte, traía arena y suciedad y levantaba remolinos de hojas muertas. Y se oyeron los golpes que hacían las ventanas al cerrarse. Irene, que había salido para la plaza de Marianao poco después del almuerzo, encontró al regresar una capa de tierra sobre el piso y los muebles, y algunas ramas de álamo incrustadas en las rejas de la ventana principal. Al pie de su cama, destrozado, el jarrón de porcelana. Irene se inclinó para recoger los pedazos en que se había deshecho. Una de las puntas de la porcelana le abrió una pequeña herida en un dedo. Eran casi las cinco de la tarde. Aproximadamente a esa hora, hubo tanta oscuridad que resultó necesario encender las luces. Y Helena prendió una lámpara de aceite frente a la estampita de la santa Bárbara que siempre tenía junto a las fotos familiares. No lo hizo de modo maquinal, como otras veces, sino con cierta devoción y murmurando algo por lo bajo. Sebastián la vio iluminada por la pequeña llama y le pareció que en el rostro de la madre desaparecía la solemnidad habitual. Sebastián estaba en la casa desde temprano, la señorita Berta había interrumpido la clase de geografía para decirles que, como la lluvia era inminente, se daba por concluida la sesión de la tarde. Fue más o menos la hora en que Tingo-no-Entiendo fue a buscar a Sebastián, y en que Merengue decidió que no habría más venta ese

22

día, que muy pocos se detendrían a comprar pasteles con aquel tiempo, y dejó su puesto a la entrada de Maternidad Obrera. En verdad, la tormenta fue un pretexto: tenía una gran necesidad de refugiarse en la casa. Mercedes llegó del Ayuntamiento en el momento en que Merengue abría la verja para entrar al zaguán el carro de los pasteles. Cuando Mercedes entró a la casa, vio a su hermana en la penumbra, con la barbilla pegada al pecho. Corrió hacia ella pensando que había sufrido una de las recaídas de su enfermedad. Marta la apartó ligeramente. ¿Por qué estás a oscuras?, preguntó Mercedes. La hermana sonrió: ¿Qué falta me hace la luz?, ¿está lloviendo? Mercedes dijo que no y se dejó caer en el otro sillón y se dio cuenta de que estaba cansada. No, no está lloviendo, pero no tardará en romper el aguacero. Y Melissa salió a la azotea, con Morales en una mano. Salió sonriendo, feliz por la inevitable llegada de la tormenta. Desde lo alto, desde su posición privilegiada, divisó al tío Rolo que estaba en la galería. Se percató maligna de que el presagio de tormenta no lo hacía feliz como a ella. Y como era de esperar, rió, rió con deseos, que Melissa es así y no hay modo de entenderla. Y Melissa tenía razón: al tío Rolo la tarde lo dejó triste, o como él diría excusándose, le provocó «vagos dolores en los músculos y hondas tristezas en el alma». Sin cerrar la librería (¿fue en verdad un olvido?) tío Rolo había salido a observar la Isla. En el preciso instante en que Melissa lo vio, vio él a Lucio acariciando los muslos del Apolo del Belvedere que está justo detrás de la antípara del zaguán.

¿Es mentira que la Isla sea como Dios, eterna e inmutable? Tuvo un comienzo, tendrá fin y ha cambiado en estos años. ¿Es mentira también que la entrada principal se terminara en pleno brillo de las «vacas gordas», y que la primera casa fuera la de Consuelo, y la tontería que dice el tío Rolo sobre el Tratado de París? Mentira. Puro cuento. Imposturas que confunden. Leyendas. Y en cuanto a la verdad sobre la Isla, ¿quién puede decir que la conoce?

Y si es cierto que en Cuba no abundan sauces, cipreses, olivos, ¿por qué los hay en la Isla? Hermosos, nada deslucidos junto a yagrumas, majaguas, palmas y ceibas. ¿Cómo crecen hayas, datileras, abetos de Canadá y hasta un espléndido Sándalo Rojo de Ceilán?

Las luces de las galerías están encendidas. Poco se logra con eso. Si hoy no fuera hoy, Merengue habría sacado un sillón a la galería, desde el anochecer, para fumarse un H-Upmann y conversar. Enseguida habría venido Chavito con la sillita de lona plegable y su sonrisa de vergüenza, y se habría sentado frente al negro, que es indiscutible que al Chavito le gusta la conversación de Merengue. Llegaría Mercedes bañada y de punta en blanco otra vez, con el cuello y el pecho inmaculados de tanto talco de Myrurgia, y se recostaría a una columna, suspirando y con una sonrisa, diciendo que viene para olvidarse por unas horas del Ayuntamiento y del maldito Morúa. Llegaría Casta Diva, con el delantal de marpacíficos y aire de diva, exclamando por favor no me tienten, no me tienten que tengo mucho que hacer. Y Chacho la seguiría, fingiéndose molesto, exclamando con falsa ira A esta mujer no hay modo de mantenerla en casa. Vendría también Irene con el abanico de guano y la sonrisa. Si fuera una noche en verdad especial, hasta aparecería la señorita Berta, que ella a veces es capaz de hacer un alto en las plegarias para olvidar que es una desterrada hija de Eva, como dice con la perfecta dicción de doctora en pedagogía. También sería altamente probable que el tío Rolo se dejara ver, que noches hay en que Rolo comienza a acercarse, como si no quisiera, como si fuera víctima del azar, y traería (no sería él si no) su melancolía, su aspecto derrotado, y la mirada entre apremiante y esperanzada, como si los que se reunieran en la Isla fueran criaturas superiores. Y Merengue, que lo conoce bien, se quedaría mirándolo con ojos de tristeza y exclamaría para sí, aunque tratando de que todos lo oyeran, pobre hombre, pobre hombre. Estallarían las carcajadas. Se iniciaría la conversación. (Nada de esto sucede: nos encontramos en una novela.)

Hoy se apagaron demasiado pronto las luces de la tarde. Señor, déjame soñar. Muy temprano, Marta cerró los ojos. Dame, al menos, la posibilidad de tener mis visiones, mis propias visiones. Sus ojos vivían escasamente con la luz del día. Ya que no puedo conocer la Brujas real, la Florencia real, permite que camine por *mi* Brujas, por *mi* Florencia. Y entró a la casa sin encender luces, para qué necesita luces la pobre Marta de los ojos cerrados. Yo quisiera ver montañas altas bordeando lagos inmensos con castillos y cisnes. Marta se acuesta. O no se acuesta. Hay un viento fuerte y parecen personas las que empujan puertas y ventanas. Ya que me condenaste al sillón, al permanente rojo oscuro, casi negro, dame también la posibilidad de *ver* un barco, una calle, una plaza desierta, un campanario, un manzano. Dios, yo quiero soñar. Soñar. Ya que no puedo ver lo que todos ven, tener acceso por lo menos a lo que nadie ve. Es tan simple.

The land of ice, and of fearful sounds where no living thing was to be seen, dice el profesor Kingston y cierra las ventanas con una vara. Las ventanas están tan altas que si no es así no se las puede cerrar. Se va a acabar el mundo lloviendo, se va a acabar el mundo lloviendo y no tendrás siquiera un poco de láudano para aliviar el dolor de tu vigilia. Vives en el Más Allá desde hace años y te das cuenta de que es lo mismo estar en un lado que en el otro. Es lo mismo, viejo, es lo mismo. Créeme. Y te sientas en la comadrita, la comadrita de Cira, prácticamente lo único que conservas de Cira. La comadrita y unas cartas que te escribió durante los meses que pasaste solo en Nueva York. El profesor Kingston respira con dificultad. Trata de refrescarse con el abanico de cartón que le regalaron esta mañana en la farmacia. En uno de los lados, el abanico muestra la fotografía en colores de un gato. El profesor Kingston vuelve el abanico por el envés. Prefiere ver la propaganda de la Farmacia Veloso que la cara odiosa del gato. Ahora recorre la habitación con la vista, buscando qué hacer. Como hoy es jueves, no hay clases. Tampoco tiene nada pendiente. Los exámenes están revisados, debidamente ordenados y calificados, sobre la mesa. La cama se muestra limpia y dispuesta a recibirlo por si llega el sueño. La cocina, recogida. Repasa con la vista el cuarto que es espacioso y fresco

25

puesto que tiene cuatro ventanas que se abren al Más Allá, y observa las paredes grises, de un gris amarillento por el tiempo que han permanecido sin pintar, aunque el cuarto está pulquérrimo y huele a creolina, que es evidente que como Helena no hay otra en toda La Habana. Observa el mobiliario, la cama de hierro, el modesto escaparate de lunas manchadas, la comadrita de Cira con su excelente madera (majagua tal vez) que es como la idea platónica de la comadrita, la comadrita *en sí*, y observa la mesa, pésima imitación Renacimiento, y se fija en el juguetero que él ha llenado de libros, y en la mesa de noche con la lámpara y el tomo de Coleridge. Está bien. Es suficiente. *That's O.K.* Todo está bien con tal de que él no llegue, que no se acerque por aquí. *I fear thee, ancient Mariner.* No quiero verlo, por nada del mundo quiero verlo, y en eso tengo que reconocer que no soy sabio. El profesor Kingston ensaya ciertos ejercicios de respiración que le ha enseñado el médico. Aspira lentamente, levantando las manos y contando hasta diez. Luego espira rápido por la boca. Porque *many things are lost in the labyrinth of the mind,* yo casi no puedo recordar la cara de Cira, el tono de su voz; no puedo recordar el vestido que llevaba puesto. A veces me pregunto si todo aquello será cierto. Si soy capaz de decir que tenía expresión de dicha cuando la encontré, es porque lo he repetido y repetido a lo largo de estos años, que la frase se ha quedado ahí, expresión de dicha, *expression of joy,* sin que de verdad yo esté seguro de que así haya sido. Al gato mismo, a *Kublai Khan,* lo veo indiferente al pie de su cama sólo porque sé que los gatos permanecen indiferentes. Son palabras, no son verdaderos recuerdos. Quiero decir, es la retórica del recuerdo lo que permite que, cuando las imágenes desaparecen, uno tenga la ilusión de que sigue recordando. Así y todo, de él me acuerdo con sobrada nitidez. El continúa en mi memoria intacto, como si no hubieran pasado veintitrés años. Sí, debo reconocer que no veo a Cira, que no veo a *Kublai Khan,* como lo veo a él. El vistoso uniforme, los ojos negros y brillantes, la tez evidentemente bronceada por el sol; la sonrisa, las manos. Y suspende los ejercicios de respiración, queda inmóvil, escuchando. Ha tenido la impresión de que en la Isla se ha movido algo que no es la Isla. A lo largo de estos años de vivir desterrado en el Más Allá, se ha desarrollado en mí un sexto sentido para escuchar y

26

conocer las más mínimas intimidades de la Isla. *Footsteps?* No, no, piensa, se da valor, no han sido pasos, debe de ser el miedo, que lo primero que hace el miedo antes de tomar cuerpo es avanzar para que sus pasos tengan que escucharse, que el miedo se asemeja demasiado a aquel personaje famoso de H.G. Wells. O quizá haya sido la penca de una palma arrancada por este viento que se ha levantado hoy. Claro, él sabe que no es ni el miedo ni el golpe de una penca. Y ahora puede comprobarlo porque los pasos se escuchan de nuevo. Existe una diferencia enorme entre este sonido y el otro del viento que agita los árboles. Son pasos, no cabe duda. Pasos lentos, pesados, de alguien a quien le cuesta avanzar. El profesor Kingston se levanta y sigiloso va a la puerta, se pega a ella. Baja la cabeza y cierra los ojos, como si perdiendo la visión pudiera concentrarse mejor. Los pasos se acercan, se detienen, se acercan, se detienen. Al viejo le parece que se trata de alguien que cojea de una pierna. Se aproxima tanto, que juraría que escucha la respiración. Después siente que la puerta se mueve como si la estuvieran empujando. Hay unos segundos en que sólo es el lenguaje de la Isla, el viento, los árboles, el remolino de las hojas. Piensa: lo mejor es abrir. Piensa: lo mejor es no abrir, apagar las luces, echarse en la cama, taparse bien, porque... ¿y si es él? Bueno, si es él no hay nada que hacer. Nada. *Just open the door and let him in and allow him to say everything he has to say.* Se reanudan los pasos que ahora se alejan de la puerta. Se alejan como si fueran hacia la carpintería. Pasos lentos, pesados, pasos de alguien que cojea y a quien le cuesta avanzar. Se alejan y se alejan hasta que se dejan de oír. De nuevo es la Isla, el viento, *like God Himself, the eternal and immutable Island.* Abre los ojos y se da cuenta de que el abanico ha caído de sus manos en algún momento. Va al escaparate y se abriga con una vieja chaqueta de cuero, de los tiempos de Nueva York, y saca de su estuche la pistola que se ganara en el tiro al blanco de una feria, una pistola de juguete que parece de verdad. Y por supuesto, no está cargada, como es de juguete no se carga, sirve para asustar, y luego enciende la luz del exterior y abre la puerta y se asoma con precaución. La luz es débil, desaparece entre las primeras ramas de las aralias y los marabúes. *Horrible weather.* El cielo rojo, bajo, milagro que no ha empezado a llover. Hay viento, húmedo, con olor a tierra. Tal parece que hubiera miles de personas merodeando pero no es más que una impresión que la Isla provoca con frecuencia. Sale a la exigua acera de cemento que hay delante de la puerta. Trato de escuchar porque mi oído es más fiable que mi vista, y no descubro, en la algarabía de los árboles, ningún sonido que pueda alarmarme. Permanezco inmóvil durante segundos. *That's all*, y va a volverse cuando siente que algo hace resbalar las suelas de sus zapatos. En la acera hay una mancha de un rojo intenso. Trabajosamente, se acuclilla. ¿Es sangre? Pasa dos dedos por el líquido, que tiene una agradable tibieza, y los lleva hasta muy cerca de sus ojos. Sangre, sí, sangre. Trabajosamente se incorpora. Levanta la pistola, aprieta el gatillo, y escucha el golpe metálico del mecanismo de la pistola. Se vuelve. Descubre que la puerta también está manchada de sangre, y entra a la casa y cierra bien, con doble pestillo, y su respiración se vuelve más y más dificultosa, y avanza hasta el centro del cuarto, justo bajo la luz y levanta la mano ensangrentada, si un hombre, dice, pudiese pasar en sueños por el Infierno y le mojasen los dedos con sangre como prueba de que su alma ha estado allí, y si al despertar encuentra sus dedos manchados de sangre... entonces, ¿qué?

Eleusis es la librería del tío Rolo. Se la puede visitar saliendo a la calle y dirigiéndose a la esquina sur del edificio. Allí, muy cerca de las caballerizas, y cuando la calle de la Línea casi va a encontrarse con la estación del tren, uno verá el cartel de letras góticas de difícil lectura y una flecha. No hay más que volverse un poco a la derecha y se verá la librería, y se sabrá que se trata de una librería porque lo dice, si no uno seguiría de largo pensando que es una de las postas del Estado Mayor. Con tres paredes y un techo de madera ha armado el Tío la tienda, y como colinda con su cuarto, ha abierto una puerta que la comunica con la casa, de tal modo que la casa resulta una ampliación de la tienda. Y como el Tío no es bobo y sabe que la librería no lo parece, se ha encargado de escribir en negro por todos lados: ELEUSIS, LO MEJOR DE LA CULTURA DE TODOS LOS TIEMPOS, y ha abierto una pequeña vidriera (no había dinero para más) y ha colocado astuto varias ediciones de la Biblia. Y tiene mucha venta porque no se puede negar que el Tío ha sabido escoger el lugar. Por aquí bajan todos los que van a Bauta, Caimito, Guanajay, Artemisa, y gustan de comprar su librito o su revista para el viaje. Y también mucho soldado que pasa por aquí, oficiales del Estado Mayor que van o vienen de Marianao a incorporarse a la monotonía del puesto militar, que como mejor se pasa es con una novelita de Ellery Queen. Y, claro, no son sólo los que pasan: el Tío tiene su clientela fija: profesores y alumnos del instituto, las maestras de las escuelas de Kindergarten y del Hogar, los de inglés de la escuela nocturna (como el profesor Kingston) y algún que otro músico o intelectual de por aquí. El Tío es quien vende: el negocio tampoco es tan próspero como para que pueda darse el lujo de un dependiente. Y tío Rolo no se queja, él se siente bien en su negocio y todos los días (hasta en las fechas patrias) abre la tienda a las ocho en punto de la mañana y la cierra a las ocho de la noche, con sólo dos horas de interrupción al mediodía, que, eso sí, por muy agradable que sea permanecer en la librería, el almuerzo y la siesta son sagrados.

Varias veces ha creído que la lluvia comenzaba y ha salido a la Isla para verla. Siempre, no obstante, es la misma imagen del cielo rojizo, los árboles agitados, y todo seco, sequito, como si hiciera miles de años que no cayera una gota de agua. Uno cree que oye una cosa y oye otra y es imposible saber lo que está escuchando de verdad. Enciende un tabaco H-Upmann (el único lujo que le gusta permitirse), con la ilusión de que el humo espante las ideas oscuras. Enciende bien el tabaco dándole vueltas, luego lo saca de sus labios, lo aleja un tanto, lo observa. Buen tabaco, la verdad. Y no hay como fumarse un buen tabaco después de un día entero de trabajo. Es el único momento del día en que uno se acerca a Julio Lobo o al hijoeputa de Sarrá. Escucha caer la lluvia. Estrepitosa, feroz, la lluvia. Esta vez no puede ser engaño, que esta vez es demasiado evidente que llueve por fin, con ganas, por todo lo que no ha llovido en estos meses. Sale a la Isla para ver cómo se manifiesta la furia de los dioses en este primer aguacero de octubre. Ah, ilusión. No han caído las primeras gotas.

Y Merengue ha entrado el sillón porque piensa que le da lo mismo si llueve o no. Acomoda bien el cojín que le ha hecho Irene para remediar la rotura de la pajilla, y se sienta a disfrutar el tabaco. Parece que llueve y no llueve: lloverá cuando no parezca que llueve. Es así. Se balancea. Suavemente. La noche anterior también se sentó allí, después que todos se retiraron a comer, a fumarse el H-Upmann tranquilo, en silencio. Y, por supuesto, recuerda que la noche anterior había llegado tarde a la casa, la venta había sido mejor que de costumbre. Chavito no estaba. No obstante, no era eso. No, no era eso. En realidad casi nunca estaba cuando Merengue llegaba del fatigoso recorrido por Marianao empujando el carro de los pasteles. Lo que inquietó a Merengue la noche anterior fue descubrir que Chavito no parecía haber estado allí en todo el día, que el cuarto permanecía como él (Merengue) lo había dejado. El hijo no podía ocultar su paso por el cuarto. Si existía alguien desordenado en este mundo, ése era Chavito, un ciclón que volvía la casa al revés, como que se había criado sin madre. Merengue, que siempre peleaba por tener que recoger los zapatos regados, las camisas tiradas sobre la cama y los calzoncillos sucios sobre la mesa, se sintió desolado porque el cuarto era orden y limpieza, y se veía a las claras que el hijo no había pasado por allí. Mientras se balancea en el sillón de rejillas rotas, piensa que Chavito se ha convertido en otro. No se trata (Merengue le ha dado muchas vueltas a esta idea) de que se haya hecho más serio, más responsable; no se trata de que se haya hecho más hombre. No. Aunque sea cierto, enunciarlo así sería una candidez. La noche anterior Merengue llegó a la conclusión de que el hijo tenía un secreto. Y había llegado a esa conclusión porque Chavito ya no parecía tener secretos, explicaba cada uno de sus actos o cada una de sus ausencias con prolijidad exasperante. Para todo tenía una explicación oportuna, razonable. Ah, pero sus ojos... ¿Qué significaba, si no, aquella mirada huidiza? ¿Qué significaban los silencios que podían durar horas y en los que Chavito golpeaba la mesa y movía los labios de modo imperceptible? No obstante, lo sorprendente del comportamiento de Chavito casi no había modo de describirlo. No cabía duda, había cambiado. Sólo que si alguien obligara a Merengue a explicar en qué consistía la transformación, el negro abriría la boca, sin pronunciar palabra, y haría un gesto de perplejidad. Gesto de perplejidad que tiene ahora, sentado en el sillón, con el tabaco entre los dedos. Cierra los ojos. También los cerraste, Merengue, la última noche que viste a Chavito, y te quedaste dormido. Y fue extraño que te quedaras dormido mirando el retrato de Nola con los jazmines frescos en el búcaro de pared, y dormido ya, seguiste mirando el retrato, las flores, aunque ya no fuera un retrato y un búcaro, sino una mujer, una sonrisa y un ramo de jazmines. A sabiendas de que no podía ser Nola porque Nola estaba muerta. Y despertaste porque sentiste un sonido en la puerta. La llave en el cerrojo, la puerta que se abría. ¿Qué hora marcaba el reloj? No sabes, no supiste. Serían cerca de las cuatro de la mañana, o quizá menos. En la penumbra no se sabe la hora que tienen los relojes. Chavito, sí, Chavito no encendió la luz, te creía dormido, hasta que tú te levantaste y fuiste tú quien encendió la luz para que él viera que no estabas dormido. Quedaste mirándolo. Y me quedé mirándolo. Lo vi sucio, tenía peste a manigua, a palmiche, y varios desgarrones en la camisa. No le hice preguntas porque la autoridad de un padre se muestra en silencio. Lo miré mucho rato para que tuviera vergüenza y hablara sin necesidad de preguntas. Chavito es duro. Siempre lo fue, la verdad. No dijo esta boca es mía. Se quedó tieso como si Chavito lo hubiera esculpido. Merengue calentó agua y en un cubo deshojó los jazmines que había puesto a Nola y vertió agua de colonia 1800 y raspó cascarilla. Trajo toalla limpia y buen jabón Palmolive. Ayudó a Chavito a desnudarse. Notó torpeza en los movimientos del hijo, como. si tuviera un gran cansancio. Estuvo mirando todo el tiempo que Chavito empleó en bañarse, sin decir palabra, sin que el otro se tomara el trabajo, esa vez, de dar una de sus explicaciones demasiado exhaustivas para ser verdaderas. Cuando terminó, el cuerpo negro y joven se vio salpicado de pétalos y cascarilla. Merengue lo ayudó a secarse, como siempre hacía, preocupado en quitarle las huellas del baño dedicado a san Francisco, Orula. ¿Te preparo la cama? No, viejo, tengo que irme. Merengue levantó los ojos para ver, precisamente, cómo la mirada del hijo huía de la suya. Tengo que irme. Mañana te explico. Mañana me explicas, mañana me explicas. No protestó demasiado. Lo ayudó a vestirse, le abotonó el pantalón, la camisa, le abrochó los zapatos que luego limpió con una franela. Pasó el pañuelo perfumado por la nuca del hijo. Ten cuidado, pidió. Después, cuando Chavito ya estaba en la puerta para marcharse, lo llamó y le lanzó un pequeño crucifijo de madera, un crucifijo santiguado que Merengue siempre llevaba consigo. El muchacho lo tomó con gesto beisbolero, sonrió y se lo echó en el bolsillo. Ahora, mientras se balancea en el sillón, solo, fumando un excelente H-Upmann con la esperanza de que el humo disipe las ideas oscuras, Merengue tiene deseos de que alguien llegue. Alguien, cualquiera, Mercedes, Rolo, Irene, la señorita Berta. Tiene deseos de que alguien lo busque para conversar, para decir chistes, frases de doble sentido, malas palabras, cualquier cosa. Nadie viene. Merengue se levanta y detiene el sillón para que no se meza solo. Va al altar, mira fijo a los ojos de vidrio del san Lázaro que él y Nola compraron hace veinte años, cuando Chavito nació, en una tiendecita de la calle Armonía. Mira al san Lázaro. No lo deja de mirar. Toca las heridas que los perros lamen. Viejo leproso, me tienes que ayudar, carajo, me tienes que ayudar, dice, y enciende las velas.

El reloj de la señorita Berta está marcando las once y trece minutos mientras ella lee sobre Barrabás en *Figuras de la pasión del Señor*. Sentada a la mesa de comer, una pequeña lámpara ilumina bien las hojas amarillas y de grandes letras del libro. Desde sus años de estudiante, tiene la señorita Berta la costumbre de leer a la mesa. Y tiene también la costumbre de ir bebiendo sorbos de tilo frío mientras lee, que ella, muy temprano, lo primero que hace después de asearse y antes de prepararse para las clases es hervir un gran jarro de cocimiento de tilo que después pone a refrescar y coloca en el refrigerador. El tilo la calma, la ayuda a pensar con claridad. Y por la noche, la ayuda a dormir. También, mientras lee, tiene la costumbre de marcar las palabras con los labios. Algo que no le permite a los alumnos y que ella no ha podido eliminar nunca. Además, le gusta hurgarse la nariz y sacar los pies de las chancletas y depositar las plantas callosas y cansadas en el piso. Son más o menos los hábitos de la señorita Berta mientras lee. Tiene otros; no son tan persistentes como éstos, adquiridos hace más de cincuenta años. Aunque quizá habría que agregar otra costumbre: levantarse cada cierto tiempo para observar el sueño de doña Juana.

Sigilosa, con suma precaución, la Señorita entra al cuarto y, sin siquiera encender la luz, se detiene frente a la cama de la madre. Se inclina no sólo para ver, sino también escuchar, cómo respira la anciana. Doña Juana duerme boca arriba, las manos cruzadas sobre el pecho, prendido de ellas el rosario, como si quisiera adelantársele a la muerte, como si quisiera que esa última posición fuera lo más natural posible. A veces, la señorita Berta hasta se olvida de las lecturas piadosas y queda allí, en el cuarto, y observa el modo en que sube y baja el gran pecho de la madre, y estudia como puede en medio de la oscuridad, la expresión que adquiere el semblante de doña Juana, no diferente a la de cuando está despierta. La señorita Berta espera. Hace mucho que espera. El doctor Orozco le dijo una tarde que a doña Juana le quedaban a lo sumo seis meses de vida. Hace treinta años de esa profecía y veinticinco que el doctor Orozco descansa en el panteón de la Logia Unión Ibérica del Cementerio de Colón. Este año doña Juana cumplió noventa. La señorita Berta no ha llamado más al médico. Espera. Estudia, se prepara, y sobre todo observa. Allí, en la oscuridad, sigue el ritmo no tan acompasado de la respiración de la madre. Mira con detenimiento, y estudia palmo a palmo el cuerpo vasto. Hay noches en que el tilo no sirve y la señorita Berta pierde la paciencia, busca una linternita que guarda en la gaveta de la mesa de noche e ilumina el cuerpo de la anciana. Doña Juana, en tanto, duerme maravillosamente y jamás altera el ritmo de su respiración. Doña Juana se entrega al sueño con la seguridad de los que nacieron para eternos.

No pasa la página, no puede leer, no entiende lo que lee, y vuelve una y otra vez sobre las mismas palabras y nada, no hay modo de saber lo que le está ocurriendo a Barrabás en las viñas esas adonde va. La señorita Berta levanta los ojos hacia la ventana. Vuelve la cabeza hacia el cuarto, la vuelve hacia la cocina. No hay nadie, por supuesto. ¿Quién iba a haber? Persiste, de todos modos, la sensación de que alguien la observa, de que alguien, apostado en algún rincón, sigue cada uno de sus movimientos con insidiosa curiosidad, con grosera terquedad. Deja el libro, apaga la lámpara, se acerca a la ventana y abre los postigos con el convencimiento de que va a encontrar los ojos que tanto la molestan. En la galería no hay nadie, al parecer. No ve más que una confusa oscuridad de viento, árboles y hojas. Entra el aire por las ventanas, húmedo y con olor a tierra, con olor a lluvia. Vuelve a cerrar. Deambula por la sala-comedor diciéndose que es una tonta, una loca, está bueno ya de estupideces, nadie, absolutamente nadie, la observa. Al mismo tiempo, sin embargo, se descubre adoptando actitudes, ¿es que uno nunca es uno cuando está delante de los demás, o es que uno sólo es uno cuando está delante de los demás? ¿Y dónde están los ojos? No sabe, no puede saber dónde están los ojos, lo más terrible es que los ojos están en todas partes. Y la señorita Berta se deja caer en la butaca de muaré y hurga en su nariz. Recuerda que hace unos meses, por mayo o junio (Domingo de Pentecostés) se sintió observada por primera vez. En la parroquia. Bien temprano. No había nadie. Se había terminado la misa de seis y faltaba todavía para la próxima, y no había llegado nadie. Ella se sentó en el primer banco, y después se arrodilló para rezar y allí, arrodillada, sintió que la estaban mirando. Experimentó una sensación tan viva que se sobresaltó, incluso se puso de pie y miró hacia atrás, buscó entre las columnas, con el convencimiento de que alguien había entrado a la parroquia. Nadie había, sin embargo. Nadie. La señorita Berta regresó al banco, trató de rezar, intentó decir el Credo, varias veces alzó los ojos hacia el Cristo del altar mayor, con las sangrantes heridas de color sepia y la piel de cera, el pelo endrino, los ojos dulcemente cerrados, y no pudo decir el Credo, las palabras escapaban de su mente borradas por aquella mirada que recorría su cuerpo como una mano enfangada. Volvió a recorrer con la mirada la nave desierta de la parroquia. Creyó ver el fulgor de unos ojos en el confesonario, y se dijo que a lo mejor el padre Fuentes estaba allí esperando su arrepentimiento, y rió para sus adentros, Qué tonta soy, ni que fuera la primera vez que el padre Fuentes me espera en el confesonario, y se dirigió al lujoso mueble de caoba y cayó de rodillas en el reclinatorio y, como siempre, comenzó el arrepentimiento con una exclamación, padre, soy tan desdichada, he vuelto a pecar. Tuvo la impresión de que del otro lado le respondían, como siempre, con un carraspeo y un movimiento de cabeza, afirmación o negación (nunca sabía), y el gesto de la mano que, más que de sacerdote, simulaba de director de orquesta. He vuelto a dudar, padre, exclamó, y bajó los ojos porque la ruborizaba confesarlo, no tanto por la atrocidad que implicaba como por repetir la misma frase cada domingo, dijo que había blasfemado una vez más, que había tenido pensamientos impuros para con Nuestro Señor, que había puesto en tela de juicio Su magnánima obra, que se había referido a El con palabras soeces. Y quedó esperando a que el padre Fuentes comenzara con un Bueno, veamos, su responso y su castigo. En cambio, la única respuesta fue una risita. La señorita Berta se incorporó de un salto, sin tener en cuenta la artrosis, y se sintió tan indignada que tuvo deseos de llorar. No se detuvo a medir las consecuencias de su acto, abrió la puertecita del confesonario y, aunque tuvo por un segundo la sensación de que sus ojos se encontraban con otros inquisitivos, burlones, prepotentes, descubrió vacío el banco del sacerdote y retrocedió con el miedo que provoca el no tener a qué temer. Levantó los ojos y descubrió los ojos en el fresco. El Cristo (esta vez rubio) ofreciendo sus manos en señal de bondadosa entrega, la miraba con expresión tan dulce que sólo podía ser irónica. No importó que la señorita Berta retrocediera hasta el baptisterio, los ojos la siguieron hasta allí, y luego fueron junto con ella a lo largo de la nave, hasta el altar mayor, y cuando la señorita Berta no pudo más y vio aparecer al padre Fuentes y se echó a llorar como una loca, los ojos no tuvieron la benevolencia de apartarse sino que siguieron clavados en ella con actitud de franca burla. Claro que ahora, sentada en la butaca de muaré, y mientras busca con el índice en su nariz, tiene la certeza de que aquélla fue una confusión, que los ojos del Cristo en el fresco de la parroquia no fueron los que la miraron, de haber sido así hubiera sucedido sólo en la parroquia, no en la plaza de Marianao ni en la Quincallera ni en el aula ni en su propia casa como ahora sucede. Y cierra los ojos para huir de la mirada. Sólo que el cerrarlos no sirve de nada y continúa con la mirada que es una mano enfangada sobre su cuerpo, sobre todo su cuerpo, acariciándola. Y la señorita Berta levanta los ojos al cielo, que no es el cielo sino el techo de la casa manchado por la humedad, y dice Señor, si eres Tú, escucha mi ruego, deja de mirarme, olvídame, no tomes tanto trabajo por mí, por esta humilde sierva tuya, no me ilumines con tus ojos, déjame permanecer en la oscuridad de tu ignorancia, Señor, no me distingas con esa insistencia tuya, aparta de mí tu divina curiosidad, no me destaques, no me des la importancia que no merezco. Así clama y no por eso deja de saber que la miran. Y lo repite varias veces porque descubre que cuando habla es menor la insistencia de la mirada. Y, como si Dios hubiera decidido responderle, se oyen, tímidos, unos golpes en la puerta.

Perdona que te moleste, ya sé que es tarde, vi luz y me atreví a llamarte, y sé que vas a perdonarme, a mí no me gusta molestar. Es Irene y está triste. Como por arte de magia, la señorita Berta deja de sentirse observada. ¡Qué tiempo!, dice Irene. No acaba de llover. Alegre, feliz, la señorita Berta la hace pasar. Qué tiempo tan extraño, suspira tratando de no hacer visible el placer que le provoca la llegada de la vecina. Irene pasa; queda en medio de la sala-comedor como si no supiera qué hacer o hubiera olvidado a qué ha venido. La señorita Berta le pregunta si quiere un poco de tilo, tilo helado, muy bueno, con goticas de limón, ayuda a pensar, tranquiliza mucho, ¿sabes? Irene afirma. La señorita Berta desaparece en la cocina y se oye la puerta del refrigerador al abrir y cerrar, y se escuchan los cristales en un breve choque y el sonido del líquido, y luego regresa la Señorita con el vaso mediado del cocimiento amarillo-verdoso. Siéntate, mujer. Y resulta evidente: Irene está triste, se le ve en la cara, en los ojos que no levanta del suelo, en la actitud del cuerpo, como si tuviera un peso excesivo sobre los hombros. Dócil, Irene se sienta en una de las sillas del juego de comedor. Lo hace a su modo, sin ocupar totalmente el asiento; da la impresión de que está dispuesta a levantarse en cualquier momento, para echarse a correr, para desaparecer en la Isla, entre rosales y yerbas. La Señorita, que ha traído también un vaso de tilo para ella, se sienta en otra silla, frente a Irene, y es dichosa porque los ojos han desaparecido, y nadie la observa, ninguna insidiosa mirada la persigue; sólo tiene delante los ojos de Irene y éstos no molestan. Irene bebe un corto sorbo del cocimiento frío y suspira. La señorita Berta permanece mirando a Irene durante buen rato, esperando lo que tiene que decir, y, quizá por romper el silencio, quizá porque es una pregunta que quisiera hacer a todos y cada uno de los habitantes del planeta, lanza así, de pronto, sin que venga a cuento, y tú, ¿crees en Dios? Irene la mira un instante; bebe otro corto sorbo del cocimiento y dice Yo salí por la tarde, fui a la plaza, a buscar chayotes para Lucio, a Lucio le priva la sopa de chayotes, y también la ensalada le gusta mucho, y salí temprano, fui caminando, cortando por aquí detrás, por el cine Alpha, y por cierto, me encontré con una amiga mía de Bauta y la vi muy cambiada, le han pasado los años por encima, qué vieja esta amiga mía, Adela, no Adela no, Adela murió de consunción poco después del ciclón del cuarenticuatro, se llama Carmita o Cachita, no sé, y no tiene importancia, había un buen día cuando salí para la plaza, y estando allí comprando los chayotes y otras cosas como mazorcas de maíz tierno para hacer tamales, comenzó a cambiar el tiempo, cambió mucho, como si de pronto hubiera llegado la noche, recuerdo que en la plaza tuvieron que encender las luces para hacer las cuentas, no se veía nada de nada, y volví corriendo, yo había dejado unas ropas en la tendedera y no quería que se mojaran, volví en el carro de alquiler de un señor de lo más simpático, un tal Ramón no sé qué, Ramón Yendía, sí, y llegué a tiempo para recoger la ropa, aunque si llego a saber que no iba a llover no me apuro tanto, y quién te dice que cuando llego me encuentro una capa de tierra sobre el piso y los muebles y algunas ramas de álamo incrustadas en las rejas de la ventana principal, y no fue lo peor, Berta, en definitiva la tierra la barrí en un minuto y las ramas las tiré a la Isla porque mi madre decía Todo lo que muere debe volver a la tierra, y lo más terrible ocurrió cuando entré al cuarto, y te juro que cuando vi lo que vi el cielo se me vino encima, con ángeles y demonios, el cielo completo, sobre mí, ¿qué tú preguntas, si creo en Dios?

Irene estuvo rezando a la estampita de Cristo que guarda bajo el cristal de la mesa de noche. La estampita, en realidad, no es de Cristo. Esto, sin embargo, será aclarado a su debido tiempo.

Si el lector no propone otra cosa, podrían ser las cinco de la tarde. La Isla debería estar prematuramente oscurecida. Irene encendería las luces para barrer la tierra y devolver a la Isla las ramas cortadas por el viento e incrustadas en las rejas de la ventana. También, es probable que organice en el viandero los chayotes, las mazorcas de maíz y recoja la ropa de la tendedera. Debería beber una taza de café frío, mirar el almanaque y volver a ver, fugaz, el rostro de Carmita o Cachita, la amiga de Bauta, el rostro viejo, cambiado, y se diría que Carmita o Cachita debería ser más o menos de su edad, y ya ella habría cumplido cincuenta (no lo sabría con exactitud ahora). Y reflexionaría Lo peor del tiempo no es lo que agrega sino lo que elimina. Y si entrara al cuarto para cambiarse de ropa, en el suelo, entre la cama y el escaparate, delante de la mesa de noche, hallaría destrozado el jarrón de porcelana (alto, en forma de ánfora, con dos asas doradas y un rosado paisaje rococó en el vientre). Si el lector no propone otra cosa, Irene se inclinaría a recoger los pedazos.

Hay que tener mucho coraje para no creer, dice Irene. Hay que tener mucho coraje para creer, dice la señorita Berta.

¿Qué hora es? Toma el tilo, te hace bien, te serena. ¿Qué sucedió? No sé. No sé cómo contarlo. Perdona un instante. La señorita Berta desaparece en la puerta del cuarto. Cuidadosa, se acerca a doña Juana, la observa, trata de escuchar su respiración. Y doña Juana, como si supiera que vigilan su sueño, es la imagen perfecta de la anciana durmiente con el ropón de hilo blanco de diminutos ramilletes bordados y el rosario cuyo crucifijo, dicen, contiene Tierra Santa y está santiguado por Pío XII. La señorita Berta regresa a la sala-comedor y vuelve a sentarse frente a Irene y le dice Un jarrón se rompe y los recuerdos aparecen. Irene niega, no, no, déjame explicarte, se yergue en la silla, cierra los ojos.

El jarrón significaba mucho para mí; el verdadero drama, Berta, es que he olvidado por qué.

Primero creyó que lo había comprado para su madre en la

tiendecita del judío que vivía en la carretera del cayo La Rosa. Una tienda oscura y húmeda, atestada de piezas baratas que simulaban bastante mal ser originales de Frankenthal o de Sèvres. Allí se vio eligiendo el jarrón del paisaje rococó. El judío, un viejo de más de ochenta años, con larga barba amarillenta, ojos pequeños, oscuros e impertinentes, se inclinaba ante ella y explicaba las razones que hacían del jarrón una verdadera obra de arte, y que esa elección, por tanto, demostraba que ella poseía un gusto exquisito. Irene alargó el pañuelo con el dinero que había podido ocultar de lo que le daba la fábrica de fósforos por las cajitas. El viejo alargó a su vez el jarrón con manos temblorosas. Se trataba, sin duda, de una tarde de mayo porque ella quería el jarrón para el Día de las Madres, y aún faltaban unos días y debía guardar el jarrón en casa de la prima Milito. Tenía vivo el recuerdo del olor a madera y a barniz de aquella tienda oscura frente a la cual se abría un potrero de caballos hermosísimos. Sabía, sin embargo, que el anciano que veía su recuerdo tenía mucho que ver con el sastre de Santa Rosa que le hacía la ropa a Lucio. Y por otra parte, ¿no se había burlado Rita una vez diciendo que en Bauta no había ningún judío con ninguna tienda en la carretera del Cayo? El único judío que había en Bauta, decía Rita, era el polaco de la zapatería. En realidad, pensó Irene, el jarrón yo nunca lo compré en ninguna tienda, mi padre me lo regaló el día de mi cumpleaños. Sí, cuando cumplí los quince. El padre llegó una tarde de la textilera con una caja grande y dijo que era para ella y ella lo abrazó y le dio muchos besos, y abrió la caja y se quedó maravillada con el jarrón que colocó en el velador del cuarto, junto a la cama. ¿Qué velador? Ese jarrón nunca estuvo en la casa de Bauta ni en su casa hubo jamás ningún velador. Y se dijo que si se concentraba bien, como había hecho otras veces, de seguro volvería a entrar en aquella casa de su juventud y descubriría si había estado allí alguna vez el jarrón. Vio una larga calzada de palmas reales y al final la casa de madera, bastante grande, pintada de azul y blanco, de espacioso portal corrido que era una maravilla. Y llegó al jardín sembrado de arecas y jazmines, de rosas guajiras y embelesos, y subió los cuatro escalones que la separaban del portal, hasta fue capaz de oír los tacones de sus zapatos golpeando el tabloncillo pulido del piso. Entró a la sala. Se sintió como una intrusa, aquella no podía ser, de ninguna manera, la sala de su casa. Se dio cuenta de que en realidad había llegado a la casa del tío Rodrigo en la playa de Baracoa. Y esto tampoco lo pudo asegurar, que bien podría ser la casa de su prima Ernestina en Santa Fe, o cualquier otra casa que ella hubiera inventado. Entonces trató de recordar si su casa, la casa de su juventud, había sido de madera o de mampostería, y se dio cuenta de que no había manera de poder precisar el detalle. Le pareció tener la certeza de que en su casa había un olor especial, el olor a carbón de las hornillas donde la madre ponía las planchas a calentarse, pero en modo alguno fue útil la información. No sentía olor a carbón ni a plancha ni a ropa de algodón almidonada y caliente; ella lo que estaba sintiendo era el olor a lluvia de la Isla en la tarde de octubre. Durante mucho rato entró en casas ajenas, desconocidas, en casas donde sólo había estado con el pensamiento, tratando de encontrar en ellas su casa, la casa de su juventud, sin que pudiera volver con el recuerdo al lugar donde había sido feliz hasta la angustia. Y fue en ese momento cuando creyó recordar, el jarrón había sido, en realidad, regalo de Emilio el día que decidieron la fecha de la boda. Irene vio a Emilio con flus azul prusia, el aire tímido que conservó siempre, hasta cuando reconoció que se estaba muriendo. Lo vio como debió de haber entrado la noche de 1934 en que decidieron que se casarían el primero de abril del año siguiente, con su linda cara iluminada por la alegría y el jarrón envuelto en un paño de tafetán dorado. Varias veces lo vio entrar. Había algo de falsedad en la evocación, y no sabía qué podía ser, resultaba evidente que Emilio no era Emilio, hasta que pensó que se trataba del flus. El no usaba flus, sino un vistoso traje militar, ya para entonces, luego de la caída de Machado, se había hecho ordenanza de un coronel en el campamento de Columbia. Y el flus que veía no podía ser de Emilio sino de Lucio, y en realidad no había sido Emilio quien había entrado con el jarrón sino Lucio, y creyó que estaba enloqueciendo.

No te preocupes, esas cosas suceden, exclama la señorita Berta pensando, en realidad, que esas cosas no suceden. Y toma la mano de Irene y la acaricia porque cree que es la mejor manera de mostrarle su apoyo. A veces olvido mi nombre, miente

40

la señorita Berta y miente tan mal que se percata de que Irene la mira con incredulidad y hace una breve mueca. Bueno, no es que me olvide..., es que me olvido... Queda en silencio. Deja de acariciar la mano de Irene. Tú sabes, la vida tiene cada cosas... Irene afirma. Sí, la vida tiene cada cosas... Y levanta la cabeza como si estuviera escuchando; no es eso, no es que esté escuchando. Y alza las manos. Necesitas dormir, dice dulce la señorita Berta, el sueño lo compone todo. Irene parece que se va a retirar, porque separa la silla y se pone de pie con cierta dificultad y avanza hacia la puerta. No se va, sin embargo. Todavía no te he contado lo peor.

Llaman a la puerta. Irene abre. Mercedes se inclina, da las buenas noches, explica No pude dormir, esta noche extraña me tiene desvelada, como a Marta, doy vueltas y vueltas y no puedo conciliar el sueño y para colmo he visto a un hombre en la ventana. Irene toma a Mercedes por un brazo y la hace entrar. ¿Un hombre en la ventana? Mercedes afirma. La señorita Berta se levanta, va a la cocina y regresa con un vaso de tilo frío para Mercedes. Las tres mujeres se sientan a la mesa. ¿Un hombre en la ventana?

Alta, delgada, distinguida como una anciana emperatriz desterrada, se ve a la legua que la Condesa Descalza es, o fue, una mujer de clase. No hay más que verla avanzar por las galerías con pulsos de plata y abanico de sándalo, ayudándose sin necesidad con un bastón que es una serpiente, orgulloso el porte, segura de cada uno de sus gestos, monologando con palabras precisas y escogidas. No es bella y al parecer nunca pudo vanagloriarse de tal cosa. ¿Qué importa? Ha sabido aparentarlo. El pelo, blanco ya, parece lacio; en realidad, cuando uno se acerca, nota que ha sido trabajosamente peinado para que parezca lacio. Pardos a veces, los ojos resultan verdes algunas mañanas muy claras, y poseen la mirada intensa, burlona y sabia (más sabia aún en aquellos momentos en que alcanza el toque de desvarío). Tiene la nariz sorprendentemente ancha y labios gruesos que ella disimula sonriendo, enfatizando la burla de los ojos. La piel, de un hermoso color cobrizo, se ve siempre limpia, intocada por la crueldad del sol de la Isla. Y, aunque lleva trajes de veinte o treinta años atrás, nadie podría tacharla de anacronismo, mucho menos reírse de ella. Lo cierto es que su elegancia se transmite a los trajes (no a la inversa, como suele suceder), y les confiere una misteriosa vigencia. No son trajes de ninguna época, afirma, perpleja, Casta Diva. Son trajes de siempre, apunta, enfático, el tío Rolo. Y lo más evidente es que, a pesar de la evidente mulatez, hay algo en ella que no pertenece a Cuba. Ninguna cubana, trata de explicar Rolo, pone tanta mesura en sus maneras, ni avanza con tal majestad como si en lugar de moverse por esta Habana ardiente, de treinta y pico de grados a la sombra, lo hiciera por los góticos corredores de un castillo a orillas del Rin, por lo demás, ¿qué cubana es capaz de citar, en esta época de confusión y ligereza, en perfecto alemán, los *Idilios,* de Gessner?, no, las cubanas, esas sagradas perlas del edén, demasiado ocupadas con sus *toilettes*, dicen, si acaso, las rimas fáciles de José Angel Buesa, y nunca tararean a Wagner, sino el *Rico mambo,* de Dámaso Pérez Prado. Las cubanas están demasiado ocupadas en ajustarse la cintura, dice Rolo.

Esto no es una Isla, exclama la Condesa Descalza, sino un monstruo lleno de árboles. Y avanza por la galería haciendo sonar los pulsos de plata y perfumando el aire con el abanico de sándalo. El bastón en que se apoya sin necesidad es una serpiente trabajada en ácana. Y su vestido, esta noche, es de hilo blanco bordado al richelieu. Yo te digo, habrá un día en que los árboles entren a las casas, recalca con tono de profetisa. Y se detiene junto al Apolo del Belvedere que está justo detrás de la antipara del zaguán. Suspira. ¡Que todo esto vaya a ser destruido! ¡Que tanta belleza vaya a desaparecer! Y la Isla parece que responde. Con este tiempo, con la ventolera, con la lluvia que no acaba de caer (es como si estuviera cayendo), la Isla parece que grita sí, es cierto, todo va a ser destruido, tanta belleza debe, tiene, que desaparecer. Y la Condesa Descalza afirma como si hubiera entendido. Y sigue camino hacia casa de Helena. No tiene que tocar a la puerta. Helena está allí, parada en el umbral, mirando la Isla con esa expresión suya de la que sólo se puede decir que a veces resulta indescifrable. Buenas noches. Por supuesto, Helena no responde. Ni siquiera mira a la Condesa, si acaso, parece como si hubiera apretado aún más los dientes. La Condesa la mira de arriba abajo con cara de burla. Y queda quieta mirando a Helena, apoyada en el bastón, sin mover el abanico, sonriendo.

Condesa, ¿has visto a alguien en la Isla?, pregunta Helena. La Condesa afirma, siempre veo a alguien en la Isla. Un desconocido, quiero decir. Todos somos desconocidos. Helena la mira con indignación. No sé para qué hablo contigo. No hables, responde la Condesa con la sonrisa de burla más dulce que se pueda imaginar.

Estaba sentada a la mesa revisando el libro de cuentas, cuando tuvo la convicción de que algo importante debía de estar sucediendo en algún lugar de la casa o de la Isla. Cerró el libro después de marcarlo con cuidado, se levantó y se encaminó al cuarto de Sebastián. Abrió, por supuesto, sin llamar. El hijo dormía con la lámpara encendida. Se acercó, escuchó atenta la respiración del muchacho para cerciorarse de que en verdad estaba dormido, apagó la lámpara y se retiró, aún más convencida de que algo debía de estar sucediendo en algún lugar de la casa o de la Isla. Segura, segurísima, a ella esos presentimientos no la engañan. Y fue a la puerta y la abrió y entonces sucedió aquello a lo que Helena no supo si dar crédito, aquello que la dejó confundida. Y no se trataba sólo de que viera una figura blanca avanzando por la Isla, que eso sucedía a menudo y hasta las mismas estatuas de Chavito daban la impresión de estar en movimiento algunas noches, sino que cuando avanzó un tanto para comprobar que había sido una alucinación, halló a la Venus de Milo manchada de sangre.

Vagos dolores en los músculos y hondas tristezas en el alma: debe de estar lloviendo y como de costumbre el tío Rolo no puede conciliar el sueño. Ha leído una vez más el capítulo doce de *Al revés*, el capítulo extraordinario en que Des Esseintes viaja a Londres sin salir de París. Como de costumbre, el capítulo lo ha excitado. Se ve en una silla de posta saliendo de París con rumbo a Calais para tomar el barco que sale para Londres. Es una noche tormentosa, se dice, mientras atraviesa la campiña de

Artois. Claro, el paisaje que imagina es el de la Isla con ceibas y palmas reales, y la silla de posta no es una silla de posta, sino un quitrín como los que se aprecian en los grabados de Mialhe. Es Sandokán quien lleva al trote a los caballos. Abre los ojos. Se da cuenta de que va a ser demasiado difícil dejarse ganar por el sueño. Se levanta. Enciende la luz de la lámpara del techo y no sabe qué hacer. Casi sin darse cuenta, igual que si una fuerza desconocida lo estuviera atrayendo, se detiene frente al espejo de la puerta del escaparate. El espejo. Pasa una mano por su frente y observa las grandes entradas que anuncian la calvicie. Decidamente, ¿es cierto? Sí, Rolo, te estás poniendo viejo, y lo que es peor: la vejez provoca en ti una transformación prodigiosa: comienzas a parecerte a los viejos de la familia. Los ojos ya casi tienen la misma opacidad, las mejillas flácidas, las arrugas en torno de la boca, la bolsa debajo del mentón. Tienes canas en los vellos del pecho, Rolo. El abdomen prominente y los muslos delgados. Es cierto: tienes cuarenta años. No tendría importancia si más joven no hubiera muerto José María Heredia. Cuarenta años. Quiere decir, has vivido veintiuno más que Juana Borrero, quince más que Carlos Pío Uhrbach, once más que René López, diez más que Arístides Fernández. Julián del Casal, el más grande, murió a los veintinueve. Vístete, Rolo, sepárate del espejo y ponte cualquier ropa, esta noche no te auguro un sueño dichoso.

No llueve. La Isla miente. El tío Rolo mira al cielo rojizo por donde se desplazan nubes bajas y oscuras, nubes que dan la impresión de que toda la ciudad es una hoguera inmensa. Por el lado del zaguán, delante de la antipara y justo a la izquierda del Apolo del Belvedere, acaba de ver la figura inconfundible de Lucio. Alto, elegante, con el flus oscuro, que puede ser negro o azul, Lucio escudriñando la Isla, mirando hacia todos lados como si temiera ser visto. Rolo se oculta. Cierra un tanto la puerta y observa por la hendija del lado de las bisagras. Lucio avanza unos pasos, mira hacia atrás, levanta un brazo que baja de inmediato con cierta brusquedad. Da la impresión de que va a hacer algo. Desiste. ¿Desiste de qué? Ahora parece que ha decidido marcharse, sólo que de repente regresa con decisión y acaricia, con miedo aunque con fruición, los muslos del Apolo del Belvedere.

Muchos se han perdido en la Isla y no se les ha vuelto a ver. Al menos eso dicen por acá. El tío Rolo (que tiene miedo y, por lo mismo, cierta alegría) ha seguido el camino de piedras hasta la altura del pobre y angustioso Laoconte ahogado con sus hijos por las dos serpientes de Palas. Es un Laoconte sin músculos, escuálido, mal hecho, que de todas formas sobrecoge en noches como ésta. A Lucio no se le ve por ningún lado. Y el tío Rolo continúa hasta la fuente donde hoy no cantan las ranas y el Niño de la oca no sonríe, y sigue hasta el busto de Greta Garbo (se sabe que es Greta Garbo porque Chavito lo dice, si no uno llegaría a creer que es un busto de la señorita Berta en el momento de rezar el rosario), y parece que se oye la voz de la Condesa Descalza, esto no es una Isla, sino un monstruo lleno de árboles, y ríe, y cómo ríe. El tío retrocede. Lo único que no podría soportar a esta hora es encontrarse con esa loca con aire de reina en exilio. No toma por el camino de piedras, sino que se abre paso por entre tanta vegetación cuidada por Irene, y pasa a los Luchadores (los Luchadores inertes de Chavito) y llega hasta el Apolo del Belvedere con esos muslos perfectos que Lucio acarició hace un momento. El tío Rolo busca tratando de descubrir un movimiento especial de la vegetación que le indique por dónde se ha perdido Lucio. La Isla es un torbellino con este viento de octubre que amenaza lluvia, y se abren miles de caminos por donde Lucio pudo haberse perdido. Caminos que al instante se vuelven a cerrar. Extrañas puertas de ramas. El tío Rolo hace gesto de desaliento, un breve suspiro al tiempo que baja la cabeza. Entonces ve, a los pies del majestuoso Apolo, un objeto que brilla. Se inclina y toma en sus manos el objeto húmedo y manchado en algún lugar por el légamo y las hojas muertas. Saca el pañuelo y limpia bien el objeto y se da cuenta de que es una brújula engarzada en una concha marina, de nácar. Y la brújula tiene su indecisa aguja roja y negra. Y por el otro lado de la concha, la fotografía borrosa de la catedral de Santa Sofía. Y se escucha, desde el otro lado de la antipara, el sonido del agua y una voz que canta bajo, un canto religioso en otra lengua o en pésimo español. Y el tío Rolo da la vuelta y descubre a quien ya sabe que va a descubrir. Merengue limpia el carro de vender, entonando cantos religiosos bajo las alas desplegadas de la Victoria de Samotracia. Merengue vuelve la cabeza al sentir los pasos; sonríe leve; no interrumpe ni el trabajo ni el canto. El Tío sonríe también, con más deseos: ver a Merengue siempre le produce alivio. Merengue, dice. Y el negro se yergue, tira el paño húmedo en el agua jabonosa, y sonríe más, mostrando los dientes blanquísimos de negro puro. Mala noche, exclama el negro. Todas las noches son malas, responde Rolo, también sonriendo, como si quisiera dar a entender que se siente feliz de encontrarse con él, en el zaguán. El negro, sin embargo, se pone serio de repente, mira con susto hacia todos lados, se persigna y dice no, Rolo, ésta es una noche mala. Y Rolo está a punto de decir No, viejo, no es tan mala, he tenido la suerte de encontrarme una brújula de nácar, el instrumento que indica el camino, lo único que orienta, que impide que nos perdamos.

Abre la verja y sale a la calle de la Línea, que está desierta a esa hora con los laureles agitados por la ventolera. Hacia la izquierda, hacia el cuartel de Columbia, se ven las luces de las primeras postas. Se escuchan voces y varios golpes. El tío Rolo se encamina a la derecha, y tal parece que se dirigiera a la librería, aunque, por supuesto, qué va a hacer el Tío a esta hora en la librería. Pasa los potreros, y hacia donde en verdad se dirige Rolo sin darse cuenta (o dándose cuenta) es a la estación de trenes. Edificio gris (o de un azul que el tiempo ha puesto gris), de esos construidos hace veinte o treinta años, adusto, grave, con portalón enorme, mal iluminado, que no armoniza con lo exiguo de la sala de espera. Edificio desagradable que surge con reciedumbre en medio de un paisaje donde lo que predomina son árboles y casas pobres, con techos de tejas renegridas. Muchas noches, cuando no puede dormir, va el Tío a la estación y pasa horas allí, pensando en cualquier cosa, y a veces sin que ni siquiera piense, simplemente viendo a los soldados, o tratando de conversar con Homero Guardavía, para sacarle algo de la tragedia de su vida, sin que el guardavía ceda un ápice en su laconismo, que si hay un hombre que no habla en este mundo es el viejo encorvado y sucio, que mira hacia todos lados con ojos de animal en acecho. A esta hora casi nunca hay nadie en la boletería. A esta hora no sale ningún tren. Por entre las líneas se ve pasar una sombra que puede ser la del guardavía. Los cuatro o cinco bancos de mala madera del salón principal están vacíos. Sin embargo, en un taburete, al lado del aparato de Coca-Cola, hay un jolongo sucio. Casi maquinalmente, el Tío se arregla el pelo, y moja uno de los índices en la lengua y lo pasa luego por sus cejas pobladas. Se sienta en el mejor banco, en el que permite ver buena parte del salón, y adopta una actitud de displicencia. Entonces se abre la puerta del servicio que dice CABALLEROS. Aparece un marinero abrochándose la portañuela. El marinero termina de abrocharse los botones de la portañuela, sin dejar de mirar al Tío con ojos que no se sabe si son de burla o de reverencia, y recorre con los dedos la portañuela como para asegurarse de que está bien cerrada. Se dirige con pasos seguros (demasiado seguros para ser verdaderamente seguros, piensa el Tío) hacia el taburete y toma el jolongo. El tío Rolo se pone de pie. Trata de expresar indiferencia, cansancio, aburrimiento, levanta las cejas, deja caer los párpados. No sonríe. La sonrisa es el primer paso hacia la complicidad: no se debe sonreír desde el primer momento. Usted me puede decir la hora, dice el tío Rolo sin mirar al marinero (tal parece que el Tío no se ha dirigido a nadie en particular). Como, no obstante, el marinero tarda en responder, el Tío lo observa un momento. El marinero está mirando al Tío con ojos mudos y cara que no dice más que la de cualquiera de las estatuas de Chavito. Y el Tío, que no puede resistir la intensidad de los ojos grandes y oscuros, desvía la suya hacia las líneas, hacia el campo que está detrás de las líneas que es una mancha rojiza agitada por el viento de esta noche de octubre, y por suerte en ese mismo instante se escucha el pitazo de un tren que se acerca. Experimenta el alivio de tener algo que hacer. Va hacia el portalón que da a las vías y siente el estrépito, sonido como el de los truenos que faltan a esta noche. El tren que pasa, luz rapidísima que anima por un momento la desanimada estación de trenes. Tren de soldados. Los ve pasar adolescentes, sonriendo, diciendo adiós, jugando entre sí, con sus gorras en las que brilla el escudo de la República. Sólo un segundo el paso del tren, tan poco tiempo, que pronto, cuando se restaura el silencio, es demasiado difícil creer que pasó, y el Tío se vuelve y comprueba que el marinero no está.

Aunque se diría que está lloviendo, el tío Rolo dice No,

es un engaño, y quiere dormir, y cierra los ojos, y no puede dormir, y enciende la lámpara que está sobre la mesa de noche y comienza a leer, una vez más, el capítulo doce de *Al revés*, el capítulo en que Des Esseintes viaja a Londres sin salir de París.

Tampoco puedes leer. Entre tú y las palabras de Huysmans (que como sueles decir no son las palabras de Huysmans, porque están traducidas al español) se ha aparecido la figura del marinero. Y sabes que algo en él te inquietó aunque no sabes qué. Y lo vuelves a ver ahora que estás acostado y escuchas la lluvia que no está cayendo. Lo vuelves a ver, alto, delgado, con esa esbeltez tan bien destacada por el uniforme de marinero, la piel oscura, fresca, de adolescente, y la boca (te impresionó mucho la boca) a punto de ser gruesa sin llegar a serlo. Los movimientos elegantes, de bailarín, no de marinero. Vuelves a ver los ojos, brillantes, de color miel. Desde niño has oído decir que los ojos son el espejo del alma; y si el alma de cada hombre se muestra en los ojos, ¿cómo será el alma del marinero? De primer momento creíste que en sus ojos había una mirada insolente, ahora no serías capaz de hacer tal afirmación. ¿Insolencia? No. Quizá la mirada de alguien que lo sabe todo o que es capaz de imaginarlo todo, quizá la mirada de alguien que no ve los ojos ajenos sino su interior. Ojos grandes, brillantes, de color miel. Y de pronto, sabes qué te inquietó, sabes que te inquietó el que no hubiera en esa mirada, en esos ojos, ninguna piedad.

Y el tío Rolo, que es un personaje de novela, apaga la luz. Esta noche no dormiré, dice, y se queda dormido del modo en que suelen dormir (desapareciendo) los personajes de novela.

Lucio enciende la luz. Es fácil darse cuenta de que Irene no está en casa, no escucha el sigilo de las zapatillas, los pasos persiguiéndolo por la casa, ni oye sus preguntas demasiado maternales. Ha llegado al cuarto sin que nadie le señale el reloj ni le pregunte si quiere comer ni dónde ha estado. Nadie lo ha obligado a mentir. Y se desviste con calma, como si tuviera todo el tiempo del mundo para desvestirse. Y cuando está desnudo y apaga la luz y se tira en la cama y pasa las manos por sus muslos y su pecho, se siente sucio. Piensa en la boca de Miri recorriendo su cuerpo, en las manitos de Miri que lo tocan como si él fuera Dios, y se siente sucio. También piensa, por supuesto, en Manilla. Lo ve gordo, repantigado en su butacón de forro deshilachado, muy serio, fumando el tabaco ya casi completamente consumido, con la expresión de desamparo que no puede ser verdadera, y se siente sucio.

¿Y por qué fue a casa de Manilla? No tiene respuesta para la pregunta. A veces se trata simplemente de vestirse, creyendo con firmeza que va a ver a Miriam, o quizá pensando que es mejor ir al cine porque pasan una película de James Dean, y de pronto, como si el demonio hubiera guiado sus pasos, se ve frente al butacón de forro deshilachado de Manilla, dejando caer el dinero en la manota de Manilla, y permitiendo que las manitos de la niña lo acaricien como si él fuera Dios.

Tampoco hoy Lucio tenía pensado ir a casa de Manilla. Estuvo toda la tarde creyendo que iría a los Aires Libres de Prado a oír a las orquestas, y así se lo dijo a Fortunato en la vinagrera. Incluso hasta es posible que lo haya invitado, y si Fortunato hubiera depuesto por unas horas esa extraña actitud que últimamente tiene, si hubiera dicho que sí, es seguro que Lucio no hubiera ido de ninguna manera a casa de Manilla. El otro se limitó a mirarlo con la mirada intensa de los ojos oscuros, no sonrió y dijo con cierta violencia No voy a ningún lugar. Lucio quedó tan consternado por la agresividad de la respuesta, que bajó la cabeza y no supo qué hacer, sólo pudo disimular en el fregadero de los pomos. Y el otro, que se dio cuenta, lo llamó Lucio... Y Lucio no hizo caso, y dijo por lo bajo Hijo de puta, y el otro lo oyó, o lo adivinó, se alejó sin decir palabra, y estuvo mucho tiempo sin volver donde Lucio, y si volvió fue porque Lucio, ya sin rencor, lo había llamado. Y Lucio piensa ahora que si Fortunato hubiera aceptado acompañarlo, él se hubiera ido a escuchar las orquestas femeninas de los Aires Libres y se habría salvado de Manilla y de Miri. No fue así. Fortunato gritó No me da la gana..., y Lucio salió de la vinagrera a las seis de la tarde, y llegó a la casa donde Irene le tenía preparado el baño de agua bien caliente con esencia de vetiver, y se bañó mucho rato, porque el baño para él resultaba uno de los placeres de la vida, y estaba horas allí pasando la esponja enjabonada por su cuerpo y pensando en las cosas de la vida, no como eran, sino como él hubiera querido que fueran, que la verdad es que él nunca piensa en las cosas como son. Se afeitó. Salió al cuarto sin secarse, con la gran toalla blanca atada a la cintura. Por supuesto, no tuvo que escoger la ropa que se pondría, ya Irene, como si hubiera adivinado sus intenciones, había colocado sobre la cama el pantalón claro, el flus de casimir azul prusia, la camisa blanca. Molesto por la intromisión que no dejaba de ser oportuna, molesto porque daba la impresión de que su madre nunca se equivocaba, cerró con violencia la puerta y se entregó a otro de sus grandes placeres: acostarse mojado sobre la toalla desplegada en la cama, a dejar que su cuerpo se secara solo, mientras él pensaba en las cosas, no como en realidad eran, claro, sino en como debían ser. Se vistió después con cuidado, poniendo el interés en cada detalle de la ropa, con la sensación agradable de que su cuerpo aceptaba con agradecimiento cualquier prenda, que todo le quedaba bien, que él, como había dicho una vez Rolo sin saber que él lo estaba escuchando, parecía un actor de cine, y salió a la sala-comedor donde ya la mesa estaba servida. Se sentó con la esperanza de que Irene no se sentara frente a él. Irene no bien le sirvió el agua, se sentó y nada dijo durante mucho rato, lo vio comer con la mirada compasiva y admirada que a Lucio lo llevaba hasta el borde de la ira, y sólo cuando comenzó a recoger los platos se limitó a decir Esta noche se va a acabar el mundo lloviendo. Lucio respondió con esa brusquedad con que siempre hablaba a la madre A mí el fin del mundo que me coja en la calle, y salió, y vio la Isla que era un torbellino rojizo de viento y hojas, y se fue hasta la fuente y estuvo pensando mucho rato, sin entender bien qué estaba pensando, porque en realidad no estaba pensando sino que veía imágenes y repetía palabras y comenzó a sentirse triste, con tristeza que él conocía bien y lo hacía desear un rincón y una fuerza superior que lo hiciera desaparecer. Así estuvo mucho rato hasta que llegó Sebastián, y Lucio se fue de la Isla, y salió a la calle de la Línea, y no fue a los Aires Libres, sino que casi como por instinto tomó el rumbo del Hospital Militar, detrás del cual, en un barrio casi sin calles, casi sin agua, casi sin luz, prácticamente en un bohío, vivía Manilla con su hija Miri.

Desde que el sol comienza a ocultarse, Melissa sube desnuda a la azotea con el loro *Morales* en una mano. El lector debe imaginarla ahora mismo, a pesar de la noche, del viento y del olor a lluvia, desnuda en la azotea. Cualquiera diría que se siente dueña del mundo. Melissa repite a Sebastián que el mundo es un invento de Marta, que Venecia no existe, que no existe Viena, ni Brujas, ni Praga, ni Barcelona, ni París. Dice que el mundo es únicamente aquello que podemos ver. Lo dice a Sebastián y se ve que disfruta viendo la turbación del muchacho, la turbación de Tingo-no-Entiendo, y hasta la de Vido. El mundo es la azotea, la Isla, nada más, exclama Melissa sin sonreír, sin aparente ánimo de burla, del modo más serio que se pueda imaginar. A Melissa parece gustarle pasear desnuda por la azotea anochecida, porque entonces el mundo es ella. Sube como si fuera al encuentro de alguien, aunque uno sabe que ella sabe que no va al encuentro de nadie más que de sí misma. A veces se tiende en el suelo, se acaricia, cierra los ojos. Es como si tuviera la impresión de que no está en ningún lado, es decir, no existe. ¡Y se ve tan feliz! Melissa repite Ser feliz es no estar en ningún lado. En otras ocasiones, el lector deberá imaginar que se limita a avanzar, como si estuviera destinada a perderse entre las sombras, hacia el final oscuro de la azotea, allí donde las copas de los árboles se unen en una bóveda pequeña y lóbrega. Habla bajo con el loro *Morales*. El pájaro mueve la cabeza, agita las alas. Melissa sonríe. ¿Pensará en la ingenuidad que implica creer que el mundo existe, que existen esas ciudades extrañas y lejanas? No hay nada más que esto, aquí comienza y termina todo, ¿por qué ilusionarse inútilmente? La gente no viaja, se imagina que viaja, se imagina que sueña. Eso simula decir su sonrisa. El loro mueve nervioso la cabeza y agita las alas. Melissa ha dicho a Sebastián que no se deje engañar, que únicamente lo que uno ve existe de verdad para uno, y por eso, como en este instante nadie puede verla, sólo ella existe para sí.

Y por supuesto, si Melissa lo creyera, si de verdad pensara lo que dice, estaría equivocada. Ella sí existe porque Vido está subido a un árbol y la observa desnuda avanzando por la azotea como al encuentro de alguien que cree ser ella misma, y que en realidad es él, Vido. Melissa habla con el loro *Morales*. Vido no la escucha, no importa, importa ver lo hermosa que se ve Melissa en la noche de la azotea.

Al comenzar este párrafo se deberá escuchar un graznido para que las tres mujeres se santigüen. Debemos imaginarlas, sentadas a la mesa, con los vasos de tilo frío que ha servido la señorita Berta. Muy erguida en la silla, Irene tendrá los ojos cerrados. Un jarrón se rompe, dirá la señorita Berta, y los recuerdos aparecen. Irene negará. De pronto las dos quedarán mirando a Mercedes. ¿Un hombre en la ventana? ¿Estás segura? Mercedes beberá el tilo con suma lentitud, fruncirá el ceño como si le extrañara lo que debe responder.

Llegué a casa cansada, con un cansancio que no sé si llamar cansancio o tristeza, había pasado un día horrible en la oficina, el viejo Morúa tuvo el buen tino de portarse más desagradable que de costumbre, llevaba una guayabera blanca que tenía el cuello negro de churre, las manos temblorosas, las uñas sucias, la peste a tabaco me ahogaba, él se empeñaba en cerrar las ventanas, que si el aire, que si los pulmones, la que va a morir de los pulmones soy yo, la escupidera debía de estar repleta, yo sentía que cuando el viejo escupía se producía un sonido de agua que me revolvía el estómago, ¡qué deseos de vomitar!, y para colmo, el trabajo no me permitía estar quieta un segundo, miles y miles de legajos de boberías municipales, que si los jardines públicos de no sé dónde, que si el dinero del desayuno escolar, que si las cuentas de no se sabe qué monumento para los héroes anónimos del Cuerpo de Bomberos, ¡total!, se pasan el tiempo perdiendo el tiempo y de paso me lo hacen perder a mí por los miserables pesos que pagan, hoy, más que nunca, miraba con nostalgia por la ventana, siempre me gusta mirar los techos de Marianao, negros de humedad, el obelisco, el tanque blanco y rojo del Acueducto, los árboles de la Isla que ignoro si son los árboles de la Isla, aunque basta que lo imagine para que se me haga un nudo en la garganta, sean o no, yo miro los árboles y logro irme de la oficina unos segundos, y hoy, cuando por fin llegó la hora de irme de verdad, vi los cielos abiertos, y no sé por qué digo los cielos abiertos si en realidad estaban más cerrados que de costumbre, parecía que se iba a acabar el mundo, en el Ayuntamiento decían apúrense, apúrense, el agua está aquí, yo no me apuré, es más, ni se me ocurrió la idea de irme en guagua, ¿nunca les he dicho que me encantan los días de lluvia?, dice Marta que yo debía haber nacido en Londres o Estocolmo, ¿lloverá mucho en Estocolmo?, ¿dónde es Estocolmo?, esa ciudad no existe, a pesar de mi tristeza, de mi cansancio, cuando bajé los escalones de la entrada del Ayuntamiento, sentí algo que no puedo explicar, perdonen, ¡soy tan torpe!, algo que no soy capaz de explicar y que se me ocurre, ahora mismo, llamar felicidad, ¿entienden?, no, sé que no, no entienden, no quiero decir que no me sintiera cansada o triste, sino que por estar cansada o triste en aquella tarde que amenazaba lluvia, me sentía feliz, yo a menudo me siento triste y feliz al mismo tiempo, y es como si una cosa tuviera que ver con la otra y no puedo explicarlo, el cielo se iba a caer sobre la tierra, el viento fuerte, el olor a tierra húmeda, una nube de polvo, de tierra, de hojas, de papeles se levantaba, y todo aquello acrecentaba mi tristeza, acrecentaba el estado nuevo que no sé cómo explicarles y que se me ocurre decir felicidad, y que en realidad no supe (no sé) de qué se trataba, ignoro si es cierto que había un niño jugando con un trapo negro, vine caminando hasta la casa, no había nadie en las calles salvo el niño que ahora ignoro si existió, las casas estaban cerradas a cal y canto como a la espera de una catástrofe, había oscurecido, no podían ser más de las cinco de la tarde, muchas veces vengo caminando y me gusta ver las casas de la parte alta de la calle Medrano, me gusta ver a las señoras, a esa hora salen a los portales y toman café o qué sé yo en tazas elegantes, y conversan, sonríen, cuando uno vive en una casa linda no tiene razón para no sonreír, ¿verdad?, sólo que hoy fue algo distinto, primero: no había ninguna señora en ningún portal; segundo: me sentía cansada, triste y feliz, me daba la impresión de que ni las calles ni las casas eran las calles y las casas de siempre, andaba perdida y no venía hacia acá sino hacia no sé dónde, y el viento, tan intenso como el de ahora, no me dejaba caminar, en una calle (no sé cuál) vi una rueda, no, no era una rueda, un aro, algo metálico giraba cuesta abajo por la calle, se deslizó por una rampita como si hubiera alguien que lo guiara, entró en el Parque Apolo, el Parque Apolo es el parquecito que está antes de la zanja, bastante cerca de la Terminal de Trenes, y le digo así por burlarme, tiene la estatua de alguien, un patriota que venció en alguna batalla, yo digo Apolo porque el pobre mambí más feo no puede haber quedado en esa estatua, ni que la hubiera hecho el Chavito, y el aro o la rueda, aquella cosa metálica que giraba como guiada por alguien se estrelló contra la base de la estatua y produjo un sonido musical, entonces me fijé, en un banco del parque había alguien durmiendo, me acerqué, Irene, Berta, óiganme, un marinero, durmiendo en el banco del parque, un marinero de completo uniforme él, la boina sobre el vientre y un jolongo tirado en el suelo, un marinero, escuchen, un muchacho, un niño, yo diría que no pasa de los veinte, delgado y seguramente alto (no cabía bien en el banco), la cara preciosa, así como muy bien dibujada toda y algo de oriental, de oriental de *Las mil y una noches*, quiero decir, y las manos sobre la boina, manos sin rudeza, manos que jamás parecían haber izado una vela (aunque ya no hay veleros, una sigue pensando en Salgari y en el tiempo de los piratas), no le vi los ojos, como les digo, dormía, sí, vi los labios entreabiertos y, les juro, me dio la impresión de que nunca había yo visto labios tan bellos, y se hizo más intenso el cansancio o la tristeza, la felicidad se deshizo, pienso Nunca hubo felicidad, fue un invento para no sentirme tan mal, llegué a la Isla como si llegara al cementerio para ser enterrada viva, mi hermana Marta me recibió como de costumbre, es decir, no me recibió, no respondió a mi beso, no dijo palabra, le pregunté cómo se sentía y me contestó que encantada de estar ciega para no tener que verme, a mí y al resto del mundo, que pensaba que el resto del mundo debía de ser tan idiota como yo, ¿ustedes saben lo que es pasar el día frente al viejo Morúa, escribir y escribir páginas interminables de boberías municipales, para llegar y que tu hermana, tu propia hermana, tu hermana jimagua, que compartió contigo el vientre de tu madre, que compartió contigo el Cementerio y Taipí, te trate así?, ¿lo creen justo?, me di un baño caliente, un baño caliente no me quita el cansancio, la tristeza, me permite, sí, dormir lo mejor posible, no comí, tomé el jugo de tamarindo espantoso que yo misma había hecho ayer, me tiré en la cama, debo de haberme quedado dormida al instante, y sé que soñé y no sé lo que soñé, el viento aullaba, como en las novelas de Concha Espina o de Fernán Caballero, a quienes nunca he leído, a lo mejor soñé que yo era Ida Lupino haciendo de Emily Brontë, me hubiera encantado ser un personaje de *Cumbres borrascosas*, vivir en las páginas de *Cumbres borrascosas*, en algún momento escuché un golpe en la ventana, desperté, en uno de los cristales nevados, vi, perfectamente recortada, la cara de un hombre, pegué un grito, la figura desapareció, corrí y aunque soy tan cobarde, abrí la ventana, sólo alcancé a ver una figura blanca que se perdía en el Más Allá, me recosté en la ventana para poder inclinarme, mirar mejor, y cuando me separé, descubrí que la ventana y mi ropón de dormir estaban manchados de sangre.

Berta se levanta, va a la ventana, Parece que está lloviendo, exclama sin convicción. No hay nadie allá afuera salvo el viento fuerte que quiere arrancar los árboles de raíz. Todavía no he contado lo peor, dice Irene abriendo los ojos. Berta regresa a la silla. Mercedes levanta la cabeza. Hay tanto desamparo en la mirada de Irene, que las dos, como si se hubieran puesto de acuerdo, tienden las manos hacia las manos de ella y la acarician. Mercedes le pide No te pongas así. Irene niega con la cabeza y agrega Cómo me voy a poner si vi a mi propio hijo. ¿Qué quieres decir? Silencio largo. Las dos mujeres no dejan de acariciar las manos de Irene. Otra vez, con voz apagada, casi en susurro, explica que no podía recordar quién le había regalado el jarrón que rompió el viento de esta tarde de octubre. Muestra el dedo cortado por la punta de la porcelana, se pregunta de dónde podía haber salido ese jarrón que ahora descansa en el cesto de la basura. Lo más terrible, lo que no ha contado todavía, tuvo lugar cuando quiso recordar a Emilio, el esposo de quince años, el único hombre de su vida, y a quien vio fue a Lucio, esto sí es grave, gravísimo, me estoy volviendo loca. Explícanos, mujer, no seas aspaventosa. Irene habla como si no fuera ella la que hablara, hay una distancia entre lo que dice y su cara de angustia, las palabras escapan con extraña frialdad de sus labios. Había estado mucho rato en la cama buscando entre los recuerdos la cara de aquel hombre que había sido tan importante durante los quince mejores años de su vida, y por más que trataba, a quien veía siempre era a Lucio con el flus azul. Decidió entonces hacer lo que hasta ese momento se había negado, no por capricho, no, sino porque quería hallar la cara de Emilio ella sola, sin ayuda de nadie. Llegó un punto en el que no pudo más y tuvo que claudicar, fue al escaparate y sacó la caja de las fotografías. La abrí como si mi vida dependiera de ese acto banal. Lo primero que encontró fueron fotos de Lucio cuando niño, rollizo, mi hijo siempre pareció un niño de más edad por lo bien criado que estaba; encontré fotos mías con él, fotos sola, ahí, en la Isla, en aquella época en que al Chavito no le había dado aún por las estatuas; fotos en una playa (¿qué playa?), y una foto preciosa, coloreada, donde se me ve con sobretodo marrón caminando por la calle Galiano, o por la calle San Rafael, o por Belascoaín, qué sé yo, me veo bien en las fotos, que no siempre fui el desastre que soy. Y encontró por fin una foto de Emilio. Por fin podía verle el rostro al marido. En un campo, sin camisa, en la mano una vara de tumbar mangos. Precioso, con la sonrisa de ingenuidad que siempre tuvo, las cejas anchas, levantadas, sobre los grandes ojos melancólicos; el pelo negro, lacio, caído con terquedad sobre la frente. Atlético, como Lucio, Lucio salió a él, con un pecho sin vello, mejor formado que el de cualquier estatua de Chavito. Quedé extasiada mirando la foto de mi marido y sólo así pude recordarlo, verlo frente a mí, casi hablándome, lo vi (Dios me perdone, hay cosas que no se dicen de los muertos) como cuando quería tocarme, quiero decir, acariciarme, besarme, y no lo hacía con brusquedad, Emilio podía ser cualquier cosa menos brusco, se insinuaba suave, cuanto más silencioso y dulce se mostraba yo sabía que me deseaba, yo lo conocía mejor que nadie, por el modo de traerme una taza de café, o por el modo de no mirarme, de evadir mi mirada, cuando estaba deseoso parecía como si le diera vergüenza que le vieran los ojos, y yo les digo, disculpen que hable así de un muerto, sé muy bien, hay cosas que no se dicen de los muertos, pero ese hombre tan tímido amaba con una pasión que no sólo contenía la suya sino también la mía, mi pasión estaba mezclada a la de él como no lo estaba mi cuerpo por más empeño que yo tuviera en hacerme suya, en entregarme, en dejarme poseer, yo me echaba en la cama, cerraba los ojos, sólo eso tenía que hacer, esperar tranquila, los ojos cerrados, sentía sus pasos alrededor de la cama, y de verdad, no sé cómo podía escucharlo, si se movía alrededor de mí con tanta delicadeza que los latidos de mi corazón parecían más fuertes que sus pasos, me acariciaba la cabeza y ya yo dejaba de ser yo, me convertía en cualquier cosa, animal indefenso, con susto, nunca perdí el susto, y creo que el amor es eso, un susto, y cuando pierdes el susto es que se acabó el amor, y es lógico el miedo, es que cuando estás enamorada estás frente a alguien más fuerte que tú, alguien a quien permites ser más fuerte, alguien a quien le regalas tu valor, alguien que puede hacer contigo lo que quiera, convertirte en polvo si lo desea, me gustaba aquel susto con que mi cuerpo dejaba de ser mío, y esta tarde pude recordarlo, lo vi igual que en la fotografía, sonriente, el torso desnudo, y sucedió como si la foto se animara, y dejara la vara de tumbar mangos para acercarse, decirme, sin mirarme directo a los ojos, que me amaba, perdonen, no me culpen si les digo lo que voy a decirles, me eché en la cama, cerré los ojos, me abandoné allí, en el cuarto donde sólo se escuchaba una lluvia que yo sabía que no era lluvia sino el viento de este día extrañísimo, me abandoné, digo, lo estaba esperando, el susto me apretó el estómago, iba a ser suya otra vez, no sólo iba a ser suya sino que lo necesitaba, había pasado años esperando el momento en que volviera a tenderse sobre mí, sin hablar, sin permitirme que hablara, sin dejarme decir lo que no cabía en algún lugar de mi susto, siempre me dejó con los deseos de decirle cuanto iba sintiendo, y ahora no debía hablar, por respeto, mi marido estaba muerto y debía respetarlo, y qué valiente tenía que ser para callarme, para no dejar que una palabra me traicionara, y hablé, dije cuanto hubiera querido decirle en años de silencio, dije lo que me gustaba, y mis manos se aferraban a su espalda, no abría los ojos, sabía que no iba a encontrar a nadie, ni falta me hacía abrirlos, yo veía más en ese instante con los ojos cerrados, no cuento lo demás, no sé lo que van a pensar de mí, si me consideran una desvergonzada, yo lo peor no lo he contado todavía.

Berta se levanta, vuelve a la ventana, No hay nadie, anuncia, y cualquiera se da cuenta de que lo dice por disimular la turbación. Mercedes bebe del vaso que hace rato está vacío, echa la cabeza para atrás, levanta el vaso para que llegue a sus labios una gota de tilo que todavía queda en él. Aunque no llora, Irene se seca los ojos, y hay que conocerla para saber que es un gesto que repite mucho, secarse los ojos secos. Lo peor es que me quedé en la cama con una felicidad que ya creía perdida para siempre, me levanté al cabo de un tiempo largo, con fuerte olor a saliva en el cuello, en la cara, me miré al espejo, tenía en el cuello las marcas de su boca, creía que mis palabras (dichas con tanto desespero, como aguardando que en cualquier momento él me callara con su mano) estaban todavía retumbando en la habitación, no se trataba de mis palabras, por supuesto, sino del eco infame de este viento que nos va a convertir en estúpidos. Y volviéndose a sentar en la cama, tomó de nuevo la caja de las fotografías y otra vez tuvo delante la foto del hombre sin camisa, del hombre hermosísimo que sonreía y llevaba una vara de tumbar mangos. Volvió la foto. Allí estaba la dedicatoria: PARA MI MADRE, UN RECUERDO DE SU HIJO. Irene se pone de pie, parece que va a echar a correr. ¿Se dan cuenta? No era Emilio, sino Lucio.

Se apagaron demasiado pronto las luces de la tarde. Temprano ya, Marta cerró los ojos. Daba lo mismo tenerlos abiertos o cerrados: sus ojos vivían con la luz del día. Cuando llegaba la noche, llegaba definitiva, hasta la salida del nuevo sol, si es que había nuevo sol. Se sintió fatigada. El esfuerzo del cuerpo por sustituir los ojos, la agotaba en exceso, y en el momento en que la última luz de la tarde (y la última luz de la tarde fue hoy una funesta lucecita de mediodía) velaba de modo tan absoluto la casa, el jardín, la Isla, sobrevenía el cansancio. Un cansancio inútil puesto que no conducía al sueño. Y como hoy se apagaron demasiado pronto las luces de la tarde, Marta entró a la casa como si no entrara a ninguna parte. Hasta el torbellino del viento se apagó cuando entró a la casa, y fue un vacío, una ausencia sobrenatural; sintió miedo; quizá por eso comenzó a tocar muebles, paredes, adornos, buscando un vínculo con el mundo, para no sentir que estaba sola en un universo sin personas y sin cosas. Se acostó. No se acostó. Creyó que dormía. Su sueño, de un color rojo, casi negro, no fue más que eso, un color.

La despierta un estruendo. No sabe si es un estruendo de la realidad. (Ojalá no lo fuera.) Se levanta. No se levanta. No sabe si avanza por la perenne oscuridad con las manos levantadas para defenderse de la malicia de las paredes. Llega a la sala. Supone sea la sala: ha tropezado con un sillón, y sólo la sala tiene sillón. La puerta, ¿dónde está la puerta? Tantea en las paredes, encuentra el interruptor, enciende la luz, es decir, la oscuridad persiste. Hay alguien detrás de la puerta. Escucha una voz, un quejido. Por fin encuentra el cerrojo. La puerta se abre. Marta vuelve la cabeza hacia todos lados como si fuera posible que sus ojos se iluminaran de pronto. El viento, tan fuerte, la obliga a aferrarse al marco de la puerta. Llueve, sin duda, un aguacero torrencial: el viento trae sonido y olor de aguacero torrencial. Las balsas. Recuerda a los mendigos y a las balsas. Recuerda a su madre. Tiene la impresión de que algo cae a sus pies. Con suma lentitud, Marta va bajando sin dejar de aferrarse al marco de la puerta. Toca el piso con las dos manos. Siente que sus manos se mojan, un líquido cálido, espeso. Se yergue. No, no se yergue. Sospecha que está en la galería, que avanza y el viento se lo impide. Si es un sueño, Señor, es el sueño más nítido, el más real, a pesar de que es un color rojo, casi negro. Está llamando, Mercedes, Mercedes.

Ilumina los rincones, los bancos donde a veces uno creería que hay figuras sentadas, figuras que corren de las galerías hacia la Isla. Siempre es así, aquí uno cree ver lo que no ve, lo que no es posible, y por eso Helena no se inquietó tanto cuando desde la puerta de su casa vio una figura blanca avanzando por entre los árboles, eso sucede a menudo, y hasta las mismas estatuas de Chavito dan la impresión de estar en movimiento muchas noches. Si hubiera sido sólo la figura blanca, Helena estaría tranquila, enfrascada en las cuentas. Sucede que lo otro sí es extraordinario y merece ser aclarado lo antes posible. Cuando Helena salió a cerciorarse de que la figura blanca no era más que una alucinación, encontró manchados de sangre los senos de la Venus de Milo. Y ahí sí no se trata de juego o alucinación. Sangre, verdadera sangre, sangre fresca, mancha de sangre con forma de mano sobre los senos de la Venus de Milo. Va con la linterna iluminando los rincones, las oscuridades que dejan esas lámparas tristes del techo, iluminando bancos, canteros, árboles. No descubre nada. Resulta sumamente difícil con esta noche de octubre, con ese cielo bajo y enrojecido, con este viento de los mil demonios. Y llega Helena al Apolo del Belvedere y lo revisa bien, así como revisa la antipara, y se percata que del otro lado, en el zaguán, hay alguien. ¿Quién está ahí?, pregunta con la severidad de siempre. Sin esperar respuesta, sin miedo, segura de sí, da la vuelta, llega al zaguán. Descubre a Merengue, que limpia el carro de los pasteles. ¿Tú?, ¿qué haces despierto a esta hora? El negro sonríe, la saluda, se inclina en reverencia cómica y no responde. Has visto qué noche, dice el negro sin dejar de sonreír. Helena lo mira un instante. No responde ni al saludo ni a la sonrisa. Ilumina de arriba abajo la Victoria de Samotracia, e ilumina luego al carro y a Merengue. Hay alguien en la Isla. Siempre hay alguien en la Isla, replica el negro. Quiero decir, un desconocido, alguien que está herido. Merengue deja caer el paño en el cubo del agua sucia.

Si Helena dice que hay un herido... Sin lugar a dudas Helena es la mejor encargada que la Isla ha tenido y podrá tener. Helena la conoce mejor que nadie. Helena sabe mejor que nadie lo que conviene saber sobre la Isla. Por lo menos lo que concierne a su *realidad*. Porque en cuanto a lo demás... Se vanagloria de conocer a la perfección el camino que pisa. Siempre miro para la tierra, miente. Además, recalca para molestar un poco a su hermano Rolo, el que anda con fantasías tropieza con los árboles.

Irene cuenta que cuando Helena llegó a la Isla una mañana de enero, luego de la conversación con Padrino y de tomar posesión de su casa (la primera hacia la derecha, entre el zaguán y la casa de Casta Diva), Helena salió a reconocer la Isla, tanto el Más Acá como el Más Allá, aunque en aquel tiempo no se le conociera por esos nombres. Entonces había tantos árboles como hoy, y se habían abierto los caminos con las piedras del río y estaba la fuente que no se había secado. No estaban, sin embargo, las estatuas (Chavito era muy niño y no le había dado aún por la escultura). Hacía tiempo que en toda la zona se hablaba de los misterios de la Isla. Se decía que muchos se habían perdido en ella para no reaparecer. Cuenta Irene que, cuando ella vio a Helena dispuesta para su primer reconocimiento, se sintió en el deber de llamarla y ponerla sobreaviso, decirle cuántos peligros la acechaban, *sottovoce*, claro, Padrino estaba vivo y ese gallego atrabiliario no podía oír, sin encolerizarse, desatinos que atentaran contra la reputación de su propiedad. Muy bajito, pero con mucha claridad, contó la historia de Angelina, de Cirilo, el joven flautista de la Banda Militar del cuartel de Columbia que vivía donde hoy están Mercedes y Marta, y que componía la música más desolada del mundo y la tocaba con lágrimas en los ojos y nunca se supo por qué. El pobre flautista, sucio y triste, se internó una mañana en la Isla repitiendo una de sus melodías más angustiadas y no se le volvió a ver. Irene le aclaró a Helena que algunas tardes, sobre todo en los días de lluvia, se escuchaba, sin que nadie fuera capaz de precisar el lugar, la desgarradora música de la flauta de Cirilo. También le contó Irene que suerte semejante corrió la niña Eduviges, de seis años y extrañas visiones. Rarísima niña, si tú supieras, que parecía de más en este mundo nuestro, es decir, en esta Isla donde Dios y el Diablo tienen los mismos poderes, la niña anunció una mañana que se iba porque no estaba dispuesta a soportar lo que de algún modo tendría que sobrevenir (¿a qué se referiría?), los vecinos creyeron que se trataba de un juego, y la niña Eduviges de seis años y extrañas visiones, besó su muñeca y se perdió, por ahí, por la zona de la fuente que por esos años no estaba seca, ¿y qué me dices de Laria, aquella mujer oscura y fea que se creía santa e iba de casa en casa, tocando las frentes de cuantos se pusieran a su alcance, para limpiarlos de pecados, decía?, pues esta Laria ardió una noche (¡qué noche, santo cielo, la recuerdo como si fuera ahora!) en una hoguera que nadie sabe quién prendió, ella gritaba que el diablo la había atado allí, no pudimos hacer nada, la hoguera era inmensa y por más cubos de agua y más corre corre, la pobre Laria se transformó en un montoncito de polvo que el viento se llevó, imagínate, aquí el viento

no respeta ni las cenizas de una santa como Laria, y en vano
hemos escrito al Papa, cosa de que la canonice, santa Laria, virgen y mártir, que las dos cosas fue sin discusión, el Papa ni con-
testa con lo ocupado que está, con tantas bendiciones, el pobre,
y lo cierto es que Laria anda por ahí, tocándonos la frente
todavía, que hay días en que se sienten sus pasos y una mano
invisible (mira, yo me erizo) se posa en nuestras frentes, te lo
juro, y te puedo contar la historia de Rascol Nico, el carnicero
que mató a una vieja a hachazos y purgó aquí sus penas, y te
puedo contar de Pinitos, tenía siete años y decía cosas atroces,
decía, por ejemplo, que él había visto a un desconocido que lloraba porque no tenía sombra, era verdad, él lo había visto, en
un claro que los árboles dejaban, muy cerca de la fuente, el
hombre se paraba de lleno bajo el sol y era como si se parara
inútilmente, nada, ninguna sombra atestiguaba que él estuviera
allí, el hombre lloraba y mostraba una bolsa de la que escapaba
un sonido metálico de monedas, también decía que había visto
a una pareja de jóvenes llamados Pablo y Francisca, hermosos y
en un tiempo enamorados, que un ventarrón fortísimo arras-
traba de un lado a otro y no dejaba tranquilos, y los hacía golpearse contra los árboles de la Isla que, ya se sabe, son grandes
y muchos, el viento estaba lleno de gemidos, contaba Pinitos
con los ojos que parecían dos piedras, luego quedaba con la
boca abierta como si él mismo no creyera tanta historia, la tal
Francisca narraba entre sollozos que mientras leían, del libro había salido la fuerza irresistible que los había obligado a besarse
y a acariciarse y a entregarse el uno al otro, a pecar, como decía
ella, arrastrada por la ventolera que no la dejaba tranquila y la
golpeaba contra los troncos, el ventarrón venía siendo el castigo
por haberse dejado llevar por la fuerza del libro tan fuerte que
los había obligado a besarse, una tarde Pinitos salió de la Isla
más perplejo que de costumbre, contó que un hombre llamado
Abrán había llevado a su hijo hasta el Más Allá, cerca del río,
y que el hombre llamado Abrán había obligado al hijo a arrodillarse mientras él hablaba con los ojos vueltos hacia lo alto; el
muchacho, casi un niño, reía y le decía padre mío, Abrán, no
tengas miedo, que Dios es misericordioso, y que allí mismo el
hombre, que era enorme y con una cara terrible, le había cortado la cabeza al hijo, y la cabeza del muchacho rodó hasta los

pies de Pinitos y éste vio cómo los ojos de la cabeza sin cuerpo aún pestañeaban y los labios sonreían y todavía tenía algo parecido a una voz, que no se parecía a las demás voces, una voz que no resonaba, una voz que nadie podría llamar voz y repitió dos o tres veces Dios es misericordioso, hasta que la boca se quedó con la sonrisa fija y los ojos no pestañearon más, entonces el hombrón padre llamado Abrán se cortó su propia cabeza diciendo Dios es un soberano hijo de puta, y su cabeza salió volando como una pelota y quién sabe dónde cayó, Pinitos hacía muchos cuentos que divertían aunque es bueno reconocer que nos daban miedo, una tarde vino la madre de Pinitos a hablar con Padrino, la madre de Pinitos, la mejor encajera de Marianao, una mujer tan pequeña que uno hablaba con ella sin verla, como si quien hablara fueran sus zapatos, estaba tan preocupada que vino a pedirle a Padrino que no dejara a Pinitos pasear más por la Isla, el niño había llegado muy tarde a casa la noche anterior y contaba que había conocido a dos hombres que no eran dos hombres sino el mismo hombre de dos maneras distintas, un tal doctor Equis y el señor Jay, que había visto cómo una señora muy abrigada, de sombrero y manguito se lanzaba delante de un tren (cosa de todo punto imposible en la Isla, dicho sea de paso, que dónde está aquí la línea por donde pueda deslizarse un tren) que había visto pasar una góndola llena de mujeres maquilladas y vestidas como para un carnaval que rodeaban, besaban y toqueteaban a un señor de cara blanca y peluca, y otras muchas cosas más que ella no podía recordar y que la tenían altamente preocupada por el destino de su buen hijo, que salvo esa manía de inventar cosas demostraba ser un niño excelente que ya sabía multiplicar y leía de corrido, sin equivocarse, los fáciles poemas de Dulce María Borrero aparecidos en el libro cuarto de lectura, y Padrino prometió, y los zapatos que eran la mejor encajera de Marianao, madre de Pinitos, se fueron sosegados y con dignidad de cumplidora del deber, sólo que Pinitos siguió visitando la Isla a escondidas, eso lo supimos después, cuando resultó demasiado tarde, yo lo encontré una mañana con una bolsa, mejor dicho, una funda de almohada donde llevaba, según me mostró, algunas camisas, una cantimplora con agua, un pedazo de chocolate, un cucurucho de aceitunas, seis galleticas de María, un espejito de mano y un libro de Historia de Cuba, me explicó que se iba en una cruzada a Tierra Santa, riposté que las cruzadas las hacían hombres como Pedro el Ermitaño y Ricardo Corazón de León, pero él sonrió antes de aclararme que se iba precisamente en una cruzada de niños, que ya había casi treinta mil dispuestos a tomar para la cristiandad las tierras usurpadas por los impíos, que llegarían al mar y que éste se abriría para dejarlos pasar por milagro de Dios, porque Dios protege a quienes lo aman, me rogó que guardara silencio, que si la madre se enteraba de su decisión lo amarraría a la pata de la cama, puedo decir sin temor a equivocarme que yo fui la última que vio a Pinitos, lo vi entrar por el lado del Laoconte como quien va hacia el Discóbolo, fue una tarde en que corría una extraña brisa en esta tierra de polvo y árboles inmóviles, se lo tragó la Isla, como gritaba después su madre, tan pequeña, que parecía que gritaban los zapatos, y puedo decir que la Isla se lo tragó porque las matas se fueron cerrando a su paso con cierta fruición, con cierta glotonería, yo no sé cuántos años hace de eso, ni la madre vive para aclararnos la fecha, por supuesto, Pinitos estaba loco, todo lo que contaba no era más que una sarta de mentiras, y si era mentira, ¿por qué nunca más lo volvimos a ver? Sólo esas pocas historias contó Irene (entre tantas que podría contar) antes de que Helena hiciera su primer reconocimiento a la Isla. Helena ni sonrió. Irene no recuerda si dio las gracias. La vio internarse en la espesura para reaparecer una o dos horas más tarde con una guanábana madurita y una idea exacta de lo que se debía hacer en la arboleda para que fuera lo más higiénica y habitable posible. Hubieras sido una excelente capitana de barco fenicio, dijo a Helena su hermano Rolo.

Se ve extraña Helena con esa bata de satén rosado que, aunque vieja, aún la hace lucir elegante. Y tendrá que ver la elegancia con las largas mangas anchísimas, de puños con flores incrustadas, y el cuello bordado y abundante que parece el cuello de una reina, de los que aparecen en las ilustraciones de los libros de cuentos. Se la ve extraña, ataviada así, entrando a la Isla por uno de sus caminos de piedras, llevando la linterna que recorta su luz, de un amarillo enfermo que enferma campanas y jazmines, murallas, crotos, heliotropos y piscualas de Irene. Las matas no son las mismas iluminadas por la linterna nerviosa. Ahora no tienen esos diversos tonos de verde de los que Irene se vanagloria. Las matas se ven amarillas, casi blancas, y parecen matas de mentira, de papel cuando la luz remisa de la linterna pasa torpe sobre ellas. A veces la luz se detiene, se abre paso por entre algún rincón del follaje. Otras, va directamente a una de las piedras con las que está hecho el camino. Por momentos se levanta (y es más pobre la luz cuando se levanta) y recorre un tronco, trata de buscar entre las ramas donde parece que esta noche habita el demonio. Y vuelve a bajar, y se va suave, lenta, casi inmóvil, a la mayor distancia que puede, y entonces ya no es luz, sino la imitación de una luz, especie de neblina que, en lugar de hacer visibles las cosas, las borra, las oculta o las hace más espectrales. Hay momentos en que Helena queda inmóvil junto con la luz, y cierra los ojos, como si cerrando los ojos pudiera escuchar mejor. Sólo que la Isla de esta noche, con tanto viento, tiene miles de sonidos diferentes. A ratos, pasos, gente que huye, gemidos, gritos, cantos. A ratos, como un río agitado que arrastra piedras. Helena sabe, por supuesto, que los mil sonidos diferentes son de la Isla: no hay que preocuparse por ellos. Por eso abre los ojos y continúa avanzando, segura, por las piedras de uno de los caminos de la Isla. Y cuando se abre una luz entre el Discóbolo y el Laoconte, Helena no se sorprende porque sabe que es sin lugar a dudas la linterna de Merengue, y es capaz de saberlo porque la luz se está moviendo como el propio Merengue, a tropezones, cayendo para un lado y para otro, que Merengue siempre va arrastrando el carro aunque vaya sin él. Helena mira hacia cada rincón con minuciosidad para la que no bastan los ojos. El demonio anda suelto y lo mezcla todo. Todo es conocido y desconocido. Hay algo que no es verdad, y Helena lo sabe.

My hearing is more reliable than my sight. Está sentado en la comadrita. No se mece. Tampoco se abanica. Trata de escuchar. Después que los pasos se alejaran y encontrara la mancha de sangre, sobrevino el silencio, es decir, el batir de la ventolera que es el silencio de esta noche. Y permaneció tranquilo, y se adormeció pensando que acaso la sangre fuera de algún animal herido, un gato, un perro, de esos perros vagabundos que merodean por la Isla. Y en efecto, creyó oír ladridos, y luego, más tarde, como si aullaran por allá, por la antigua carpintería. Sólo que ahora, al recordar el aullido, no está seguro de que lo fuera, que quizá se tratara de alguien pidiendo auxilio. Sonríe. ¿Cómo voy a confundir un grito de auxilio con el aullido de un perro? Niega con la cabeza sin dejar de sonreír. ¿Y si el grito no fuera más que el viento entre las ramas? ¿Y cómo voy a confundir un grito de auxilio o el aullido de un perro con el golpe del viento entre las ramas? Trata de escuchar. *My hearing is more reliable than my sight.* No sucede nada extraordinario: el viento, los árboles, nada más. Una noche de viento no debería ser algo extraordinario. Un cuerpo cae cerca de la casa. Probablemente la penca seca de una palma. El golpe es seguido por un breve silencio; luego, otra vez sonidos de pasos. Acto seguido, percutir de telas batidas por el viento, que no deben de ser telas, claro está, sino las ramas juntas de los álamos, las ramas juntas de los laureles, alguien llora, estoy seguro: alguien llora, llanto tímido, llanto que teme mostrarse, o sea, llanto verdadero, tan silencioso que casi no es llanto, ahí por la derecha, justo por el lado contrario en que ha caído el cuerpo o la penca, dicen que las cañabravas lloran cuando el viento las atraviesa, también deben llorar los sauces, que por algo los llaman llorones, no hay sauces llorones en la Isla, ni en el Más Allá ni en el Más Acá, los pasos parece que bordean el cuarto, trato de escuchar, *my hearing is more reliable than my sight,* son pasos de alguien que tiene la fuerza de la juventud, no hay duda, llenos de vigor, sólo el vigor y la juventud extremos pueden provocar pasos suaves, breves, rápidos, casi alados, quien avanza lo hace ayudándose en la pared de mi cuarto, el rozar de la mano por la superficie externa de la pared es casi imperceptible, mi oído es fino, por la altura en que va deslizándose esa mano, soy capaz de saber que se trata de alguien cercano a los seis pies (hombre, mujer o demonio) sé que eres alto y joven, *I know enough,* un estrépito de cristales rotos detiene el sonido de los pasos, voy a darme vuelta para mirar hacia el aparador, una punzada en la espalda me lo impide, por segundos, sólo el viento parece vivir en la Isla, me pongo de pie (con qué trabajo, cada día con más trabajo), detengo la comadrita: no me gusta que se mueva sola, superstición, no sé qué hacer y dejo con cuidado el abanico encima de la cama, la cara odiosa del gato del abanico me mira y sonríe con burla, vuelvo el abanico para que desaparezcas, miserable *cat*, sobre el aparador están los vasos, las jarras, las tazas, intactos, intactos, nada se ha roto dentro del cuarto, decido salir, enfrentarme a quien sea, pienso que ya es innecesaria la pistola de juguete, a mi edad, hasta el miedo desaparece ¿no?, busco las llaves que tengo en las manos, y cuando las encuentro me molesto porque buscaba las llaves teniéndolas en las manos, las dejo caer en el bolsillo de mi *jacket*, el sonido que producen las llaves al caer en el bolsillo de mi *jacket* es similar al de los cristales que se han roto allá afuera, ¿no habrán sido entonces las llaves?, allá afuera está bastante oscuro, sólo hay dos bombillos, el de la puerta y el del fondo, bombillos de poca fuerza, enciendo, pues, un quinqué, con él podré verte, quienquiera que seas, hombre, mujer o demonio, o las tres cosas, que cualquier engendro se hace posible en la Isla, estoy resuelto, voy a abrir la puerta, y si estoy resuelto no sé por qué me detengo, por qué quedo inmóvil en medio de la habitación, fingiendo que busco algo que no he perdido, ¿y si es el marinero?, *the young sailor, what if it's him, dear God, what if?*, él vendrá quiera yo o no quiera, vendrá. El profesor Kingston está en medio de la habitación con el quinqué levantado casi a la altura de los ojos. En este momento los pasos comienzan a oírse en el tejado. Y carcajadas. No, no son carcajadas sino los golpes de alguna ventana que se ha abierto. Se ha abierto una ventana que golpea y golpea y parece que son carcajadas. Y ocurre que los pasos están quebrando las tejas. De nuevo, percutir de telas batidas por el viento. Carcajadas, portazos de la ventana abierta, se acercan, se alejan, se acercan, se alejan, y un rumor de agua, ahora, ahora mismo, como cuando el río crece los días de mucha lluvia, incluso miro hacia la parte inferior de la puerta como si esperara ver el agua entrando por ahí, cosa que ocurrió una sola vez, hace muchos años, cuando el ciclón del 44, un graznido pasa varias veces por encima de la casa, me santiguo, voces, voces, un largo silbido, avanzo hacia la puerta, el graznido regresa, se vuelve a ir, no sé si el silbido es de la Isla o de mis oídos, a veces lo escucho, el mismo silbido, no es de ningún lugar sino de mí mismo, de adentro de mí, y las voces lo que dicen es *go, go, go*, o *no, no, no, I don't know*, y el silbido, por fortuna, cesa de repente, y un aguacero torrencial, semejante a miles, a millones de piedras cayendo sobre el techo, apaga el sonido de los pasos en las tejas, entonces son campanadas lejanas, y un canto, una voz hermosa que se levanta por encima de la algarabía de esta noche en la Isla, y llego a la puerta, me ha costado trabajo llegar a la puerta, y digo que la voy a abrir y no la abro, y la abro, afuera, el Más Allá con los árboles agitados por el viento, *Tis the wind and nothing more*, ni llueve, ni ha crecido el río, no hay nadie, tampoco oigo las campanadas ni la voz hermosa, ¿qué voz hermosa iba a oír?, ¿a quién se le ocurriría cantar en una noche como ésta?, levanto más el quinqué, sólo el charco de sangre continúa ahí, frente a mi puerta.

Cierra los ojos y piensa Estoy cansada estoy cansada estoy cansada, trata de imaginar un paisaje, playa con cocoteros, aguas de azul translúcido, día espléndido, cálido, cielo altísimo, sin nubes, o con pocas nubes, a lo lejos, un velero, no, no hay velero, sino hermoso transatlántico rojo, o tampoco, el horizonte, sólo el horizonte que no parece inalcanzable, ella está en la arena mirando al horizonte, ella está desnuda, juega con la arena, reúne montoncitos de arena sobre sus muslos, tiene la sensación de que su cuerpo existe, bueno, no es exactamente así, la sensación no se puede expresar con demasiada claridad, podría quizá explicarse mejor diciendo que todas y cada una de las partes de su cuerpo adquieren vida, siente con cada parte de su cuerpo, o ni siquiera es así, no se puede decir, y entra al agua que tiene una temperatura deliciosa. Y de pronto no es el paisaje, sino un lugar nunca visto o sí, puede que sí, que lo haya visto, un jardín, abundancia de árboles y ramas que caen de lo alto sin que se sepa, a ciencia cierta, de qué árboles nacen, y el jardín no es un jardín a cielo abierto, no, se trata de un amplio recinto con techo que, de tan lejano, no se ve, el cielo ha desaparecido, en su lugar, una honda oscuridad de la que escapan, en diagonal, luces azules y rojas que no son, que no deben ser, estrellas, hay hacia una esquina una tumba sobre la que se ve un ramo de lirios, y ella no se acerca, de pronto, sin desplazarse, está junto a la tumba y descubre que los lirios son de papel, olor a polvo, a trastos viejos, a telas humedecidas por el tiempo, el jardín no huele a jardín, ella va a los árboles, o sea, no va a ninguna parte, los árboles aparecen ahí, junto a ella, y son telas, enormes lienzos pintados, pinturas endurecidas, amarillentas, y cuando ella toca los árboles, es decir, las telas, es decir, los árboles pintados en las telas, una luz potentísima la ilumina y ya no ve más, su cuerpo, con esa luz, se hace transparente, el silencio es sustituido ahora por una música demasiado alta, ensordecedora, y, sin embargo, por encima de la música, se escuchan aplausos, aplausos, aplausos. Casta Diva abre los ojos.

La densa oscuridad del cuarto. Se escucha una risa, debe de ser Tatina. También se escucha el viento de esta noche de octubre. La ventana que está sobre la cama matrimonial (única ventana del cuarto) parece que es empujada desde fuera, que se va a abrir de un momento a otro. Casta Diva se sienta en la cama. Apenas logra distinguir qué la rodea, de todas formas, no lo necesita: ella puede andar por el cuarto con los ojos cerrados. Sabe, por ejemplo, que frente a ella está el espejo. Grande, rectangular, ennegrecido el marco de caoba, la luna biselada, ocupando la pared de ladrillos desnudos que está frente a la puerta. Ahí está el espejo reproduciéndola con la torpeza que le proporciona la falta de luz. Odia el espejo. Odia ése y todos los espejos. El espejo es una cosa aborrecible, y no tanto porque invierta la realidad, como porque la multiplica, como si la realidad no fuera suficientemente desagradable para tener que ser multiplicada. No lo ve. No importa: el espejo está ahí, frente a ella. Ella duerme en el lado izquierdo de la cama, y lo que tiene enfrente es el espejo grande. Muchas noches, cuando hay luna y calor y la ventana puede quedarse abierta, Casta Diva se duerme frente al espejo, que es como dormirse frente a sí misma. Odia el espejo y odia esa imagen. (Dentro de algunas páginas, este espejo será protagonista de un raro suceso.) También odia la reproducción de *La Sagrada Cena*, del Tiziano, manchada por la humedad de la pared. Odia su juego de cuarto, tan barato, de mala madera, comprado a plazos en Orbay y Cerrato, y odia la butaca, tapizada con damasco dorado renegrido por años y años de sudores, y odia la cama de Tatina, que es una cama de hospital, de barrotes metálicos pintados de blanco. Lo único que ama de su cuarto es el bargueño de nogal adornado con taracea. Es que el bargueño está cerrado con llave, y ella guarda con celo esa llave, y en él están sus secretos, *su alma*, como ella dice, aquello que ella es en verdad. Se levanta, se viste con la bata de casa que había dejado sobre la butaquita de la coqueta, y calza las chancletas de raso. Va a la cama de Tatina. La muchacha es una sombra en las sábanas blancas. Ríe. Tatina ríe. Casta Diva oye la risa, y también la odia y de inmediato se lo reprocha, se siente culpable. Enciende la lámpara que está en la mesita de noche (también metálica, también de hospital). Mira instintiva a su marido cuando la luz hace del cuarto un cuarto real. El duerme, al parecer tranquilo, nada perturba su sueño bendito. Luego mira a Tatina, que la está mirando y sonríe. La cara de la hija es grande, deforme y tiene poco que ver con la escualidez del resto del cuerpo. El pelo castaño se abre grasiento sobre la almohada, naciendo casi a la altura de las cejas, Tatina tiene muy poca frente. Los ojos son pequeños e inquietos, llenos de vida. Los ojos de Tatina aterrorizan a veces a Casta Diva; son ojos de mirada intensa que parece que penetran en la verdad de las cosas. Casta Diva se estremece cuando mira los ojos de la hija, razón por la cual pocas veces los mira. Su nariz sí es hermosa, en eso salió a ella, a la madre, con la nariz pequeña y bien formada, que finalmente también molesta, porque esa naricita perfecta nace entre dos carrillos mofletudos ennegrecidos por la acné mal cuidada, y está sobre una boca gigantesca, de dientes poderosos, separados y sucios, de encías inflamadas, boca desfigurada por la falta de palabra y el exceso de risa. El cuello apenas existe. Después, es el pecho pobre, y el resto del cuerpo más pobre todavía. Sin mirar a la hija, Casta Diva levanta la sábana, palpa el culero. Te orinaste otra vez, cabrona, dice tratando de darle dulzura a la frase, cosa que no logra del todo. La destapa ya totalmente y le quita el culero. La oscuridad seca, esmirriada, del sexo de la hija le produce una repulsión que, en lugar de disminuir, aumenta con los años. La seca con una toalla que siempre cuelga de una de las barandas de la mesita de noche, unta crema entre los muslos para que la piel no se irrite, y le pone culero limpio. Ahora te duermes, niña, mira que la Magdalena no está para tafetanes. Y apaga la luz. Va al baño. En el inodoro (que ella se encarga de limpiar y limpiar, por aquello

70

que decía su madre de que la limpieza de una casa comienza primero por el inodoro), hay unas gotas amarillas. Chacho nunca tiene cuidado, mira que se lo digo, se lo repito, se lo grito hasta cien veces en el día, no te mees afuera, coño, apunta bien. Seca las gotas con un poco de papel higiénico. Se levanta la bata de casa, se baja el blúmer, se sienta. Cierra los ojos mientras orina, concentrándose en el placer de orinar, mientras se ve otra vez en el jardín que no es un jardín, entre los telones pintados con olor a polvo, a trastos viejos, a la humedad antigua de las telas. De nuevo luz sobre ella; de nuevo, aplausos. La música. *O rimembranza*. Aplausos, aplausos. Seguida por la luz, avanza hasta el centro de ese lugar que da la impresión de no tener límites. *Ah, perchè, perchè, la mia constanza.* Más allá, vacío, zona oscura, abismo del que llega, clarísima, la ovación. Ha abierto los ojos, terminado de orinar, las últimas gotas se deslizan con lentitud, e incluso, como ella se pone de pie sin secarse, hay alguna gota de orine que rueda por los muslos. *Son io.* Se seca, se sube el blúmer. De pronto su mirada tropieza con el espejo del botiquín. Ahí estás otra vez, maldito. Aunque no quiere, no puede dejar de mirarse. Yo fui una mujer hermosa, mi piel parecía de biscuit, mi pelo, negro y abundante, caía con naturales ondulaciones sobre mis hombros, y mis ojos no tenían nada que ver con los de mi hija, en mis ojos estaba toda yo, en mis ojos grandes y limpios, y mi nariz perfecta (todavía es perfecta), y los labios, breves, precisos, ocultando, revelando (según mi conveniencia) los dientes que eran perlas, cojones, que eran perlas, nadie debe dudarlo: yo fui una mujer hermosa, alta, elegante, yo no era una mujer de carnes abundantes (de lo que me alegro), mantenía (aún lo mantengo) mi cuerpo en el peso ideal, y con qué gracia sabía (sé) moverme, yo estaba (estoy) hecha para el triunfo, *Deh! non volerli vittime del mio fatale errore*, y ahora..., ¿qué noche es ésta que parece que se va a acabar el mundo lloviendo, y no es más que amenaza, que no acaba de acabarse el muy puñetero mundo lloviendo? Casta Diva sonríe a sí misma en el espejo y después se saca la lengua. Vieja, vieja, ya no te queda más que casco y mala idea, estás peor que puta en Cuaresma. Sale del baño, va a la sala. No sabe para qué va a la sala. Tose y trata de limpiarse la garganta. Toma agua de la pila del fregadero y hace gárgaras que luego escupe en el fregadero. *Se-*

diziose voci, voci di guerra. Levanta un poco la cortina de la ventana que da a la Isla y ve que en la Isla los árboles parece que caminan con tanto viento que hay, y ve que la noche es roja, de un rojo vino, y ve también unas luces en la Isla, como si cocuyos enormes anduvieran por allí. Va a ocurrir algo terrible, lo sé. Y por supuesto, no bien tiene esa idea, piensa en Tingo y por supuesto se sobresalta, y va casi por instinto al cuarto de Tingo, y lo abre sin llamar, que ella nunca llama cuando va a entrar al cuarto de Tingo (es un niño). Enciende la luz. La cama de su hijo está regada pero vacía. Tingo, Tingo, muchacho, dónde te has metido. Nadie responde. Casta Diva vuelve al baño, vuelve a la cocina. Tingo no está en casa. Y a esta hora y con este tiempo, ¿dónde puede estar? Tingo, muchacho, vuelve al cuarto. Sacude a su marido por los hombros. Chacho, Tingo no está en casa y el aguacero que viene es de padre y señor mío. Chacho ni se da por aludido. Casta Diva se siente furiosa, coño, Chacho, te duermes y te mueres. Se vuelve, abre la puerta del centro del escaparate y encuentra, en una de las gavetas, la linterna del marido. Y así, en bata de casa, con chancletas de raso, sin siquiera pasarse el cepillo por el pelo que ya no es tan negro ni tan abundante, con la única protección de la linterna, Casta Diva sale a la Isla.

Del Discóbolo a la Diana, de la Diana al David, por aquí no ha venido nadie, si no, fuera fácil descubrirlo, bastante fácil, que las madamas y los marpacíficos no estarían intactos, y las mimosas hubieran sido pisoteadas, y los helechos no se verían así como se ven, tan levantados, parece que a los helechos no llega la vorágine que estremece a los árboles y a las casas, que nos estremece a todos, pienso en Chavito y tengo miedo, no sé por qué ahora pienso en Chavito, tropiezo con una cabeza de yeso, a veces aparecen cabezas, hombros, brazos, manos, torsos, pies gigantescos y deformes, si con eso se quisiera armar una figura, sería un monstruo de yeso, pobre Chavito, pobre muchacho, pierdes el tiempo, y no sé por qué te compadezco si todos perdemos el tiempo, cada uno a su manera, por aquí no hay nada ni ha venido nadie, sólo yo y la luz de mi linterna y, claro, el miedo este que me ha entrado de encontrarme con Chavito herido, muerto, no sé, ni siquiera es la primera vez que ocurre, en varias ocasiones estoy vendiendo pasteles en la puerta del Hospital de Maternidad Obrera, o en el edificio de la Liga contra la Ceguera, y se me ocurre que alguien de la Isla se va a aparecer a decirme que a mi hijo le ocurrió una desgracia, que está herido o muerto, no sé, ahora tengo miedo, un extraño presagio, la noche está fea, ésa es la verdad, y tengo ganas de no seguir buscando, de encerrarme en el cuarto, tirarme en la cama, taparme con una sábana hasta la cabeza y no saber nada de nada, ir desapareciendo, así, despacito, desapareciendo y que cuando lleguen, cuando fuercen la puerta del cuarto, no encuentren rastro mío en el cuarto, si acaso mi ropa y la sábana, no yo, que yo desaparecí, y, ya, tengo deseos de gritar que tengo miedo, la luz de la linterna es amarillenta, por eso, lo que veo lo veo malamente y no parece de verdad, ¿no estaré soñando otra vez?, imposible, si estuviera soñando las cosas parecerían reales, es así, siempre así, y por otra parte, allá, por la fuente, veo la luz de la linterna de Helena, y eso prueba que estoy despierto, no estoy loco como para olvidar que ella me llamó y dijo Hay un herido en la Isla y tenemos que encontrarlo, vamos, Merengue, apúrate, coge tu linterna, así me dijo Helena, y yo sé que por aquí no ha venido nadie y el miedo me tiende una de sus trampas: me digo, no hay herido, imaginaciones de Helena, y no bien lo digo comprendo que miento por miedo, si de algo estoy seguro es de que si ella dice que hay un herido en la Isla, hay un herido en la Isla, la mujer, justo es reconocerlo, resulta infalible, ahora tengo delante al David, y no me gusta su cuerpo desnudo y alto (le doy por las rodillas), y aquella mano desproporcionada con una piedra para matar a no sé quién, lo ilumino, me sorprendo (siempre me sorprendo) de que se mantenga blanco, a pesar de la lluvia y el relente, ¿no será por el zapote ese grande que le crece al lado y que le sirve de protección?, es que ni siquiera tiene cagadas de pájaros, las otras estatuas están cagadas, ésta no, y es raro, además, la Isla está llena de pájaros, una vez Chavito y yo cogimos catorce periquitos, catorce, Chavito, tengo miedo, por más que digo y digo, tengo miedo y no me cae bien el hombrón arrogante, pienso: a lo mejor por el aula de la señorita Berta, por el rincón Martiano, va y encuentro algo, la luz va hacia la puerta que comunica con el

Más Allá, una sombra, es ahí cuando veo una sombra, allí, una figura que se acerca, detente, coño, le grito, o te coso a puñaladas, así grito y debe de ser el miedo: yo sólo tengo la linterna, ningún cuchillo con el que coser a puñaladas a nadie.

Está tendido en el suelo. Un fuerte dolor le punza el brazo. El pájaro vuela sobre él y se aleja con un graznido que más parece una carcajada. Por fin lograste lo que querías, susurra. Y quiere ponerse de pie, llegar hasta la casa. El dolor del brazo es tan fuerte, que se queda ahí, muy quieto, con los ojos cerrados.

Séptima noche que el pájaro aparecía. Como si no llegara de ningún lugar. Se creería que siempre estuviera ahí, oculto entre el ramaje, esperándolo, permitiéndole unos minutos de éxtasis en la contemplación del cuerpo desnudo de Melissa, para después aletear, graznar, dejarse ver, pajarraco grande, de un blanco limpio, lustroso, ojos enormes con los que amenazaba tanto como con el pico y las patas. Séptima noche que venía, como si fuera a él a quien buscara, y daba vueltas, se posaba, volvía a amenazar, volaba, graznaba, se posaba, resoplaba, cerraba, abría los ojos enormes. Esta noche atacó con más fiereza. Vido no trató de defenderse como las noches anteriores, agitando las ramas de la encina, sino que arrancó una rama y la blandió con furia, vete, pájaro de mierda, dijo con suavidad, no podía gritar, Melissa podía escucharlo y todo se echaría a perder. Ahora cree que fue en uno de esos momentos en que el pájaro se estuvo quieto, cuando miró a la azotea y comprendió: Melissa ya no estaba, e incluso recuerda que entonces pensó que cualquiera hubiera podido decir que entre Melissa y el pájaro había complicidad, porque no bien aparecía su imponente figura de alas abiertas, se desvanecía ella en lo oscuro.

Octava noche que él subía al árbol. La primera vez no subió para mirar a Melissa, no, todo fue cosa del papalote, del azar (¿del azar?). El papalote quedó atrapado entre el ramaje de la encina. El papalote de Tingo-no-Entiendo que Chacho había traído de Columbia y que volaba tan bien y se veía lindísimo allá arriba con una brillantez roja, verde, amarilla, que en la lejanía se convertía en otro color. La cola de colores que le habían puesto con los retazos que les dio Casta Diva se transformaba en un pequeño punto negro y tembloroso. Volaba alto el papalote, subía tanto que a veces dejaban de verlo. Por aquellos días las tardes aún se mostraban azules, con brisas transparentes. El papalote subía más cuando él, Vido, lo empinaba. Sebastián y Tingo no sabían. El los enseñaba desde la superioridad de sus quince años. Y le daba cordel, y el papalote quedaba quieto, como fijo en una nube. Más tarde, cuando el cordel pasaba a manos de alguno de los otros, el papalote comenzaba a estremecerse, perdía altura, se hacía vulnerable al viento, hasta que caía. Aquella tarde fue la torpeza de Tingo la que lo hizo enredarse entre las ramas de la encina, y allá se quedó trabado, en la copa del árbol. Tingo comenzó a llorar (típico de Tingo-no-Entiendo). Sebastián se quedó mirando con la boca abierta al papalote muerto. Vido escupió, como siempre que no le gustaba algo, y dijo malas palabras, de las peores, de las que aquellos dos oían con reverencia. Cojones, no llores más, le gritó a Tingo, no seas maricón, y comenzó a subir al árbol, la encina alta, de tronco difícil, con agilidad que lo hacía sentirse dichoso, porque sabía que allá abajo lo estaban siguiendo con ojos de admiración. El mismo sentía la tensión de cada músculo, la rectitud vigorosa de la espalda, las manos y los pies como cuatro garras para aferrarse a la encina y dominarla. Subió, subió, subió. Las ramas del árbol no se opusieron, sino que parecieron abrirse con docilidad. Ya en lo alto, miró a su alrededor, enardecido por la altura. Vista desde arriba, la Isla no tenía nada que ver con la Isla. Tanta vegetación ocultaba los caminos de piedra, las galerías, las estatuas, y sólo la fuente, con el Niño de la oca, podía entreverse como una mancha oscura que nada hubiera significado para quien no conociera la Isla.

Ahí, en la azotea amplia, sucia de intemperie, en el formidable silencio de la tarde, la viste desnuda por primera vez. Era la hora en que la tarde comenzaba a convertirse en esa maravilla que es la Isla cuando ve acercarse el anochecer. No había nadie más que Melissa. Sabías que los otros comenzaban a huir, a esconderse en los cuartos, y que después volverían a salir, después conversarían, reirían, hablarían de los sucesos del día como si la vida fuera eterna. Ahora, en ese momento, estarían ocultos, fingiendo indiferencia, haciéndose los desentendidos, preocupados en apariencia por dar los últimos toques a la comida, o repasando la página de un periódico (aquella donde se contaban los pormenores de la muerte de Pío XII), o buscando quién pitchearía por el Almendares, o simplemente cerrando los ojos para abrirlos cuando ya la noche fuera un hecho irremediable. Hora de crepúsculo, y tú estabas entre las ramas de la encina mirando a la única persona que no temía al crepúsculo, Melissa desnuda, Melissa detenida en la azotea con el loro en la mano, y esa expresión suya que no se sabrá si es de satisfacción, burla, o ambas cosas. Protegido por la encina pudiste mirarla a tu antojo. Olvidaste el papalote. Olvidaste a los dos que estaban allá abajo esperando por ti, que a veces te gritaban con impaciencia. No tenías más ojos ni más sentidos que para Melissa desnuda.

A la tarde siguiente, a la misma hora, volvió a subir a la encina. Ella, desnuda en el lugar exacto de la noche anterior, tenía el loro en la mano, y la expresión ambigua de siempre. Casi se hubiera podido afirmar que no se había movido de allí de no haber sido por el detalle del pelo, ya no suelto como la vez pasada, sino recogido y adornado con una flor. Estaba inmóvil, mirando acaso las fugaces figuras de un grupo de nubes que ocultaban el último sol. A veces parecía mover imperceptible los labios, y levantaba al loro hasta la altura de ellos como si a él estuvieran dirigidas las palabras que Vido no sabía si llegaba a pronunciar. Vido la miraba con la mirada fija, tratando de no perder detalle, para que el recuerdo fuera perfecto en el bienestar de la bañadera. Y se daba cuenta del valor que Melissa había adquirido de pronto.

La azotea se oscureció. Vido no supo si Melissa había entrado a la casa o si se había perdido tras la vuelta de la azotea que, formando un ángulo, desaparecía tras las casuarinas. La desaparición de Melissa había ocurrido en un segundo de distracción, en un segundo en el que él desvió la mirada porque sintió un movimiento entre las ramas, y un golpe de alas, un extraño resoplido. En la azotea no había nadie y sí una extensión de sombras que crecían rápidas, saliendo de la Isla y desde allí se propagaban por el mundo. Otra vez el aleteo, y el gran pájaro blanco, como si no llegara de ningún lugar, los ojos enormes y la amenaza del pico y las patas, volando belicoso sobre él.

A partir de entonces reapareció siempre que las sombras crecían sobre la azotea, cuando Melissa dejaba de verse, sin que Vido fuera capaz de saber hacia dónde se perdía. Cada noche, con mayor agresividad, volvía el pájaro. No bien lo veía llegar, Vido bajaba rápido de la encina y corría a la casa, dando la vuelta por el Más Allá, seguido por él y su graznido, y cuando entraba y se iba al baño a pensar en Melissa, seguía viendo al animal, la imagen del animal interponiéndose entre él y la imagen de Melissa, y escuchaba el graznido que, allá en la sala, hacía que la señorita Berta se santiguara y gritara Ave María Purísima y cerrara corriendo las ventanas.

Ahora está tendido en el suelo. Hace mucho tiempo que está tendido en el suelo. Ha visto cómo la noche ha pasado por todos los tonos oscuros hasta llegar a este rojo que ahora tiene. Un fuerte dolor le punza el brazo. El pájaro se ha alejado, o no se ve. En su lugar, permanece su sombra blanca, una estela, el persistente golpe de su aleteo, el resonar del graznido como una carcajada. El pájaro se ha ido; su amenaza está ahí. Vido se pone de pie; sin saber cómo, sostiene y aprieta con el brazo sano el otro que le duele mucho, y avanza hacia la Isla, llorando.

En esta página conviene usar el futuro, un tiempo poco recomendable. Ya ha sido escrito que Chacho había llegado del Estado Mayor pasadas las cuatro de la tarde, y que fue el primero en darse cuenta de la tempestad que se avecinaba. Ha sido escrito, además, que Casta Diva, su mujer, lo vio después, absolutamente inmóvil, mirando las copas de los árboles. Al día siguiente, luego que suceda lo que va a ser narrado casi de inmediato, Chacho hablará cada vez menos, cada vez menos, hasta que decidirá echarse en la cama. Nadie sabrá a qué se deberá el problema de Chacho (ni el propio Chacho), si a una enfermedad del cuerpo o del espíritu (como dirá, un tanto perplejo, el doctor Pinto). Sin aspavientos, sin énfasis, sin esperanzas, se negará a regresar al Estado Mayor del cuartel de Columbia (donde, dicho sea de paso, nunca ha tenido talento para ascender, para pasar de radiotelegrafista en el Cuerpo de Señales, donde su ausencia no se notará). Chacho estará sesenta y tres días sin hablar. Durante ese tiempo, podremos verlo obsesionado por los conejos y por Carlos Gardel. Y como no conviene abusar de ese tiempo poco recomendable, el futuro, justo es que dejemos a Chacho con su silencio hasta el momento en que deba reaparecer, como Dios manda, en esta narración.

Un golpe en el cristal de la ventana. Golpe seco, como de una piedrecita, al que sigue un corto silencio para después repetirse con fuerza mayor. Este hijo de puta va a romper el cristal, dice Sebastián. Conoce el modo de aviso, así que deja en el suelo el libro y el diccionario, va a la ventana y la abre con sigilo, tratando de hacer el menor ruido posible. En efecto, se trata de Tingo. Sebastián no pregunta, no denota curiosidad, mira al otro con la mayor impavidez porque sabe que a Tingo esa actitud lo desconcierta. Sin embargo, Tingo está demasiado perturbado para dejarse desconcertar. Repite un gesto con ambas manos, conminándolo a que baje, lo más urgente, se trata de un hecho de verdadera importancia. No estoy para bobadas, dice Sebastián sin saber si Tingo ha sido capaz de escucharlo, lo ha dicho con los labios, casi en susurro, es tarde y Helena puede darse cuenta de que está despierto todavía. Sin hablar, el muchacho continúa la gestualidad exagerada, y muestra algo, un papel, una carta, y señala un lugar impreciso, por detrás del edificio, hacia el río quizá. Es una noche inmóvil, de nubes que pasan casi sobre los techos. La calle de la Línea se ve desierta, escasamente iluminada por las luces de los postes, cuyas farolas están medio sueltas y a merced del viento. El titubeo de la luz hace que la calle esté serpeando, sensación acentuada por los remolinos de polvo que forma el viento. La noche, roja, inmóvil, hace creer que nadie va a pasar nunca más por la calle de la Línea. Sebastián se fija en las casas oscuras y abandonadas, y piensa que son sólo fachadas que nada ni nadie puede haber detrás de ellas. A ratos, se oyen disparos, sirenas de perseguidoras o ambulancias. No obstante, ¿quién puede estar seguro de que sean disparos o sirenas? En algún momento, ruidos de pasos. Tingo corre a esconderse al doblar del edificio, allí donde hace esquina la pared de su casa. Regresa después más nervioso: se han sentido pasos y no ha pasado nadie. La estación de trenes, oscura como siempre, tiene esta noche un aire de especial abandono: se diría que ningún tren va a llegar a partir de hoy. El potrero también se ha convertido en lugar que no existe, aunque se escuche el galopar de un caballo. Y resulta imposible que sea cierto el galopar del caballo, que el Zambo por nada del mundo deja los caballos sueltos ni al sereno, y mucho menos en noche así. ¿Qué quieres? Tingo-no-Entiendo no sabe hacer otra cosa que gesticular y mostrar el papel, la carta o lo que sea. Sebastián intenta hacerle entender que es tarde, que si Helena se da cuenta de que él ha salido... bueno, tú conoces a mi madre. Tingo no oye o no quiere oír. Sebastián se aleja entonces de la ventana, va al escaparate y regresa con una cesta en uno de cuyas asas han atado una soga. Es la cesta que usan siempre que deben comunicarse fuera de hora, en casos excepcionales y secretos. Lanza la cesta a Tingo. El muchacho pone dentro el papel, la carta o lo que sea. Sebastián recoge la soga y retoma la cesta. Vuelve a la cama, a la luz de su lámpara de noche. Tiene en las manos una postal estropeada, sucia, con algunas manchas, que muestra a un joven semidesnudo con el cuerpo ensartado de flechas; hay un paisaje nebuloso detrás; encima, ángeles acuden en su ayuda. Por detrás, se lee en letras de imprenta: SAN SEBASTIAN, PEDRO ORRENTE, CATEDRAL DE VALENCIA. Debajo, con esmerada caligrafía de tinta negra: «¡Señor, ya voy, por cauce de saetas! Sólo una más y quedaré dormido».

Sebastián vuelve a mirar la imagen en blanco y negro del mártir, y lee varias veces, con atención, la frase bajo la cual no hay fecha ni firma. De la tarjeta se desprende un fuerte olor a perfume de mujer. Decide guardarla en la gaveta del buró. De allí saca papel y lápiz, escribe ¿dónde la encontraste?, y echa en la cesta el papel con el lápiz. Regresa a la ventana. Tingo no está. De la esquina de la derecha, de la librería, del potrero, de la estación, viene un sonido de pasos. Esta vez sí hay alguien. Un hombre aparece en la esquina, bajando por la calle de la Línea, con pasos lentos aunque firmes. Sebastián se dice Es alguien que no tiene apuro y sí una absoluta seguridad del camino que lleva. Con sumo cuidado va Sebastián cerrando la ventana. Deja un resquicio por el que mirar hacia fuera. La sombra del que llega se mueve junto con la luz de los postes. Es un hombre vestido de blanco, o lo parece. Se detiene frente a la gran verja. Mira al zaguán. Sebastián no puede calcular el tiempo en que el hombre se queda mirando al zaguán. Le parece que a la espalda lleva un bulto, una especie de jolongo, que en algún momento se quita. Busca en él. Saca algo que Sebastián no puede distinguir y que, después, deja en su mano como si lo estuviera pesando. Devuelve el bulto a la espalda. Echa a andar sin dejar de mirar al zaguán. Por segundos, su paso se hace más lento debido a que el hombre, por alguna razón misteriosa, no puede apartar los ojos del zaguán. En algún momento, parece desistir, mira su mano otra vez y levanta por último la vista hacia la oscuridad que tiene delante: el camino hacia Columbia está como boca de lobo esta noche. Con la mano levantada, el jolongo a la espalda, pasa bajo la ventana de Sebastián. Es un marinero joven y alto y erguido. Hay algo en su perfil que intimida, algo en su uniforme o en su modo de caminar o en toda su figura mal iluminada por los bombillos que se balancean, que hace pensar que viene de lejos, aunque resulta evidente que no tiene apuro y sí la certeza de que va por el único camino posible.

En el mismo papel que le envió Sebastián, ha escrito Tingo Por favor baja pronto urgente de vida o muerte, con letras grandes y desmañadas. Sebastián va a la puerta del cuarto y la abre, tomando precauciones. Todo está oscuro, sumido en silencio, mi madre se acostó. Se quita con premura el pijama y con premura viste el pantalón de mecánico, la camisa de cuadros rojos. Bajar por la ventana es fácil, a menos de un metro un saliente en el muro viejo, un pedazo de piedra rota, permite un apoyo para saltar con facilidad a la yerba. Procura que sea algo importante, dice Sebastián con el tono de superioridad con que siempre habla a Tingo. El muchacho se lleva el índice a los labios con gesto de desesperación que a Sebastián se le antoja exagerado, y lo toma de la mano, con fuerza, atrayéndolo hacia la esquina del edificio, allí donde una acera, destrozada por las raíces de tantos árboles, conduce hacia el Más Allá. Sebastián retira la mano: el contacto con la mano delicada de Tingo le provoca un rubor cuya causa desconoce. Tingo-no-Entiendo va delante, sigiloso el paso, como si la ventolera no apagara el sonido de los pasos, como si la ventolera no tuviera una resonancia capaz de volver nada cualquier otro sonido, que hasta un batallón podría marchar ahora por esta acera y nadie en la Isla se daría cuenta.

En el Más Allá, pasando la casa del profesor Kingston, el cementerio de los perros, el platanal de Chacho, la cochiquera de Merengue y la lomita de yerba por donde a veces se tiran en yaguas, casi al borde del río, se levanta (o cae) la carpintería. La llaman así por costumbre, por hábito de llamar las cosas por lo que un día fueron y no por lo que son. ¡Ah, terquedad del recuerdo para fijar los nombres! Hace años que la carpintería no es carpintería. Catorce por lo menos. O más. Aproximadamente cuarenta y ocho horas después de que Berardo, el padre de Vido, fuera hallado sobre su mesa de carpintero con la boca abierta, los ojos en blanco y el páncreas roto según reveló, después, la declaración del forense. Puede afirmarse que desde el momento en que lo dejaron pudrirse bajo una loma de tierra en su natal Alquízar, ya habían olvidado, no sólo al hombre que tantos trastornos había provocado en los últimos tiempos, sino todo aquello que de una forma u otra tuviera que ver con él (salvo el niño, salvo Vido, claro está). Fue fácil olvidarlo: resultaba necesario. A decir verdad, hacía tiempo que la carpintería no servía de carpintería, ya que Berardo, comedido, caballero cuando llegó a la Isla, había cambiado últimamente las maderas, los martillos y los serruchos por mulatas, botellas de Bacardí y orgías que terminaban en invariables y colosales trifulcas (al hombre se le metió el diablo en el cuerpo, no cabe duda). A su muerte, repentina y deseada (y que Dios nos perdone), la carpintería se quedó sin amparo, a merced del clima de la Isla. Y el clima de la Isla (no es un secreto para nadie) es como la Isla: engañoso, de farsante benignidad. Así despintó paredes, las agrietó, las pudrió, en labor paciente y despiadada más propia de carcoma que de clima, pero, ¿qué es el clima de la Isla sino una plaga con apariencia de veredas tropicales, mediodías encendidos, mares violeta, cocoteros y plenilunios idílicos? Ahí, la carpintería (cualquiera puede verla), vieja, vulnerable, sin que se sepa gracias a qué milagro se mantiene todavía en pie, con el techo frágil y el color absurdo de las maderas alabeadas.

Por las hendijas de las vencidas maderas escapan luces que crecen, se debilitan, parpadean. Tingo y Sebastián vienen subiendo por el trillo que se ha mantenido misteriosamente abierto en las yerbas de guinea. Un poco hacia la derecha, aunque con la oscuridad no se vea ni con el viento se pueda escuchar, corre el río. Si fuera una noche como otras, sería hasta posible contemplar el ala de las galerías que pertenece a la señorita Berta, a Irene, a Casta Diva, y se verían el Hermes y la Venus, y hasta quizá el busto de Greta Garbo, que la carpintería fue construida en lugar privilegiado. La noche es un cerco. La Isla no está, desapareció. En este minuto sólo existe la carpintería como un barco averiado que surgiera de entre las sombras. Tingo desanuda el alambre que mantiene la puerta cerrada. La puerta cede con un crujido de maderas y goznes paralizados por la herrumbre.

Nos gusta porque da miedo, ésa es la verdad, dicen que aquí se oyen las músicas y los gritos de las fiestas, y muchas veces se vuelve a ver a Berardo, con la cara deformada y un martillo en la mano, que según me ha dicho Merengue cuando uno muere sigue siendo lo que en vida fue, y nos gusta además porque hay tantas cosas, mira, muebles viejos, pero viejos viejos, ropas llenas de polillas y de años, y santos sin cabezas, *madonnas* sin niños, tristes, mirando con desolación el hueco de sus brazos, y el pavo real disecado, ¿te acuerdas? (ya no tiene plumas en la cola: se las arrancamos cuando jugábamos a los indios y a los *cowboys)*, y la vieja gramola de tu papá, y los pedazos del Ford antiquísimo de Padrino, las medallas del ejército que encontramos en una cajita de madera con incrustaciones de nácar, y el quimono de seda azul, y las babuchas, ¿te acuerdas de las babuchas?, y los binoculares, y la muñeca con alfileres en el pecho, y la bandera· cubana que pusimos sobre la mesa de la carpintería, que es lo único de la carpintería que aún se conserva (de ahí se han robado hasta los clavos de Berardo), y los retratos de esos señores que nadie identifica, y yo me pregunto ¿Esos señores sabrían alguna vez, cuando se estaban retratando, sabrían que años más tarde serían caras anónimas, incapaces de arrancar a otro ni sonrisa ni recuerdo ni lágrima ni nada, nada de nada?

Hay dos velas encendidas. A modo de palmatorias, sendas botellas de cerveza. La luz deja una sombra triste en las paredes. Las formas se dilatan y vibran confusas. Sobre la mesa de la carpintería, arropado con la bandera cubana, hay un hombre tendido. Muy joven. Parece que duerme. Su expresión es tranquila; la respiración, regular. No lleva zapatos. Los pies son grandes y están llenos de fango. Fango cuarteado, seco. Viste traje de dril, sucio, y camisa sin corbata. La camisa, de un rojo bastante subido. Cualquiera podría darse cuenta de que el rojo de la camisa no es de la camisa (se sabe que es blanca y se ha teñido de sangre). Las manos, sobre la seda de la bandera, son hermosas, delicadas, a pesar de que están mugrientas y tienen manchas verdes. Algunas hojas de paraíso se ven diseminadas encima de la bandera. El cuello del muchacho tiene una herida. Aunque pequeña, de la herida mana un incontenible hilillo de sangre. El perfil no está alterado por ningún dolor, más bien se creería lo contrario, el perfil sereno y contento de un durmiente feliz. Se diría que sonríe, hasta la misma palidez parece extraña consecuencia de la gran vitalidad que desprende el cuerpo. En la frente brillan a veces gotas de sudor. El pelo, mojado, posee ligeras ondas de un rubio oscuro. Tingo toma una de las velas, la acerca a la cara del muchacho y limpia, con un pañuelo, la sangre que corre de la herida del cuello. Tímido, Sebastián toca las manos y la frente. Tiene fiebre. Como la bandera es grande, levantan la seda que se arrastra por el suelo, y lo arropan. El muchacho se mueve, dice algo imposible de entender. Sonríe luego de veras, abre los ojos y los vuelve a cerrar. Se abraza a la bandera. La animación dura un instante. Enseguida regresa al sueño, a la inmovilidad.

II
Mi nombre es Scheherazada

Llueve. Con furia. Como este relato se escribe en Cuba, la lluvia cae con furia. Diferente sería si se estuviera escribiendo en cualquier otra parte del mundo. Aquí no existen orvallos (como escribiría un autor gallego), ni eternas lloviznas parisinas. Aquí sólo se puede describir una lluvia desesperada. En Cuba el Apocalipsis no sorprende: ha sido siempre un suceso cotidiano. Razón por la cual este capítulo comienza con un aguacero que presagia el fin de los tiempos.

Es hermoso que todo vaya desapareciendo, hasta la Isla, convertida en impresión, espejismo, me encanta la lluvia: logra que uno se sienta fuera del tiempo y del espacio, me encanta la lluvia, me saca de la monotonía de un día tras otro, cierro la librería, a esta hora nadie vendrá a comprar, mucho menos bajo la lluvia, la lluvia intensa devuelve a las cosas su verdadero valor, la casa, por ejemplo, no es la misma cuando llueve, el aguacero la vuelve acogedora, la transforma, la hace amable, y me dan deseos de leer o dormir, o de las dos cosas al mismo tiempo, sí, sería magnífico dormir mientras llueve, y, mientras llueve, y, durmiendo, leer, o no leer, sino que el sueño estuviera compuesto de palabras, un sueño así: Bate la lluvia la vidriera roja y las rejas de los balcones donde tupida enredadera cuelga sus floridos festones bajo las hojas de los álamos que estremecen los vientos frescos piar se escucha entre sus tálamos a los gorriones picarescos; me encanta esta lluvia, la de siempre, la de hace un siglo, la que vio Casal desde la ventana de su casa de la calle Aguiar número 55, la misma que ahora vuelve para que uno sienta vagos dolores en los músculos y hondas tristezas en el alma, el aguacero despierta el olor de la tierra, el olor que, si no fuera por el aguacero, no se sentiría, refresca la casa con la humedad persistente, me encanta que el aguacero me encarcele, es la única encarcelación que, supongo, podría soportar, estoy en el sillón, tengo los pies sobre la cama, escucho la música del agua sobre el agua y sobre el techo, me voy adormeciendo, yo creo oír lejanas voces —cierro los ojos—, que surgiendo de lo infinito —me alejo y sé que no me alejo—, iníciánme en extraños goces, la Isla se transforma en lluvia, fuera del mundo en que me agito, llueve, torrencial, magníficamente, llueve, seré feliz mientras dure el aguacero.

Odio la lluvia, la odio porque me encierra, me obliga a permanecer entre estas cuatro paredes que aborrezco con toda mi alma, supongo que cuando digo «con toda mi alma» quiero decir que la odio como ya no se puede odiar más, la lluvia me hace sentir prisionera, me obliga a no moverme, a esperar como rata en rincón, me siento acorralada, no quiero que llueva, por mí, que el sol esté siempre achicharrándome, el sol, el fuego, esta Isla no es una isla, es una llamarada, una sucursal del infierno, el sol, sí, y de cuando en cuando unas horitas de oscuridad para no morir de deslumbramiento, de la lluvia no quiero saber nada, ni su olor a tierra, a cementerio, la frescura húmeda (que ponderan los falsos poetas, los que quisieran vivir entre las brumas de Escocia, los imbéciles que me rodean), ni el sonido monótono y terrible, prefiero arder en las calderas del Infierno real que es esta Isla, antes que soportar la lluvia de octubre que va a terminar echando el techo sobre mí, el techo de la casa cruje, ino digo yo si va a crujir!, y comienzan las goteras, las goteras, las goteras, un cubo aquí, otro allá, la casa llena de cubos, y yo encerrada, sin poder salir siquiera a la Isla, que es, a mí nadie me hace cuento, el Culo del Mundo, odio la lluvia como a mí misma, y si a Dios le parece una blasfemia, que venga, que venga El mismo con todos sus angelitos a preguntar, que no tenga miedo y se presente, a mí sí que no me van a amedrentar trompetas ni fuegos artificiales, que venga y no tarde, que aparezca hoy mismo, El va a saber lo que es bueno, le voy a cantar las cuarenta.

Llueve y me pongo triste y eso me da alegría, la lluvia vale la pena cuando se está solo, es el mejor pretexto para tener nostalgias de algo y ponerse triste por no tenerlo y llorar por gusto. Y Lucio, que está desnudo sobre la cama, cierra los ojos.

Lucio ha cerrado los ojos. Ve una casa de madera, sobre pilares, de portal amplísimo. Las paredes blancas; no son blancas (no sabe de qué color). Puertas y ventanas cerradas con telas metálicas. La escalera lleva al portal. El piso es de madera también. Un sillón se mece solo, tal vez efecto del viento. Lucio entra en la casa. Está vacía, no hay casi muebles, salvo algunas sillas y una mesa sobre la que descansa un quinqué encendido. En los cuartos tampoco se ven camas, ni escaparates, ni espejos. Lo único que se aprecia en las paredes de los cuartos son fotografías, hombres y mujeres austeros que él supone muertos, por la austeridad, y porque resulta sin duda evidente que son fotos antiguas. En el último cuarto, en un rincón, una niña, sentada en el suelo, llora. Tiene la cara oculta entre las manos. Lucio le acaricia la cabeza casi rapada. Siente ganas de llorar él también, no sabe por qué, y como tiene ganas de llorar y no sabe por qué, va a la ventana y la abre. El mar. Comienza a amanecer. El mar está tranquilo, gris. El cielo, también gris, dibuja nubes lejanas e inmóviles. La niña se levanta. Va donde Lucio. Al sentir sus pasos, él se vuelve y ve a la niña con la cabeza baja. ¿Por qué lloras? La niña no responde. Se detiene a su lado, también mira al mar, toma la mano de Lucio y la acaricia. ¿Por qué lloras? El le pellizca la barbilla, levanta su carita para verla mejor. ¿Cómo te llamas? Sin dejar de llorar, la niña sonríe, Lucio, dice, me llamo Lucio.

¿No te parece que el sonido del aguacero es una música rara? Tres hombres con túnicas blancas tocan instrumentos que suenan como la lluvia. Es una habitación pequeña y pintada de rojo, con cortinas de Damasco, y pebeteros donde queman incienso. Una muchacha sonriente, con cara de ingenua malicia,

89

se le acerca y lo toma por una mano. Lucio la sigue sin dejar de escuchar, muy cerca, el sonido de la música que es la lluvia, que es la lluvia que es la música. Un largo corredor se ve repleto de plantas naturales: tienen la rara virtud de parecer artificiales. En un salón, varias parejas se besan, se acarician según las órdenes que da una anciana desde una silla de ruedas. Esta (la anciana) mira a Lucio con fijeza. ¡Por fin!, exclama. Los demás se separan, lo miran. ¡Por fin!, exclaman a coro. Lucio se acerca a la anciana de la silla de ruedas. Esta (la anciana) le toca el pecho, los muslos, como quien toca a un hermoso animal. Estás caliente, dice. La anciana es fea, lleva un vestido del mismo color rojo de las paredes y tiene espejuelos oscuros. No sonríe. Lucio no siente vergüenza de estar desnudo, sino una extraña alegría. Con gran ceremonia, lo llevan a otra habitación donde hay un cadáver cubierto por un sudario. ¿Quién es?, pregunta Lucio. Persiste el sonido de la música que es una lluvia rara. La muchacha de cara maliciosa levanta el sudario y Lucio ve el cadáver, también desnudo, idéntico a él, su mismo retrato. Lucio vivo toca las manos de Lucio muerto y las encuentra rígidas, frías. ¿Cuándo murió? ¿Cuándo morí? En su silla de ruedas, la anciana es conducida por un negro fuerte y hermoso. La anciana seca lágrimas falsas. Todos estamos vivos, todos estamos muertos, exclama con voz entrecortada. ¿Mi madre lo sabe? Tu madre murió antes que tú. Lucio siente gran pena. Se inclina sobre el Lucio muerto y le besa los labios apretados, sin aliento. ¿Será feliz? Se vuelve, se percata de que no hay nadie, lo han dejado solo y de cualquier manera pregunta ¿Y cómo, si estoy muerto, no sé qué cosa es la muerte? Está llorando sobre el otro en el momento en que llaman a la puerta. Escucha la voz de la anciana, Lucio, Lucio. Llaman a la puerta otra vez. Irene grita Lucio, aquí está Fortunato. Lucio abre los ojos en su cuarto. El coño de su madre, ¿cómo carajo pudo venir Fortunato con este diluvio?

¿Qué tú haces aquí? Fortunato está empapado de pies a cabeza. Tengo que hablarte. Primero tienes que secarte, dice Irene y le tiende una toalla. Sécate, ordena Lucio con esa superioridad con que siempre lo hace sentirse Fortunato. Sécate y cámbiate de ropa. Irene cierra la puerta con prudencia para que Fortunato se cambie No vayas a pescar un catarro, muchacho. Fortunato es

trigueño, demasiado trigueño, mulato casi a pesar del buen pelo
y las facciones europeas, y es alto, alegre, dócil con mirada inexplicable, de un verde con destellos amarillos. Los labios ligeramente gruesos, ligeramente amoratados, sonríen casi siempre con
dulzura que contrasta con el cuerpo fuerte. Las manos resultan
tan grandes como tímidas. ¿Cómo se te ocurrió salir con este
aguacero? Fortunato no deja de sonreír. A mí la lluvia no me
detiene, recalca con voz áspera que delata, más que ningún otro
detalle, que el padre fue negro. Tenía necesidad de verte y me
dije «no hay lluvia que pueda conmigo», y aquí me tienes. Estás
loco, acaba de cambiarte. Mira, hasta el calzoncillo está empapado. Lucio le da ropa limpia sin mirarlo. Fortunato se viste con
la ropa de Lucio que le queda ajustada. Lucio se quita la bata
que se había puesto para abrir la puerta y vuelve a caer desnudo
en la cama. ¿Cuál es el problema tan grande que te hace salir
de tu casa con esta lluvia? El otro se sienta al pie de la cama y
no sonríe esta vez. Nada, quería verte. ¿Verme?, ¿sólo verme?
Fortunato afirma. Lucio ríe a carcajadas. Coño, yo creo que tú
eres maricón.

Oyeme, Señor, enciendo esta vela ante tu imagen torturada
porque no recuerdo casi ni cómo me llamo, antes, cuando llovía, yo me acostaba a recordar, y por supuesto, me ponía triste
y lloraba, y yo gritaba Que no llueva, que no llueva, me decía
que no quería los recuerdos, perturbaban, venían a molestar,
eran como un plato frío de harina sin sal, aunque en realidad
me encantaba recordar mientras llovía, acostada en la cama, antes, cuando llovía, para no llorar, tenía que poner en el tocadis-
cos una canción bien bien alta y guarachosa de Celia Cruz,
Songo le dio a Borondongo, Borondongo le dio a Bernabé, para
que no me acosaran los recuerdos, y me levantaba de la cama y
del llanto y me iba a la cocina a inventar comidas raras, o cosía
en la Singer que suena como una carreta, y hablaba con mi hijo,
gritaba, para que no entrara en mi cabeza el sonido del agua, y
hacía sofritos, limpiaba el piso con perfume para mitigar el olor
de la yerba y la tierra mojadas, ¡ah!, hoy, Señor, mírame encendiendo esta vela ante tu imagen torturada para rogarte que dejes
entrar un rayito de luz en mis recuerdos.

La lluvia de hoy sí es de verdad, ahora sí está lloviendo, con ganas, cumpliendo la amenaza. Y Merengue, que no ha podido salir con el carro y los pasteles, se sienta en el sillón de rejilla rota a fumarse su tabaco (no hay como fumarse un H-Upmann los días en que llueve como hoy). Hubiera querido seguir acostado, dormir el tiempo que durara el aguacero, no hay como dormir mientras llueve, pero la modorra no da para tanto, ni él está acostumbrado a la cama. Además, la lluvia, esta lluvia, no es una bendición de Dios ni mucho menos. Tampoco es ilusión. Llueve y parece que no llueve, que es lo peor. Sería una bendición si Chavito estuviera acostado en la columbina, roncando como un bendito, que Chavito sí salió dormilón, y no sé a quién salió perezoso, ni Nola ni yo dormimos nunca más allá de las seis de la mañana. Chavito, en cambio, en cuanto pone la cabeza en la almohada..., cierra los ojos, los cierra de verdad, con pasión, puede estar inmóvil y ausente durante once, doce horas seguidas, y abrirlos luego con expresión de quien se acaba de acostar, se toca la barriga, pregunta Viejo, ¿no hay nada de comer por ahí?, y luego, por la tarde, hasta es capaz de echar la siestecita, no, la lluvia de hoy no es una bendición de Dios. Anoche tampoco vino Chavito. ¿Y fue anoche cuando comenzó a llover? ¿Encontraron anoche al Herido en la carpintería de Berardo? Bueno, el tiempo es cosa rara. Se diría que hace meses que Chavito no viene; meses que encontraron al pobre muchacho casi desangrado cubierto por la bandera cubana. Y el herido y la lluvia asustan a Merengue. Experimenta a ratos la desesperación de no saber dónde puede estar el hijo con este diluvio, piensa en cuántas carpinterías sin uso habrá por ahí, en cuántas banderas, en la posible cantidad de heridos que ahora agonizan sin que muchachos curiosos los descubran.

Cuando llueve es cuando mejor duerme doña Juana. Cuando llueve es cuando más observada se siente la señorita Berta, sin que quepa la posibilidad de escapar, de dejarlo todo y salir a la calle a tratar de olvidar que una mirada le impide vivir. Está intentando ahora ver cómo cae la lluvia. No es fácil: esta lluvia (ya se ha dicho) es un aguacero torrencial, casi un ciclón, un presagio (ya se ha dicho) del Apocalipsis. La Isla ha desaparecido. No hay Isla. Solas han quedado la habitación y ella. Ah, y el desamparo en que la deja la mirada. Aunque no se vea, la señorita Berta está intentando mirar por la ventana el modo en que la lluvia hace desaparecer el paisaje e impone su presencia. Ni sabe la hora ni tiene demasiada importancia (en este libro la hora nunca tiene demasiada importancia). Ella cree ver a un anciano con un paraguas que avanza con dificultad muy cerca del Hermes de Praxiteles. No puede ser, dice para sí la Señorita, y como dice «No puede ser», el anciano desaparece.

Doña Juana duerme. El aguacero la hace dormir mejor. Es más blanco el ropón blanco, son más benéficos el rosario y la cruz que perteneció a Francisco Vicente Aguilera. A su lado, una palmatoria con una vela encendida. En medio del sueño perfecto de sus noventa años, doña Juana quiere levantar una mano y tomar la palmatoria, acaso para iluminar mejor las zonas oscuras de su sueño. (Eso no se sabe por ahora.) La señorita Berta, que ha entrado para mirar cómo duerme la madre, detiene la mano y la devuelve, a su lugar, sobre el regazo, en esa posición que es como un presagio de cómo estará cuando ya duerma el sueño definitivo (si es que éste no es ya el sueño definitivo).

La Princesa de Clèves. Cuando llueve, Mercedes se transforma en la Princesa de Clèves. Ella piensa que su hermana, frente a ella, ignora que no está en el sillón roto, en la Isla que es el Reino de la Banalidad. No, ella no está ahí. Cuando llueve (es su secreto), logra trasladarse a la corte de Enrique II, y deja de ser Mercedes (nombre cualquiera) para convertirse en Princesa de Clèves (née Mademoiselle de Chartres). Está sentada al pie de una ventana en el Pabellón de Coulommiers. Afuera llueve. No es una lluvia como ésta, arrasadora, sino una llovizna que apenas logra tamizar (que incluso resalta), el amarillo verdoso del paisaje de otoño en el campo francés. Ahora, la Princesa realiza una labor. Cuando escampe, se abrigará, vestirá su capa, paseará por el jardín donde el Príncipe de Nemours acecha loco de amor entre los árboles. ¡Dios, cuánto daría por ser un personaje de novela!

Ella cree que estoy dormida, ella cree que no la conozco, yo sé más de cuatro cosas, en definitiva, ¿qué importa si se cree la princesa de tal o Madame Bovary?, sólo quiero soñar, yo también quiero soñar, y Dios no me ha concedido el privilegio, cuando comenzó a llover tuve una ligera esperanza, siempre que llueve tengo una ligera esperanza, que ya debería ir desechando puesto que nunca pasa de una esperanza, pensé: Por fin, ha pasado otras veces: momento de vértigo, mareo, como si en lugar de estar lloviendo en la Isla, estuviera lloviendo en el mar, cuando niña, cuando todavía mis ojos estaban vivos, después del cementerio, yo viví junto al mar, no puedo olvidarlo, a Mercedes le impresionaba el agua y el color y las olas y las espumas y entrar en él donde la gravedad no podía con ella, decía, a mí no me impresionó del mismo modo, para mí el mar fue siempre un sonido, más que cualquier otra cosa: inmenso, considerable estruendo, ¿será que ya entonces me estaba preparando, sin saberlo, para la ceguera que vendría después?, aquel estruendo me gustó, nada tenía que ver con ningún otro sonido que conociera, eco, resonancia, que de alguna forma me contenía, en la que yo participaba, nunca me había pasado (ni me ha vuelto a pasar) algo parecido, y cuando llueve, como hoy, tengo el lejano recuerdo de aquella impresión, y debe ser la razón que me hace pensar en el mar, porque en alta mar el sonido de la lluvia debe de ser más fuerte, ya no recuerdo bien, hace tantos años de aquella casa del tío Leandro, no, no hace tantos años en realidad, sólo que cuando una no ve..., y hoy no bien pensé «alta mar», de inmediato imaginé un barco, creo acordarme de cómo son los barcos, y dije Marruecos, Cerdeña, Chipre, no importa, costas rocosas bañadas por el mar color tierra (así lo imagino), yo en proa, sí, a punto del sueño, el mareo pasó, siempre pasa, volví a la oscuridad de siempre, al permanente rojo oscuro, casi negro, al que estoy condenada, hay un castigo grande y es el de nacer en una isla, hay otro castigo peor, el de estar ciega en una isla, y para colmo ¡esta falta de sueño!, si concurren en ti estas circunstancias, no tienes remedio, te da lo mismo que llueva o escampe o caiga nieve o raíles de punta, que sea primavera o invierno, el olor y el tacto y el sabor son sensaciones que cansan, ¡te has quedado ciega en una isla!, por mí, que se raje el cielo lloviendo, ciega, en una isla, condenada a un sillón, de donde se deduce que para mí el sillón es el planeta, no gira alrededor de nada, aunque por fortuna se mueve.

Ha salido desnuda a la azotea. Llueve con furia. Melissa debe de sentir como si una fuerza la obligara a tenderse en el suelo. Y se tiende. Por la expresión de su cara, podría deducirse que experimenta una voluptuosidad nueva. ¿No será como si miles de manos la estuvieran acariciando? Y cuando el cielo se abre en relámpagos se diría que riera y gritara de alegría.

No te hagas el tonto, Vido, Melissa está en la azotea y lo sabes. A ella no le importa el aguacero. Sale como si tal cosa: a ella la lluvia la obedece. Tú sabes, Melissa está bajo el aguacero riéndose, divertidísima, contenta de que los demás estén ocultos, odiando, amando, soñando, fingiendo que no sueñan, mientras ella siente que su cuerpo es acariciado por miles de manos. Tú en cambio estás encerrado. No puedes salir. Se está acabando el mundo lloviendo (siempre que llueve dicen que se está acabando el mundo) y te prohíben salir, la tía Berta afirma Te puede dar pulmonía, no andes buscando dolores de cabeza. Yo sé que piensas (cómo no lo voy a saber yo) que una pulmonía más o menos no va a tener importancia si logras verla desnuda, a ella, a Melissa, a la única mujer que has visto y que deseas ver desnuda. Melissa, con ese cuerpo que pide a gritos ser acariciado. ¡Qué te importa la lluvia, Vido, qué te importa! Hazme caso, mejor te quitas la ropa y sales desnudo tú también bajo el aguacero. Encuerito como Dios te trajo al mundo. Saltarás, como siempre, por la ventana, nadie te va a ver. Abajo no habrá fango. Crecerá mucha yerba y crecerán tilos y matas de romerillo y muchas otras cosas que se interpondrán entre tus pies y la tierra. Y el aguacero ¡será bueno sobre el cuerpo desnudo! ¿No te percatas de lo nuevo que es para ti eso de sentir el aguacero en la piel? Tu cuerpo reaccionará de la mejor manera, es decir, como si ya estuvieras frente a ella, con la boca abierta, los ojos cerrados y la pinga parada. Así, desnudo, te alejarás del Hermes de Praxiteles (que no es de Praxiteles sino de Chavito) y del horrendo busto de Greta Garbo. También te alejarás de la Venus de Milo (ni la mires, que es de barro). Darás la vuelta al edificio y llegarás a la encina. Entonces tendrás una gran sorpresa, porque, cuando vayas a subirla, sentirás que una mano te detendrá. Esa mano que aprieta ligeramente tu hombro, Vido, será la de ella, tendrá que ser la de ella, que nadie más (escúchame bien: nadie más) podrá tocarte así. Con la mejor de tus voces dirás ¡Melissa! Ella reirá aún más. Te volverás. En efecto, ella estará ahí, desnuda, los dos desnudos bajo el aguacero, sin decir nada, sin dejar de reír. Ella tocará tu pecho y dirá algo que no entenderás ni leyéndole los labios. Además, qué importa. Se acercará, acariciará tu espalda. El aliento de ella será delicioso como el olor de la lluvia. Te inclinarás un poco para besarle los labios. La maldita se alejará, correrá por entre tantos árboles, desaparecerá, la buscarás desesperado, Melissa, coño, no me dejes así. Y la verás recostada en el sándalo rojo de Ceilán, riendo, esperándote con las piernas abiertas. Te detendrás delante de ella sin acercarte mucho, para castigarla, que aprenda la muy puta, le enseñarás esa cosa dura y grande que irrumpe triunfal de tu entrepierna, y exclamarás, gritarás Si tú quieres es toda para ti. Ella responderá, Sí, quiero, y extenderá los brazos para que vayas por fin. El aguacero de la Isla, arreciando como si supiera que con eso los cubre y los salva. Con manos admiradas colocará ella tu pinga en el lugar justo. Y tú entrarás sin saber dónde pero sabiendo que en la felicidad. Tan feliz estarás sobre la encina, que estarás en la azotea, que estarás en tu cuarto, y cuando abras los ojos, te verás abrazado al pájaro que revoloteará y saldrá volando, y cuando abras los ojos te encontrarás en tu cuarto, y no habrá nadie, perdóname, Vido, cuando abras los ojos te percatarás de que ha sido una mala pasada que le ha jugado el autor a su personaje, y no deberás culparme, al fin y al cabo la imaginación es más grandiosa que la realidad. Y ahí, Vido, en el espejo de la coqueta, un líquido blanco, espeso, lento, tu leche.

El escenario debe ser grande, lleno de árboles, hojas, ramas de verdad. Digamos que representa un bosque en la antigua

Grecia. Aparece una vestal. Túnica blanca que ondea al viento. El viento escapa de grandes ventiladores que están entre las cortinas del escenario. La vestal avanza lenta. Estaba nerviosa; ya no. Desde el momento en que su pie descalzo siente el tabloncillo del escenario, el miedo se esfuma como llevado por el viento de utilería. Aplausos. La lluvia está compuesta de aplausos. Como la lluvia no cesa, no cesan los aplausos. De cualquier modo, para ella, hay un gran silencio, un solemne silencio. No ve a nadie. El público no existe. Sólo existen el escenario, la música y ella, vestida de vestal en medio de un bosque de la Antigua Grecia. Comienza a cantar un aria preciosa de Gasparo Luigi Pacifico Spontini. Unicamente ella sabe lo que experimenta mientras canta. Una sensación como no recuerda ninguna otra. Su voz es prodigiosa, lo sabe, la oye, hace con ella lo que quiere. Le interesa el público, es verdad, y por eso le llega su emoción, el modo de reverencia, religioso, con que acoge su canto. Extiende las manos. El aria en realidad dice: Público mío, esta voz es para ti, nada soy sin ti, mi voz y yo fuimos creadas para que tú seas feliz. La música cesa. La pureza de su voz es coronada por una ovación. Aplausos. La lluvia está compuesta por aplausos. Esta de hoy, intensa, se llama ovación. Gritos de *brava!*

Y si yo te recordara, Casta Diva, que la lluvia es lluvia y nada más, ¿sería una crueldad de mi parte? ¿Y si yo te recordara que el bueno de tu marido está desde hace días tirado en la cama sin dirigirte (ni a ti ni a nadie) la palabra? ¿Si yo te recordara que Tatina se orinó otra vez, que Tingo juega con un guiñol de cartón, que no hay bosque verdadero o falso, ni llevas traje de vestal? Mira, mira a tu alrededor, un cuarto pobre. Escucha, no hay aplausos ni ovación ni gritos de *brava*. Sólo una Isla que se inunda, un marido que no habla, un hijo que no entiende y juega y juega, y una hija boba que se orina cada cinco minutos. ¡Ah, y un espejo! ¿Por qué no dedicas un vaso de agua al espíritu de Spontini? Estás ronca de gritar que la lluvia te pone ronca, que no puedes cantar como tú y tu público merecen. Está bien, Casta Diva, no quiero ser demasiado malvado, no quiero ensañarme contigo. Cierra los ojos, atenta, atenta, el escenario debe ser grande, lleno de árboles, hojas y ramas de verdad. Un bosque en la antigua Grecia y sales de vestal. El resto, por favor, termina de imaginarlo tú.

Ahora es el momento, Tingo, aprovecha que tu madre se sentó en la butaca, escondió la cara entre las manos para imaginarse en un escenario, y deja el guiñol de cartón, sal a la galería, corre hasta el zaguán, que Sebas está mirando caer el aguacero. ¡Qué buen aguacero! Además, no hay clases. ¿Y viste cómo llueve? Se sienta junto a Sebastián, que nada dice, ni siquiera deja de mirar al aguacero, que no se parece a Sebastián, ¡qué serio! Tingo permanece mucho rato allí, callado, sin saber qué hacer. Luego, cuando ya está a punto de romper a llorar, Sebastián lo mira con la mejor de sus sonrisas y pregunta ¿Tú conoces la historia de mi tío Noel?

A continuación transcribo, sin modificar una sola coma, la historia que Sebastián narró a Tingo mientras caía en la Isla aquel aguacero torrencial.

Hace muchos años hubo una lluvia como esta de hoy, y hasta más fuerte, que la tierra se inundó, había más agua en la Isla que en los mares que la rodean, mi mamá tenía un tío llamado Noel que vivía en una finca llamada El Arca, entre Caimito y Guanajay, el tío Noel era viudo y sólo había tenido una hija que murió cuando cumplió quince años, ¿de qué murió?, de nada, cuando cumplió los quince, en vez de crecer y ponerse bonita como las muchachas de quince, se puso chiquita y fea, tan chiquita y tan fea, que mi tío le daba leche en gotero y no sin ponerse una venda en los ojos para no espantarse, la muchacha se llamaba Gardenia, un buen día, antes de que se desatara el aguacero ese que te digo, Gardenia se redujo a un punto y desapareció, entonces mi tío se sintió solo, y se dedicó a los animales con más amor que antes en su finquita, había allí cuanto animal pudiera uno imaginarse, al tío Noel le encantaban los animales, hasta elefantes había (no como esos elefantes que se ven en el zoológico, que son del Africa y de la India, no, de eso nada, elefantes cubanos que ya no existen porque los mató una epidemia de tristeza), ¿cómo eran los elefantes cubanos?, pequeños, de color rojo y orejas blancas, sin colmillos, o con un solo colmillo, no sé bien, pues como te iba diciendo, el tío Noel tenía animales de todas las especies cuando comenzó el aguacero que duró mucho, mucho tiempo, cayó tanta agua que las casas se vieron levantadas de los cimientos, y casas de Baracoa fueron a parar a Guane, y casas de Guane terminaron en Guantánamo, y las gentes se iban saludando al pasar, y seguían los quehaceres sobre el río de agua incontenible, sin poder detenerse, dice mi madre que no se paseaba en guaguas, sino en barquitos, como en Venecia, una ciudad donde también llovió mucho alguna vez, el tío Noel no quiso que su casa se fuera a la deriva, la amarró fuerte con varias sogas, y allá dentro metió a los animales, hasta que parara de llover, los alimentó, los crió, y los animales lo querían mucho, que los animales quieren mucho a quienes los atienden bien, y mientras el resto de los animales de la isla se ahogaban, los de mi tío engordaban y se veían más hermosos que antes, cuando escampó, la tierra estaba como si la hubieran barrido con escobas gigantes, las casas se hallaron en los lugares más distantes, hasta hubo casas que terminaron en el Pico Turquino, y no había animales, y lo más terrible: aunque hubiera escampado, la gente no lo creía, porque con tanta lluvia los oídos se acostumbraron al sonido, y así no caía agua alguna pero la gente seguía escuchando el aguacero, el tío Noel, que siempre fue un hombre inteligente, se dijo A lo mejor esta lluvia que ahora siento no es verdad, sino lo que permanece en mis oídos de la lluvia anterior, y para comprobarlo mandó al campo a una chivita llamada *Chantal,* y la chivita regresó al poco tiempo comiendo yerba, de lo más seca, ni fango tenía en las patas, de ese modo supo el tío que ya no llovía, a pesar de que dice mi madre que el tío Noel continuó escuchando la lluvia por el resto de sus días, cuando se murió, que murió cuando los cien años que tenía se le acumularon en el corazón, pocos minutos antes de quedarse quieto, dijo que se ahogaba, que iba en un bote por un río enorme y que el bote zozobraba y él se hundía con el bote, y no estaba en ningún bote ni en río alguno, sino en su cama y hacía un día espléndido, cuenta mi madre, lo cierto es que gracias a los animales que el tío Noel salvó en su casa de El Arca, es que hay animales en Cuba, que si no estaríamos comiendo yerbas y flores, puesto que, salvo los del tío, el resto de los animales murió ahogado en aquel aguacero de hace muchos años, que fue un aguacero más grande que el de hoy, y mira cómo llueve.

This rain is just like that other one, la recuerda, mejor dicho, cree recordarla. Llovía con tanta furia que La Habana iba dejando de existir, se borraba, a través de la ventana sólo veían espejismos de paredes y balcones. La calle vacía. ¿Dónde vivían entonces? Quizá en la casa de huéspedes de la calle Jovellar, la dueña se llamaba Tangle (no, Tangle era la de la casa de huéspedes de la calle Barcelona, casi esquina a Galiano; la de Jovellar se llamaba Japón, sí, Japón, negra gorda y jovial, siempre riendo, y fue la única que aceptó a Cira sabiendo la enfermedad que padecía, no le importó, dijo lo que les pido es que no se enteren los otros inquilinos, y los dejó y fue bondadosa, ya se debe de haber muerto, por entonces andaba frisando la sesentena). El profesor Kingston daba clases a domicilio. Preparaba a médicos e ingenieros que iban a Yale, Harvard o Princeton, muchachos bien que pagaban una mierda, aunque con eso alcanzaba para vivir: ellos gastaban poco. En la casa de huéspedes de Japón vivieron un respiro, un tiempo de paz, no se vieron en la obligación de andar de un lado a otro, gracias a la bondad de la negra que Dios debe tener en la gloria si es que existen Dios y la gloria. Fueron varios meses (siete, ocho, no sé, *memory fails me*) los que vivieron en el cuarto pequeño, pero limpio y agradable de la calle Jovellar. No tiene dudas de la fecha, y no sólo por lo que sucedió con Cira, sino también (qué caprichos de la memoria, ¿por qué la memoria tiene a veces la costumbre de tomar como puntos de referencia hechos baladíes o alejados de la historia personal?), porque en ese año, en ese mes, fue hundido el crucero alemán *Königsberg,* un terremoto destruyó completamente la ciudad italiana de Avezzano, hechos estos que hicieron pensar al profesor Kingston que nosotras, las civilizaciones, debemos saber que somos mortales. Mortales, sí, como Cira. Y esta lluvia es igual a aquélla. Y así como ahora no se escucha más que el sonido de la lluvia, el monótono golpe del agua sobre el agua, ese sonido que es el de la soledad (si la soledad se escuchara), así entonces estuvieron ellos aislados en el cuarto, tres,

100

cuatro días encerrados, sin que él pudiera salir a las clases ni recibir nada más que la visita de la negra Japón que traía, junto con la sonrisa contagiosa, el plato de caldo de pollo con viandas, sabía que sólo eso apetecía Cira. Y esta lluvia de hoy, eterna, impasible, le hace ver de nuevo a la esposa sentada en la comadrita, con la cara oculta por el gran velo de tul negro, las manos enguantadas, y el largo vestido también negro. La vuelve a ver hermosa en sus treinta y tres años (bueno, lo de la hermosura es imaginación, licencias del recuerdo, ya hacía tiempo que Cira no se dejaba ver por nadie), balanceándose en la comadrita, esta misma, la comadrita en que hoy está él sentado escuchando la lluvia, o lo que significa lo mismo, recordando. ¿Cuánto tiempo ha pasado? Y Cira no termina de irse, nunca terminará de irse: la que desapareció aquel día, fue la Cira de los otros. La de él, aunque se haya ido desdibujando, aunque haya perdido nitidez, sigue ahí, en la comadrita, oculta por telas y guantes. Llovía, sí, como para la eternidad, y por encima del permanente golpe de la lluvia se oyeron golpes en la puerta que sonaron fuera de lugar, intrusos, no cabe duda de que cuando llueve uno llega a pensar que sólo ese rumor es posible. Pensando que se trataría de Japón, a pesar de lo lejos que aún estaba la hora de la comida, el profesor Kingston abrió la puerta. Y no era Japón, no (I fear thee, ancient Mariner), y no sabe por qué repite Viejo marinero: tenía delante un joven alto, hermoso, esbelto, de ojos grandes con cierta tristeza, y los labios mejor dibujados que alguien pudiera imaginar. Sonreía. El profesor Kingston no tuvo tiempo de hacerle preguntas. Sintió un quejido a sus espaldas, y cuando se volvió, encontró a Cira en el suelo. Casi no tuvo que esperar al médico para saber lo que ya sabía. El joven marino desapareció. Hubo varios días de lluvia ininterrumpida.

Este aguacero no es más que el inicio, sé que no me creerán, se reirán de mí, dirán una vez más la pobre loca, la pobre Condesa Descalza, como me nombran con tono despectivo, la loca de remate, también, hace siglos, dijeron lo mismo de Casandra, triste destino del que viene a decir la verdad, le endilgan el estigma de la locura como las campanas a los leprosos de la Edad

Media, yo sólo vengo a decir lo que sé, a cumplir con mi deber, si no quieren hacerme caso peor para ustedes, sí, cierren las ventanas a mi paso, tápense los oídos, sé que el golpe de mi bastón los aterra, no por eso dejará de cumplirse el vaticinio, sépanlo, este aguacero no es más que el inicio, el fin está cerca, pronto, muy pronto, mucho más pronto de lo que hasta yo misma soy capaz de predecir, caerá la desgracia sobre la Isla, sobre la ciudad, sobre el planeta, no hay imaginación capaz de hacerse idea de la atrocidad que está por llegar, y el aguacero de hoy no es más que el aviso, estén atentos, después, cuando escampe, comenzaremos a dormirnos, un sueño paralizador será el primer síntoma, y el cuerpo tendido en la cama, el sofá o la hamaca, no se dará cuenta de cómo huye de él una luz, y esa luz será el amor encerrado en el cuarto de cada uno, el amor, que es luz, se escapará como el humo y dejará el cuerpo a oscuras, y comenzaremos a vivir en tinieblas, y de las tinieblas se derivarán otros males, no habrá madre que ame a su hijo, ni rey justo, ni hombre que comprenda a su semejante, hablando el mismo idioma no nos entenderemos, nadie se amará, nadie, las cartas más apasionadas serán páginas en blanco, los versos más encendidos parecerán trabalenguas, será el reino del odio, y el reino del odio es el de la traición y la mentira y la desolación y la hipocresía, la máscara ocupará el lugar de la cara, la verdadera cara desaparecerá, también como humo, detrás de la máscara, y viviremos con pistolas y cuchillos y navajas debajo de las almohadas, no dormiremos, esperando el zarpazo del amigo, del enemigo disfrazado de piadoso, las mujeres entregarán a los esposos para que el verdugo los decapite, los esposos descuartizarán a las mujeres para negarle a los verdugos el placer de la ejecución, muchos huirán, miles huirán, se lanzarán al mar, nadarán y nadarán hasta dar con tierra firme, nada conseguirán, nada lograrán, un país es una enfermedad que se padece para siempre, se irán ellos, sí, y algo no los dejará dormir, llorarán por lo que han dejado aunque nada hayan dejado en realidad, que nunca, óiganlo bien, nunca, nadie puede escapar totalmente del sitio en que nació, un hombre que se va del sitio en que nació deja su mitad y sólo se lleva la otra mitad que suele ser la más enferma, y cuando allá, a lo lejos, esté donde esté, sienta la falta del brazo o de la pierna o del pulmón, se dice: Soy un

hombre que padece de nostalgia, y ya está muerto, y este aguacero es el inicio, y mucho más, muchísimo más, que después de
esta lluvia habrá varias décadas de sequía, en los campos, los
hermosos campos cantados por trovadores y poetas, los árboles
se calcinarán bajo implacables llamaradas de sol, el sol mismo
crecerá para castigarnos, los ríos se secarán, morirán las reses, los
animales caerán rendidos de sed y fatiga, únicamente las auras
crecerán y se multiplicarán, y los peces del mar se alejarán de la
costa calcinada, el fantasma de la peste tocará en las puertas
abiertas, la sangre se convertirá en pus, el hambre entrará como
una sombra en nuestro cuerpo en lugar del amor, y créanme, un
hombre que padece hambre es el primer candidato a la traición,
traicionar y ser traicionado, he ahí dos acciones simplísimas,
como beber el agua podrida de los manantiales podridos, y junto
con la traición viene el robo, en vano se enrejarán puertas y ventanas, el robo dictado por la desesperación vulnera las alambra-
das de púas, y comenzarán las persecuciones, y los mismos que
roban vigilarán, viviremos bajo miradas persistentes, los ojos tras
las ventanas, los ojos en los techos, los ojos en la tierra, los ojos
en el deseo y en la tristeza, hasta en nuestro corazón los ojos,
y al tiempo que los ojos penetran finos como agujas en los sueños, los edificios comenzarán a derrumbarse impelidos por ciclones imaginarios, hasta la atmósfera se cansará de tanta atrocidad, bajo el polvo, bajo los escombros tampoco encontraremos
la paz de la muerte, hasta esa paz nos estará vedada, que habrá
jueces debajo de la tierra para juzgar y dictar sentencias, todo lo
que hablamos alguna vez, la canción más inocente, se volverá
en contra nuestra, para morir con dulzura se precisa una vida
digna, y aquí todos caeremos en la abyección como moscas en
papel engomado, adiós familias, adiós tesoros que no conocía-
mos, adiós piedad y adiós ternura, y hay cosas que me callo, no
sé cómo decirlas, las he visto en sueños, y los sueños, por fe-
roces que sean, no siempre se pueden explicar, lo que digo y
enumero es el inicio de un espanto mucho mayor que vaticino
y del que este aguacero no es más que el inicio, llámenme loca,
sí, loca, como quieran, da igual, loco es aquel que todavía tiene
valor para decir la verdad.

Aquí no hay otoño. No hay invierno. Mucho menos primavera. Aquí no habría existido Vivaldi. Su triste remedo compondría un réquiem para lamentar el verano permanente. Aquí hay un sol fijo (eterno como la Isla), que no te deja vivir. Sol que abre las ventanas y se cuela por ellas; sol que empuja las puertas; sol que cae como toneladas de plomo sobre los techos; sol que te persigue hasta el rincón más oculto y se apropia de tu cuerpo como el fuego se apropia del asado, y entra en tus ojos con el único propósito de dejarte ciego, para que cuando llegue la noche y con ella la supuesta calma, la supuesta tregua de las horas sin luz, sin calor, sigas viéndolo, a él, a ese redondel impertinente y crónico aun con los ojos cerrados, aun en el sueño; en isla como ésta, la mayor y única pesadilla es cuando sueñas que estás desnudo bajo el sol. En vano buscas la penca salvadora para echarte fresco; en vano, la corriente de agua para refrescar las sienes que arden o la garganta seca o la frente siempre febril. En vano. Naces y mueres con el cuerpo cubierto de sudor. Los monstruos de la luz no te dejan vivir, acosándote, esperando el instante justo para devorarte. Y te haces transparente a fuerza de luz. Claro, hay días en que el sol se oculta antes del crepúsculo. Son los días de aguaceros, de la lluvia que arrasa, la que se lleva árboles y acaba con el paisaje, la lluvia que es como la otra cara del sol, porque también empuja las ventanas, abre las puertas, tumba el techo, acaba con la casa, te aniquila. La lluvia también crónica que es como si estuvieran cayendo raíles de punta. Y no tienes otro remedio que irte a la orilla del mar a tratar de soñar con otras tierras que no sabes si existen, otras tierras, más allá del horizonte, otras tierras, donde dicen que el sol no castiga con tanta intensidad y la lluvia no saquea, no te deja en este desamparo. Por eso, escúchame, el aguacero de hoy es santo. Estamos contentos. ¿Tenemos ilusión?

Oye, aunque el aguacero sea bendito, aunque venga a interrumpir por un rato la violencia del sol, la verdad, desespera tanta lluvia. Escribo, pues, *Cesó el aguacero*, y el aguacero, por supuesto, cesa. La Isla está ahí, mojada, de un verde intenso, brillando en su eternidad.

Todo tiempo pasado fue mejor, éste es mi lema, declara Irene mientras pasa con suavidad, con dulzura, un paño húmedo por el cuerpo del Herido. El Herido está desnudo sobre la cama de sábanas limpias. Ella lo mira como si mirara a Cristo. Porque te pareces a Cristo, dice bajo, susurra (teme que Lucio, los demás, la oigan), por lo menos te asemejas a aquella imagen que mi madre guardaba en el devocionario. (¿Qué madre?, ¿qué devocionario?) Se turba, queda absorta varios segundos, no sabe si recuerda que la madre guardaba una imagen en el devocionario, lo que sí no le puede quitar nadie es el recuerdo de la imagen, de la estampita de marcos dorados. La imagen está ahí, bajo el cristal de la mesa de noche. Y es hora de revelarlo: Irene no sabe que la imagen de quien supone Cristo, la estampita del Hijo de Dios a la que dedica flores y velas y oraciones, a la que ruega de rodillas por la recuperación de su memoria, el bien de Lucio, de la casa, de la Isla, del mundo, es en realidad el famoso autorretrato de Dante Gabriel Rossetti. No sabe (no podrá saber) cómo el fotograbado fue a parar a sus manos. De lo que sí no cabe duda es de que se trata del pintor y poeta: la misma cara; los grandes ojos que observan al que observa con cierta inocencia, con cierto recelo, con cierta sorpresa; la nariz grande y bien dibujada; los labios voluptuosos; el pelo largo cayendo sobre los hombros. De modo que, según Irene (aunque lo ignore), a quien se parece el Herido no es a Cristo, sino a Dante Gabriel Rossetti.

Sin saberlo, sin darse cuenta, Irene tiene razón. Si Dios se halla presente en cuanto ha sido creado, se puede adorar a Dios en la imagen de cualquiera, puesto que cualquiera podrá ser la imagen de Dios.

Sí, la verdad, todo tiempo pasado fue mejor. Irene pasa un paño húmedo por el cuerpo del Herido. Ya no tiene fiebre, el semblante ha tomado una expresión delicada, serena, y en cuanto al cuerpo inmaculado, en cuanto al cuerpo blanco y perfecto, no parece que haya sido herido nunca. Todos se preguntan cómo pudieron desaparecer las heridas.

Aquella noche (parece que ocurrió hace mucho, en realidad fue hace sólo unos días) en que los muchachos encontraron al Herido envuelto en una bandera cubana en la antigua carpintería de Berardo, sin que nadie preguntara, sin que nadie dudara, lo llevaron para casa de Irene. Cuanto antes hicieron venir al doctor Pinto, quien pidió que lo dejaran solo con el muchacho. Venía borracho el doctor Pinto, como era de esperar, aunque todos se alegraron porque el doctor Pinto cuando de verdad es bueno es cuando está borracho, que resulta como si el ron le abriera las entendederas, y él dice Sí, es así, ron, apócope de razón. Y cuando salió luego de una hora de tenernos impacientes, el doctor Pinto estaba sonriente y exclamó con el aliento etílico No tiene problemas, hay que alimentarlo y cuidarlo, pero no tiene problemas, y sobre todo, mucha, muchísima discreción, en esta Isla corren tiempos nefastos. Hizo una pausa para limpiarse la garganta, negó varias veces con la cabeza y apuntó Bueno, en esta Isla, ¿cuándo no han corrido tiempos nefastos? Y llamó aparte a Irene y le dijo lo que le dijo sobre las heridas, No son heridas de bala, Irene, es extraño, a ese cuerpo lo hirieron saetas, flechas, ¿entiendes?, sanará si pones dedicación. Irene casi lloró de emoción, de tener tamaña responsabilidad, y fue corriendo a donde el autorretrato de Dante Gabriel Rossetti, y allí prometió a Cristo que sí, que lo salvaría. Y pidió a los otros (incluida Helena) que se marcharan, No se preocupen, yo me dedicaré a él como si fuera el cuerpo de mi hijo (que Dios me libre). Y ni siquiera sirvió la comida a Lucio, Que se las arregle como pueda, hay en este momento cosas más graves, y allá fue Irene al cuarto del muchacho, le quitó el traje de dril, sucio, manchado de tierra y de sangre, limpió con timerosal y mucha agua oxigenada las heridas, pasando bien la gasa, de modo brusco, penetrando, sin piedad, como recomendara el doctor Pinto. Las heridas no eran de bala como habían creído en un inicio, sino de saetas, ¡saetas!, ¿y quién podía ser el criminal de tratar a un hombre de estos tiempos, por muy fatídicos que sean, como si de un cristiano primitivo se tratara? Vio Irene el cuerpo desnudo del Herido, la cara hermosísima, el pelo castaño cayéndole sobre los hombros, semejante al de la estampa de Cristo (Dante Gabriel Rossetti) que tenía bajo el cristal de la mesa de noche, y la invadió la ternura, la compasión. Vertió alcohol en las heridas y le alegró verlo moverse, lanzar una queja. El doctor Pinto lo predijo, Cuando el alcohol caiga en las heridas resucita de entre los muertos. La verdad es que para nada importa el aliento etílico del médico, ni las manos temblorosas ni la caneca con la que a ratos «se da coraje», Sí, Irene, el sorbito de ron que me quita el miedo, que me ayuda a enfrentar este horror de levantarme a diario, vestirme a diario, salir a la calle y descubrir que, contra todos los pronósticos, amaneció otra vez. Contó las heridas. Veintisiete flechazos. Como para aniquilarlo, ¡cuánta saña! Y el Herido tenía fiebre, se veía enjuto, oscuro, perdido en las sábanas blancas. El tono violáceo de las heridas hizo que Irene experimentara un estremecimiento y tuviera deseos de llorar. Eran cerca de las cuatro de la mañana. Estaba próximo otro amanecer de octubre. Había comenzado a llover, o por lo menos así parecía indicarlo el sonido de los árboles y el fuerte olor a tierra. Dejó la lámpara encendida, se sentó frente a él, dispuesta a velar lo que quedaba de noche y el día que se avecinaba. Vivirá, Señor, vivirá, Tú eres magnánimo y lo pusiste en mi camino para que yo lo salvara, aquí estoy, cumpliendo mi deber, y aunque sé que lo amas, no te lo llevarás aún, tan joven y tan hermoso, sí, Señor, tan hermoso que si no fuera un sacrilegio te diría que merece estar a tu diestra. El Herido se movió ligeramente, sonrió. Abrió los ojos, que brillaron, que perdieron el color oscuro en favor de un azul límpido. Desaparecieron las ojeras. Dijo varias palabras que Irene no entendió. Los labios recobraron el color vivo, humano que deben tener los labios para que hablen y besen. Su cara adquirió expresión apacible. El cuerpo empezó a perder delgadez, oscuridad, y fue cobrando armonía, volúmenes; desapareció el tono violáceo de las heridas, que se pusieron rojas, rosadas; disminuyeron luego rápidas las hendiduras abiertas en la piel, hasta que se fueron velando, hasta que desaparecieron, hasta que el cuerpo terminó como si no fuera el cuerpo del Herido, como si no hubiera sufrido jamás, y de las llagas sólo quedó el escaso recuerdo en la confusión de Irene.

Sí, muchacho, Herido mío, yo vi el jarrón hecho trizas, y quizá te parezca una tontería que dé tanto valor a un jarrón que se rompe, no lo tienes que decir, lo sé: un jarrón es sólo una cosa entre las cosas, hay que dejarle únicamente el valor que tiene, no más, yo sé, un jarrón, un vestido, un abanico, una mesa, una mancha en la pared, ¡cosas!, y las cosas, ¿no estarán para algo en el mundo?, ¿tú no crees?, sí, debe ser, las cosas informan algo, las cosas sumadas a las cosas son el mundo, y de pronto ¿qué cosa es el hombre sin las cosas?, dime, ¿qué cosa es un mundo sin cosas?, gracias a las cosas uno sabe dónde está, y para dónde va, así como de dónde viene, y yo de pronto supe que el jarrón roto era importante para mí, y al mismo tiempo no supe por qué, y me di cuenta: si las cosas que están en el mundo comienzan a perder el valor, el mundo comienza a perder el valor, y una nada tiene que hacer en él, se rompió el jarrón, lloré, tenía conciencia de que era importante para mí, había olvidado sin embargo por qué, quise recordar a Emilio, a mi marido, el resultado: encontré una fotografía de Lucio, de mi hijo, y la tomé por una fotografía del padre, y esa confusión, ¿tú sabes lo que significa?, si el asunto del jarrón fuera nada más el asunto del jarrón, bueno, qué más daría, la verdad, lo terrible del caso es que cuando un jarrón se rompe no se rompe solo.

Hace algunas noches, Irene soñó que volvía a la Casita Vieja, la que estaba junto a la Laguna y tenía en el jardín una frondosa mata de chirimoyas. El portal se le había caído de tan vieja, y podían verse grietas en las maderas. Cerca de cien años debía de tener aquella casa. Dormían todos en un cuarto. El padre dijo No duermo más y se sentó en un sillón con la cabeza entre las manos, Mañana, ¿qué haremos mañana? La madre, afanándose por parecer radiante, se levantó también y se puso a pelar los boniatos que serían el almuerzo. Respondió Dios aprieta pero no ahoga. El padre dijo Yo gano centavos arando la tierra. Irene se sintió feliz. Pasaban hambre en el sueño, no tenían ropas que ponerse. Se levantaron de las camas y se sentaron en cajas de cerveza forradas en papeles brillantes para hacer cajitas de fósforos donde se veían modelos vestidas de rumberas. Irene levantó los ojos y vio el cielo estrellado a través de los travesaños del techo. Sin embargo, se sintió feliz. Era la Navidad. Las maderas estaban blanqueadas con cal. En algún momento se sentaron a la mesa a comer turrones y carne de puerco. Ella cantaba un villancico (no recuerda cuál). Limpiaba los vasos y los platos. La madre ponía el mantel. Un mantel de sueño verde con girasoles. Y de pronto, como pasa en los sueños, estaba la mesa servida. La familia sentada a ella. Todos menos Irene, que llevaba una bandeja, sin levantar los ojos, feliz mirando la bandeja vacía. No puso la bandeja en medio de la mesa, pero la bandeja apareció en medio de la mesa y ella se vio sentada. Ignoraba por qué había ese gran silencio. Levantó los ojos y miró a su hermana, que no tenía cara. La cara de la hermana era un borrón sin ojos, sin nariz, sin labios. Y la cara del padre, el mismo borrón. Y la de la madre, otro borrón. Se echó a llorar. Ellos reían su risa sin labios. Irene salió corriendo. Estaba en un cementerio. No sabría decir por qué se sabía en un cementerio. No había tumbas, sino un basurero. Entró al basurero. Se fue hundiendo entre la basura, entre el fango, en aquella pestilencia insoportable.

En el preciso instante en que se olvidan los propios recuerdos, en ese preciso instante, un personaje femenino cuyo nombre es Irene, luego de curar a un joven herido, sale a regar las flores. Es un atardecer de octubre. Ahí la dejamos. (Por ahora.)

Hay gente allá afuera, opina Sandokán. Rolo asiente. Hace rato que ha estado escuchándose, por encima de los aullidos del viento, restos de palabras, frases truncas. Rolo explica La Isla es así. Sandokán no dice más. Está acostado en la cama, tapado a medias con la sábana maliciosa. Repasa con los ojos una y otra vez el cuarto, con expresión que lo mismo podría ser socarrona o ingenua. Rolo lo mira a veces, de soslayo, apartando breve los ojos del libro sobre el Beato Angélico que finge mirar y que no mira, porque lo que tiene delante son los ojos de Sandokán cuando hace poco menos de una hora lo tomó por los brazos, lo apretó, y le ordenó con apremio y despotismo y dulzura Desnúdate, vamos. En apariencia, él está mirando el dorado de los halos, las alas y el traje del ángel en *La Anunciación,* en realidad ve a Sandokán desnudándolo, zafando enérgico los botones de la camisa que cayó al piso con suave recato. Las manos de la virgen se doblan sobre el pecho con una delicadeza inusitada, él tiene delante, en cambio, las manos grandes, viriles de Sandokán que se acariciaba a sí mismo. Pasando la página, ve un detalle de *La Anunciación*: Adán y Eva expulsados del Paraíso. En el azul oscuro del cielo ve otra vez la piel blanca del muchacho, limpia hasta el exceso, el cuerpo de proporciones perfectas. El cuerpo desnudo lo sacudió con placer anticipado. Se detiene en la tabla de *La Coronación de la Virgen* y recuerda cómo se inclinó para besar las tetillas sonrosadas, las abultadas tetillas, y recuerda cómo, al mismo tiempo, apretaba con las dos manos la cintura. Qué bien dibujado el perfil de la virgen, dice, tratando de justificar, quizá, el que en ese instante se vuelva a ver en la cama con aquel hombre furioso encima. Sandokán lo estudia con ojos entre pícaros e ingenuos, en silencio. Rolo se aparta para mirarlo desnudo (la sábana es un eufemismo). El fresco de *La Coronación de la Virgen*, que está en el convento de San Marcos, tiene colores que impactan por su delicadeza, no obstante, está mirando los muslos de Sandokán. Son maravillosas las telas de Cristo y de la Virgen, de un blanco sorprendente, y Rolo está mirando la blancura de la piel de su amante. Es imponente el fresco de *La Transfiguración*: él se ve lamiendo la virilidad triunfante de Sandokán. Y pasa la página y llega a *La Crucifixión*, en el minuto en que el joven se lanzó sobre él y lo penetró brutalmente y Rolo se quejó, pero abrió las piernas, se entregó, resignado, gozoso, sudando él también, uniendo su sudor al de Sandokán que lo hacía disfrutar hasta las lágrimas. Experimentó algo que no sentía desde hacía mucho, ¿el mundo se había detenido? Es maravilloso este detalle de *La Transfiguración*, apunta con tono de conocedor, la verdad que el Beato Angélico...

Empuja la puerta de Eleusis. Helena lo ha mandado en busca del tío Rolo. Hace un momento, después de encender la lamparita de aceite delante de la santa Bárbara, Helena se ha vuelto hacia Sebastián y le ha ordenado Ve a casa de Rolo (ella, por supuesto, no le dice Tío) y dile que venga urgente, tengo que hablarle. Y Sebastián sabe que está disgustada. Que deje lo que está haciendo, enfatiza Helena, que venga cuanto antes. Y a Sebastián nadie le tiene que decir lo emperrada que debe de estar Helena, porque aunque su cara es la de siempre, su voz la de siempre, su expresión serena la de siempre, hay algo en ella que la delata y hace que todo aquello no sea igual que siempre. Eso, por supuesto, sólo lo sabe Sebastián. Y él no le ha dicho a nadie (mucho menos a la propia Helena) que la ha llegado a conocer hasta tal punto. Algo muy malo debe de suceder, y Sebastián se sabe portador de malas noticias cuando abre la puerta de Eleusis, la librería.

Lo sorprenden las campanas de la puerta. Si hoy fuera un día cualquiera, las campanadas harían que el Tío se asomara por entre las montañas de libros, con sonrisa afable, los buenos días o las buenas tardes (según), ceremoniosa inclinación de cabeza, y la voz meliflua del En qué puedo servirlo. Hoy las campanas de la puerta suenan y el Tío no aparece. Sebastián mueve varias veces la puerta para que las campanas suenen bastante. Como el Tío sigue sin aparecer, cierra con cuidado, con sumo cuidado para que las campanas no suenen más, y pasa el cerrojo.

El pequeño recinto, algo más pequeño, piensa Sebastián, que su cuarto, está atestado de libros hasta el techo. Puede que a lo mejor no sea pequeño y que la profusión de libros lo convierta en una habitación más exigua de lo que en realidad es. En el pequeño local se aprietan miles y miles de libros, montañas de libros, columnas de libros que se alzan sinuosas y precarias, testeros que se arquean de tanto peso, cestas que se desbordan, cajas abarrotadas que no hay dios que pueda moverlas. Los libros dejan unos pasillos estrechos por los que hay que avanzar casi de lado. Y las paredes no se ven, imposible saber de qué color son las paredes de esta librería, y a veces se sabe que hay en ellas colgados algunos cuadros, y se sabe porque entre columna y columna se divisa una esquina de marco, un pedazo de tela pintada, que los cuadros no pueden verse, ocultos como están detrás de los libros. En este desorden, dice a menudo el Tío, impera un orden superior, detrás de la aparente falta de lógica habita el espíritu de Aristóteles. Y aunque muchos no entienden lo que quiere decir, es fama que al tío Rolo se le puede pedir cualquier título, el más rebuscado, el más extravagante, que sin pensarlo dos veces él sabrá si lo tiene o no, y si lo tiene, irá directo, sin ningún titubeo, que los libros tienen voces, explica Rolo, y yo soy el único capacitado para escucharlas.

Frente a la puerta de entrada se agrupan las revistas cubanas, desde *Bohemia* hasta *Vanidades*, pasando por *Carteles*, y las colecciones de *Orígenes* y *Ciclón* que nadie compra. Aparecen después revistas francesas, americanas, inglesas, mexicanas, argentinas (*Sur*, señores, nada más y nada menos que *Sur*, como decir el concepto platónico de revista). Revistas de todo el mundo y para los gustos más diversos, desde las que enseñan cómo se construye un barco, hasta las que hablan de la vida privada de la exiliada (y por lo mismo, ennoblecida) nobleza rusa. Revistas religiosas, católicas y no católicas, revistas japonesas para divulgar la sabiduría del Zen (la moda del orientalismo, escúchenme bien, nos viene de las débiles páginas y el gusto exquisito de los hermanos Goncourt), revistas de ocultismo (también Schopenhauer fue, como Mallarmé, un orientalista culto y no oculto), revistas para cantantes de ópera (sí, Casta Diva, para cantantes de ópera, donde se dice que no ha existido ni existirá una *Norma* como María Callas, y que ella para la ópera es como Cristo para la historia, *antes y después*, ¿entiendes?), revistas para jardineros (Irene, para jardineros) y para abogados y delincuentes (y ahora no voy a mencionar nombres, al que le sirva el sayo...). Con sumo desdén, como un sacerdote católico que hablara de los cultos délficos, se ha quejado Rolo de tener que vender revistas, Ustedes no se dan cuenta, exclama mientras se balancea en el sillón, que me estoy convirtiendo en cómplice de la superficialidad y la mistificación, ustedes no se dan cuenta (continúa en postura de dómine) que las revistas (con perdón de Victoria Ocampo) son un océano de cultura con un dedo de profundidad, y hace una pausa para recalcar un gesto de impotencia, Queridos míos, hay que rendirse a las evidencias, nuestra época está perdida, es la época de la frivolidad, de la insustancialidad, de la superchería, el mal de nuestro siglo ya no es el hastío *(hélas*, el hastío es un sentimiento de genios) sino la fatuidad, nuestro siglo está varado en un fondo de revistas, ellas son el modo que ha encontrado la época en que vivimos de fingirse culta, cuando en realidad es una época bárbara y estúpida, donde el idiota gobierna y el filósofo limpia zapatos *(transición)*, y yo qué voy a hacer, yo no dirijo el destino espiritual del siglo veinte, yo soy un humilde librero, y como tal sólo puedo aspirar a ganarme mi dinerito lo más honradamente que pueda, yo sólo estoy para satisfacer los gustos de los demás en materia de lectura, y allá cada cual con su vida o con su estupidez, yo no soy policía ni reformador religioso, y además *(pausa breve; otro tono)* me parece mejor que la gente lea revistas a que no lea en absoluto: del lobo un pelo.

Detenido delante de tantas revistas, Sebastián observa que en un testero, hacia la derecha, justo cuando las revistas finalizan su desordenada y discutida presencia, hay testeros completos con todos los *cómics* que uno pueda imaginar, desde *El Príncipe Valiente* hasta *La pequeña Lulú*. Y allá se ven los libros de ciencia ficción (Ray Bradbury, Sebastián, no olvides nunca ese nombre, Ray Bradbury), en un librero que da a la pared del edificio central, es decir, al cuarto del Tío. Doblando otra vez a la derecha, frente a las revistas y los *cómics*, en la pared que da a la calle de la Línea, se agrupan las novelas policiales (ni las mires, muchacho, diga lo que diga el grande de Alfonso Reyes) en ediciones baratísimas, ediciones piratas de Bogotá y Buenos Aires. Cuando Sebastián termina de inspeccionar esa zona, encuentra los libros de cosas útiles, cocina, vestuario, maquillaje, muebles, decoración, libros para granjeros y horticultores, para veterinarios y electricistas. Y más adelante, los libros que sirven para la escuela: la *Matemática,* de Baldor, la *Química,* de Ledón, la *Gramática Española,* de Amado Alonso y Pedro Henríquez Ureña *(suspiro de éxtasis del Tío),* la *Teoría Literaria,* de Gayol Fernández (más provinciano que nosotros: vive en Sagua la Grande), los tomos de inglés de Leonardo Zorzano Jorrín (ahí no te detengas, para ladrar no hay que leerse estos mamotretos). Luego, los libros de arte, las pinacotecas más célebres del mundo (en una hora te vas al Louvre o al Museo Metropolitano de Nueva York), ejemplares hermosos y solemnes, con láminas en relieve y letras góticas. Y cerrando el camino, delante de lo que parece ser una puerta condenada, un cartel con la inconfundible letra del Tío AQUI VARIOS SIGLOS DE SABER, las enciclopedias, los libros de crítica y ensayo. Olor a polvo, a papel viejo, vaharada de otra época que escapa de los lomos adustos, casi todos de color rojo vino en los que se destacan los nombres ilegibles (el injustamente vilipendiado Saint-Beuve, Taine el positivista, Lord Macauley que tanto leí de joven y que ya no me dice nada). El olor se disipa cuando Sebastián se vuelve un poco a la derecha y descubre un enorme estante donde la palabra Teatro se repite en miles de formas y tamaños, en lomos alegres, de colores, y Sebastián recuerda una araña gigantesca, un gran telón de terciopelo marrón, y la vertiginosa escena de un brindis en aquella representación de *La Traviata* a la que Casta Diva los llevó, a Tingo y a él, una noche en que la pobre mujer no paró de llorar. Y el olor que siente Sebastián frente a esos libros es el mismo que sintió la noche aquella en el teatro, olor indefinible, perfume compuesto de muchos perfumes, olores de brocados y maderas pintadas, olores que hasta ahora no había encontrado a pesar de haberlos buscado en los más ocultos rincones de la Isla. Y debe dar un pequeño rodeo para no tropezar con una gran base de madera sobre la que descansa el busto de un señor gordo, casi calvo, con enormes bigotes terminados en punta, y mirada sin pupilas. Y no es fácil leer el nombre escrito en la base (Flaubert, niño, Flaubert, que si no hubiera nacido, ¿qué sería de la novela moderna?), y hacia arriba, en un pedazo descubierto de pared, una mascarilla, un muerto con los ojos cerrados (de rodillas ahora, ¡es Proust!, el divino Marcel, léase a Proust y tírese el resto a las hogueras). Y cuando pasa al otro lado es como si estuviera en el centro de la Isla en esta noche de ventoleras, que los olores en este momento traen aromas de hojas y maderas húmedas, y también un magnífico olor a tierra cuando recién comienza a lloviznar. Los libros en esos estantes son grandes, recios, vistosos y no tienen el aire frágil de aquellos que decían Teatro, al contrario, parecen libros puestos ahí para siempre, para que nadie los toque. Y Sebastián camina por el largo estante fijado al suelo y al techo por recias barras de hierro, tocando los libros, tratando de leer los nombres imposibles, nombres que de ningún modo pueden haber pertenecido a seres de carne y hueso. Y va a sacar un ejemplar grandote de un tal Thackeray, cuando descubre, por un reflejo, la caja contadora.

Dorada, brillante, dibujada en volutas que se hacen y se deshacen, y planchita blanca en forma de corona, números negros, teclado desgastado por el uso, sobre una alta mesa forrada en tela oscura con flores de Pascua. Sebastián se acerca atraído quizá por el reflejo que en el bronce produce la luz del techo. Y la luz del techo, que es remisa, proviene de un bombillo desnudo que cuelga de un largo alambre lleno de moscas, y se hace múltiple, intensa, en la pulida superficie de la caja contadora, de modo que parece que se escapa de ahí para reflejarse en el bombillo. Sebastián pasa su mano ahora por el bronce, sin entender qué relación puede haber entre los libros y este aparato, que cajas contadoras ha visto en bodegas y quincallas, en farmacias y tintorerías, pero nunca pensó que hubiera relación entre ellas y los libros. Y va Sebastián a tocar la palanca que sobresale a un lado de las teclas negras cuando un sonido de voces lo detiene.

No es posible determinar con exactitud de dónde provienen las voces. Lo más probable es que sea del cuarto del Tío, que la puerta que comunica el cuarto con la librería está ahí, a dos pasos, al final del largo estante de los libros grandes, recios y vistosos. Y no lo tiene que pensar dos veces Sebastián para esconderse debajo de la mesa de la caja contadora, amparado por la tela oscura con flores de Pascua. Cesa de pronto el sonido de las voces y se escucha el chirrido de la puerta al abrirse. Ahora son pasos. Sebastián ve, primero, unos limpísimos zapatos de dos tonos; después, los toscos ortopédicos del Tío. Los zapatos de dos tonos se detienen algo separados, muy firmes, como resueltos. Uno de ellos, el más alejado de Sebastián, se levanta un instante y reaparece dando un taconazo. Los ortopédicos del Tío están juntos, con las puntas ridículamente vueltas hacia arriba. No te vayas, dice el Tío, y los ortopédicos se mueven hacia los otros, que retroceden. El mismo zapato de dos tonos vuelve a dar el taconazo. Te lo ruego, no te vayas ahora. Los zapatos de dos tonos se vuelven y avanzan. Los ortopédicos del Tío retroceden un tanto. Espérate, y la voz del Tío es casi irreconocible por lo suplicante. Se oye una risa y pareciera que fueran los zapatos de dos tonos los que estuvieran riendo, que dibujan un paso de baile. Los cuatro zapatos permanecen inmóviles y el silencio es el viento de la noche. Entonces, los ortopédicos del Tío, con las puntas ridículamente vueltas hacia arriba, giran hasta ponerse de frente. El sonido del mecanismo de la caja contadora, y otra vez la risa y el paso de baile de los zapatos de dos tonos que, bailando, se acercan. Están muy juntos, en este instante, los cuatro zapatos. Antes de separarse, es el sonido de un beso, y la voz joven, hermosa de Sandokán, chao, viejo, vuelvo mañana o pasado, o pasado, cualquier día, no me esperes, abur.

La librería ha vuelto a quedar sola. Los zapatos ortopédicos despidieron a los zapatos de dos tonos y regresaron con lentitud, como si no quisieran regresar, se detuvieron un momento frente a la caja contadora, deambularon por entre los libros, se detuvieron aquí, allá, indecisos o fatigados o tristes, y desaparecieron luego por la puerta que comunica la librería con la casa. El permanece en silencio debajo de la caja contadora y deja que pase el tiempo, una larga pausa de sosiego, y cuando ya es sólo el remolino del viento allá afuera, vuelve a salir, pega el oído a la puerta del Tío y escucha una tos lejana. Cree que debe regresar, que la madre lo está esperando con la acostumbrada severidad ¿Por qué te demoraste?, que no vuelva a ocurrir, y oye la voz de la madre como si estuviera ahí, ve su rostro blanco, que se acerca a él con el arma de esa mirada que no hay quien resista. No, Sebastián no se va. Es difícil soportar la tentación de terminar de ver la librería. El camino, desde aquí, se hace más intrincado y prometedor. Debe dar un rodeo para seguir el curso sinuoso del pasillo que los libros abren ahora con mayor dificultad. Debe pasar varias cestas de mimbre atestadas de volúmenes, enfrentarse a un cartel que dice DIOS EXISTE: ES EL DIABLO, encontrar otro busto, el de una tal Gertrudis Gómez de Avellaneda, antes de llegar a un pequeño recinto, un saloncito limpio, donde descubre los libros más hermosos, los mejor ordenados, los más elegantes. Aquí sí se ven las paredes enjalbegadas, los libreros pulidos, y hay, además, un incensario y el retrato de una mujer sentada en un sillón, lánguida, en una terraza, con el mar a lo lejos. Huele a iglesia el pequeño salón. El piso es una alfombra azul.

Extraño gozo. Gozo inexplicable que le agita el pecho y le quita el aire y lo obliga a cerrar los ojos. Gozo sin causa. Quizá una sospecha turbadora. Quizá como si de un momento a otro fuera a revelársele un secreto. Quizá el contento del descubridor

116

de un continente nuevo. Quizá la conciencia de que un sueño no tiene que ser un sueño. Quizá como si muchas cosas se ordenaran sin que pueda saber qué. Quizá la premonición de algo grande y sorprendente. Quizá una luz. Quizá nada. Quizá. O tal vez mucho más simple: la mejor de las alegrías. Sí, la mejor, puesto que no parece tener objeto, forma, razón, finalidad.

Cerrados los ojos, pasa las manos por los cantos de los libros. Los lomos son de piel y se dejan acariciar. Las manos se detienen en un ejemplar, cualquiera: no tiene, al tacto, nada de particular; lo extraen sus manos con delicadeza y lo esconden en el pantalón, en la cintura, debajo de la camisa de vaquero. Las manos, como dos seres independientes. Abre los ojos. Avanza unos pasos con la protección que le brinda la ayuda cómplice de la alfombra.

La alfombra azul no puede ocultar un desnivel en el piso. Sebastián se acuclilla, levanta la tela gruesa. Debajo, una puerta de madera. En el piso: sin cerradura: una puerta de madera. Duda y se atreve: la levanta. Casi no pesa. Del rectángulo que acaba de abrir en el piso, hacia un pozo de oscuridad, desciende una escalera. Sebastián comienza a bajar. Le parece que debe bajar con premura: tiene miedo al fuego que arrasa la Isla. Tiene la impresión de que escucha voces, supone que en verdad las oye, sólo que en algún momento se percata de que sus propios pensamientos adquieren sonoridad real e independiente de su voluntad. Entonces... ¡Alto! ¿Qué fuego arrasa la Isla?

Cerca, peligrosa, la voz del Tío, baritonal y afectada. Vagos dolores en los músculos y hondas tristezas en el alma, dice.

Como Rolo ha regalado a Sandokán un par de zapatos nuevos, un par caro de zapatos de dos tonos, Sandokán ha dejado en casa de Rolo las botas de vaquero. Rolo huele las botas. A nadie con un mínimo de sensibilidad se le ocurrirá dudar de que el sudor de los pies de un hombre bello es superior al más caro perfume de París. Rolo huele las botas y pasa la lengua por el interior (manchado de amarillo) de las botas. Si alguien lo descubriera en ese acto, Rolo explicaría No se alarme, soy como

117

Émile Zola. Va después a la urna con el Cristo y la imagen de la Dolorosa, y junto a ellos deposita las botas, donde coloca además un búcaro con flores.

Se escuchó un estrépito. Después, otro mayor. Difícil saber si se trataba de un trueno. Con el tercer estrépito saltaron los cristales de las ventanas. En el cuarto, un pedazo del techo se vino abajo, y el búcaro, en el centro de la mesa, se movió con rapidez y se hizo añicos en el suelo.

Helena sirve la limonada en sendos vasos y se sienta frente a Rolo. Mi hermano, ¿tú has tenido miedo alguna vez? Rolo prueba la limonada Está dulce, fría, exquisita, se abanica con una penca, se mece en la comadrita ¿Qué tú crees, mi hermana? Helena sonríe turbada.

Entonces fueron disparos, sirenas de perseguidoras, disparos. Los cuadros de las paredes se vinieron al piso. Helena primero pensó en Sebastián, aunque por suerte él no estaba en su cuarto. Le pareció que la tierra temblaba y que ella misma estaba amenazada de caer. La puerta de la sala comenzó a quemarse desde abajo y enseguida fue una gran llamarada.

No sé, dice, a veces pienso..., el miedo... Hace silencio. Helena está sobresaltada. Rolo trata de romper el silencio con alguna frase ingeniosa, algo que haga reír a la hermana, sólo que nada se le ocurre salvo beber limonada, abanicarse, mantenerse en silencio y sobresaltarse a su vez.

Atravesó la puerta en llamas lo más rápido que pudo y salió a la Isla. No salió a la Isla. No había Isla. Los árboles, los helechos, las flores habían desaparecido. Las estatuas saltaban en pedazos. Le pareció ver que Chavito lloraba en un rincón abrazado a *Buva* y *Pecu*, sólo que cuando se acercó no había más que escombros. La Isla parecía un desierto. Irene pasó gritando por su lado. Helena la quiso detener y la otra se esfumó. ¿Dónde está Sebastián, dónde está mi hijo? Quiso llamar y no pudo.

118

¿Crees que le haga falta un poco más de azúcar a la limonada? Así está bien, me gusta ácida, que se sienta el limón, es el único modo de lograr que la garganta se refresque en esta Isla. Estos limones tienen un gusto especial. Observa: los limones mientras más pequeños y amarillos, mejores. Es que los limones grandes son de injerto, los pequeños son naturales. ¿Quieres decir que lo natural es mejor que lo artificial? No empieces a enredarme en palabras, Rolo, quiero decir simplemente que los limones pequeños y amarillos son mejores que los grandes y verdes, nada más.

La fuente con el Niño de la oca se hundió, se convirtió en pozo, sobre el cual volaba Melissa sonriente, gritando Este es el mundo nuevo. Helena quiso salir a la calle de la Línea. No encontró el Apolo del Belvedere, ni el zaguán, ni la verja, mucho menos la calle. Hacia uno y otro lado, se extendía un inmenso páramo. Sintió que alguien la tomaba por un brazo. Sin saber cómo, se vio en un larga habitación llena de cadáveres asaeteados.

¿Te imaginas qué sería de nosotros, los calcinados hijos de esta Isla, sin limonadas y sin pencas? ¿Y sin hamacas y jugos de tamarindo? ¿Y sin portales y sillones? ¿Y sin chancletas y telas de algodón? ¿Y sin ventanas y cervezas? ¿Y sin agua, mucha agua, abundante agua? ¿Y sin desodorantes y aguaceros? ¿Y sin enero y febrero? ¿Te imaginas, Rolo, qué será de nosotros si algún día perdemos cada uno de esos tristes bienes con que Dios quiso compensarnos?

Los cadáveres aún tenían en el cuerpo las saetas. Buscó a su hijo. Su única obsesión era encontrar a su hijo. Sebastián, sin embargo, nunca apareció. De cualquier modo, a los cadáveres no se les veía el rostro. Una anciana enmascarada le entregó una máscara y le dijo Toma, hija, es el instrumento indispensable para vivir en los tiempos que vendrán.

¿Una máscara? Una máscara, sí. Helena bebe de un tirón lo que queda de limonada en el vaso. ¿Quieres más? No, mi hermana, lo que quiero es que te tranquilices, los sueños, sueños son. Tú sabes, Rolo, a veces me pregunto ¿para qué coño servirán las pesadillas?

El espejo está ahí, grande, rectangular, ennegrecido el marco de caoba, la luna biselada, ocupando la pared de ladrillos desnudos, frente a la puerta. Hasta hace poco, cuando entraba, Casta Diva creía que la habitación alcanzaba mayor espacio, que a través del espejo se podía continuar hacia una región más vasta. Ahora no puede tener esa impresión. En días pasados colocó un paño negro que la devuelve a la rudeza de un cuarto que sólo tiene tres metros de largo por cuatro de ancho. Así es mejor, piensa. De cualquier modo, a veces siente deseos de levantar el paño. Sabe reprimirse, permanece en la cama, junto a Chacho, escuchando la respiración de Tatina, esperando no sabe qué, o simplemente atenta a la confusión que llega de la Isla. Hace algunas noches, entró cansada al cuarto luego de un paseo inútil por los arriates, entre estatuas mal hechas, diciéndose Nada cansa más que los paseos inútiles, y fue directo al espejo. Odiaba al espejo, odiaba mirarse en él; quizá por eso mismo la llenaba de fascinación. Experimentaba una repulsión que la hechizaba. Aborrecía los presagios de vejez que iban apareciendo, las arrugas que comenzaban a amenazar, con cierta sutileza hasta el momento, a los ojos y a la boca. Para espantar la gravedad que la embargaba, en noches como ésa recurría al maquillaje. Se divertía untando base blanca en el cutis, delineando de negro ojos y cejas, pintando la boca de rojo escandaloso, acentuando, eliminando defectos, creando otros rostros que de modo inevitable remitían al que estaba debajo. Cantaba luego. Cantaba mirándose. En realidad no se divertía, y después de todo, ¿qué significaba divertirse? La noche del paseo inútil, Casta Diva se miró un momento al espejo antes de tomar la crema blanca, y creyó que su imagen demoraba en aparecer. Luego, cuando comenzó a embadurnarse, tuvo también la impresión de que la imagen tardaba en hacerlo, que se resistía, y aun cuando el reflejo de sí misma que se proyectaba del otro lado del espejo reproducía con exactitud cada uno de los movimientos, le pareció notar desgano, o quizá violencia, y al final, cuando maquillada hasta la exageración, rió con mentida alegría, la otra cara, la del espejo,

120

se mantuvo seria, hasta podría decirse que con seriedad que se acercaba demasiado a la intolerancia.

Al día siguiente no salió de la casa. Presentía una noticia pero no tenía idea de cuál. Se había puesto a trajinar, a cantar (por lo bajo, con cierto rubor). Esperó una visita que no se produjo, alguien que viniera a darle conversación, o a traerle un dulce de regalo. Sin embargo, los demás tienen la costumbre de aparecerse cuando no hace falta, nunca a la inversa, y la madera de la puerta permaneció muda. De esta conciencia de inanidad volvió la idea de mirarse al espejo. El espejo esta vez demoró más en reflejarla, y cuando la otra que era ella misma apareció, traía expresión de sorna, o al menos así quiso interpretar Casta Diva la ligera sonrisa, las cejas levantadas, la intensidad, el brillo de la mirada que no era sólo inteligente sino además sarcástica (si es que resulta lícito establecer distinción entre inteligencia y sarcasmo). ¿De qué te burlas?, preguntó a la imagen. Ella ni siquiera movió los labios. ¿Hay algo en mí que te disgusta? La que estaba en el espejo continuó inmutable, hasta que decidió ponerse seria, bajar los ojos, con vergüenza tal vez. Ella dijo Eres mi imagen, te corresponde repetir cuanto hago, repetirme hasta el cansancio, es tu deber. La otra pestañeó nerviosa, la miró un segundo, para después halar la réplica de una silla que había en el cuarto, y sentarse con la cara entre las manos. (¿Estará de más decir que la verdadera silla, la del cuarto, permaneció en su sitio?) No me evadas, gritó ella un tanto exasperada, no tienes derecho a evadirme. La imagen respondió suspirando, poniéndose de pie, encaminándose a la ventana, que abrió hacia la Isla. Casta Diva pudo ver cómo miraba el día brillante. (¿Estará de más decir que la verdadera ventana siguió cerrada y que ella, considerándose la legítima, no se movió de su lugar?) Golpeó la luna del espejo, exclamó Eres irreal, aborrecible e irreal. A pesar de que la imagen permaneció quieta, supo que la había escuchado, algo le dijo que la había ecuchado y se había llenado de ira. La suposición fue confirmada después, cuando la imagen tomó el monedero que estaba sobre la mesa de noche y salió a la Isla. (¿Estará de más decir que el verdadero monedero continuó sobre la verdadera mesa de noche?, ¿resultará inútil enfatizar que el espejo quedó vacío?)

La imagen regresó días después. Tú estabas acostada junto a Chacho poco antes del amanecer, por supuesto sin dormir, vigilando a Tatina, cuando la viste asomar a la luna del espejo, fatigado el aspecto, más vieja, con ojeras, sucia de tierra la ropa, algunas hojas de yerba en el pelo y tal expresión de fiereza que te asustó. Decidiste no demostrarlo. ¿Sabes qué hora es?, preguntaste fingiendo displicencia, fingiendo ganas de reír, Las mil y quinientas, hora de dormir, de no estar ahí, los espejos también tienen derecho a descansar. Mientras hablabas notaste que la otra tenía en la mano el abrecartas dorado, y buscaste por instinto el verdadero abrecartas y no lo encontraste, y te escondiste en un rincón, y aunque no podías ver el espejo, supiste que la otra te buscaba con la vista y sólo te alivió pensar que no podía salir del espejo, que su lugar era irremediable, que estaba condenada a ser imagen, y gracias a esa seguridad pudiste buscar el paño negro y tirarlo sobre el espejo.

La despertó un estruendo. Encendió la luz. Comprobó que la habitación, como la noche de la Isla, ofrecía un aspecto de inmovilidad, de abandono. Le costó comprender (¿costará tanto siempre comprender?) que el estruendo provenía del espejo. Se acercó sigilosa, quitó el paño. Al otro lado la imagen tiraba contra la pared muebles, jarrones, libros, lámparas, cuadros. Lo hacía con economía de movimientos, a veces casi quieta. Se notaba, de cualquier modo, que aquella fijeza escondía furia concentrada, la peor rabia, la rabia que sabe meditar. Con la misma violenta parsimonia, comenzó a golpearse la frente en la pared. Tenía levantados los puños. Pateaba también los muebles desordenados por el piso. Miraba al techo, impotente de no alcanzarlo. Abría la boca queriendo acaso gritar. No obstante, ningún sonido escapaba del espejo. Después, la imagen se detuvo. Al parecer, miraba una fotografía, sí, Casta Diva creyó reconocer la fotografía que le habían tomado de niña mirando un paisaje de árboles, junto a una jaula de pájaros. Fue a la gaveta del escritorio, buscó la foto. Cuando regresó con ella al espejo, la imagen se había dejado caer y estaba ahora de rodillas, sin soltar la fotografía. Vio cómo la apretaba, la estrujaba, para mirarla luego, a Casta Diva, cantando, llorando, la imagen llorando, negando, cantando, llorando, desconsolada, y Casta Diva oía el llanto y sobre todo la voz prodigiosa que cantaba *Addio, del passato bei sogni ridenti...*, y vio cómo se erguía sin dejar de llorar, de cantar, tomaba el abrecartas, lo blandía amenazante.

Ahí está el espejo, el odiado espejo, grande, rectangular, ennegrecido el marco de caoba, la luna biselada, ocupando la pared de ladrillos desnudos que está frente a la puerta. Ahora no es un espejo: tiene un paño negro que le impide cumplir su función. A veces Casta Diva se levanta de la cama (donde Chacho está acostado al parecer para siempre), con la intención de quitar el paño. La curiosidad es más fuerte que el miedo, sólo que el miedo la supera en tenacidad. Regresa a la cama. Ha pensado llamar a Mercedes, a Irene (ellas han ponderado el espejo), para decirles Pueden llevárselo, pienso modernizar el cuarto, cualquier excusa, a ellos en última instancia les dará lo mismo, lo único que desean es llevarse el espejo. Sólo la detiene un pormenor, no pequeño, no simple: que se percaten de que la imagen anda por un lado, ella por otro, de que la imagen ha perdido la docilidad.

Es bastante tarde de una noche detenida y calurosa. El cuarto está oscuro; no tanto que desaparezcan los muebles, los cuadros, la ventana cerrada, Tatina y Chacho, el espejo con el paño. No duerme. No puede dormir. Ha ensayado varias plegarias, sólo que a veces las plegarias son inútiles como los paseos por la Isla. El silencio amplía el sonido del reloj. El sonido del reloj convierte cada segundo en suceso importante. Se escucha una dulce voz de soprano *Ah, con tal morbo ogni speranza è morta...* El paño negro del espejo comienza a levantarse. Casta Diva cierra con firmeza los ojos y esconde la cabeza bajo la almohada. Si fuera un sueño, ruega, si fuera un sueño.

Alta, elegante como una cantante de moda. Mercedes. También bella. Tanto más bella si se la compara con Marta, su jimagua, terriblemente afeada por la enfermedad que padece de niña. Mercedes, en cambio, se ve hermosa y no está enferma. Lleva collares de fantasía, tacones altísimos, sayas plisadas, levantadas por paraderas endurecidas con almidón. El pelo largo tiene un color delicado, casi rubio, mientras que los ojos lucen oscuros, intensos, vivos (ahí también se impone la comparación: los de la hermana parecen de cristal). La nariz de Mercedes está mejor dibujada que aquella de las estatuas de Chavito. Puede que su boca no sea tan bonita, quizá el labio inferior sea demasiado grueso, pero la sonrisa no oculta la bondad. Es bueno ver a Mercedes paseando por la Isla, luego que llega del Ayuntamiento. Cualquiera diría: es feliz. Se pasea por entre los árboles, por entre las flores de Irene como si no hubiera otro lugar en el mundo como la Isla, como si fuera el lugar perfecto. Suspira, sonríe y hasta canta alguna canción, casi siempre Aquellos ojos verdes de mirada serena en cuyas quietas aguas un día me miré, que nadie sabe por qué es la que prefiere. Como conté algunas páginas atrás, desde el quinto piso del Ayuntamiento, donde tiene la oficina, puede ver los tejados ennegrecidos de Marianao, el Obelisco, el Hospital Militar, los edificios de Columbia. Ya lo dije, es lo único agradable de la oficina, que puede mirar desde las ventanas. Como sufre encerrada durante seis horas, se contenta con tener localizada la casa, la Isla. Desde su silla de mecanógrafa imagina la vida de la Isla, las estatuas de Chavito, la fuente, el sillón con el cojín dorado de su hermana Marta, los árboles, las flores de Irene, el río, el Más Allá, el Más Acá, los gritos de Tatina, la librería de Rolo. Necesito repetirlo: aquel mundo, contemplado de lejos por los ojos y de cerca por la imaginación, la hacen sufrir con menor intensidad el cautiverio de las seis horas de trabajo, la tortura de la máquina de escribir. Desde que llega al trabajo, experimenta la fatiga que consiste en la premonición de la fatiga que sobrevendrá. Por otro lado, está el jefe, el sobrino-nieto de Martín Morúa, implacable amargado, lleno de ambiciones, y a quien ella odia, o por lo menos gusta de llamar odio al asco que le inspiran, en primer lugar, las manos largas y con más huesos de la cuenta, y en segundo, el olor a tabaco de las ropas y la piel, el mal aliento, los dientes sucios, el pelo malo estirado con vaselina verde. Por eso, cuando llega la tarde y Mercedes regresa a la Isla, siente como si llegara al paraíso. Pasa por la librería, compra algún libro a Rolo (le encantan las novelas góticas y las biografías de personajes célebres); entra un instante a casa de Helena, que la espera con una taza de café; se detiene a conversar con Merengue, que ya, a esa hora, prepara la mercancía del día siguiente; no sigue por las galerías, se adentra en el laberinto de parterres que es la Isla, a ver si el Chavito colocó alguna nueva estatua; saluda por la ventana a la señorita Berta, que ha terminado las clases y ahora reza el rosario recogida en un rincón; llega a la casa y besa a Marta en la frente. Marta nunca responde al beso. Todo lo hace Mercedes con la sonrisa bondadosa, cantando por lo bajo Aquellos ojos verdes de mirada serena en cuyas quietas aguas un día me miré. Y parece feliz. Irene, que la ve pasar muchas tardes, dice Sí es feliz, y se regocija Irene cuando dice Al menos ella es feliz. Y Mercedes entra al cuarto que comparten ella y Marta, el cuarto oscuro, mal puesto, escasamente ventilado; entra a la lóbrega humedad del cuarto, sabe que si alguien llegara en ese preciso instante, quienquiera que fuese, ella se abrazaría a ese alguien, se echaría a llorar.

Qué bien luce la Isla luego del aguacero. Es verde oscuro, brillante, y la recorre una brisa casi fría por lo húmeda, con olor a tierra. Mercedes se viste de blanco. Traje de hilo con azahares bordados que hace combinación con las zapatillas de piel. Se recoge el pelo en moño bien hecho que ajusta con peinetas de carey. No sabe si ponerse el collar de perlas de fantasía o la cadena de plata con la medalla de la Virgen de la Merced. Se prueba ambas prendas frente al espejo; es verdad, la cadena luce mejor con su cara limpia donde el maquillaje es imperceptible; por otra parte, ya bastante locura es este vestido blanco en tarde tan mala, si no fuera porque el Herido es joven, muy joven, y porque tiene deseos de vestirse de blanco (color que le va bien a su piel de atractiva palidez). Se mira al espejo durante segundos, soy linda y más que eso: me veo distinguida, de gran familia, sé moverme, sé mirar. Sonríe. Sonríe con ingenuidad; tiene un diente ligeramente montado sobre otro, eso es gracioso, creo yo. Se pone perfume en el cuello, el Ramillete de Novia que compró ella misma en la Sears y que después dijo que había sido regalo de un admirador al que ella no hacía ningún caso, no me deja tranquila, qué molesta me tiene. Se levanta de la coqueta, apaga la luz. Marta está sonriendo en el sillón. Mercedes la mira un instante y se siente desolada. Suspira, sale a la galería, es verdad, la Isla luce bien luego del aguacero y la desolación cede lugar a una melancólica alegría. Por lo menos esta tarde se puede respirar, comenzó el otoño; el otoño en Cuba es esto: días nublados y sofocantes, tardes lluviosas, brisa húmeda por la noche para amanecer en días nublados, sofocantes, así hasta el primer norte, que será un friecito gris y pobre, el pretexto para vestir mejor, mes de licencia para llevar la esperanza de un abrigo.

Nastasia Filipovna. En lugar de Mercedes, le gustaría llamarse Nastasia Filipovna. Tener no sólo su belleza, sino también la fuerza, la violencia de Nastasia para imponerse a los demás. Sabe que tuvo un final trágico. Ella también ha sido una mujer sufrida sin el consuelo de esperar la muerte grande, inolvidable, sin la dimensión trágica de Nastasia. Sería grandioso, piensa, despertar el amor de hombres como Rogochin, y despertar la ternura de hombres como el príncipe Michkin. Ser alta y trigueña, de piel oscura, rasgos ligeramente orientales, pelo negrísimo, largo, cejas oscuras, bien marcadas a ambos lados de una nariz soberbia, rojos los labios sonrientes, despreciativos. (Yo no sé si fue descrita así, no me acuerdo.) Así la imagina. Es mejor. Bien vestida. Trajes de princesa. Largos y murmurantes, que cuando ella camine se escuche el frufrú. ¡Dios, cuánto le gustaría ser un personaje de novela! Y burlarse de todos, sí, no querer a ninguno, o querer sólo a uno. Recibir una cantidad apreciable de dinero, lanzarla al fuego, a la vista de ellos, que están fascinados, que no lo pueden creer, y reír, volverse con donaire, gracioso movimiento de la gran falda, alejarse como una reina, mientras los hombres que la admiran, que la idolatran, quedan ahí, casi muertos, sin ella no saben qué hacer. Nastasia Filipovna ha llamado a la puerta de Irene. Cuando esta última abre, sin embargo, no es Nastasia, sino Mercedes, vestida de blanco, la que aparece. Irene sonríe tranquila. En honor a la verdad, no esperaba (no podía esperar) a Nastasia Filipovna. Tampoco esperaba a Mercedes, pero al menos ésta pertenece a su mundo y no le resulta sorprendente verla ahí, preguntándole Cómo estás, mi amiga, explicándole Vengo a ver cómo sigue el Herido. Y como Irene se alegra de verla, le pide que pase, Pasa sin pena, ésta es tu casa. Y en el momento en que Mercedes traspone el umbral, cae de su cuello la cadenita de plata con la medalla de la Virgen de la Merced. Siente por el cuello el deslizamiento de la prenda, siente cómo baja por su pecho. La ve caer al suelo. Se preguntará, supongo, cómo es posible que haya caído con tanta facilidad una prenda que cerró bien. Ignora que el suceso nada tiene que ver con lo bien o mal puesto del broche, sino con mi deseo de interrumpir su visita a casa de Irene y demorar el encuentro con el Herido. Las dos mujeres están a un paso de la puerta, mirando la cadena de plata que ha caído al suelo. Ahí las podemos dejar.

Como ya se sabe, o se debe saber, Mercedes y Marta son jimaguas. Nacieron en pleno verano (Marta primero). Crecieron en el cementerio. El Ayuntamiento nombró al padre de ambas administrador del Cementerio de La Lisa, con derecho a habitar la casa espaciosa y fresca que estaba (está) dentro del cementerio, entre los panteones de los Veteranos de la Guerra de Independencia y de la Logia Caballero de la Luz. Allí aprendieron a caminar, a correr, a jugar. Allí descubrieron una parte del mundo. Nombraron las calles. Sembraron rosales. Pintaron imágenes de santos en los muros. En los mausoleos jugaron a las casitas y a los escondidos. Sobre las tumbas acostaron a las muñecas. Los nombres de las muñecas salieron de las tarjas de mármol (las mismas en las que habían aprendido a leer). A la sombra de los álamos, recostadas en las bóvedas, se sentaron a comer mangos en las tardes sofocantes. También allí durmieron la siesta muchas veces. Se dedicaron a limpiar las tumbas y a cambiar el agua de los jarrones, en los que ponían flores frescas, sin distinción. No significa decir, por supuesto, que carecieran de amigos o predilecciones. Los amigos eran los que ostentaban nombres más bonitos en las tarjas. Por sobre todos, tenían su favorita. Se llamaba Melania. Había nacido en Santiago de Cuba y muerto en La Habana quince años después. Le crearon una historia, inventaron un suicidio por amor el mismo día de la entrada en la adultez, de su gran fiesta. No la hicieron hija de una familia opulenta porque la pobre tumba en que estaba enterrada (rectángulo de azulejos azules, con un pomo por jarrón y escueta cruz de madera con nombre y fechas) no permitía demasiadas fantasías. La visitaban a diario. Dedicaban a ella las flores más bonitas. Le llevaban dulces y caramelos. Los días de Reyes le regalaban muñecas de trapo y collares que confeccionaban con lentejuelas y piedrecitas que compraban a centavos en la Quincalla. Un buen día construyeron una corona de canutillos dorados y decidieron llamarla Reina del Cementerio. Se autonombraron princesas. Así, cuando entraba algún cortejo fúnebre, se alegraban, saltaban de alegría, decían que un rey venía por Melania. Se trataba entonces de preparar los esponsales, adornar la tumba con ramas de arecas, pencas de palma real, guirnaldas en donde se mezclaban variedades de flores, sobrecamas de colores festivos que se llevaban a escondidas de la casa. Los matrimonios, de cualquier modo, debían terminar mal: Melania volvía a casarse a diario: a diario entraba un cortejo fúnebre. Pronto se dieron cuenta, si Melania reinaba en el cementerio, quería decir que el cementerio poseía categoría de reino. Le pusieron nombre. Como La Lisa sonaba vulgar, lo llamaron Lalisia. Dibujaron el escudo con dos ángeles que portaban trompetas, siguiendo la ilustración que habían visto en el misal, y crearon la bandera con cualquier pedazo de seda verde que la madre les regaló. Por otra parte, un reino que se respete debe poseer, además de reina y princesas, duques, condes, marqueses y un cardenal... Buscaron las mejores tumbas y crearon la nobleza. Por esa época (habrían cumplido diez años), descubrieron la Fosa Común. Hacia el fondo, cuando ya La Lisa se iba a convertir en campo, y uno podía ver corrales y potreros y terrenos de jugar pelota, hallaron un hueco enorme en la tierra donde los sepultureros echaban los huesos de los que no tenían osario. Como en todo reino, había nobles y plebeyos. Como en todo reino, estos últimos resultaron más simpáticos. Mercedes y Marta pasaron días entre la confusión de huesos, tratando de reunirlos, tratando de devolverlos al cuerpo al que habían pertenecido, como quien se dedica a una labor de rompecabezas. Fue así como crearon el pueblo. Cierta tarde, encontró Mercedes la osamenta de una mano de las mismas dimensiones que la suya. De tal modo conocieron que también los niños mueren. Deambularon tristes por varios días, sobre todo Marta (no se supo por qué, la más afectada con el descubrimiento). En otra ocasión en que formaban cuerpos con los huesos diseminados, al tocar un cráneo, sintió Mercedes una brisa helada que la recorría, su piel reaccionó de modo extrañísimo. No podía tocar el cráneo, cada vez que lo intentaba, volvía a sentir raras sensaciones en la piel. Fue Marta la que expresó lo que ella, Mercedes, estaba pensando: Es el cráneo de un hombre que tiene algún vínculo contigo. Guardaron el cráneo en un cofre, que a escondidas trasladaron a la casa. Lo bautizaron, lo llamaron *Hylas*. Mercedes imaginó el joven al que debió de pertenecer aquel cráneo, lo imaginó rubio, de pelo dorado y ojos de esmeralda, nariz recta y no demasiado grande, labios de firme dibujo, y tuvo la oscura intuición de que entre el cráneo y ella comenzaba a establecerse una relación que duraría toda la vida. Como ya eran mayorcitas, se les permitió salir por las noches. El cementerio de la noche nada tenía que ver con el cementerio del día. La noche misma poco tenía que ver con el día. Por la noche, no se sudaba a causa del sol, corría una brisa más fresca, las flores perfumaban con mayor intensidad, las sombras resultaban más elegantes, el objeto más ordinario adquiría dignidad, se podía mirar al cielo sin temor al deslumbramiento y con la certeza de que constituiría una mayor diversión, puesto que el cielo de la noche mostraba miles y miles de lucesitas llamadas estrellas. Había otras luces, por supuesto. Salían de la tierra, fudamentalmente por el lado de la Fosa Común. Luces entre el amarillo y el verde, luces que escapaban de abajo, sin rapidez, hacia lo alto, aspirando acaso a convertirse en estrellas. Fuegos fatuos, dijo el tío Leandro que se llamaban. Hermano de la madre, el tío Leandro venía los domingos. Poseía altura por encima de lo común y complexión atlética que contradecía la dulce cara de asceta. Vivía de ejercer la abogacía; practicaba la natación y también el ascetismo. Aunque no había cumplido los treinta, se hablaba de él como de un solterón. Según habían oído decir (Mercedes y Marta nunca habían ido), vivía en una casita desnuda de la playa de Jaimanitas, al borde del mar, acompañado sólo de libros. Lo notable del tío Leandro, sin embargo, lo constituía el hecho (importante en especial para Marta) de haber visitado la India. Poseían diversos encantos los domingos de la visita del tío. La madre se ponía contenta, profesaba evidente admiración por el hermano, y esperar su llegada la sacaba del horror de su vida. Se esmeraba, pues, en tener la casa bien limpia y en disponer el almuerzo. Se preocupaba durante la semana de encargar el chivito tierno con que elaborar el chilindrón que al hermano tanto le gustaba. Aunque hablaba poco, el tío Leandro gozaba de un raro encanto que hacía que se le quisiera aun en su silencio. Siempre llevaba de regalo una caja de dulces de El Bilbao, en la que se mezclaban Crucecitas y Tentaciones de Vainilla, Besitos de Limón, Panecitos de Gloria, Caricias de Chocolate y Yemitas de Coco. Después del almuerzo, se iba con las sobrinas a dar un paseo por el cementerio. Ellas hablaban sin parar, contaban del reino de Lalisia, de la soberana Melania, de los condes, duques y marqueses con quienes convivían. Las escuchaba él sonriente, silencioso, pensativo. Alguna vez se atrevía Marta a pedir Tío, cuéntenos de la India, y se diría que le brillaban los ojos con rayos dorados y verdes, como aquellos con que se dejaban ver los fuegos fatuos. Por esos años tuvieron lugar sucesos desastrosos. Uno fue que los padres, siempre beligerantes entre sí, decidieron no ocultar más sus desavenencias. Discutían a cualquier hora y por cualquier nimiedad. Amargada, con aire de tragedia, la madre hablaba sólo para proferir maldiciones. Iracundo, como fiera enjaulada, el padre profería maldiciones y no hablaba. La situación resultaba insostenible; las niñas prefirieron pasarse el día jugando, deambulando entre las tumbas. Otro suceso desastroso fue que un médico que casual o causalmente (nunca se sabe) asistía al sepelio de un paciente, viendo las hermosas mejillas arreboladas de Marta, se acercó a la madre y le dijo que estaba casi seguro de que la niña era o iba a ser diabética. La madre se encolerizó, cubrió de improperios al pobre médico sin respetar dolientes ni entierro (es necesario consignar que, como muchas personas, la madre siempre creyó en el anatema como exorcismo). Quisiera la madre o no, lo cierto es que, luego de ese día, fue posible entender los desmayos que Marta sufría mientras jugaba, así como la sed desesperada que la acosaba a cada momento. Una noche de aguacero, el padre y la madre tuvieron una discusión muy fuerte a propósito de dinero. Se enfureció el padre y se vistió para irse. ¡Vete, gritó la madre, mal padre, mal marido, vete, y ojalá te parta un rayo! Aunque la maldición no se cumplió con exactitud, media hora después de haber salido de la casa, murió el padre atropellado por un camión que se desvió de la ruta al patinar en el pavimento mojado. A pesar de que esta muerte trajo como alivio unos días de silencio en la casa, días dichosos en que la madre se limitó a gemir callada por los rincones (desorientada acaso por no tener a quién agredir), a pesar de que la muerte del padre les quitó no sabían qué peso de encima, pronto tuvieron que lamentar la pérdida de la casa. En efecto, al desaparecer el administrador, dejó de existir una razón para que estuvieran allí. El nuevo funcionario designado por al Ayuntamiento exigía su lugar. Significaba decir adiós a la Reina Melania, al Reino de Lalisia, adiós a nobles y plebeyos y, a pesar de que aún carecían de madurez suficiente como para percatarse del hecho (trascendental), adiós a la infancia. Mercedes y Marta cumplieron once años pocos días antes de abandonar el cementerio, al que sólo debían regresar cuando ya hubieran alcanzado una dimensión diferente y quizá superior. El tío Leandro vino con su Ford destartalado a buscarlas una mañana en que el sol llevaba a cabo la labor, paciente y habitual, de convertir la ciudad en inmenso lago de aguas reverberantes. Las mudó, con unas cuantas maletas de ropa, a la casa de la playa de Jaimanitas. Era una casa de maderas viejas, mal parada y sola, entre casuarinas y uvas caletas, poco antes del Círculo de los Soldados. Para llegar a ella había que tomar el caminito arenoso, oculto, medio borrado entre malezas, que llevaba al mar. Cuando uno creía estar al borde de la playa, encontraba la casa, levantada sobre pilotes, pintada de verde-azul en alguna época remota (por lo que se perdía prácticamente en el mar, parecía formar parte de él). La terraza del fondo tenía piso de madera, bastante ruinoso, y una escalera torpe que entraba casi en el agua. Allí el mar poseía el tono de la esmeralda, y la arena blanca hacía que la unión de ambos tuviera algo mentiroso de tarjeta postal. Dentro de la casa había pocos muebles y muchos libros, infinidades de libros, cantidades abrumadoras de libros llenando cada rincón. No se puede negar que los libros dentro de la casa, junto con el mar increíble que se veía a través de las ventanas permanentemente abiertas, creaban un raro contraste, el símbolo de alguna misteriosa sabiduría. Para Mercedes y Marta, encerradas durante once años en un cementerio, llegar a la casa del tío Leandro fue como descubrir el mundo, o mejor, como llegar a otro mundo, a otra isla; el viaje de una hora entre el cementerio y la playa de Jaimanitas se convirtió en un largo viaje de varios días por océanos maravillosos, poblados de deidades. Por esa razón, la casa del tío Leandro fue conocida entre ellas para siempre con el nombre de Taipí. En cuanto al tío, se diría hombre digno de vivir en Taipí. Por las mañanas, poco antes del amanecer, podía vérsele nadando; desayunaba luego algunas frutas, se vestía de cuello y corbata, tomaba el Ford destartalado del año de Maricastaña, y se iba a trabajar en el bufete del doctor Chili, frente a la plaza de Marianao; regresaba hacia mediodía, contento como se había ido; se despojaba otra vez de las ropas molestas, nadaba otra hora, comía otras frutas, se sentaba en el suelo (más tarde diría Se llama posición del loto) con las piernas recogidas y las manos hacia arriba, unidos el índice y el pulgar. El tío Leandro practicaba el budismo. Hablaba poco, nunca se le veía contrariado, siempre sonreía. Mercedes comenzó a notar que a ella le gustaba estar junto a él, que en su presencia se sentía protegida. Cuando por las tardes, entre meditación y meditación, el Tío se preocupaba por enseñarlas a nadar, Mercedes se sabía inundada por un encanto nuevo. No tenía que ver con algo físico, concreto; era un estado de felicidad inexplicable (¿acaso la felicidad no resulta siempre inexplicable?), algo así como si un dios la hubiera tomado bajo su amparo. De modo que en los primeros tiempos de Taipí fueron aún más felices que en el cementerio. Y lo hubieran sido mucho más de no haber aparecido un buen día los mendigos.

Entre el Discóbolo y la Fuente con el Niño de la oca, ha sorprendido a Vido la tarde que siguió al aguacero. Se acuesta bajo un ateje blanco, casi oculto entre empapadas aralias y marpacíficos. De momento, ninguna perspicacia sería satisfactoria para entender por qué se ha acostado ahí. Hasta los seres más ingenuos, hasta los más rudos, conocen que no todos los actos humanos pueden ser explicados. Al menos con las torpes razones que nos han sido concedidas. O sea, sería justo escribir: Vido «ha tenido la libertad» de sentarse bajo el ateje blanco. Es, incluso, lo que él cree. Ocurre, sin embargo, que la tierra y las yerbas están mojadas y un frescor agradable escapa de ellas. Lo agradable en este caso no es sólo el frescor que Vido descubre, sino el modo en que la humedad hace que Vido descubra su propio cuerpo echado en la yerba, experimentando la humedad.

Asimismo, al momento la brisa comienza a mover (la brisa fresca, insólita en la Isla, que se ha levantado por fortuna luego del aguacero) las ramas de tantos árboles. De los árboles se desprenden las gotas dejadas por la lluvia. Desde su puesto Vido las ve caer y ve que en cada una de ellas brilla la luz de la tarde. Es una llovizna. Llovizna al fin, más discreta. También más luminosa. No parecen gotas de agua, sino gotas de luz, si esto fuera posible. Vido comienza a escuchar el movimiento de las ramas del ateje blanco. Distingue luego el sonido que provoca la brisa entrando en las casuarinas. El silbido voluptuoso de las casuarinas resulta distinto al del serio ateje blanco. La guayaba se mueve con sonido de cortina de seda, mientras que las palmas reales emiten un aviso severo. El drago es simpático y ríe. También ríe, de modo aún más desenfadado, el gomero. Las cañas bravas, en cambio, se están quejando. Una penca del cocotero cae con estrépito de aplausos. Vido se lleva la manos a los oídos. Deja de escuchar. Escucha. Deja de escuchar. Escucha. ¡Sí, los oigo a todos!, grita.

Esta cadena me la regaló mi madre el día antes de desaparecer, cuenta Mercedes al tiempo que se inclina a recoger la cadena. Irene abrocha la cadena al cuello de Mercedes. Es linda, dice. ¿Cómo está el Herido? Mejor, mucho mejor, ya no tiene fiebre y respira sin dificultad, a veces pronuncia palabras que no entiendo. Y tú, ¿cómo te sientes? Irene se deja caer en una butaca, se seca los ojos, que están secos, trata de sonreír. No sé, no sé, sigo sin recordar, me paso las horas pensando en Emilio, en mi madre, en la casita de Bauta, el día huye mientras yo trato de encontrar un recuerdo, y aquí me tienes, con la cabeza vacía. Mercedes siente compasión por Irene, le acaricia la cabeza. Olvídate de la falta de memoria, mujer, te vas a volver loca, mira la Isla, está bellísima, con la alegría de haber recibido el aguacero. La otra la escucha sin que al parecer la escuche, y se encoge de hombros. ¿Quieres verlo? Mercedes afirma. Irene se pone de pie contenta de poder hacer algo.

Ahí está el Herido. Irene le ha dado el mejor cuarto, la mejor cama, el cuarto matrimonial, y se ha preparado para ella una *chaise-longue* a los pies del muchacho. Irene lo cuida como si se tratara de un hijo, como si se tratara de Lucio (que Dios libre). Hace dos noches, cuando los niños lo encontraron y vinieron corriendo a avisar y provocaron la conmoción de todos, cuando Merengue y Lucio lo cargaron, ayudados por Rolo y Vido, y seguidos por el resto, y luego que se decidiera que llamar al hospital o a la policía significaba entregarlo en manos de sus asesinos, nadie dudó, nadie tuvo que preguntar, lo llevaron derecho para casa de Irene, con la conciencia de que ella se preocuparía como nadie, de que ella lo asistiría como nadie. Ni la propia Helena dijo palabra. Y cuando llamaron al doctor Pinto, no tuvo él que preguntar. En cuanto le abrieron la gran verja que da a la calle de la Línea, se fue a casa de Irene y a ella preguntó con la voz cascada de bebedor de aguardiente ¿Dónde lo acostaste?

Ahí está el Herido. Irene le toca la frente y sonríe aliviada, susurra No, no tiene fiebre. Mercedes lo mira, cierra los ojos y lo vuelve a mirar. Instintivamente se arregla el pelo. ¡No es posible! Experimenta una rarísima sensación, algo inexplicable la paraliza de pronto, la deja inmóvil, sin gestos, sin palabras en medio del cuarto. Trata de recordar el momento en que se corrió la voz de que Sebastián y Tingo habían encontrado a un herido en el Más Allá, en la carpintería del padre de Vido y ellas andaban de un lado para otro, como locas, iluminadas por las linternas de Merengue y Helena, buscando a quién podía pertenecer tanta sangre que aparecía por cada rincón de la Isla. Mercedes recuerda, ella se iba perdiendo por el abrevadero, por las cañas bravas, cercana al Elegguá de Carmela, cuando vino Tingo corriendo, vociferando Un herido, un herido. Un herido, ¿dónde?, preguntó alguien, tal vez Helena, que siempre es la primera en reaccionar. Y Merengue, ¿Merengue?, no, Lucio, sí, fue Lucio quien gritó ¡En la carpintería! Y allá fueron corriendo como podían por entre las malezas, que, la verdad, el Más Allá es intransitable. Y aunque sucedió apenas dos noches atrás, a Mercedes le parece que han transcurrido años de aquel instante en que llegaron al cuartucho de viejas maderas alabeadas, y vieron al muchacho allí, ensangrentado, sobre la mesa de carpintero, arropado por la bandera cubana. Le llamó la atención entonces la hermosa piel bronceada, los ensortijados cabellos negrísimos, el extraño perfil de beduino, el lunar oscuro junto a la comisura de los labios. Secándose los ojos secos, Irene se le acerca, ¿Te pasa algo? Mercedes sonríe, No, estoy bien. Sí, ahí está el Herido. Es blanco, muy blanco, de perfil dulce, apacible, y lacios cabellos rubios, y joven, joven... Ningún lunar oscurece las comisuras de los labios. Cuando a ratos abre los ojos, se ven dos llamativas cuentas azules. Mercedes llega al borde de la cama y se queda observándolo. Joven..., ¿quién pudo herirlo de ese modo? Irene (a veces se diría que sabe leer el pensamiento) acaricia el hombro de Mercedes y deja escapar en otro susurro Debe de haber sido el Demonio quien hirió a un ángel como éste, sólo un demonio, y bajando aún más la voz, haciendo aún más susurro el susurro, agregó Oye, el doctor Pinto dice que no son heridas de bala. Mercedes la mira intrigada. No, no me mires así, no son heridas de bala, el doctor Pinto me explicó confidencial esta mañana, oye bien: confidencial, esto no lo debe saber nadie, escucha, no son heridas de bala, no, lo hirieron con saetas, con flechas.

Un buen día aparecieron los mendigos, sí, hacia el atardecer se los vio llegar, eran dos, un hombre y una mujer, harapientos, sucios, no pudimos acercarnos, sólo el tío Leandro, que andaba cercano a la santidad, tuvo el valor de llevarles sendos platos de sopa, de ser amable, hasta de cruzar unas cuantas palabras con ellos, después de comer estuvieron merodeando un rato por la playa, llegó el momento en que desaparecieron sin que nos diéramos cuenta, y cuando reaparecieron al día siguiente tampoco nos dimos cuenta, al día siguiente vinieron cuatro, no, te miento, cinco, sí, cinco, venían con una niña más sucia y más harapienta que ellos, el tío Leandro volvió a darles comida, mi madre fue y también lo ayudó, lo recuerdo, mi madre no habló, se quedó mirándolos como cuando entraba a la capilla del Cristo de Limpias, la que está en la calle Corrales, al lado del cuartel de Bomberos, y veía la imagen de la Dolorosa, impresionante imagen de la Dolorosa que hay allí, toda vestida de negro, de encajes negros, lágrimas de verdad, o que parecían de verdad, y pañuelito en la mano, a mi madre siempre la impresionó esa Dolorosa que está allí y allí la puedes ver si vas ahora mismo, y ellos (los mendigos) entraron al agua después de comer, sin quitarse la ropa, entraron al agua, estuvieron en el mar hasta tarde en la noche, seguidos por la mirada atenta de mi madre, que se sentó a coser, aunque no cosía, ése fue el pretexto, sólo los miraba, y mi tío se encerró a meditar, ¿todavía no te he dicho que por esa época Marta comenzó a perder la visión?, para leer tenía que pegarse a los ojos las páginas del libro, despertándose por la mañana se asomaba a la ventana y preguntaba Qué es aquello allá, y aquello era un barco, también tropezaba con los muebles y confundía las medicinas y casi no podía escribir, fui yo la que se percató de que Marta comenzaba a perder la visión, con ser tan santo mi tío sólo se ocupaba de nadar, meditar, leer librotes viejos y enormes, tú sabes, los santos no tienen tiempo para los demás, en cuanto a mi madre, pasaba horas sentada en el sillón frente a la ventana, mirando el mar con expresión extraña, alegre, como quien está a punto de ser feliz, expresión que no acabábamos de entender, que nunca entendimos, mi madre únicamente se ponía de pie cuando llegaban los mendigos, cada vez más, cada vez en cantidades superiores, un día llegaron seis, al otro diez, al otro catorce, hasta que fueron más de veinte, y cada vez permanecían más tiempo merodeando por la casa, bañándose en el mar, gritando, cantando, riendo, parecían los seres más dichosos del planeta, aunque Marta y yo les teníamos terror, sólo nos atrevíamos a contemplarlos de lejos, mientras mi madre (ya mi tío, más preocupado cada día por su propia santidad, no se ocupaba de ellos) les llevaba la comida y conversaba y reía con ellos, una noche hasta la oímos cantar en el centro de un gran corro que habían formado a la orilla del mar, mientras aplaudían cada verso de la canción, una canción española que decía algo así como Lagarterana soy y encajes traigo de Lagartera, recuerdo: me acerqué escondiéndome tras los troncos de las uvas caletas, vi cómo cantaba, manos inquietas, ojos encendidos, voz temblorosa, mientras el terral revolvía su pelo, y, haciendo que la voz adquiriera vibración efímera, brindaba a ella sin embargo una imagen eterna, la imagen de una mujer que cantaba desde siempre y para siempre aquella canción sin principio ni fin.

Al profesor Kingston el aguacero lo dejó con frío. Aún tiene frío. Está sentado en su comadrita y mira con horror el abanico sobre la cama. También con horror mira sobre la mesa la libreta con la clase de inglés preparada. El profesor Kingston no sabe cómo irá hoy a clases. No se ha podido levantar de la comadrita. Cada vez que lo intenta, un dolor agudo en la zona de la cadera, y más adentro, en el sacro, y más adentro, mucho más adentro, un dolor tan fuerte y tan profundo que ya no parece un dolor de mi cuerpo, sino un dolor de mi alma, un dolor del mundo..., el caso es que el dolor me impide levantarme, no puedo levantarme, llevo sentado no sé qué tiempo, he estado sentado un tiempo infinito, no puedo levantarme, intento cada vez un esfuerzo mayor, me digo tengo que ser valiente, y saco fuerzas de donde no tengo y no puedo ponerme de pie, las piernas no obedecen, *I must be brave.* El profesor Kingston piensa que si el marinero llegara ahora, tendría que quedarse quieto frente a él. No podría hacer otra cosa. Lo que más lo preocupa es su oído, que hasta hace horas había sido más fiable que su vista, y que en este momento parece perdido. Es como si la Isla hubiera desaparecido y sólo quedara él sentado para siempre en la comadrita. Ningún sonido llega del exterior. No se están oyendo los árboles. ¿Será que no corre brisa? Imposible, allá afuera debe de haber un canto diferente para cada árbol, soy yo, el sordo soy yo, sordo e inmóvil, *What to do?*, recuerdo cuando me sentaba en el campo a escuchar el modo particular que tenía cada árbol de responder a la brisa, había árboles iracundos y felices y desgraciados y tristes y eufóricos y exaltados y tímidos, había árboles como seres humanos, ahora no, nadie, nadie, y para colmo no puedo moverme, además, tengo frío.

Se hace necesario que Irene vaya al mercado para encontrar la debida justificación que permita a Helena quedar sola cuidando al Herido. Decidimos que para Helena sea una tarea grata, decidimos que le guste mirar al muchacho con su largo y lacio cabello castaño, su cara de perfil aguileño, sus labios finos y pálidos. Decidimos que como a casi todos los habitantes de la Isla, también para Helena sea como tener acceso a un santo. Ninguno sabe por qué les ocurre eso. Ninguno puede explicar por qué esa devoción por alguien que no conocen, con quien ni siquiera han hablado, con alguien que permanece mudo, inmóvil, enfermo en una cama. Como los seres humanos (de ellos salieron al fin y al cabo), estos personajes ignoran infinidad de cosas sobre sí mismos. Y el autor, por más que quiera parecerse al Creador, también ignora muchas cosas.

Cada vez que Irene va al mercado, es Helena quien queda cuidando al Herido. Para ella es una tarea grata. Le gusta mirar al muchacho de cabello negro, ensortijado y corto, de suave perfil. Desde que supo que fue asaeteado, Helena lo mira con unción. El sufrimiento siempre provoca recogimiento y respeto. Cuando, como ahora, está sola con él, Helena le habla como si él pudiera oírla y acaso ayudarla. Como el resto de los seres humanos, los personajes de este relato se sienten desvalidos y necesitan un ser más poderoso.

A veces tengo miedo, muchacho, no, mentira, no es a veces cuando tengo miedo, sino siempre, siempre tengo miedo, muchacho, recuerda que yo soy, según dicen, la mejor encargada que la Isla ha tenido y podrá tener, y siento sobre mis hombros la responsabilidad de salvarla, por eso salgo cuando todos duermen y la recorro con mi linterna, ilumino cada rincón para ver si cada rincón continúa intacto, voy buscando la escupidera, la sombrera que se ha desgastado sin uso, la antipara, la Victoria de Samotracia, cada estatua monstruosa, los sillones, la Virgen de la Caridad en su urna modesta, voy buscando que ningún árbol haya sido dañado, que ninguna flor haya sido cortada, rastreo, persigo cada olor ajeno a la Isla, busco huellas, conozco cada sonido, cada rincón, y amo estos árboles y estas estatuas horribles, y amo el calor infernal, y amo las casas que conforman la Isla, estas casas de paredes entre amarillas y negras, y amo los aguaceros que presagian el fin, y la sequía que también presagia el fin, y amo el tiempo detenido de la Isla, sus relojes sin manecillas, la confusión, los laberintos, los espejismos, esas historias que sobre ellas se cuentan y que si uno llega a creerlas termina por enloquecer, amo el sinsentido de nuestras vidas, la falta de esperanza, el cansancio que tenemos siempre cuando amanece, dime, ¿para qué desear un nuevo día en esta Isla?, amo el carro blanco de los pasteles de Merengue, amo a Merengue y al hijo perdido de Merengue, amo a Chavito, que no sé por dónde anda, amo a Casta Diva, a Chacho, a Tingo, a Tatina, a Irene, a Lucio, amo a Fortunato, a Rolo, a Sandokán, amo a la señorita Berta, amo a Marta y a Mercedes, amo a mi hijo, a Sebastián que..., mi hijo, mi hijo Sebastián, dime una cosa, Herido, ¿tú estás aquí por Sebastián?, yo quiero saber qué será de cuanto amo, si pudieras adelantarme el final, el epílogo, si al menos supiera que mis esfuerzos sirven para algo, si supiera que esta Isla será capaz de mantenerse en el mapa del mundo, que no en vano tomo la linterna y recorro la Isla, si supiera que esas grietas que veo abrirse cada día se cerrarán otro día, si supiera que el sándalo rojo de Ceilán será para siempre un sándalo rojo de Ceilán, si supiera, si pudieras asegurarme que.

Se ha encerrado en el cuarto con el libro robado en la librería. Es un libro de tapas rojas. Sobre una de las tapas se puede leer: JULIAN DEL CASAL (nombre bellísimo, ¿verdad, Sebastián?). Las hojas, color sepia, las letras grandes, redondas, adornadas. El cuarto, como el de Noemí, está iluminado por una lámpara. Sebastián abre el libro al azar (lo que él considera el azar) y lee.

Noemí es pecadora. Noemí es pálida y pecadora. Pálida (se aplica en las personas que no tienen en la cara el color rosado que es habitual en los sanos). Pecadora (contra la ley de Dios). Noemí tiene el pelo rojo y los ojos verdes, y se ha echado en los cojines que son de raso (tela de seda), que son de color lila. Como nada tiene que hacer, deshoja el cáliz de un azahar. A sus pies hay una chimenea que calienta la habitación. Con la tapa levantada, el piano está cerca. La mano de Noemí, que es blanca, vaga, cual mariposa de flor en flor, por el teclado del piano. Hay también en la habitación un biombo de seda china. Biombo (dispositivo formado por varios bastidores unidos con charnelas, de modo que se puede plegar y poner más o menos estirados). Seda (tela fabricada con hilos especiales). El biombo de seda china tiene grullas (ave zancuda de color gris ceniciento) que vuelan en cruz. Sobre una mesita, se destaca una lámpara. El abanico blanco, la sombrilla azul, los guantes de cabritilla yacen encima del canapé (del diván, del mueble con o sin brazos sobre el que se puede estar sentado o acostado). Al mismo tiempo, en taza de porcelana humea el alma verde del té. ¿En qué piensa Noemí? ¿Será que el príncipe ya no la ama? ¿Será que la anemia la rinde? ¿Será que en sus búcaros de Bohemia (región de Europa famosa por la cristalería) quiere encerrar rayos de luna? ¿Será quizá que desee algo aún más imposible: acariciar las plumas del cisne de Leda (Zeus disfrazado)? No, a la pobre Noemí le han aconsejado que para remediar su hastío (aburrimiento, cansancio), que en su alma esparce quietud mortal, debe beber en copa de ónix (ónice, ágata) labrado la roja sangre de un tigre real, de un tigre rey, de un rey tigre.

Hace días que Chavito no viene, hace días que no sé de Chavito, explica Merengue. Helena lo escucha tratando de no expresar nada, tratando de mantener la serenidad, su aire de mujer fuerte. Tu hijo está en edad de desaparecer, es lo justo. Y se levanta con la conciencia de que nada que pueda decir calmará al negro, y lo único que se le ocurre es ir a la cocina y regresar con un pozuelo de natilla y una risita mentirosa Vamos, Merengue, los hijos no son para uno, tú lo sabes. Chavito es lo único que tengo. Por ahora, llegará el momento en que te dé nietos y biznietos y choznos, que tú, negro al fin, vas a vivir doscientos años. Merengue ríe con tristeza, sin deseos de reír, y come, también sin deseos, la natilla que tiene un fuerte gusto a canela. Nadie hace natilla como tú. Eso dice Rolo, de mi madre lo aprendí, ella la hacía mejor. Y permanecen en silencio, en la luz húmeda de la sala de Helena. Merengue termina con la natilla y la deposita en la mesa de centro. Los tiempos están malos, y la frase resulta suficiente como para que Helena comprenda que en realidad ha querido decir otra cosa. Sí, malos, malísimos, ¿tendrías la bondad de decirme cuándo han estado buenos?, ¡esta Isla! Tienes razón: ¡esta Isla! ¿A quién se le ocurriría descubrirla? A los españoles, ellos son los culpables, ¡el espíritu aventurero, el afán de hidalguía, el ingenuo sentido del honor!, si no hubieran descubierto este pedacito de tierra, tú andarías en taparrabos por

Costa de Marfil, y yo estaría limpiando los pisos de un convento de Santander. Ahora sí Merengue ríe con deseos. ¿Y no vendería dulces? Helena niega con la cabeza Andarías con un carro vendiendo colmillos de elefantes.

Hoy no fue a El Bilbao ni salió con el carro de los pasteles. Vistió la mejor de sus guayaberas de hilo y sacó el sombrero de pajilla que su mujer le regaló cuando se casaron, por los tiempos del Chino Zayas. Estuvo mucho rato en el zaguán, a los pies de las alas desplegadas de la Victoria de Samotracia, santiguándose y diciéndole Virgencita, si mi hijo aparece te voy a comprar la urna más lujosa que hayas visto. Luego salió sin saber a ciencia cierta adónde se dirigía. Un grupo bullero de soldados entraba en la librería de Rolo. Cualquiera que los ve piensa que no pasa nada, que Cuba es el Edén, se dijo Merengue siguiendo rumbo a la Terminal de Trenes, llena a esa hora, ya que se acercaba el tren que iba para Artemisa. En un rincón, Merengue descubrió un negro tirado en el suelo, bocabajo. Corrió hacia él. Con susto y con esperanza. Corrió hacia él y lo volvió. Es un borracho, dijo una señora que tejía sentada en un banco. Sí, un borracho, también un negro joven que dormía, con la boca abierta, el exceso de ron. Merengue trató de despertarlo Vamos, muchacho, en tu casa deben de estar esperándote. El negro abrió los ojos, trató de sonreír, dijo algo que Merengue no entendió y volvió a quedar dormido. Merengue intentó insistir, pero en ese momento llegó el tren. El pitazo, el movimiento de la estación y la cara dormida del borracho le recordaron que era Siroco una de las personas en las que primero había pensado. La asociación no resultaba inapropiada, puesto que Siroco nunca tomaba una guagua para regresar a su casa, cuando venía a ver a Chavito, sino que esperaba el tren de Artemisa y como era amigo de los empleados del ferrocarril (y de todo el mundo), éstos hacían disminuir la marcha cuando el tren pasaba por Zamora para que Siroco se lanzara casi frente a su propia casa. Por supuesto, a su edad Merengue no podía hacer tal cosa, así que salió andando calle Calvario abajo, con el paso rápido de quien está acostumbrado a empujar un pesado carro lleno de pasteles. Luego de pasar el parque en el que un bongó de bronce sobre

141

un pedestal intentaba homenajear al grande Chano Pozo, la calle Calvario se iba haciendo más y más sórdida, más estrecha, más oscura, hasta convertirse en un dédalo de casuchas de madera y zinc, de troncos y anuncios de Coca-Cola, en cuyos frentes corrían niños desnudos y barrigones y en donde los hombres se sentaban a jugar cubilete, desnudos los sudorosos torsos, sin peinar, sin afeitar, haciendo, en cambio, ostentación de las gruesas cadenas de oro. Secándose las manos en delantales, las mujeres salían a las puertas para ver pasar a aquel viejo negro de digna guayabera y sombrero de pajilla que parecía venir andando desde otra época. El cuarto de Siroco, construido como los otros a base de materiales encontrados aquí y allá, construido a base de cualquier cosa, se hallaba casi pegado a la línea del ferrocarril. Merengue notó que al aproximarse al cuarto en cuyas maderas podía leerse «Yo soy el aventurero y el mundo me importa poco», las puertas y las ventanas de los cuartuchos vecinos se iban cerrando con discreción. Merengue supo que, aunque llamara, en casa de Siroco nadie respondería. También supo que en las otras casas tampoco nadie respondería, que nadie le daría la más mínima fe de dónde podía encontrar a Siroco. Sólo un anciano que venía caminando por la vía férrea, usando como bastón la rama de un árbol, perdidos los ojos tras una nube de vejez, exclamó con voz temblorosa No, señor, nada sé de Siroco, y no se tome el trabajo de preguntar, le dirán que nada saben de él, no se asombre, señor, en este país todos quieren saberlo todo y nadie quiere saber nada, el «yo me lavo las manos» hundirá a esta Isla.

Se escuchaban disparos cuando Merengue tomó la guagua en un costado del Hospital Militar. Estaba dispuesto a llegar hasta la mismísma casa de la Rusa, quien vivía en la barriada de Regla, al otro lado de la bahía, en una casa alta, sobre una colina desde la que se divisaba el mar y La Habana. Merengue había ido una vez ahí con Chavito, un 7 de septiembre, fiesta de la Virgen Negra, vísperas de la Caridad de El Cobre. De aquella ocasión Merengue recordaba emocionado la gran bandera cubana, tan grande que, colgando de lo alto de la iglesia, aun ocupaba un pequeño espacio del arco de la puerta principal. (Recordaba que,

142

cuando después de la procesión entraban a la Virgen a su lugar en el altar, la corona se enredó en la bandera, que cayó sobre ella. La procesión continuó hacia el interior de la nave con una Virgen de Regla oculta por una bandera cubana, y un público silencioso que trataba de entender el significado preciso de aquel presagio.) Los disparos continuaban escuchándose cuando Merengue subió a la guagua. El chófer dijo algo que él no entendió. No había muchas personas allí: una monja con un paquete en las manos, dos muchachas de uniforme, un señor de traje y portafolio, un policía. Hacia la Liga contra la Ceguera subió un ciego con maracas, se detuvo delante del chófer y comenzó a cantar En el tronco de un árbol una niña, grabó su nombre henchida de emoción... Su voz poseía un timbre opaco y parecía siempre a punto de apagarse; oírlo cantar daba lástima, y acaso fuera su intención: en cuanto terminó pasó junto a cada viajero diciendo Coopere con el artista cubano, y recogiendo las pocas monedas en una lata. Después, se sentó junto a Merengue. ¿Me puede decir la hora? Merengue se percató de que su reloj se había detenido. Se volvió hacia el policía ¿Qué hora tiene, por favor? El policía miró el reloj de su muñeca y se disculpó Perdone, parece que se le acabó la cuerda. El policía se volvió hacia la monja Hermana, ¿sabe la hora que es? La monja miró su reloj y dijo con sorpresa Mi reloj no tiene hora. El conductor, a su vez, desenfundó el reloj que llevaba en el bolsillo de su pantalón y comprobó que estaba detenido. Los disparos se escuchaban cada vez más cerca. También las sirenas de las perseguidoras de la policía. Pasado el Puente Almendares, subió a la guagua una señora con un niño en brazos. El niño no paraba de llorar. La señora hacía esfuerzos por callarlo explicándole que el llanto constituía la peor opción; el niño, en cambio, hacía esfuerzos por no hacerle caso. El ciego comenzó a cantar de nuevo Por tu simbólico nombre de Cecilia, tan supremo que es el genio musical... En 23 y 12 subieron una anciana de traje rojo y un hombre barbudo, sucio, vestido con un sayo de tela de saco que llevaba en las manos una imagen de san Lázaro. El hombre iba descalzo y Merengue vio sus pies cubiertos de llagas. Soy un leproso, explicó el hombre al tiempo que pedía con la mano extendida. En la esquina de la calle 23 con la calle Paseo, la guagua dio un fuerte frenazo y el paquete de la monja escapó de

143

sus manos, se abrió e hizo que se dispersara un cráneo, una tibia, un fémur y varios huesos más. La monja exclamó ¡Dios mío!, al tiempo que el leproso caía de rodillas y el ciego cantaba Oye la historia que contóme un día el viejo enterrador de la comarca. Las muchachas de uniforme gritaron. El policía se puso de pie y sacó la pistola, pero la anciana de rojo, rápida como una centella, sacó un cuchillo de su cartera, se abalanzó sobre él y lo apuñaleó.

Después de nadar en el Río, Vido se acuesta desnudo en su orilla, bajo el sol, que está fuerte (como siempre). Vido siente el calor del sol como una caricia en su cuerpo, y llega el momento en que no sabe si el calor viene del sol o escapa de su cuerpo. Es como si su cuerpo brillara y calentara como el astro, mi cuerpo es un astro, mi cuerpo es el sol, estoy brillando, calentando cuanto me rodea, tengo luz propia, mis huesos tienen tanto calor que se han puesto incandescentes y relumbran, el sol está dentro de mí, yo soy el sol.

Tengo frío, me da vergüenza decirlo, *I'm ashamed to say it,* con estos calores decir que tengo frío es una vergüenza. Ha cedido un tanto el dolor de las piernas y el profesor Kingston ha vestido *jacket* y bufanda y salido a tomar sol. Siente frío. A pesar del *jacket* y la bufanda, está temblando. Es un frío que se parece al dolor, que viene de dentro, como si mis huesos se hubieran convertido en trozos de hielo, como si el sol no pudiera contra esos trozos de hielo que son mis huesos, puedo estar horas parado bajo el sol de la Isla, *the relentless sun of the Island,* mi cuerpo ni se entera, mi cuerpo ignora el sol y el sol ignora mi cuerpo, y entre las dos ignorancias estoy muriéndome de frío.

Cuando Vido ve venir al profesor Kingston, se lanza al agua. Cree sentir el quejido del agua al recibir el cuerpo caliente como el sol. El profesor lo saluda con amago de sonrisa. ¡Qué calor!, grita Vido con voz demasiado alta, con voz cuyo vigor y cuya alegría no puede controlar. Sí, cierto, hace calor, dice el profesor tiritando, con los brazos cruzados sobre el pecho, ajustando la bufanda alrededor del cuello.

La bufanda no se ajusta bien y cae a la yerba. El profesor intenta inclinarse para recogerla. El dolor de las caderas, de la cintura, del cuerpo, del alma, del mundo, se lo impide. Vido sale corriendo del río y en un santiamén recoge la bufanda. El profesor Kingston mira al muchacho desnudo, la piel nueva que refulge con el agua y el sol. Muchacho, pregunta, ¿sabías que eras eterno?

El capitán Alonso está mucho rato hablando con Casta Diva. El capitán se ve preocupado: hace más de una semana que Chacho no va al cuartel. La mujer le cuenta con ojos enrojecidos Chacho sólo se levanta de la cama para hacer sus necesidades, no come, no habla, no se baña, no mira a Tatina ni a Tingo, mucho menos a mí, mi marido ha dejado de vivir *(sollozo)*. El capitán Alonso tiene aspecto de cansancio, se ve intranquilo. Usted sabe, Casta Diva, los tiempos están muy malos. La mujer pestañea, tose, se mueve con impaciencia. El capitán Alonso saca un pañuelo y seca el sudor de su frente. Tiene la guerrera empapada. Sí, los tiempos están muy malos, Columbia es un hervidero, esto se viene abajo. Ella se aleja unos pasos; es evidente que prefiere mirar hacia los árboles, acaso a la Venus de Milo que se vislumbra a medias entre el follaje. No me hable de tiempos malos, dice al fin. Estamos al borde de la catástrofe, explica el capitán intentando una sonrisa. Casta Diva ha quedado inmóvil, como otra estatua. ¿Catástrofe?, ¿qué significa para usted esa palabra, qué quiere decir «al borde»?, ¿al borde de qué? Significa que nos esperan tiempos de horror, y el capitán señala hacia los árboles como si el horror estuviera allí. Ella queda todavía inmóvil varios segundos y niega después con la cabeza, levanta las manos al cielo, teatral (y por lo mismo verdadera), Allá arriba hay un Dios, magnánimo, capitán, cualquier cosa que tenga lugar será algo necesario, ¿no cree? El capitán da unos pasos, se escucha el retumbar de las botas en la galería. Esta vez Dios nos abandonará, sin remedio, estamos al borde de la hecatombe, dice. La mujer deja caer los brazos En este país siempre hemos estado al borde de la hecatombe. Hasta un día, agrega el capitán, hasta un día en que dejemos de estar «al borde» para caer definitivos, caer, caer (el hombre recalca el verbo de modo que resulta difícil reproducir aquí), preste la atención a la palabra, cómo el paso de la primera sílaba a la segunda, de la «a» a la «e» da la sensación de precipicio. ¿Y quién dice, capitán, que no hemos caído ya?, ¿quién dice que esta Isla no ha vivido siempre en la tragedia como usted dice? Señora, es usted más pesimista que yo. No, no le llame pesimismo, yo sé lo que son los sueños que no se cumplen, las puertas que se cierran, los caminos que se pierden, los precipicios que se abren, los ciclones que arrasan, el mar que se desborda, el cielo que se abre en dos, el fatalismo del destino, lo inevitable del fatalismo, yo soy la República, capitán, yo quise hacer lo que no hice, estar donde no estoy, aspiré a lo que no podía aspirar, parí a una hija anormal, a un hijo que nada entiende, sé lo que significa un marido que un mal día llega a la casa, se echa en la cama y no habla más, míreme, capitán, míreme bien, mire este pelo canoso, estos ojos sin brillo, estas manos mustias, escuche esta voz apagada para mi desgracia, observe con cuidado mi aspecto de anciana a pesar de los cuarenta años, ¿se da cuenta, capitán?, la Isla soy yo. El capitán baja a la tierra, a los helechos de Irene, va a cortar una gardenia, y no lo hace, algo lo detiene. ¿Qué le pasa a Chacho? Lo mismo que a usted, lo mismo que a mí, supongo, el doctor Pinto lo reconoció y no encontró nada físico, habló de..., no sé, no sé, el doctor Pinto ignora qué tiene mi marido. Se acuclilla el capitán Alonso para mirar una hilera de hormigas que llevan hojas, pétalos, insectos. ¿Y usted dice que no se ha levantado más? La mujer queda pensativa unos segundos, hasta que sonríe y dice Sí, hubo un día en que Chacho abandonó la cama.

Hace tres o cuatro días, un domingo, temprano, se escucharon las campanadas de la gran verja. Helena acudió solícita como es costumbre. No había nadie en la puerta. Primero pensó que podían ser los niños vagabundos que andan por ahí llamando a todas las puertas, o quizá los Testigos de Jehová con *Biblias* y *Atalayas*. No había nadie sin embargo en la calle de la Línea. Hasta los niños vagabundos, ¡hasta los Testigos de Jehová!, respetan la melancolía de las mañanas de domingo. Regresó Helena al trabajo, estaba muy ocupada en quitar las manchas de sangre de la bandera cubana con la que Tingo y Sebastián habían arropado al Herido. Volvieron a escucharse al rato las campanadas y Helena volvió a acudir, y se encontró esta vez con Merengue, quien, a pesar de ser domingo (día de mucha venta en los hospitales), no había salido con el carro blanco y lleno de andariveles, y se le veía extraño y cabizbajo y triste y silencioso (él, siempre bullanguero). Merengue estaba en el zaguán poniendo un búcaro con mariposas a los pies de la Victoria de Samotracia. Helena sabía, claro está, a qué se debía su rareza, a qué se debía el ramo de flores y lo saludó con brevedad, le preguntó ¿Has visto a alguien llamando? Merengue la miró un momento como si no entendiera e hizo después un esfuerzo por retomar el tono de costumbre, cosa que no consiguió. No, la verdad, yo venía con este ramo de flores y escuché las campanadas, cuando llegué no había nadie, ni en la puerta ni en la calle. A mí me pasó lo mismo, explicó Helena, es la segunda vez que me sucede. Será el viento, suspiró Merengue. ¿Qué viento?, amaneciste romántico. Merengue no pudo responder ni sonreír; tampoco pudo mirarla. Dejó que Helena se alejara antes de arrodillarse de nuevo ante la reproducción de la Victoria de Samotracia, a la que quiso dedicar un Dios te salve, María. Se escucharon otra vez las campanadas de la verja. Merengue se volvió lo más rápido que pudo y no vio a nadie. Regresó Helena, acompañada ahora de Irene. Las dos mujeres llegaron incluso a salir a la calle. Nadie. No había nadie. A esta hora, si acaso, comenzaban a bajar varios soldados desde la estación de trenes con rumbo al cuartel de Columbia, era sin embargo poco probable que fueran ellos (perdone usted, capitán Alonso, hasta el hombre más simpático, cuando viste traje militar, pierde el sentido del humor; mi opinión es que, precisamente, el ejército surge cuando el ser humano se avergüenza de reír, que el militar es el hombre desprovisto de otra cosa que no sea el odio y la tragedia). Cuando Helena e Irene regresaron a sus casas, a sus obligaciones, Merengue tornó a arrodillarse frente a la reproducción en barro de la Victoria de Samotracia, juntó la manos, cerró los ojos, rezó, pidió con fervor por Chavito. Comenzó entonces a sentir que se elevaba, poco a poco se elevaba de la tierra. Un gran bienestar se fue apoderando de él. Pasó por encima de la antipara, junto

al Apolo del Belvedere, sobrevoló las encinas, los sauces, el jagüey sagrado, el sándalo rojo de Ceilán, las matas de mango y
de guanábana (esas que dan los frutos más grandes y más dulces,
y que aquella mañana de domingo exageraban los aromas), vio
desde lo alto la fuente con el Niño de la oca, el Abrevadero, el
Elegguá de Consuelo, se alejó al Más Allá, hacia la casa del profesor Kingston, llegó al Río, regresó por el costado de la Isla, por
su propia casa, por Eleusis, y vio desde el cielo la calle de la
Línea a la que llegaba ahora un enorme Cadillac azul. Merengue
abrió los ojos a los pies de la Victoria de Samotracia. Se volvió
con mayor unción. Allí estaba, sí, allí estaba el Cadillac azul. No
se puso de pie, caminó de rodillas hacia la gran verja y comenzó
a moverla desesperado para que sonaran las campanas añadidas
a ella, y acudieran todos, que corrieran y tuvieran la dicha de
ver quién descendía del Cadillac azul.

Primero bajó Iraida, hermosa (¿ha visto alguien mulata más
bella que Iraida?). Hija de español con negra, tenía el color perfecto, el pelo perfecto, las facciones perfectas, el cuerpo perfecto
(aunque se cansen de explicarlo, uno nunca acabará de entender
por qué cada habitante de la península Ibérica no va corriendo
a buscar pareja al continente africano —o viceversa—, para comenzar a hacer realidad —del único modo posible— el sueño de
un Mundo Mejor). Como era hija de la Virgen de las Mercedes
(Obbatalá), vestía de blanco, con sencillo traje de algodón que
dejaba los hombros descubiertos, sobre los que caía el pelo casi
de negra, casi de blanca. Desde que Merengue la vio descender
del Cadillac, sintió que se adelantaba el olor a perfume de Co-
tillón, como si una legión de Iraidas anunciara la llegada de
Iraida. Detrás, por supuesto, bajó el Mejor Cantante del Mundo,
¡Beny Moré, gritó Merengue a modo de saludo, qué banda tiene
usted! Con el sombrero alón, el *over-all* de mezclilla y la camisa
de cuadros rojos y amarillos, al Beny se le veía más delgado que
de costumbre, ojeroso, cansado, algo triste a pesar de la sonrisa
que no lo abandonaba. Al sonido de las campanas, el zaguán se
llenó de gente, Helena la primera, afable como pocas veces en
su vida, abriendo el candado. Todos (salvo Chacho) acudieron
para saludar a Iraida Mujer, estás preciosa, dándole besos, apretones, y ella en el medio, encantadora, sonriente. El, detrás, go-

zoso del brillo de la mujer, dando abrazos, apretones de mano, regalando sonrisas, con el saludo peculiar Y de mi Cuba ¿qué?, al que los otros respondían zalameros Mientras tú estés ahí, cantando, no hay problema con Cuba. Hasta el tío Rolo no pudo evitar la admiración y exclamó El día que te mueras, Beny, se hunde la Isla. Y pasaron la antipara, dejaron atrás el zaguán, el cuarto de desahogo, la escupidera y la sombrerera, para llegar frente a la casa de Merengue, donde aparecieron los sillones necesarios, y alguien (supongo que Casta Diva) trajo arroz con leche, y alguien (supongo que Helena: no sería lógico que Irene abandonara al Herido por tanto tiempo) comenzó a colar café. *Buva* y *Pecu* subieron de un salto a los muslos del cantante, él los acarició, les sonrió como si también a los gatos hubiera que halagarlos, como si hubieran sabido que son los muslos del Mejor Cantante del Mundo. Beny comió arroz con leche, bebió café y habló de México, de cómo le fue por allá la gira con su Banda, del dúo que hizo con Pedro Vargas. ¡Mi madre, con Pedro Vargas! *(aplausos prolongados).* Los mexicanos quieren mucho a los cubanos, explicó Beny, además, allá están Ninón Sevilla, Rosita Fornés, María Antonieta Pons, Pérez Prado, México es un país de una belleza que da miedo, allí la muerte y la vida, juntas, como debe ser, dan flores gigantescas y volcanes, en ese país me siento bien, no tanto como aquí, ya se sabe, y no tengo que aclararlo, ¿no?, ser cubano es sufrir las lejanías, estar en la Isla es el único modo... Silencio. Quedaron en silencio. Luego, para romperlo, Beny percutió en los brazos del sillón y cantó Pero qué bonito y sabroso bailan el mambo las mexicanas... *(aplausos).* Abanicándose con su abanico blanco, Iraida se levantó exaltada Cuéntales, Beny, cuéntales que conocimos a Cantinflas, encantador, qué fino, elegante, nada de eso que se ve en las películas, los enredos simpatiquísimos que uno no entiende, no, no, un hombre culto, nos invitó a cenar a su casa, bueno, a su casa no, a su mansión, bueno, a su mansión no, a su palacio, lleno de objetos de arte, valiosos, y les juro, si no hubiera sido por el físico y el modo de hablar, yo habría creído que Cantinflas era inglés. Iraida volvió a sentarse, sonriente. También conocimos a María Félix, que no por gusto le dicen María Bonita, es la mujer más bella que ha nacido nunca en este planeta, y fuimos a las tumbas de Pedro Infante y Jorge Negrete, y depositamos flores y Beny les cantó. Entonces el Cantante interrumpió a Iraida, dispuesta sin duda a contar detalles sobre el viaje a las tumbas, y preguntó otra vez, aunque con entonación distinta a la del saludo de la verja Y de mi Cuba, ¿qué?

Silencio. Quedaron en silencio.

Cualquiera sabía qué significaba el Cadillac azul parqueado en la calle de la Línea. Helena, que por experiencia conocía lo que iba a ocurrir, haciendo una excepción, no cerró con candado la gran verja. Entonces sucedió lo que muy pocas veces sucedía: la Isla se llenó de visitantes. Primero apareció Lila, la quinceañera de ojos azules y pelo rubio, sin brazos y sin piernas, en el moisés en que las hermanas la llevaban a todas partes. Beny la sacó del moisés, la cargó y comenzó a hablar con ella en tono bajo, impidió que los otros supieran qué estaban hablando. Lila comenzó a reír y a llorar a un tiempo. El Cantante la abrazó fuerte, la devolvió al moisés con cuidado y le regaló crisantemos de la Isla. Acacia, hija bastarda de Amadeo Roldán, según decían, traía de regalo para el Cantante una partitura llamada *La rebambaramba* con anotaciones de puño y letra del músico ilustre. (Acacia ignoraba, al parecer, que Beny nunca había estudiado ni solfeo ni teoría.) Solidón Mambí, secretario de Luis Estévez (primer vicepresidente de la República), apareció con una medalla dorada que llevaba grabado el perfil de José Martí, y que él, Solidón, con mano temblorosa, ajustó en el *over-all* del Cantante. Roberto el Bello y Jenoveba de Brabante llegaron con enormes garrafones de agua de coco helada, que de inmediato fue repartida entre los presentes. Belarmino el Poeta, entró cantando décimas. También cantando (rancheras) entró Blanca la Negra, con ajustado vestido de lamé y voz que recordaba demasiado a Lola Beltrán. En fila, ordenados, de uniforme, guiados por María Amada la maestra y Laura la conserje, se vio que llegaban los niños de quinto grado de la escuela Flor Martiana; uno de los niños, trémulo y con espejuelos de carey, leyó una composición dedicada al hombre «en cuya voz está para siempre el alma de la Patria». Genaro el concejal lo declaró «Hijo Ilustre de la Barriada de Marianao». Un ancianito de ropas mugrientas y aspecto infeliz, a quien llamaban Abelardo Cuentaquilos, del brazo de un lazarillo anodino y no menos mugriento cuyo nombre, como se podrá suponer, nadie recordaba, pidió al Cantante perdón para sus incontables pecados. Y llegaron Fina la Libertina, Reinaldo el Grafómano, Soleida Triste, Maruchy Mujerhombre, Paco López (que no paraba de hablar), Raulito Nuviola (con su traje de lentejuelas), Xiomara la Titiritera, Tabares la Apóstata, Raquel Revesada (Doña Bárbara), Chantal Dumán (francesa, marquesa y menesterosa), Gloriosa Blanco, Plácido el Bodeguero, Elodia, Nancy, la malvada Amor con sus hijos jimaguas y malvados, Omar el Delator, Rirri Arenal, Alicia Mondevil... Y siguieron llegando y llegando hasta que, a pesar de la algarabía provocada por la multitud, se escuchó un golpe de bastón y la voz de la Condesa Descalza que gritaba como nunca Esto no es una Isla sino un monstruo lleno de árboles, y se hizo un silencio intenso. Fue posible escuchar la respiración asustada del Mejor Cantante del Mundo.

Sin zapatos, con traje azul y aspecto de emperatriz desterrada, apoyada sin necesidad en el bastón de ácana, con esa elegancia que nunca se sabrá en qué radica, por el lado del Laoconte, se vio surgir a la Condesa Descalza. Se detuvo un instante al entrar a la galería, con la sonrisa de burla y la mirada en la que cabían todos los misterios (mirada cargada de sabiduría y bondad, que iba contradiciendo la sonrisa, mirada triste de quien *sabe),* hasta que los ojos se detuvieron en los del Cantante. El se había puesto pálido. Ella levantó el bastón. Intentando huir de la solemnidad, él exclamó con mentida alegría Tenía ganas de verte, Condesa. Ella no replicó. Avanzó lenta. Los demás iban abriéndole paso como si en verdad se tratara de una emperatriz. Cuando llegó frente a él, se arrodilló. Extendió él las manos y no alcanzó a tocarla. ¿Por qué te arrodillas? La Condesa estaba seria. Porque ya tú no perteneces a este mundo, Cantante.

A Roberto el Bello se le ocurrió, gracias a Dios, repartir más agua de coco helada. Hasta los niños saben que el agua de coco en esta Isla, donde el Diablo instaló las pailas del Infierno, logra que el hombre olvide cuanto le resulta incómodo. Hasta los niños saben que el agua de coco es para la Isla lo que el nepente para los griegos.

Cuando cayó la tarde, Beny comenzó a cantar. Se paseó por la galería y cantó La realidad es nacer y morir, a qué llenarnos de tanta ansiedad... La voz resultó melodiosa, grata. Hasta los árboles de la Isla detuvieron las ramas. Los otros se sentaron en el suelo y miraron al suelo. Algunos cerraron los ojos. Otros se abrazaron (aun sin conocerse). Todo no es más que un eterno sufrir... Cantó él por el camino que lleva a la Fuente con el Niño de la oca. La Condesa Descalza se alejó hacia la casa de Consuelo. La tarde dependió únicamente de su voz. La vida es un sueño y todo se va... Cualquiera podía llegar a creer que el cielo se oscurecía, que las nubes se agolpaban sobre la Isla como si de repente fuera a anochecer. Además de su voz, se escuchaba un sollozo. Por más que se buscara, nadie podía saber a quién pertenecían los sollozos. La realidad es nacer y morir... Ya no podía verse; seguían oyéndolo sin embargo, como si estuviera cantándoles al oído. Esa voz es lo único que importa ahora, pensó Casta Diva. Fue ése el momento en que vio a Chacho junto a la Venus de Milo. Aunque estaba llorando, el hombre tenía expresión de beatitud.

(El mismo domingo de la visita de Iraida y Beny Moré, casi de noche, encontró Sebastián a la Condesa Descalza por el Más Allá, al borde del río, jugando al parecer con el bastón y unas hojas de yagruma. Al verlo, la Condesa lo llamó Sebastián, muchacho, escucha bien, grábatelo, es importante lo que voy a decirte, ¿lo viste?, ¿oíste qué voz, qué bien cantó?, no lo verás más. Volvió la Condesa a jugar con las hojas de yagruma, quedó en silencio unos segundos y recalcó Grábate esto, Sebastián, puede servirte para el futuro: el problema grave de esta Isla es que sus dioses son mortales.)

Ahí está el Herido. Merengue lo ve con el pelo mestizo y los ojos mestizos de chino y negro y blanco, la piel mestiza, la boca gruesa, mestiza, y experimenta la misma unción que Irene y que Helena y que Mercedes y que Lucio y que todos los demás. Merengue trae un ramo de siemprevivas que pone en un búcaro, encima de la mesa de noche, y luego se sienta a masticar el tabaco sin encender.

Llegó a Regla muy tarde, cuando ya había oscurecido y La Habana había dejado de ser La Ciudad para convertirse en La Fantasmagoría. Ya no se escuchaban los disparos ni las sirenas de las perseguidoras. Merengue anduvo por calles desconocidas, por rincones que nada le decían, y casi sin saber cómo se vio frente a la casona de la Rusa. Llamó a la puerta y nadie le abrió. Volvió a llamar y volvió a sentir que el tiempo exageraba sus pausas, sus dimensiones. Llamó desesperado. Por fin le abrió un negrito de unos doce años que iba descalzo y llevaba el torso desnudo y falda azul, aretes en las orejas, lazo también azul en la cabeza y labios pintados de rojo bermellón. Era Mandorla, el hermanito de la Rusa. Se corría por Regla que era una niña a quien Ollá, por disputas con Yemayá, había transformado en niño, para que el pobre continuara con la nostalgia de la niña que fue. ¿A quién tengo el gusto de...?, preguntó Mandorla respetuoso o respetuosa (como quiera el lector). Merengue explicó que era el padre de Chavito. Mandorla se inclinó, adoptó cara de circunstancias y dijo Pase, por favor, ésta es su casa. En la enorme sala, los muebles se habían recogido en un rincón. Sólo un piano de cola se veía en una esquina, donde un anciano también negro y de pelo rojo tocaba una versión de «El cisne» de *El carnaval de los animales*. Otro negrito semejante a Mandorla, padeciendo acaso la misma maldición de Ollá, con un tu-tú blanquísimo movía urgente los brazos. Al entrar Merengue, el negro anciano de pelo rojo interrumpió la música, y el negrito bailarín (con doce o trece años) dejó caer los brazos sin urgencia, con languidez. El padre de Chavito, anunció Mandorla con tono de ujier. Merengue fue a inclinarse, pero Mandorla se lo impidió tomándolo de la mano y llevándolo a un cuarto lleno de altares con imágenes, con flores, con fotografías antiguas, con velas, con copas de agua y vino, con platos de comida y dulces. Salude, ordenó Mandorla. Merengue saludó a la Virgen de Regla y cayó de rodillas. Ando buscando a mi hijo. Lo sé. Pensé que a lo mejor tu hermana... Yo ando buscando a mi hermana, mi hermana desapareció el mismo día que Chavito, donde quiera

153

que estén, juntos están. ¿Qué se puede hacer? Mandorla suspiró, encogió los brazos y compuso la capa azul de la Virgen. Estoy cansado de preguntar. Merengue señaló a los santos. ¿Qué dicen? Nada, nada dicen, están mudos los muy maricones. ¡Sé respetuoso! ¿Respetuoso?, ¿se le olvidó que desaparecieron a su hijo y a mi hermana? ¡No fueron ellos! Ellos, sólo ellos pueden ser, sólo ellos tienen poder. Mandorla tomó en sus manos una copa de agua y se la tendió a Merengue. Este la tomó tembloroso, miró en su interior y por un momento creí que el agua se agitaba, que burbujeaba, y que de su fondo iba a emerger la imagen de mi hijo, creí que se estaba formando allí una réplica diminuta de Chavito. Entonces el agua se serenó y no hubo tal imagen y la copa de agua no fue más que una copa de agua. Habrá que ir a los hospitales, a la policía. Mandorla le quitó la copa de agua a Merengue y la tiró contra la Virgen que, tambaleándose, se descabezó. La corona rodó hasta los pies de Merengue. A la policía ni se le ocurra, viejo, porque lo mato, gritó Mandorla indignado o indignada (como quiera el lector).

Aunque no lo creas, Sebastián, existe un lugar llamado Florencia, y es la ciudad más bella de la Toscana, y la Toscana es la región más bella de Italia, y tú serás incapaz de imaginarte qué ciudad es ésa, acostumbrado como estás a plebuchos, aldeítas de este país que no es un país, Sebastián, sino algo espeluznante que a falta de mejor nombre llamamos Isla (y las islas no son países sino barcos varados para siempre —y el tiempo, ay, no pasa en los barcos varados para siempre), y Florencia es la ciudad que tiene la catedral más bella que puedas imaginarte, se llama Santa María de las Flores y está levantada con mármoles de tantos colores que parece un dulce, un pintor famoso (famosísimo) llamado Giotto construyó el Campanile que tiene más de ochenta metros de altura, y la cúpula es un monumento a la perfección, construida por un tal Brunelleschi, maestro de otro hombre importante, Miguel Angel, y ni se te ocurra pensar que Florencia es únicamente su catedral, no, de eso nada, que está la plaza de la Signoria y el Palacio Pitti, y la galería de los Uffizi, donde se pueden ver los cuadros de Botticelli, y ahí en esa galería (o quizá en otra, no sé) la gente va a llorar frente al hombre más bello del mundo que es el David de Miguel Angel, y después de llorar hasta que casi se les caen los ojos, van al Arno, que es un río (un río de verdad, Sebastián, no como la zanja esa a la que ustedes llaman río), a ver cómo cae la noche, y ver cómo cae la noche en el Arno es ocasión de seguir llorando de felicidad, hasta que acude el día y uno sigue llorando porque es un día nuevo en la ciudad mágica, Florencia, donde al fin y al cabo lo más importante no son los monumentos, sino algo raro que nadie ha sabido nunca explicar, y yo te juro, Sebastián, muchacho, estoy loca por irme a llorar allí, aunque sé que es inútil, para qué voy a ir si mis ojos están secos y ni soñar puedo.

Han pasado el aula, vacía a esa hora, y la puertecita desvencijada que separa el Más Acá del Más Allá. Sebastián va delante, como buen lazarillo; Marta detrás, apoyando la mano en el hombro de Sebastián. A pesar de que el Más Allá es prácticamente intransitable, Sebastián lo conoce y ha seguido el camino abierto por el profesor Kingston con su paso diario. Marta insiste en saludar al jamaiquino. Se detienen un instante frente a su casa. Ni siquiera deben tocar a la puerta, el profesor los ha sentido y salido, sonriente, afable, a pesar de que se le ve desmejorado, y lleva abrigo y bufanda y se diría que tiembla de frío (¡con este calor!). ¿Cómo está, profesor? Durando, hija, durando. La tarde debe de estar tan linda..., le dije a Sebastián que me acompañara a dar un paseo. Todas las tardes son lindas, Marta, cada una a su forma. Cierto, perdón, quise decir linda para dar un paseo. Ojalá pudiera acompañarlos. ¿Por qué no lo hace? Me duelen las piernas, no puedo dar un paso, uno se da cuenta de que envejece cuando las piernas duelen y los paseos se acortan. *(Risas.)*

I can't remember how the rain fell in Jamaica, dice el profesor Kingston aunque en el cuarto no hay nadie más ni puede haberlo. Ha entrado a la casa, tiene frío, y está dándose fricciones de alcohol en las piernas, que le duelen a causa de la humedad. Cuando trato de recordar la lluvia de Jamaica, mi memoria queda en blanco. Debe de llover allá igual que acá, las dos son islas del Caribe, expuestas a los mismos horrores. El día que conocí a Cira el cielo se deshizo en dos, llovió como si hubiera siglos de sequía. No en realidad no fue ese día, Cira y él se conocieron un 20 de mayo, el día que izaban la bandera, día lindo, la verdad, y la gente contenta y linda como el día, y él vio a Cira llorando como si en lugar de ver alzarse la bandera fuera al mismísimo Jesús a quien estuviera mirando ascender a lo alto. Cira, *it didn't rain that day, right?* La lluvia con ganas tuvo lugar después, sí, la tarde aquella en que fue a esperarla a la salida de la casa en donde trabajaba. El día en que te vi por primera vez ni llovió ni podía llover, era día de fiesta nacional. *Who can forget that day?* Ahora recuerda, como en sueños, las orquestas, las banderitas adornando las calles, el Prado engalanado, la gente elegantemente vestida, bailando, de un lado a otro, al son de orquestas que llenaban el Paseo. Y cuando dieron el toque de silencio fue cuando te vi, Cira, recostada en la columna del edificio, vestida de rojo, azul y blanco, con la hermosa cara negra arrasada en lágrimas porque estaban izando la bandera. El profesor Kingston nunca vio izar la bandera por primera vez: miraba a Cira y, al tiempo que daban el toque de silencio, y La Habana entera se detenía como impelida por una orden, él sacó el pañuelo limpio, perfumado, y lo ofreció a Cira, que no dejaba de mirar la bandera que subía lenta por el asta. Tomaste el pañuelo, mujer, sin secarte las lágrimas y sin mirarme, y luego, cuando la bandera comenzó a ondear y hubo un grito de júbilo unánime, te diste cuenta de que habías aceptado el pañuelo de un extraño y lo devolviste confundida, asustada, pidiendo excusas. Continúa dándose fricciones de alcohol en las piernas. La humedad es terrible para los huesos. Y a pesar del calor, me estoy muriendo de frío.

Hace tiempo que Marta pide a Dios que la deje ir a Florencia. Por supuesto, no se trata de que Marta quiera *ir* a Florencia, se trata de que quiere *soñar* con Florencia. A nadie se le ocurrirá dudar de que hay una diferencia sustancial entre ir en la realidad e ir en la imaginación. A Marta le interesa más, mucho más, la imaginación que la realidad. Sabe que, como ha quedado ciega, ir a Florencia, estar allí no significa gran cosa; sabe que es superior figurarse Florencia, y me siento cada tarde en el sillón, el centro de mi mundo, y cierro los ojos, y resulta un acto mecánico puesto que da lo mismo que los tenga abiertos o cerrados, invoco a Dios, me dispongo a caminar por las calles misteriosas, de Santa María Novella, por la Via della Scala hasta la Piazza del Duomo, insisto en ver la puerta del Baptisterio, la Puerta del Paraíso, insisto en que sea a las doce en punto de un Sábado Santo, quiero estar presente en el Estallido del Carro. Nada. Dios (o quienquiera que sea) nunca se apiada de ella, de sus deseos de soñar. Nunca alcanza a atravesar ese telón rojo oscuro, casi negro que se interpone entre ella y Brujas, entre ella y Florencia, entre ella y Alejandría, entre ella y su sueño.

Haces bien en pasear por las cañabravas, Rolo, en mirar el antiguo abrevadero y detenerte por un momento frente al Elegguá de Consuelo, a quien pedirás otra vez que te abra los caminos. Continúa hacia la estatua de esa mujer escuálida (Chavito dice que es Diana), pasa al Más Allá. Mira, allá están Vido y Tingo-no-Entiendo empinando papalotes. (Sebastián va con Marta rumbo al mar.) Harías bien en ir donde ellos. Acaba, por favor, de olvidar que Sandokán existe. Al fin y al cabo, no es el único hombre bello de la tierra.

Sucede que hace días que Sandokán no viene y Rolo no sabe qué hacer. No puede enviarle mensaje, Sandokán ha tenido el cuidado de nunca revelar dónde vive. Rolo supone que su madre debe de vivir detrás del Hospital Militar: muchas veces ha visto a Sandokán tomar ese camino, perderse por las casitas de los oficiales. No debe descartar, sin embargo, que sea un modo de despistar, puesto que también es cierto que muchas veces desaparece por la calle de la Línea hacia la Terminal de Trenes, y otras por los potreros; hay tardes incluso en que se le ve atravesar la Isla hacia el Más Allá. Sandokán es astuto. De Sandokán sabe poco, tan poco que hasta ignora el verdadero nombre. Helena lo ha alertado Es un peligro permitir que ese hombre entre en tu vida, en tu casa, en la Isla. Rolo replica No puedo, Helena, no puedo evitarlo. Claro, no se atreve a dar a la hermana las razones de por qué no puede evitarlo, aun cuando esté sobrentendido, no le puede decir que ese hombre significa mucho para él, Transformó mi vida, y no porque despierte mi amor, sino por algo mucho más grave, es un capricho, y nadie como él para hacerme sentir que este miserable cuerpo al que por desgracia debo unir el adjetivo posesivo, este despreciable cuerpo mío es algo deseable. Con nadie como con Sandokán, ha sentido jamás la realidad y el deseo de su cuerpo. Zonas de su cuerpo habían permanecido dormidas hasta la llegada de Sandokán. También zonas de su espíritu se hallaban aletargadas, a la espera de alguien como él. Lo conoció hace más de un año, una de esas noches en que el deseo se interponía entre la cama y él para impedirle descansar. Ya Rolo sabía que en noches así no quedaba otro remedio que abandonar la cama y salir a la Terminal de Trenes, en cuyos urinarios percutía siempre el orine de un soldado generoso dispuesto a dejarse manosear la generosidad. Esa noche, sin embargo, aunque a falta de uno había dos hieráticos soldados en el urinario (sospechó que se manoseaban, que se besuqueaban mutuamente), Rolo no pudo dejar de reparar en aquel ejemplar único, con perfil de vaso griego, torso clásico (no llevaba camisa), piernas de atleta (vestía un corto pantalón deshilachado), descalzo, llorando en un rincón. Fue tanta la impresión que le produjo que, rompiendo sus hábitos cuidadosos, se dirigió hacia él con resolución. Joven, ¿por qué llora? El joven elevó rápido los ojos y nada dijo. Rolo se sentó a su lado. Llore si le hace feliz, pero le advierto: el llanto nada remedia, y se atrevió a depositar su mano en el hombro del muchacho, donde una tatuada hoja de acanto. ¿Quiere venir conmigo?, puedo ofrecerle un café con leche, un trago de ron, como prefiera, también puede ducharse y descansar, si quiere conversamos, conozco más de la vida que usted, el diablo sabe más por viejo que por diablo. El joven se limpió la nariz con las manos y después pasó los dedos por la pared para secarlos. Miró con curiosidad a Rolo, casi sonriendo a pesar de los ojos enrojecidos de llanto, y preguntó con la voz mejor timbrada del mundo ¿Dónde vives tú, viejo? Y Rolo quiso decir Muy cerca, y la voz no salió de su garganta y sólo fue capaz de hacer un gesto con la mano. Se arregló el joven el pantalón corto, secó sus lágrimas y salió de la Terminal seguido por Rolo. Cuando llegaron a la casa, para evitar miradas y comentarios indiscretos, no se dirigió a la Gran Verja, sino que decidió entrar por Eleusis. Le dio gracia ver a aquel ejemplar que miraba los libros con sorpresa y algo de terror. Al mismo tiempo sintió un toque de ira. No soportaba que los profanos miraran libros, le parecía que la literatura era un misterio, y en tanto misterio, sólo para iniciados. Con cierta impaciencia, por tanto, guió al joven hacia la casa, Ven, en esta *sanctasanctorum* no podrás bañarte ni comer. Ya en la sala, el muchacho se sentó en una comadrita y tomó en sus manos el busto de la Malibrán. ¿Tú eres el dueño de la biblioteca? Rolo le quitó el pequeño busto de la mano y no respondió. Buscó una toalla limpia. No es una biblioteca, ¿qué quieres comer? Los ojos del muchacho ya no estaban enrojecidos, y se veían oscuros y vivos. Lo que *aiga*. Lo que «aiga» no, lo que «haya». Bueno, un pedazo de pan. Fue a quitarse el pantalón en la sala, dudó un instante y entró vestido al baño. Dios, pensó Rolo, es más bello que el joven de Flandrin. Preparó una merienda (pan, queso, chorizo, jamón, aceitunas y cervezas heladas) mientras se excitaba escuchando el sonido de la ducha. Existía una notable diferencia entre el sonido que provocaba la ducha al golpear el suelo y el que producía al correr por un cuerpo. Se podía saber cuándo la persona se duchaba y cuándo se enjabonaba. Se podía pensar que cuando no se duchaba, estaba haciendo otras cosas. También lo excitaba la espera. Se acercó a la puerta del baño. ¿Te alcanza el jabón? No lo oyó o no quiso responder. Cantaba Nuestros besos fueron fuego, un romance por deseo... Al cabo, salió del baño con la toalla anudada a la cintura. Así se sentó a la mesa. No se había secado bien y tenía el pelo empapado y el cuerpo salpicado de gotas de agua. Se veía blanco y hermoso, con esas largas patillas que terminaban en una perfecta diagonal. Su humor parecía haber cambiado como por arte de magia. Oye, viejo, esto es un banquete, exclamó con la boca llena de jamón. Rolo abrió dos cervezas. Las sirvió en sendos vasos que decían en rojo: HATUEY, LA GRAN CERVEZA DE CUBA. El se apresuró a tomar de la suya antes de que Rolo tuviera tiempo de chocar los vasos, de modo que el ademán quedó detenido en el aire y la palabra «Salud» a punto de ser pronunciada. ¿Cómo te llamas? El muchacho sonrió, disimuló, comió chorizos, aceitunas, bebió cerveza antes de explicar No tiene importancia, viejo, me dicen Sandokán. Eres de la Malasia, jugó Rolo. No, respondió el otro en serio, nací en Caraballo y me crié en Marianao. Rolo buscó un paño, comenzó a secarle la espalda. Ocupado en comer, Sandokán no sólo lo permitió, sino que lo favoreció haciendo movimientos con el torso y levantando los brazos. Después Rolo le untó agua de lavanda en el cuello, en los brazos, en especial allí donde tenía tatuada la hoja de acanto, y con su tono más dulce le pidió Quédate esta noche, no me gustaría que te fueras, es demasiado tarde, puede ocurrirte algo, los tiempos están malos..., y se levantó y fue al baño y se encerró allí como si también él quisiera bañarse, y lo que hizo, en cambio, fue tomar el pantalón sucio y recortado de Sandokán, los calzoncillos de algodón que debieron de ser blancos algún día, para acariciarlos, para olerlos: a nadie, medianamente sensible, se le ocurrirá dudar de que el sudor de un hombre bello es superior al más caro perfume de París.

Haces bien en quedarte ahí, en sentarte sobre una piedra, ver cómo Tingo empina el papalote. Cualquier cosa que te haga olvidar a Sandokán está bien. Tingo, que te ve, viene corriendo y te dice ¿Sabe qué estoy haciendo con el papalote?, envío una carta a Dios, en la cola de los papalotes atamos Sebastián y yo, usted sabe, el papel, la carta, y como los papalotes suben, suben, suben, estamos seguros de que El tendrá que leerlos y nos gustaría que nos respondiera en los mismos papalotes, pero la señorita Berta nos ha dicho que Dios anda demasiado ocupado y que no responde así. ¿A quién se le ocurrió esa idea? ¿A quién va a ser, tío Rolo?, a Sebastián. ¿Se puede saber qué le has pedido a Dios? Tingo mira hacia todos lados, desanuda la carta y se la tiende a Rolo. El tío abre el papel y lee: Distinguido Dios, ojalá te encuentres bien al recibo de ésta. Nosotros, tus hijos, bien, aunque quisiéramos rogarte: ¡no destruyas la Isla, no nos castigues! Buena o mala, esta Isla es lo único que nos has permitido tener. Ponte a pensar, ¿qué haríamos sin ella? En espera de Tu bondad queda de Ti.

Tingo sigue empinando el papalote y no sabe por qué. Sebastián le dijo que lo hiciera para enviarle un mensaje a Dios.

160

Sólo que Tingo no sabe qué es un mensaje y mucho menos quién es Dios. El mensaje de Sebastián tampoco lo entiendo, tú sabes, a Sebastián se le ocurren cada cosas. Tingo a veces se cansa y deja que el papalote caiga muerto. Y se pregunta qué sentido puede tener empinar el papalote. Es como el otro día que la señorita Berta dijo que la tierra era redonda y que giraba alrededor del sol. Tingo no entiende cómo la tierra puede ser redonda, cómo puede girar alrededor del sol. Tampoco entiende cómo la Señorita lo sabe, y mucho menos qué hacer de ahora en adelante con esa información. Es como empinar papalotes para enviar mensajes a Dios. Antes de saber que la tierra era redonda, yo andaba caminando de lo más bien, ahora que sé que es redonda sigo caminando de lo más bien, no me canso, no me mareo, nada diferente sucede, mi padre sigue acostado en la cama sin hablar, mi madre llora y se queja a cada momento, mi hermana Tatina ríe y orina, y todo ocurre con o sin la redondez de la tierra, y la verdad es que hay muchas cosas que no entiendo, por ejemplo, ¿por qué mi mamá es mi mamá?, ¿por qué no es Helena o Irene o qué sé yo?, ¿por qué no soy una flor o una hormiga?, ¿por qué tengo que dormir por la noche y no por el día?, ¿por qué dormir con los ojos cerrados?, ¿por qué el sol no sale de noche y la luna de día?, ¿por qué tengo que comer para cagarlo después?, ¿por qué bañarme si me ensucio, y ensuciarme para bañarme?, ¿por qué me visto si dicen que nací en cuerito?, ¿por qué para hablar tengo que hablar?, ¿por qué para hacer silencio tengo que callarme?, ¿por qué mi mamá y mi papá discuten cuando no están de acuerdo?, ¿por qué no discuten cuando están de acuerdo?, ¿por qué los árboles dan sombra?, ¿por qué si los árboles dan sombra, tengo que vivir en una casa?, no entiendo, y todo parece indicar que el único que no entiende soy yo, claro, entre entender y no entender no hay diferencia, si no yo sería diferente, tendría un solo ojo, una sola oreja, un solo brazo, una sola pierna, y no es así, yo soy igual a los demás, duermo, hablo, como, meo y cago como los demás, de donde se desprende que es lo mismo el que entiende que el que no entiende, y así como te digo una cosa te digo la otra, tú sabes, para mí esto que vemos no es lo que hay sino lo que no hay, trataré de explicarme, lo que hay es otra cosa diferente a lo que uno ve, o sea, te voy a poner un ejemplo para que acabes de comprender (si eres tú de los que comprenden, porque va y eres como yo), veo un árbol, una palma real digamos, pues la verdad es que esa palma real es lo que yo veo, no lo que existe, lo que existe es otra cosa que yo tomo por una palma real, mira, yo lo que trato de decirte es que hay un velo entre mis ojos y las cosas de verdad, que son otras cosas de mentira y que tomamos por verdad, ¿entendiste?, claro, eso tampoco cambia nada, es como saber que la tierra gira, al fin y al cabo, tú sabes, yo lo que veo es la palma real, y lo que hay de verdad tras la palma no lo veo, así que olvídalo, no tiene importancia.

Frente al busto de Martí, a la entrada del aula de la señorita Berta, encuentra Rolo un ramo de rosas y, un poco más abajo, un racimo de plátanos atado con cinta roja. País mío, tan joven, no sabes definir, declama Rolo con tono quejumbroso, y no toma por la galería sino que continúa por entre árboles y crotos, helechos y yerbas, rosales y piscualas, y pasa el Hermes de Praxiteles, el busto de Greta Garbo, y llega a casa de Irene. Aunque la casa está abierta, no se ve a Irene. ¿Nadie brinda café?, pregunta Rolo en voz alta. Irene aparece en la puerta de la cocina, secándose las manos en el delantal, sin sonreír, como quien ha pasado mal la noche, Si te brindo café, ¿qué me darás a cambio? Lo que más deseas: ¡un recuerdo! Irene está a punto de abrazarse a Rolo. Personaje inteligente al fin, éste se percata de que Irene se siente mal, de que quiere abrazarse a él, y como además de inteligente es un personaje que posee raptos de adivinación, busca en la sala y encuentra el halcón disecado; sabe que no debe preguntar y por eso pregunta ¿A quién perteneció?, a sabiendas de que provocará en Irene la misma angustia de cuando encontró el halcón, un halcón de importancia en su historia personal, pero cuya importancia Irene olvidó. No sé, Rolo, lo sabes bien, no sé a quién perteneció. ¿Qué te pasa, mujer? Si lo supiera..., alguien se empeña en que olvide, pronto olvidaré hasta mi nombre. Rolo la abraza. Controlando las ganas de llorar, Irene pide Ven a la cocina, hace poco colé café. Podemos ahorrarnos la descripción del momento en que entran en la cocina a tomar café. Lo importante no es que Irene y Rolo tomen café

162

en incómodas, sofisticadas tazas de porcelana que simulan pájaros y tienen paticas que no sirven para acomodarlas sobre el plato, lo importante es que Irene le revela que esa mañana olvidó que tenía al Herido en la casa, y no le practicó la cura de las seis de la mañana. Pasadas las nueve, entró por casualidad al cuarto en que dormía, y lo más grave no resultó descubrirlo, sino ignorar por unos minutos de quién se trataba.

Ahí está el Herido. Dormido, tranquila la respiración, perfecta encarnación de un Gitano Tropical, con esa cara ante la cual Víctor Manuel caería de rodillas. Rolo se acerca como si estuviera en la iglesia, frente a la imagen del Descendimiento. Pasa su mano por la frente del muchacho, fresca y ligeramente sudada. ¿Cómo te llamas?, pregunta a sabiendas de que no responderá. El Herido, no obstante, mueve de modo casi imperceptible la mano derecha. ¿Cómo te llamas? El Herido parpadea, mueve los labios. Está abierta la ventana y es como si no existiera la tarde en las afueras de la Isla. ¿Será verdad que alguien repite en algún piano, hasta el cansancio, algo (¿Schumann?) que Rolo no puede identificar? Toma Rolo entre las suyas la mano del Herido. ¿Cómo te llamas? Abre los ojos, ahora sí abre los ojos y Rolo cree que lo mira. ¿Cómo te llamas? Sonríe con esos labios ante los que Víctor Manuel tendría que arrodillarse. Scheherazada, exclama con voz débil, mi nombre es Scheherazada.

¿Adónde me llevas?, pregunta Marta. Al mar, responde Sebastián, vamos a sentarnos a la orilla del mar.

III
Los fieles difuntos

El mar, Sebastián, ¿lo escuchas?, cierra los ojos, así lo oirás como yo, tienes que cerrar los ojos, la vista es tan poderosa que si no cierras los ojos no podrás escucharlo, si tú supieras, yo viví frente a él, después de la muerte de mi padre, cuando tuvimos que abandonar a Melania y al reino de Lalisia, mi tío Leandro nos llevó para su casa en la playa de Jaimanitas (a la que llamamos Taipí), aunque mis ojos comenzaban a secarse, estaban vivos aún, pude ver el mar, fueron los mejores años de mi vida, a pesar de los desmayos y la sed permanente con la que vivía, es malo tener sed a cada minuto, Sebastián, como vivir en el desierto, la boca seca, la garganta seca, sed, y sin embargo, créeme, fui feliz, el tío Leandro fue el único hombre a quien conocí que había pasado el horizonte y estado fuera de la Isla, y lo más importante, esa ausencia se llamaba la India, para mí, la India eran ríos gigantescos, multitudes que realizaban abluciones y rezos en los ríos gigantescos, palacios de mármol, templos de oro, elefantes adornados, y un hombre, mi tío, meditando en medio del aguacero, amparado por una serpiente, el misterio de ese viaje persistía en los ojos del tío Leandro, todos los palacios y templos y ríos y bosques estaban en los ojos del tío Leandro, y eso me fascinaba.

Y acaso no resulte apropiado llamar la atención aquí (aunque finalmente habrá que hacerlo en alguna página del libro) sobre el hecho de que nada posee tanto hechizo para el habitante de las islas como el saber que alguien se atrevió a romper el cerco del mar, que venció la fatalidad del horizonte, alguien que estuvo «afuera» y conoció qué es el mundo. Para el habi-

167

tante de las islas, viajero es sinónimo de sabio; viaje, sinónimo de dicha.

Frente al mar de Taipí tuvo Marta por primera vez el deseo de viajar. A veces se divisaban barcos en la lejanía. Para cualquier isleño un barco (que surca los mares, claro está, no se trata aquí del barco varado que es la isla), constituye la imagen suprema de la libertad. Un barco que corta las aguas es el símbolo de la esperanza. Si llega, debe ser acariciado para recibir en las manos el olor y el aire de otras tierras. Si zarpa, debe ser acariciado para que el olor y el aire de otras tierras sepan que existen nuestras manos. Marta decía adiós a los barcos con un pañuelo y la certeza de que algún día sería ella quien vería, con lágrimas de gozo, los pañuelos de la orilla. Se iría alejando hacia ciudades con nombres promisorios, y en París, Liverpool, Salzburgo o Santiago de Compostela, terminaría de hacerse mujer. Sucedió, no obstante, que poco a poco comenzó a borrarse la lejanía de los barcos, y ¿Qué es aquello allá, a los lejos?, preguntaba a Mercedes. Un barco, respondía la hermana con extrañeza. También el mar se desdibujó, cambió poco a poco de colores (con tanta calma que sólo mucho después pudo ella percatarse) para convertirse en una extensión rojiza. La India desapareció de los ojos del tío Leandro. Desaparecieron los ojos del tío. Asimismo los de Mercedes y los de su madre. Se diluyeron las caras en tonos tan rojizos como el del mar. Las uvas caletas dejaron de ser árboles; antes de ocultarse de modo definitivo, fueron estructuras negras. El espejo también comenzó a ocultarle su propia imagen. Cierta mañana no hubo imagen en el espejo. Otra mañana tampoco hubo espejo. Un fulgor cada vez más débil diferenció el día de la noche. Sin saber cómo, sus piernas adoptaron pasos sigilosos y las manos comenzaron a extenderse, se especializaron en tocar. Fue como si las manos pensaran por sí mismas. Escribir, por ejemplo, pasó a ser algo que las manos realizaron solas, armando letras cada día más grandes y faltas de rumbo. Así sucedió que un amanecer Marta sintió que no despertaba en ningún sitio. Los ojos se abrieron a un color rojo oscuro, casi negro, y se sintió sola, más sola que nunca. A pesar de que, adolescente al fin, la mayoría de las cosas no estaban claras para ella, de algún modo instintivo supo que bastante desgracia y bastante encierro significaba vivir en una isla, para también perder el único sentido que le permitía tener conciencia de que existían otros hombres y países.

Aquélla fue, por lo demás, la época en que aparecieron los mendigos. Poco a poco se posesionaron de Taipí. El primer día llegaron dos; a la semana había una multitud. Eran bulliciosos, jaraneros, y pasaban el día cantando y jugando. Quizá la madre tuviera razón, quizá resultara agradable vivir con ellos una vida sin tiempo ni preocupaciones. Sólo que la falta de responsabilidades los conducía al hedor, a comer con las manos; a que no se peinaran ni cambiaran los andrajos; a que orinaran y cagaran a la vista de todos, y lo que resultaba peor, a que mitigaran la lumbre de sus lujurias a cualquier hora y en cualquier lugar. Llegó un momento en que hasta el tío Leandro, que del mundo sólo conocía su propia santidad, empezó a preocuparse. La preocupación máxima tuvo lugar cuando la madre se sentó entre ellos y terminó al pie de una hoguera, cantando Lagarterana soy y encajes traigo de Lagartera al ritmo de las palmadas entre burlonas y piadosas de los mendigos. También para ella, con el paso de los días, el tiempo dejó de ser una preocupación, con las funestas consecuencias que encierra la frase. Olvidó entrar a la cocina. Jamás pisó de nuevo el cuarto de baño. Nunca más bordó ni cosió. Desaseada, desaliñada, andaba ahora poco tiempo en la casa. Su vida se limitó a permanecer en la playa, bañándose y cantando con los mendigos. Riendo, jugando con ellos, como no había reído ni jugado jamás con sus propias hijas. Así fue hasta una mañana en que el silencio y la paz se restablecieron en Taipí. Se podía haber pensado que todo había sido una alucinación, que jamás tantos mendigos habían vivido frente al mar, junto a la casa. Para probar, sin embargo, que no se trataba de engaño, podían verse restos de comidas y fogatas, una guitarra sin cuerdas que el Tío descubrió flotando en el mar, dos libros en idioma desconocido, un conejo atado a un árbol y cientos de páginas de la revista *Bohemia* diseminadas por la arena. La mayor prueba, de cualquier modo, fue la ausencia de la madre. Mercedes afirmó que esa noche la madre estuvo hasta muy tarde quemando fotografías y que mucho después sintió el sonido de un cristal que se rompía. En efecto, se hallaron vacíos los álbumes y rota la luna del espejo.

Aunque no lo creas, Sebastián, los vi partir, nadie lo creyó nunca, yo estaba ciega y dijeron que no era posible que los viera partir, aunque ya también había comenzado a perder el sueño, a padecer poco a poco de insomnio, este insomnio que aún hoy me atormenta y que (te juro) es peor que el hambre y la sed y la propia ceguera, estar siempre despierta es como vivir el doble, una vida está bien, dos, en cambio, pueden llegar a convertirse en tortura, ya por aquellos años yo me acostaba al mismo tiempo que todos, a la hora en que se acuestan las personas sensatas del mundo, y sentía cómo daban horas las campanadas del reloj y cómo la respiración de los demás indicaba que ya iban remontándose a mundos, a tiempos diferentes, yo en cambio seguía apegada a la realidad por el peso de no sé qué castigo, y aunque no la podía ver, la sabía ahí, intransigente, severa, pesada, Sebastián, y así ha sido a partir de esos años, hace mucho que no sé qué cosa es dormir, y lo más grave no es que mis ojos se hayan apagado, o que mis párpados permanezcan obstinadamente abiertos, no, lo peor es que Dios (ese modo dulce que tenemos de invocar al Demonio) no me ha dejado ni siquiera la posibilidad de imaginar, de recomponer una realidad nueva a partir de lo que vi alguna vez, como buena isleña siempre quise conocer mundo, ir a otras ciudades, saber cómo eran, cómo vivían los hombres de otras ciudades, Glasgow, Manila, París, Buenos Aires, Bagdad, San Francisco, Orán, Tegucigalpa, ¿te has percatado del encanto que tienen los nombres de las ciudades?, cada uno sugiere algo diferente, Glasgow huele a árboles, Manila es dorada, París un cristal, Buenos Aires un gran pájaro de alas desplegadas, Bagdad huele a incienso y también es la voz de un tenor, San Francisco suena a aguacero y a música de piano, Orán es un pañuelo, Tegucigalpa un jarro de leche acabada de ordeñar, y la noche en que se fueron los mendigos (y con ellos mi madre), tuve la última visión, yo estaba despierta, los demás dormían tranquilos echándome en cara el que estuviera despierta, sentí el rumor del mar, un fuerte rumor, un oleaje, me levanté, ya sabía comportarme como ciega perfecta, conocía dónde se hallaba cada mueble, cada puerta, cada ventana, y cuando no lo sabía también lo sabía, que una de las cosas misteriosas de los ciegos es que el cuerpo no necesita de los ojos para encontrar el camino, y fui hasta la ventana, no sé por qué se me ocurrió ir a la ventana, yo ignoraba qué vería, debo de haber ido acaso porque el terral acariciaba la cara con olor a océano, acaso porque el sonido del mar resultaba más imponente en la ventana, lo cierto es que fui, la oscuridad como por arte de magia se disipó, lo primero que vi fue la luna saliendo de entre los celajes, luego una multitud de mendigos que echaban balsas al mar, balsas construidas con cualquier tabla, con el tronco de cualquier árbol, con velas hechas de lonas y camisas viejas atadas a mástiles (si pudieran llamarse así) que eran gajos mal dispuestos, y se iluminaban con teas, y cantaban, recuerdo muy bien que cantaban Seremos libres lejos de este encierro, en busca vamos del ancho horizonte..., y había treinta, cuarenta balsas que comenzaban a alejarse, había treinta, cuarenta más en la arena esperando el momento de zarpar, vi a mi madre que portaba una tea, la vi casi desnuda, casi anciana, dando órdenes para echar al mar su balsa, la playa era un ir y venir incesante, no sé, Sebastián, si has visto balsas que zarpan, no sé si tendrás la oportunidad de verlo alguna vez, miras esos troncos de madera mal unidos, miras al hombre que los empuja con trabajo hacia el agua, lo ves correr por la arena, entrar al agua, subirse al cuadradito indefenso de madera, miras el mar desmedido, al viento que agita el mar desmedido, y se te hace un nudo de tristeza sobre el vientre, ese hombre puede no llegar a ninguna parte, y piensas Aquí en la arena yo tampoco voy a llegar a ninguna parte, él se podrá ahogar, podrá terminar sus días en el fondo del mar, yo me ahogaré en la superficie, terminaré mis días en la orilla, es lo mismo, sólo que él ejecuta un acto, yo no ejecuto ninguno, ¿te das cuenta?, hay algo solemne y trágico en ver cómo alguien se lanza al mar en una balsa, y debe de estar muy desalentado, muy violento para echarse a pelear con el mar de modo tan humilde, sin la soberbia de aquel rey oriental que le castigó a latigazos al océano, no, es otra cosa, esto es intentar burlarlo, pasar inadvertido casi sobre un papel que surca el agua, navegar con el deseo de que ni el mar ni nadie se den cuenta de que se navega, resulta glorioso ver un barco saliendo de la bahía, es una prueba de la grandeza y la paciencia humanas, pero resulta lamentable ver a un hombre, a una mujer, a una anciana y a un niño sobre una balsa, es una prueba de la pobreza, del desconsuelo, de la desesperación humanas, es algo que nos recuerda que al fin y al cabo somos tan poca cosa, una balsa es una prueba de inseguridad y también de hastío, me eché a llorar viendo las balsas de los mendigos que se alejaban, que se convertían en punticos luminosos a medida que se apartaban de la orilla y se iban esfumando en aquella extensión oscura (el mar), me eché a llorar, lloré mucho, días enteros estuve llorando, y cuando no hubo lágrimas en mis ojos, Sebastián, entonces sí ya nunca volví a ver.

Hay momentos en que la huida parece la única solución, exclama una voz a sus espaldas, y ríe, y cómo ríe.

Los pies descalzos de Vido sienten la arena de la playa. El mar, a esta hora, posee un gris acero, y Vido lo ve inmóvil con sólo un breve rompiente de espumas en la orilla. El cielo adquiere un azul más intenso. Comienza a escucharse el ladrido de un perro, tan lejano, que no se sabe si es un perro de verdad o un perro de otro tiempo y lugar. Saluda a los otros, que se ven a alguna distancia, y se detiene en la orilla llena de sargazos y de conchas, de cangrejos diminutos. El mar entra en la arena y forma un círculo que rematan dos puntas de arrecifes. Hay una hondonada en la arena en la que el agua, al entrar, provoca una laguna efímera.

Hay momentos en que la huida parece la única solución. Marta no se mueve. Sebastián se vuelve y ve venir por la arena a la Condesa Descalza, con el abanico, el bastón de ácana y el aire de reina en exilio. Vivimos en una Isla, *chérie*, no debes espantarte, después de todo, ¿qué es una Isla?, ¿has leído el diccionario? La Condesa clava el bastón en la arena, se sienta junto a ellos. Como es hábito, tiene cara de burla. Según el Diccionario de la Academia, isla es una «porción de tierra rodeada enteramente de agua», ¡definición concisa, qué tono aséptico, qué precisión lingüística!, no puede ser tan simple, ¿verdad?, para el habitante de las islas se trata de algo profundo y patético. La Condesa extiende el abanico sobre la arena y recorre su contorno con el dedo. La frase del diccionario utiliza palabras que nos llenan de pavor: «porción de tierra», quiere decir algo menguado, algo breve, una cantidad arrebatada a otra mayor; «rodeada», participio de un verbo de connotaciones guerreras, de resonancias carcelarias; «enteramente de agua», observen cómo la frase adverbial evoca la imposibilidad de escapatoria: el agua, símbolo del origen y la vida, lo es también de la muerte. Hace una pausa para suspirar y acariciar la cabeza de Sebastián. El diluvio ¿no fue un castigo de Dios? Ríe brevemente. Hay que vivir en una isla, sí, es preciso despertar cada mañana, ver el mar, el muro del mar, el horizonte como amenaza y lugar de promisión para saber lo que es.

Vido respira hondo y abre los brazos y siente que sus pulmones se llenan con la brisa. Abre bien los ojos, los cierra, los vuelve a abrir. Cuando los tiene abiertos, es el mar y el cielo y el horizonte cada vez más nítido; al cerrarlos, otro cielo, otro horizonte, un destello rojizo. Grita un nombre, su nombre, ¡Vido!, para que su voz, su nombre, detengan el bramido del mar.

Con sumo cuidado, la Condesa Descalza se quita el sombrero de paja que tiene atado bajo el mentón con una cinta roja. Se arregla coqueta el peinado. Eso no lo sabrán nunca quienes viven en continentes, nunca sabrán qué aislado está el hombre de las islas. Se extiende un largo silencio. El mar de la tarde está tranquilo a pesar de la brisa; tiene un color intenso que se va haciendo más y más hosco a medida que se aleja de la orilla y se aproxima al horizonte. A Sebastián le parece que en el mar hay cientos, miles, millones de espejos diminutos.

Se desnuda y es como si cada parte de su cuerpo fuera adquiriendo vida, o mejor, como si descubriera su cuerpo, la piel, la tensión de los músculos, la vibración que lo recorre de pies a cabeza. Vido está desnudo y tiene muy viva la sensación de la brisa. El paisaje, el mundo entero cabe en sus manos, en sus brazos. Los pulmones son capaces de recoger la brisa que mueve las ramas de las uvas caletas. Levanta arena con los pies y recoge y muerde las frutas rojas. Un sabor dulzón moja sus labios.

La Condesa se echa hacia atrás y por un momento parece que no va a reír. Esta Isla en que vivimos, dice, ha sido y es particularmente desdichada. Toma una mano de Sebastián. No sé, *poveretto*, si la señorita Berta te habrá contado que cuando los españoles descubrieron esta tierrita, donde malvivían unos cuantos indígenas indefensos, andaban en busca de Eldorado, y esta tierrita, por suerte o desgracia, ni oro ha tenido nunca, de modo que los españoles se fueron huyendo hacia el continente, aquí se limitaron a abrir dos o tres puertos, a fundar unas cuantas villas (con las peores familias de la Península), y la Isla... *(suspiro)* se convirtió en tierra de tránsito... *(otro suspiro)* lo que en el fondo nunca ha dejado de ser. Queda mirando la lejanía. Hay un momento en que levanta una mano como si quisiera señalar algo. Marta tiene la cabeza baja; a ratos toca a Sebastián por la espalda, acaso para cerciorarse de que continúa ahí.

Cuando una primera ola moja sus pies, es como si hubiera otros Vido junto a él, dentro de él. Entra al agua y la siente ascender por los muslos, envolver la cintura, alcanzar el pecho. Se siente transparente como el agua y se sumerge.

La voz de la Condesa se escucha ahora más grave Es lógico, *chérie,* que te hicieran llorar los mendigos de las balsas, el hombre de la Isla se cree siempre en una balsa, se cree siempre a punto de zarpar y también a punto de zozobrar, sólo que esa balsa no surca el mar, y es en el momento en que descubre que la Isla no se moverá, en el momento en que el hombre de la Isla se percata de que su balsa está fija al fondo marino por alguna fuerza eterna y diabólica, en ese instante, corta troncos y construye la balsa y se aleja para siempre. Suelta una carcajada. ¿Y qué ocurre?, lo inesperado, la Isla no lo abandona, él la abandona a ella, ella no lo abandona a él, ahí radica lo peor *(más carcajadas),* tú te vas de la Isla y la Isla no se va de ti, porque lo que el isleño no sabe es que una Isla es algo más que porción de tierra rodeada de agua por todas partes, una Isla, mi querida Marta, mi querido Sebastián, hay que decirlo de una vez por todas: una Isla (bueno, voy a precisar) *esta* Isla en que vivimos, es una enfermedad. Recoge el abanico abierto sobre la

174

arena, lo cierra y mira hacia todas partes con tal cara de burla, que Sebastián tiene miedo. *Ah, mon Dieu,* no puede ser dichoso un país fundado con la morriña de los gallegos, con la añoranza de andaluces y canarios, con la *rauxa* y la *angoixa* de los catalanes, no, no puede ser dichoso ningún lugar al que un negrero como Pedro Blanco trae miles de negros arrancados de sus tierras, maltratados, torturados, y se les vende desnudos, y se les esclaviza, y se les hace trabajar de sol a sol, esa mescolanza tiene que hacer por necesidad un pueblo triste, un pueblo maldito, y si agregas el calor, el sofoco, el tiempo que no transcurre, y los modos de evadir todo eso, el ron, la música, el baile, las religiones paganas, el cuerpo, el cuerpo en detrimento del espíritu, el cuerpo sudando sobre otro cuerpo, el ocio, ¡el ocio!, no el ocio productivo de que habla Unamuno, no, sino otro que se llama desidia, un ocio que se llama impotencia, escepticismo, falta de fe, yo quiero que me digan... Se calla bruscamente. A medida que la tarde avanza, el mar ha ido adquiriendo un intenso color violeta. (¿Añorará el nacimiento de los dioses?)

Nadar pegado al fondo es algo más que un placer. Quiere observar ese fondo impreciso y al abrir los ojos cree ver hojas verdosas que se agitan como brazos diminutos, piedras que a veces son rostros, hileras de peces plateados que pasan más rápido que la mirada. Al volver a la superficie, se acuesta sobre el agua con los brazos en cruz. Encima está el cielo de la tarde. Algo lo lleva a la deriva, pero no es el agua, sino una fuerza dentro de él. Se aleja de la orilla nadando, y se acerca otra vez y se sumerge. Vuelve al fondo. Sube con un alga. Salta con ella al cuello y levanta los brazos. Respira con fuerza. Es fuerte, muy fuerte, el olor que tiene el mar. Vuelve a gritar su nombre y no sabe por qué el llamarse a sí mismo lo hace reír. Regresa nadando a la orilla donde se acuesta y cierra los ojos para hundirse en una quietud nueva que puede ser un sueño. Lleva una mano a su pecho al lugar del corazón y percibe la fuerza de sus golpes. También acaricia sus hombros, su cuello, sus tetillas. Aunque cree que está dormido, su cuerpo tiene conciencia del último sol de la tarde.

Por entre las uvas caletas se ve aparecer al tío Rolo. La Condesa Descalza se vuelve y sonríe. El Tío viene con paso rápido como a punto de dar la gran noticia. Sin embargo, al ver a la Condesa no habla, se sienta junto a Marta, la abraza. Ella levanta la cabeza, ¿Rolo?, pregunta, y él le acomoda el pelo lacio, peinado a lo paje. La Condesa se abanica durante algún tiempo. Sebastián lanza piedrecitas al agua. La loca cierra los ojos y dice *Mon petit,* ¿sabes lo que ha sucedido a los poetas de esta Isla? No, no hagas esa historia, exclama Rolo en un exabrupto. No queda otro remedio, Rolo, tú lo sabes. Ahora no, por los menos ahora no, pide Rolo. La Condesa hace un autoritario gesto con la mano y exclama Al primer poeta balbuceante, a Zequeira, le costó la razón ser el primer poeta balbuceante, enloqueció, Sebastián, se ponía un sombrero y se hacía invisible, lo que no era verdad, pero sí lo era, como tú comprenderás; al primer grande, a José María Heredia le tocó en suerte el exilio (ya te dije, los hombres huyen y la Isla no los abandona, el pobre Heredia veía un palmar junto a las cataratas del Niágara), nunca se fue de verdad, lo mató el exilio, la nostalgia y la tisis lo mataron (no me negarás que ambas, unidas, hacen un destino trágico); fusilaron a Plácido, el mulato peinetero a quien las rimas le salían con facilidad; a Zenea (el primero que leyó en esta Isla a Alfredo de Musset, también lo fusilaron; el matancero Milanés, grandioso cuando no le daba por moralizar, también se vio en la obligación de enloquecer, ¿y el Cucalambé?, de décimas simples aunque encantadoras, desapareció sin dejar rastro, nunca se supo de él; otra elegíaca, Luisa Pérez de Zambrana vio morir a una familia numerosa mientras ella duraba, casi eterna, y conocía la soledad en una casita humildísima del barrio de Regla, al otro lado de la bahía; y Julián del Casal, el primero que leyó a Baudelaire, el amigo de Darío, incomprendido y solo y triste, con tristeza y culpa que no sé si algún día acabaremos de entender, murió a los veintinueve años, tísico también, de una carcajada que le hizo vomitar toda su sangre, murió como Keats sin la gloria de Keats, *I weep for Adonais...* (la tisis fue la gran aliada de los efímeros burgueses del diecinueve en contra de los poetas inmortales). En cuanto a Martí..., ya sabes: se dejó matar en el campo de batalla con cuarenta y dos años...

Lejísimo se divisa el contorno blanco de un barco entre los

celajes del atardecer. Sebastián dice adiós con la mano. Vido, Rolo y la Condesa hacen lo mismo. Marta levanta la cabeza. Es un barco, informa el Tío. El horizonte se ha convertido en una línea encendida.

Tardé en revelar lo que voy a revelar porque no me atrevía a hacerlo hasta tener la seguridad. Así dice el tío Rolo a Marta, la Condesa y Sebastián durante el camino de regreso a la Isla. Es algo de tal importancia que no podía tomarse a la ligera, recalca. Hace una pausa y anuncia He tenido en sueños manifestaciones importantes, primero, en sueños, vi una calle que yo no conocía, que no recordaba haber visto en la realidad, y yo sabía que no era una calle de La Habana, porque resultaban diferentes su tono, su color, su silencio..., una y otra vez volvía esa calle a mis sueños, donde se destacaba una casa con el número 13, hasta que un día, hojeando un libro sobre París, la sorpresa me provocó un sobresalto al ver en una lámina la calle de mis sueños, se llamaba, señores, oigan bien, Rue Hautefeuille, comencé luego a soñar que estaba en el velorio de mi padre, sólo que ese velorio no podía ser de ningún modo el velorio de mi verdadero padre, es decir, mi padre está muerto, pero mi padre del sueño no era mi padre, el padre que yo conocí ¿entienden?, en ese velorio de mis sueños yo tenía alrededor de seis años, argumento en contra de que ese padre muerto no era el que yo tenía por tal, si no bastara con darse cuenta de que aquel velorio tenía lugar en otra época, un velorio de otra época, ¿entienden?, en un tercer sueño, yo odiaba a mi madre, a su lado veía a un hombre de uniforme, cubierto de entorchados, un general, y yo, como Hamlet, odiaba al general y odiaba a mi madre (la odiaba y la amaba, como pasa siempre con las madres), en un cuarto sueño me veía vestido de dandy en un barco, en medio de las brumas, y sentía un hastío que por más que quisiera no podría contar, ¿entienden?, los días pasan y yo tengo sueños y sueños con los que no quiero agobiarlos, repito cada día frases en francés, frases que yo no conocía, ni siquiera sé francés, frases como «*Là, tout n'est qu'ordre et beauté...*». Han dejado atrás los marabuzales y van entrando en el Más Allá. El tío Rolo ha quedado pensativo, como si temiera dar la noticia que les tenía preparada.

Al cabo, echa la cabeza hacia atrás, cierra los ojos y exclama con algo de vergüenza Amigos míos, lo que he descubierto es lo siguiente, por favor, presten mucha atención a lo que voy a decir: en una encarnación anterior, yo fui Charles Baudelaire.

Addio, del passato bei sogni ridenti,
le rose del volto già sono palenti...,

se escucha la voz que anda por la Isla desde hace días. Casta Diva corre al espejo. Nada se ve del otro lado.

Aquí hay ahora un jardín con álamos, sauces, cipreses, olivos, y hasta un espléndido sándalo rojo de Ceilán. Yo sé que es difícil creerlo. En esta Isla de árboles anónimos, uniformes, con el mismo verdeaburrido, no se conciben sauces ni cipreses, aunque lo escriban cien incansables elegíacos como el desdichado autor de *Fidelia* o la necrófaga poetisa de *La vuelta al bosque*. Sin embargo, deben creerme. ¿Alguien duda de que ésta sea la Isla de lo impredecible?

Hace muchos, muchos años, aquí no había jardín, sino un yerbazal donde malpastaban las vacas. Decían que la tierra era mala, sin gracia, maldecida por Dios. Y en efecto, ni siquiera se lograba una sencilla mata de calabaza. Cuantos intentaban el más simple cultivo, después de un primer tiempo de esperanza en que las plantas comenzaban a germinar, veían luego cómo iban amarilleando, calcinándose, como si las hubiera arrasado un fuego invisible. Y regresaban las vacas con la obstinada paciencia a reinar en aquel feo yerbazal de la decepción que era entonces la Isla. Así ocurrió hasta la llegada de Padrino y de Angelina. Con ellos este terreno árido se convirtió en el mismísimo edén. Le decían Padrino porque había bautizado a la única hija que tuvo Consuelo, aquella pobre niña que sin cumplir los quince años y sin conocer las delicias de la vida, murió de una bala perdida en la Guerrita de Agosto. Padrino se llamaba en realidad Enrique Palacio. Había nacido pobre en una aldeíta de pescadores, frente al mar, por supuesto, en zona de brumas y *sauda-*

des, cercana a Santiago de Compostela, dicen que por la mitad del pasado siglo. Angelina, la hermana, quien para algunos tanta importancia tendría para la Isla, nació cinco años después. En lucha contra el mar caprichoso y contra la tierra no menos caprichosa, en lucha contra la pobreza que en nuestro mundo siempre es una desgracia, Padrino, a quien entonces llamaban Enriquillo, se hizo un mocetón recio, vehemente, dispuesto, casi analfabeto, aunque con extraordinaria inteligencia. Al comenzar en Cuba la Guerra de Independencia, Enriquillo se alistó en el ejército que defendería a España. No lo hizo por sentimientos patrióticos, la verdad, le pareció el mejor modo de escapar de aquella tierra neblinosa y maldita, la posibilidad de hacer fortuna en la Isla célebre por su geografía generosa, la Isla que, según contaban, era otro país de Jauja. Un buen día se despidió de los padres y de Angelina, la hermana, que comenzaba una hermosa adolescencia, y cruzó el Atlántico en barco precario y demasiado cargado de muchachones saludables, rudos, tan saludables y rudos que jamás se bañaban, y ostentaban axilas, pies y entrepiernas con olores excitantes y nauseabundos. Era un barco negrero cargado de gallegos, que demoró cerca de un mes en llegar a Santiago de Cuba. Está de más aclararlo, la Isla no fue lo que Enriquillo esperaba. Tenía la misma pobreza de su aldeíta frente al mar, agravada por un sol bárbaro que borraba los colores y hacía que el cuerpo experimentara siempre un peso de plomo sobre las espaldas, que cada paso costara el esfuerzo de veinte, que estuviera bañado en sudor y sediento y desesperado las veinticuatro horas del día, sol que provocaba en la tropa delirios y alucinaciones. La Isla, además, estaba llena de insectos. Había más insectos que cristianos. Insectos mínimos, raros, implacables como el sol, insectos diabólicos, aún más peligrosos que las tropas enemigas. Por tanto, la malaria, la peste, la fiebre amarilla y otras enfermedades gravísimas, mortales y desconocidas, provocaban mayores estragos que los machetes mal afilados de los cubanos. Para esos azotes, los españoles no tenían defensa, como esos condenados insurrectos cubanos que podían dormir en pantanos y levantarse inmaculados como ángeles. Las tropas españolas atravesaban el monte (el desconocido y misterioso monte, el laberíntico monte, el sagrado monte), con uniformes de franela, propios para inviernos de Galicia. Andaban casi descalzos, con alpargatas que resultaban irónicas en los pantanos, entre las raíces de árboles hostiles, en las sabanas peligrosas. Y se pasó hambre; Enriquillo perdió tantas libras que casi desapareció. Sin embargo, tuvo suerte. Participó en pocos combates. Sólo resultó herido en una pierna a punto de firmarse el Pacto del Zanjón. Cuando estuvo fuera de peligro, dejó el ejército, se instaló en La Habana y comenzó a trabajar de cantinero en el comedor del Hotel Isla de Cuba, levantado entonces allí mismo donde se halla hoy, frente al Campo de Marte. Alquiló un cuartico maloliente en la calle Cuarteles, llena de charcos y basura. No se dejó seducir por ninguna negra o mulata, a diferencia de cuanto gallego arribaba a la Isla. Aunque, a semejanza de cuanto gallego arribaba a la Isla, se dedicó a almacenar dinero. Su sueño no resultaba excepcional, quería hacerse rico, montar un negocio, traer a La Habana a los padres y a la hermana. Almacenó, por supuesto, dinero; se hizo rico por supuesto. No pudo traer a los padres porque éstos decidieron morir con muy poca diferencia de tiempo el uno del otro, entre las brumas de la aldeíta frente al mar, cercana a Santiago de Compostela. Angelina sí recibió un pasaje para una opulenta goleta que zarpó de La Coruña una mañana jubilosa de primavera. Enrique, que conocía por cartas las aficiones botánicas de la hermana, había comprado para recibirla una quinta bastante amplia en la barriada de El Cerro. Tenía ella a la sazón veinticinco años y la brillantez de una virgen de Murillo. Cuando descendió de la goleta en el maloliente y festivo puerto de La Habana, Angelina miró al hermano sin saber quién era, impresionada por la fuerza que emanaba de aquella figura de hombre. Enrique también la miró sin saber quién era, impresionado por la dulzura que emanaba de aquella figura de mujer. El la vio vestida de discreto hilo blanco, bordado por ella misma, la piel limpia y sonrosada, el pelo negrísimo como los ojos grandes, la boca hermosa, bien dibujada, y no pudo contener un estremecimiento. No pudo ella contener un estremecimiento al ver a aquel hombre, con fortaleza que no radicaba sólo en el vigor de los brazos, que venía de algún lugar recóndito del alma, que se reflejaba en movimientos precisos y contenidos, en los ojos resueltos, calculadores, despiadados. Fue una confusión de segundos, claro. Enseguida descubrió él en la cara de ella, la cara de la madre, y llamó

180

suave, casi tímido, ¡Angelina!, y escuchó ella la voz grave del padre y estuvo a punto de llorar de alegría, de tristeza, y exclamó ¡Enrique! Y se abrazaron y se ruborizaron al abrazarse, y se besaron y se ruborizaron al besarse, y se fueron a El Cerro como dos extraños de ningún modo dispuestos a dejar de serlo. A ella La Habana le pareció un corral. Hacía poco había caído un aguacero, y, aunque en el cielo de un azul limpio, sin nubes, no quedaban síntomas, las calles eran de puro fango, las paredes de las casas eran de puro fango como las calles, y las gallinas, cerdos, perros, guanajos, vacas, carneros que corrían delante y detrás de los coches, eran de puro fango como las paredes y las calles. Las mujeres, cantando a gritos canciones inexplicables, lanzaban por las ventanas el contenido de los tibores. Sudando fango, los transeúntes huían apenas de las agresiones urinarias y gritaban maldiciones que las mujeres devolvían entre canciones y canciones inexplicables. Había muchos negros. Esto llamó sobremanera la atención de Angelina. Hermosos, espléndidos animales, con los torsos más encantadoramente desnudos que había visto, se reunían a mostrar sus dientes sanísimos y a tocar en cajas de madera aquella música turbadora, que para nada parecía tocada en cajas de madera. ¿Dónde vine a caer?, pensó al recordar, por contraste, la calma brumosa de la aldeíta de Galicia, e instintivamente alargó la mano hacia la del hermano que, como si leyera sus pensamientos, o mejor, como si pensara lo mismo, alargó en el mismo instante la mano hacia la de ella, y se enlazaron las manos, y depositó él un beso en la de ella, y recibió ella aquel beso en la mano y en algún otro innombrable lugar del cuerpo, y recostó la cabeza en el hombro de él y cerró los ojos para llenarse de valor y decir Si estoy contigo no me importa vivir en esta Babilonia de negros, y la frase coincidió con el momento en que el coche entraba en Cuatro Caminos y se encaminaba torpe, levantando fango, despertando maldiciones, seguido por una jauría de perros sarnosos, hacia la quinta de El Cerro. Angelina no pudo dormir la primera noche. Sábanas y mosquiteros la asfixiaban. Hacía un calor imposible. Perfumaban tanto las flores que no había modo de cerrar los ojos. Se escuchaban cantos en lengua extraña. Cuando lograba abandonarse un segundo al cansancio, el calor, el perfume y los cantos se mezclaban en un sobresalto. Debía entonces levantarse, desnudarse más y más, terminar desnuda, insomne, frente al balcón donde flores blancas parecían moverse, inclinarse hacia ella. Enrique tampoco pudo conciliar el sueño. Nunca hasta esa noche había sentido aquella humedad hirviente que salía de la tierra y se confabulaba con las sábanas para rechazarlo. También él tuvo que desnudarse, salir al balcón. El cuerpo de su virilidad había reaccionado de modo violento, creciendo y creciendo, palpitando, como si entre la tierra y la verga hubiera una relación independiente, insospechada. De nada valieron ejercicios de concentración; de nada valió que pensara en los libros de cuentas o en los leprosos que a veces llegaban a la puerta pidiendo comida. La pinga se mantenía enhiesta como una lanza sólo dispuesta a dejarse vencer por el combate cuerpo a cuerpo. Esa mañana, cuando los hermanos se sentaron a desayunar, se vieron ojerosos y pálidos. Ella probó por vez primera un jugo de guanábana, y le gustó, y lo sintió bajar por la garganta, y no pudo reprimir una exclamación ¡Estamos en el quinto infierno! Con los dientes peló él un mango, lo chupó con impotencia, dejó que el jugo dulcísimo bajara por el cuello hasta el pecho, recogió con un dedo el jugo del pecho, apretó la pinga que, llena aún de sangre y de ímpetu, levantaba el pantalón vehemente, y respondió Aquí fue donde el diablo dio las tres voces y no se oyeron. Ella rompió en su boca la yema cruda de un huevo y suspiró Me caigo de sueño. Me caigo de sueño, repitió él pasando una rodaja de piña por sus sienes ardientes. Ella mojó una servilleta en la leche fresca, recién ordeñada, y se la pasó por la frente. El se chupó los dedos con los que había revuelto la mermelada de fruta bomba y dijo Cuando niña, te dormías antes de que terminara la cena, y yo te cargaba y te llevaba a la cama, ¿te acuerdas? No me acuerdo, de nada me acuerdo, desde ayer, desde que bajé a esta ciudad, que no es una ciudad sino el tumulto de una pesadilla deleitosa, una perturbación, no me acuerdo de nada, estoy detenida en un presente presente presente que no sólo carece de pasado sino también de futuro. Miró al hermano con los ojos enrojecidos por el sueño, Y tú, ¿quién eres que te pareces a mi hermano, a mi padre? El echó hacia atrás la silla con cierta agresividad, se puso de pie sin preocuparse del modo en que el cuerpo de su virilidad crecida levantaba el pantalón. Ese otro cuerpo lleno de vida, reventando de sangre, era, en esa mañana inolvidable, lo más importante no sólo de su cuerpo sino de todo el universo. ¿Quién soy?, te voy a decir quién soy. Fue hacia ella, la cargó, la llevó a la cama, la desnudó. Se desnudó él y se tendió sobre ella, que sintió, ahora manando del cuerpo de él, el aroma de las flores, el feroz calor de la mañana, la maldición habanera. Acercó él los labios a los de ella, la besó varias veces, recorrió con la lengua los dientes y la lengua de ella. ¿Quién soy? Tu hermano, tu padre, el hombre que tiene tu sangre, el que estuvo en el mismo vientre y el que te engendró; tú eres mi hermana, mi madre, la mujer que me parió y la que estuvo en el mismo vientre que yo. Ella sintió un gozo mucho más perturbador que aquel que le provocara el jugo de guanábana, y exclamó suspirando Vamos dejando atrás el quinto infierno, nos adentramos en el décimo. Mientras acariciaba el cuello de la hermana, él dijo El diablo sigue dando voces, no hay modo de oírlo, y bajó hacia las profundidades oscuras y deseantes de ella, y comenzó una caricia torturante al tiempo que contaba De niña, yo te llevaba al mar y te bañaba desnuda y tú tenías miedo de aquella extensión azul que quería devorarte, devorarnos, y te abrazabas a mí, y yo calmaba tu miedo con la promesa de que te protegería siempre, de que nada podría dañarte mientras yo estuviera contigo. Apretando con sus manos la cabeza de él y empujándolo hacia las entrepiernas sombrías, ella lloraba de gozo y decía Siempre fuiste el mejor hermano del mundo, dulce, complaciente, hermoso, me sentía orgullosa de ir contigo de la mano, de llevar tu sangre, de parecerme a ti, todos decían que teníamos los mismos ojos, los mismos labios, que yo era tu lado mujer, por eso reconocí en tu boca el sabor de la mía, y en tus ojos la violenta calma de los míos, y fue como si yo misma me deseara y yo misma me diera placer. El se irguió, acarició con su endurecida virilidad la cara de ella, parecida a la de su madre. Ella la acarició con la boca, moviendo rápida la lengua. El casi no pudo soportarlo y explicó Desde adolescente quise darme a mí mismo esa caricia con la que tú ahora, mi hermana, me haces feliz, pero es imposible, por más que uno quiera es imposible, uno solo no sabe hacerse gozar, siempre hace falta otro, ah, qué dicha si el otro es uno mismo, si ese otro es la mujer que uno arrulló de niña en su cuna, mi hermana, mi otro yo, mi lado mujer. Apartó ella la pinga de él. Tenía los labios rojísimos y empapados. ¿Por qué no entras en mí, tú, hermano mío, el único que tiene derecho? Y él entró en el cuerpo de ella mientras le contaba al oído que, de niña, ella tenía miedo a los fantasmas de la noche.

Nunca concedieron demasiada importancia a los rumores que comenzaban a despertar en la ciudad provinciana, en la ciudad babilónica con alma de aldea. Una mañana despidieron al párroco que fue a visitarlos; otra, al mismísimo obispo escandalizado (como era de esperar en obispo digno de su jerarquía). Permanecieron ajenos y egoístas. Pensaban sólo en el mundo de dicha que se habían fabricado. Por lo menos cuatro años lograron vivir en esa regocijada irresponsabilidad, defendiéndose de los ojos atentos de la ciudad hipócrita, de la ciudad descarada, viviendo el uno para el otro, disfrutando del amor perfecto, ya que se amaban doblemente, como amantes y como hermanos. Así fue hasta que ella salió embarazada. Cuando el médico que no les quedó más remedio que consultar (ella no toleraba alimentos, vomitaba de sólo pensar en un plato de comida), pálido y tembloroso, con cara de horror, diagnosticó el embarazo, Enrique y Angelina decidieron abandonar la quinta y mudarse a un lugar remoto donde no los conocieran, donde el comadreo no los afectara. Vendieron la quinta de El Cerro; compraron lo que ahora es la Isla. Por esos años anteriores a la ocupación norteamericana, ni siquiera Columbia se había convertido en cuartel; Carlos J. Finlay no se había hecho famoso por descubrir en esta zona al mosquito transmisor de la fiebre amarilla. Marianao era un caserío famoso por el clima benigno, la cercanía de la playa y el Hipódromo; lo suficientemente próximo de La Habana para no sentirse en el campo, y lo suficientemente lejos como para no sufrir el espanto de la ciudad. En aquella extensión de tierra árida, en aquel yerbazal donde malpastaban las vacas, la tierra mala, sin gracia, maldecida por Dios, había una gran casa, donde fueron a vivir los hermanos, y una casita pequeña, apenas dos cuartos, donde una mulata hermosa y joven llamada Consuelo, vivió poco después con su marido, Lico Grande, un negro mucho más viejo, que había sido esclavo de la familia Loynaz. Consuelo se ocupó de Angelina. Además de hermosa, la mulata era dulce y dueña de una extraña sabiduría o de un extraño poder. Se cuenta que una noche, por ejemplo, poco después de haber ocupado la nueva casa, Consuelo se acercó a Angelina con expresión de profunda tristeza, le tocó el vientre y exclamó Un hijo no puede ser sobrino y al mismo tiempo un hombre como los demás. Angelina se echó a llorar ¿Cómo usted sabe...? Hija mía, respondió Consuelo con tono de anciana que en nada se avenía con la expresión casi adolescente de su cara, los ojos de una hermana que además es esposa no son como los de las otras mujeres, ¿te miraste al espejo? Y abrazó y acarició a Angelina, que se dejó abrazar y acariciar como una niña con frío. Ya por esos días, había comenzado Enrique la obsesiva siembra de árboles raros, de cipreses, álamos, sauces, olivos, hasta el sándalo rojo de Ceilán, desoyendo los consejos de Lico Grande, que explicaba En esta tierra nada es posible. Por las noches, cuando los demás dormían, salía Consuelo y resembraba cuanto por el día había sembrado Enrique. Lo hacía bendiciendo al futuro árbol, diciendo por lo bajo oraciones que ella misma inventaba. Y los árboles, por supuesto, crecían con igual vigor que el vientre de Angelina. Es un milagro que en este yerbazal estén creciendo matas raras, hermosas, exclamaba Lico Grande. No, replicaba Consuelo, no es milagro, es compensación.

Por fin un día, ayudada por Consuelo, parió Angelina. Hay quien dice que nació un minotauro. Hay quien dice que un basilisco. Otros, que una medusa. Se sabe cómo puede ser desmesurada la imaginación popular. En cualquier caso, es cierto, un ser monstruoso que Consuelo arropó bien en paños negros y no mostró a nadie, mucho menos a la madre. Se dirigió al jardín, donde Enrique sembraba un sauce, y dijo Su hijo vino del fondo de la tierra con olor a azufre, yo quiero que usted me permita hacerle el favor de perfumarlo y enviarlo al cielo. Enrique miró a Consuelo sin entender y sin entender afirmó. Consuelo ahogó al monstruo, le roció un pomo de esencias, y lo enterró, con media hora de nacido, al pie del sándalo rojo, que aún no era el árbol vigoroso que admiramos hoy. Como si supiera, Angelina no preguntó por el hijo. Sólo fue capaz de pedir ¿Podrían abrir las ventanas?, ¡este olor a azufre me mata! Fue lo último que se le oyó decir. Angelina cayó en un mutismo que duró meses. Se dedicó a sembrar junto con Enrique los árboles de la Isla que por las noches Consuelo resembraba. Gracias a ella y a Enrique (aunque la verdad más verdad es que debemos agradecerlo a Consuelo) es que la Isla posee esta profusión de árboles que admiramos hoy.

Un buen día Angelina desapareció. Nunca más se supo de ella. Enrique, que llegó a ser Padrino, vivió cien años. Hay quien dice que abandonó la Isla. Según él estaba maldita. Cuentan que con ciento nueve años aún anda por Galicia. Allá, en lugar de sembrar sauces y cipreses, siembra mangos y guanábanas.

¿Te gustó? No, es una historia falsa, melodramática, tremendista, parece contada por algún escritor del sur de los Estados Unidos. No me quedará más remedio que contarte la historia de Consuelo, ésa sí te gustará. La narro otro día, ahora estoy cansado *(sonido de bostezo)*.

De todos los personajes de este libro, es Lucio sin lugar a dudas el más típicamente cubano. Por muchas razones. Ahora, sin embargo, me interesa destacar su exagerada necesidad de vestir bien. Entendámonos: no al modo de Lord Brummel, no. Según el libro famoso de Barbey D'Aurevilly, el dandy puede pasar tres horas componiendo su vestuario para, cuando sale, olvidarse de él. El dandy aborrece la exageración y los trajes que parezcan acabados de comprar; para él, el hombre debe resaltar más que el traje. Lucio no es dandy. Nunca olvida su atuendo. (El hábito hace al monje, dice a Fortunato cada vez que puede, ya que a Fortunato no le interesa demasiado el modo de vestir.) Lucio no es dandy. No logra que la ropa adquiera esa cualidad indispensable de la elegancia, la invisibilidad. Se muestra interesado en que los demás noten que usa trajes de la Casa Prado, guayaberas Gregory, escarpines Once Once, zapatos Amadeo. Exagera el perfume Old Spice (que no es caro, aunque sí llamativo). Hace ostensibles las cadenas de oro de dieciocho quilates, la sortija con la esmeralda, la manilla también de oro y el reloj Omega. Las uñas de las manos están cuidadas y brillosas. Para él la imagen de un Baudelaire, armado con cepillo de cerdas de cristal, intentando eliminar el lustre zafio del traje recién comprado, es punto menos que sacrílega. También su belleza es la de un cubano típico. Alto, delgado, musculoso sin exageraciones, muy blanco (de una blancura suprema y sospechosa), el pelo negro, las facciones delicadas, bellas, o mejor, lindas, a punto de ser femeninas. Cuando Lucio sale, de punta en blanco, y seca por coquetería su frente con un pañuelo de hilo embadurnado de perfume, es el más cubano de todos los cubanos. A nadie se le ocurriría pensar que ese extraordinario, delicado y elegante ejemplar, trabaja en una fábrica de vinagre.

Vomita. Al lado de la cama, sin color, está vomitando un líquido amarillo que huele a bilis y a ron. Fortunato, que le ha quitado la camisa, pasa una toalla húmeda en alcohol por la cabeza de Lucio y le dice Coño, chico, yo no quiero que tomes más. Me gustaría que el lector pudiera captar la interesante mezcla de exigencia y protección que se percibe en la voz de Fortunato.

Como un cubano típico, a la hora de vestirse, Lucio primero se peina. Frente al espejo, completamente desnudo y entalcado, las piernas abiertas, como un cubano típico. Acomoda el pelo lacio, negro, con abundante brillantina. Roza con la palma leve de la mano el pelo endurecido y acucioso. Retoca las patillas. Mira la piel de su cara, si algún grano, si alguna mancha..., se observa la nariz, los ojos, la frente. Hace lo posible porque el espejo le devuelva su propio perfil. Pasa una mota de polvo por la frente y la nariz para evitar que el sudor las haga brillar, y, como un cubano típico, pasa por cejas y pestañas un dedo mojado en saliva. Luego, como un cubano típico, estudia cuidadoso la dentadura (donde relumbra una muela de oro) y se limpia las orejas con algodón. Continúa mirándose al espejo, como un cubano típico. Esta vez el estudio abarca todo su cuerpo. Con golpe rápido, alegre, satisfecho, levanta su virilidad potente y entalcada, y mira los cojones que también están entalcados, que también son grandes, como los de un cubano típico. Sentado en la cama, suavemente, acariciándolos, cubre los pies con las medias. Después, la camiseta, los calzoncillos de algodón limpio y por supuesto almidonados. Como un cubano típico, procura que la camiseta quede bien ajustada al cuerpo, por dentro de los calzoncillos. Se mira de frente y de lado en ropa interior; admira, constata que el abdomen sea perfecto, que sea perfecto el pecho, como cualquier cubano típico. Da ligeros golpecitos en el pecho y el abdomen. Entonces, como un cubano típico, se perfuma sin dejar de mirarse al espejo: cuello, orejas, pecho y brazos, no sin antes haber puesto desodorante en las axilas, cuyos vellos, como un cubano típico, se ha encargado antes de recortar. Se huele los brazos, las axilas. Sonríe satisfecho. Aprovecha la sonrisa para estudiar otra vez los dientes cepillados con exageración y admirar el destello de la muela dorada. (No, la muela no esplende lo suficiente. Lucio se acerca al espejo, y, como un cubano típico, toma un paño e insiste en ella varias veces, para que brille, sí, para que brille, porque la nariz y la frente no deben brillar; la muela de oro sí, que se vea en la noche, que todos la vean.) Toca el turno al pantalón. De casimir. Le gusta el casimir. Es una tela que acaricia sus muslos, y a Lucio, como un cubano típico, le gusta que le acaricien los muslos. Calza los zapatos charolados. Hace y deshace los lazos de los cordones hasta que queden perfectos. Con un paño insiste en las puntas de los zapatos, que también ellos deben fulgurar, provocar deslumbramiento. Estudia rápido, aunque preciso, el modo en que el pantalón cae sobre el zapato (para un cubano típico, posee la mayor importancia). Cuidadoso, con movimientos lentos y estudiados, voluptuosos, viste la camisa. Blanca, por supuesto, de mangas cortas para soportar el calor; blanca, de hilo almidonado, planchado hasta el exceso por Irene (hasta eso: Lucio, como un cubano típico, tiene la típica madre cubana que se preocupa por que el hijo parezca un príncipe). Con toda intención, olvida abrochar los dos últimos botones de la camisa; así, se podrá ver el borde de la camiseta y la piel nítida y el modo recio, victorioso con que se yergue el cuello de Lucio. Toca el turno al flus. El flus se acomoda veloz al cuerpo como si hubiera recibido una orden. Vuelve a retocar las patillas. Vuelve a estudiar los dientes y, en especial, la muela de oro. Se peina otra vez. Otra vez pasa el dedo mojado en saliva por cejas y pestañas. Con la lengua, humedece los labios. Perfuma el pañuelo que no va para el bolsillo del flus, sino para el del pantalón. Mira un instante, de modo casi maquinal, el reloj que lleva a la muñeca, y contempla la obra terminada. Sí, ha quedado bien, está muy bien, parece decir la expresión entre preocupada y satisfecha de su cara, el ceño graciosamente fruncido. Por fin, como un cubano típico, lanza un beso entre burlón y sincero a la imagen que está al otro lado del espejo. La imagen, que también corresponde a la del cubano típico que Lucio es, responde con un beso que lleva la misma carga de burlona sinceridad.

Luego de vestirse, Lucio trató de salir sin que Irene se diera cuenta. Sus salidas tenían siempre algo de escapatoria (lo que no significa en modo alguno que Irene no se percatara: por cada hijo que intenta huir, ya se sabe, existe una madre que acecha). De modo que no bien escuchó Irene los pasos en la sala, los pasos que sólo ella estaba capacitada para escuchar, llamó, gritó acaso angustiada (porque otra vez estaba perdida, a pesar de que permanecía allí, en la butaca de su cuarto), gritó con angustia el nombre del hijo, Lucio, Lucio, y él experimentó por un reducidísimo instante la desagradable sensación de haber sido cogido en falta, aunque la razón más elemental le indicara que no existía falta en vestirse y salir a la Isla o a la calle. Dócil, aunque enmascarando la docilidad en aire de molestia, entró al cuarto de la madre. Irene estaba en la penumbra, sentada en su butaca, acariciando un halcón disecado; levantó la cabeza y exclamó ¡Qué hijo tan hermoso!, con auténtica admiración y auténtica tristeza, y dejó que el silencio regresara al cuarto, y levantó el halcón, y preguntó ¿De quién es este pájaro, Lucio?, ¿tú sabes de quién es este pájaro?, y se echó a llorar. Lucio tuvo el instinto de acariciarla, de besarla, de decirle No llores, por favor, no llores, mamá, al fin y al cabo da lo mismo de quién es el pájaro, porque tú estás ahí y es lo que importa. Nada hizo, nada dijo. Se limitó a mojarse los labios con la punta de la lengua y a recalcar con la boca otro gesto de burla que sabía falso y que no podía evitar. Con voz entrecortada, sin dejar de llorar, Irene trató de explicarle Ay, hijo, encontré este halcón y te juro era importante, el problema es que no sé por qué ni para quién. Fingiendo molestia, Lucio abandonó el cuarto de la madre y entró al otro, donde estaba el Herido. Allí, entre sábanas blancas, quieto y vivo, el Herido resultaba una alucinación. Ya Lucio había admirado el pelo de azafrán, lleno de crespos, los ojos que

se abrían a veces y mostraban el fulgor de una negrura misteriosa, como aquella piel de bronce, como aquel pecho dibujado
y carente de vello, como los brazos largos, como las manos mag-
níficas (sobre todo las manos, ¿verdad, Lucio?, sobre todo las
manos). El cuarto permanecía a oscuras, es decir, Irene no había
encendido las lámparas; sin embargo, una luz azul, muy azul,
estaba escapando del cuerpo del Herido. Lucio se acercó con
unción. Muchacho, preguntó, ¿quién eres?, ¿qué haces aquí? El
Herido movió imperceptible una mano y abrió los ojos, que no
eran negros, sino verdes. Lucio creyó que el Herido lo estaba
mirando desde la lejanía de la fiebre. ¿Quién eres?, ¿qué haces
aquí?, repitió acariciando la frente (que ardía) del muchacho.
Y tuvo la impresión de que al tocar el cuerpo, brotaba de su
propia mano la luz azul, y sintió como si una corriente estuviera
pasando hacia su cuerpo. Raro bienestar, felicidad rápida, insondable, incontenibles deseos de echarse a reír, a llorar (dos verbos
que en este caso designan la misma alegría, las mismas ganas de
vivir). Salió, sintió el aroma húmedo de la Isla, la brisa cargada
de olores de la noche, se internó por el camino de piedras que
se abre entre el busto de Greta Garbo y el Hermes de Praxiteles,
vio los árboles que la noche volvía aún más grandes, iba tocando los árboles, y era como si los árboles crecieran, crecieran
al toque de sus manos, como si a su paso brotaran de la tierra
pensamientos y mimosas, jazmines, marpacíficos. Cuando llegó
a la fuente con el Niño de la oca, consideró que cuanto estaba
mirando, y aún más, cuanto no podía ver y sólo imaginaba,
todo, el mundo, el mundo entero, era resultado de su creación.

«Hace calor» es la frase que más se ha escuchado en esta Isla
desde los días de la Creación, Hace calor, a cualquier hora y en
cualquier lugar, no importan las circunstancias, cuando se abren
los ojos al sol remiso del amanecer, o cuando sales a mirar qué
te depara el cielo para este día, o aguardas sin resignación el
aguacero cuya amenaza mayor no son las nubes negras, sino el
vapor horrendo que sale de la tierra, y que te obliga a gritar
Hace calor, sí, Hace calor en la fiesta, en el banquete domin-
guero, en la ceremonia de celebración de algún santo, a la hora
de sacar los tamales, de freír los chicharrones, de descorchar las

botellas de ron, de jugar al dominó bajo el framboyán, Hace calor, muchísimo calor cuando algún niño lanza su primer vagido, y también en la cama del encuentro, en la cama de los cuerpos sumergidos (en el calor), en ese instante en que se trata de huir no por la vía del mar, del camino, de las lejanías, sino por la vía de las salivas que se mezclan, de los sudores que se mezclan, de las savias que se mezclan, por la vía del gozo, entre caricia y caricia, beso y beso, mordida y mordida, cuando se abren las piernas y se recibe la vitalidad ajena, Hace calor, al escribir la carta, al regar las rosas y escribir la silva con que se saludan las gracias sin par de la Isla sin par, Hace calor en el velorio, frente a los cirios prendidos, y también a la hora del Sagrado Sacramento, y en el momento de saltar por la ventana, de izar la bandera, cantar el himno, o cuando agonizas en la cama del sanatorio, o te bañas en el mar hirviendo, o te detienes en la esquina hirviendo sin saber qué camino seguir (¡es mentira, los caminos no conducen a Roma!), cada camino abre una vía hacia las pailas del infierno, Hace calor para el albañil, el abogado, el bailarín, el turista, la mujer-de-su-casa, la mujer-de-la-calle, el vendedor-de-caramelos, el barrendero, la niña-de-trenzas y la niña-sin-trenzas, el guagüero, la enfermera, el militar-de-alta-graduación, la actriz, el delator, el cantante, la maestra, la modelo, el coleccionista, el escritor, el manda-menos y el manda-más, el vencedor y el vencido, que si algo hay democrático en esta Isla es que, para todos, Hace calor.

Sebastián tratará de escribir en la arena, a la orilla del mar. Sebastián tratará de escribir, con el dedo índice, la frase aquella que escuchó decir al mulato alto, trajeado, que fue un día a comprar libros a Eleusis. Sebastián escribirá «Yo no comprendo nada, yo soy un inocente», mientras una ola y otra y otra llegarán y borrarán siempre la frase, por más que Sebastián se obstine en repetirlas, siempre el mar las borrará.

Entonces, la verdad, Lucio, no entiendo qué fuiste a hacer a casa de Miriam, mejor dicho, a los alrededores de la casa de Miriam. Si te sentías bien, si fuiste tan dichoso que gozaste un ins-

191

tante de esa plenitud que no cualquiera alcanza (quiero que lo sepas: hay quien muere sin saber qué dicha es la de imaginarse por un segundo el creador de cuanto existe), ¿qué mala idea te guió hacia el encuentro con la mujer que odias? (Sí, que odias, debemos llamar a las cosas por su nombre, ¿no te parece?) Ya sé, no llegaste, anduviste dando vueltas alrededor de la casa como un fantasma ladrón, debatiéndote entre el deber de entrar, decir Buenas noches (con voz meliflua, con la mejor de tus sonrisas, del modo más educado posible), dar un formal apretón de manos al padre, un beso a la madre (o al aire de barata fragancia que rodea a la madre) quien sin duda estaría hojeando una revista *Vanidades*, y besarla luego a ella, a Miriam, a la mujer que odias, y sentarte en el sillón, a repetir Tienes los ojos más lindos que he visto nunca, mientras sabes que estás mintiendo, y te consideras un canalla porque estás mintiendo, mientras piensas en el ambiente fiestero de los Aires Libres de Prado. Si detestas la casa, a la mujer, a la familia, ¿por qué tenías que ir, por qué perder otra noche de tu vida? (ignoro si sabrás que no son tantas las noches de la vida) y, lo más grave, ¿por qué hacérsela perder a ella?, ¿por qué? No entraste, no la viste, es cierto; acaso fue peor permanecer en aquella esquina, fumando en las sombras, aprovechando que estaba fundido el bombillo del poste, mirando hacia las luces de la casa, sabiendo que las luces de la casa esperaban por ti, acechando, permitiendo que los ojos de un delincuente miraran a través de los tuyos y que el miedo de cualquier mediocre maleante se apropiara de tu miedo. ¿Por qué no acabas de decirle que no la quieres? Miriam sólo tiene diecisiete años. A esa edad, un desengaño amoroso dura tres días.

No, yo no odio a Miriam, cierto que no la amo, cierto que no me gusta mecerme a su lado en el sillón, y el sillón me parece el más incómodo de los sillones, y su mano la más áspera, y su voz la más desagradable, y sus ojos inexpresivos (se diría le fue negada la posibilidad de mirar), y sus labios están secos y tampoco ríen cuando ríen, no, no me gusta besarla, detesto las flores que se pone en el pelo, y el vestido que cada miércoles viste para mí, y el olor a magnolias de su perfume, su perfume me dan ganas de huir, y las manos que siempre llevan el abanico y el pañuelito de encajes, yo aborrezco los abanicos y los

192

pañuelitos de encajes, a las mujeres que llevan abanicos y pañuelitos de encajes, cierto, yo no quisiera estar junto a ella ni en el minuto más desesperado, y cuando estoy en el portalón de su casa, sentado junto a ella en el sillón torturante, tengo la impresión de que si no me levanto y salgo corriendo, el mundo se puede acabar, sí, es cierto, pero yo no la odio.

La noche de La Habana comienza temprano, y por eso es tan larga la noche de La Habana. Aun antes de que oscurezca, ya está La Habana de fiesta. Bueno, ella siempre está de fiesta, que La Habana fiestea las veinticuatro horas, desde que sale el sol hasta que se pone, ya se sabe, el amanecer se recibe con el mismo percutir alegre de tambores, con la misma ofrenda de frutas y aguardiente con que se despide la noche, y sé que vendría mejor escribir Uno de los misterios que traen las noches a la mayoría de las ciudades (hay ciudades sin misterio), comienza en La Habana primero que en otro lugar. Los anuncios lumínicos se prenden con impaciencia. Mucho antes de que el cielo se ensombrezca, y los bares hagan aún más ostensible su presencia, y se iluminen los Aires Libres de Prado, donde tocarán las orquestas, hay una hora de La Habana en que no es de día ni de noche. Están todavía los niños jugando a los escondidos en el Parque de la Fraternidad, todavía corren alrededor de los bustos de bronce (manchados por fortuna con las alegres cagadas de los pájaros), todavía se bañan en el agua estancada, verde y venerable de la Fuente de la India, todavía cantan Alánimo, alánimo, la fuente se rompió, y brincan A la una mi mula, a las dos mi reloj, cuando comienzan a llegar los Fords y los Buicks escandalosos, descapotables, pintados de rojo, de donde bajan hombres de dril, pelo engominado, leontina dorada y zapatos de dos tonos; y se acercan mujeres entalladas, peinadas siempre hasta la desesperación, siempre con esteatopigia (verdadera o fingida), andando leves sobre tacones tan leves y tan altos que no existen. Todavía no han cerrado las iglesias y ya se abrieron las salas de juego, y los feligreses salen apresurados de las iglesias y corren, transforman rosarios y misales en vasos de ron, juegos de cartas o de cubilete. Los tenderos no han cerrado las ventas y ya se los ve descorchando botellas. Antes que a las campanas del ángelus, es posible oír a las orquestas con sus melodías pegajosas, En Prado y Neptuno hay una chiquita que todos los hombres la tenían que mirar. Aún no ha caído la noche, y comienza la ciudad el mejor homenaje que se haya hecho jamás a una raza aniquilada cruelmente por la Conquista: el servir en largas copas transparentes la cerveza Hatuey bien helada (todo lo helada que se pueda, que refresque la garganta, que exorcice a ese demonio que llaman calor). La noche cae sobre una ciudad en donde hace rato que es de noche.

Comenzó temprano la noche de La Habana y debemos imaginar a Lucio, vestido como un típico cubano, como un príncipe, avanzando por el Parque de la Fraternidad hacia los Aires Libres de Prado. Allí estaban por supuesto los niños de la Fuente de la India, sólo que ya no cantaban Alánimo, alánimo, sino que permanecían silenciosos y quietos, sin sonrisas, con miradas sombrías. Lo primero que sorprendía a Lucio cuando iba a cruzar el Paseo del Prado era el venturoso olor que lo recibía, mezcla de olores, fritas, sudor, cebollas, flores, bacalao, orine, aceite, ajo, pan, cerveza, perfumes. Estaban muy iluminados y había mucha gente en los Aires Libres, y Lucio sintió que podía olvidar a Miriam. En el primer estrado reconoció a la orquesta Anacaona, con sus mulatas majestuosas, tocando un danzonete. Aunque algunas parejas abrían el baile, la mayoría, sin embargo, prefería permanecer bebiendo, riendo, conversando a gritos, guardándose acaso para horas de mayor desenfreno. Se detuvo al llegar a la esquina de la calle Dragones, se recostó a una columna. Muy cerca de mí, una rubia se agitaba bajo los brazos de un hombre que semejaba una de las estatuas de bronce que están a ambos lados del portalón del Capitolio; él la besaba en la boca como si quisiera vaciarla por dentro; para dejarse besar, ella se levantaba en la punta de los pies, el vestido subía, te juro que podía vérsele el blúmer de encajes negros, además, como había muchas personas alrededor de los que se daban el beso, un muchachito pelirrojo, casi un niño, trataba de sacar el monedero del bolsillo trasero del hombre parecido a la estatua de bronce (preocupado por extraer las vísceras de la mujer, ni cuenta se daba), miré al pelirrojo niño, se percató de que lo mi-

194

raba con intención, que lo había visto, y salió corriendo en busca de otro bolsillo, supongo, ahora la orquesta tocaba En mi Cuba se da una mata, que sin permiso no se pué tumbá..., una puta con mil años y mil capas de maquillaje me ofreció un cigarro, le dije No, no fumo, mi cielo, tengo otros vicios, no ése, y fingí que miraba al frente, hacia otro lado, aunque en realidad estaba divirtiéndome en ver cómo me estudiaba de arriba abajo, mordiéndose los labios, como si estuviera frente a un dulce de leche, Mujer, si tú estás para pagarme. Como la puta quedó merodeando, Lucio abandonó aquella columna en la que estaba recostado (sólo una entre el millón y tanto de columnas de la ciudad) y siguió rumbo hacia la calle Teniente Rey, donde una orquesta de mujeres tocaba Hasta la reina Isabel baila el danzón, porque es un ritmo caliente y sabrosón. Una china harapienta pasaba tocando a los bebedores y dictaminaba Este la tiene grande, éste la tiene chiquita, éste no tiene, bajo el amparo de un coro de carcajadas. Un cuarentón famélico, con sombrero y traje negros, iba voceando Un ángel bajó del cielo, tenía mucha autoridad y la tierra quedó iluminada con su resplandor, ese ángel me dijo: «Caerá, no te preocupes, caerá la gran Babilonia, se ha vuelto vivienda de demonios, guarida de todo tipo de espíritus impuros, y caerá, pueden estar seguros, se vendrán abajo estas columnas, se desmoronarán estas paredes, se harán polvo los techos, sí, estén seguros, la gran Babilonia caerá y no quedará de ella ni el recuerdo». Ahora la orquesta tocaba Los marcianos llegaron ya, y llegaron bailando el cha-cha-chá. Casi bajo los portales del *Diario de la Marina* se había reunido un grupo de personas. Por curiosidad se detuvo y vio a un adolescente que había crecido con desmesura, blanco blanco, aspecto tímido, vestido sólo con un taparrabos. Frente a él, un señor de traje (padre evidente del muchacho: se diría la réplica envejecida de él), abría una maleta llena de cuchillos de todos los tamaños y formas. Ahora verán un hecho insólito, gritaba el hombre con voz que trataba de enmascarar el cansancio, ahora verán lo nunca visto, ahí tienen al joven Sebastián De Los Cuchillos, el sufriente sin par, el que No-sabe-qué-cosa-es-el-dolor. A una distancia de cuatro o cinco metros del hombre, sobre un tablón, en raro equilibrio, se paró el adolescente, los ojos cerrados, abiertos brazos y piernas, expresión de resignada espera. Una niña en la que Lucio no había reparado (se confundía con el público) comenzó a tocar un tambor. El hombre tomó el mayor de los cuchillos. Por favor, señores, hagan silencio, mucho silencio, necesito la mayor cooperación del amable y dilecto público. Apuntó al adolescente y estuvo algunos segundos mirándolo con fijeza que casi resultaba inaguantable. Lanzó luego el cuchillo que fue a clavarse en uno de los brazos del muchacho. Este apenas si abrió ligeramente los labios en un quejido que no se oyó. La sangre brotó rápida, como el ¡Ah! vociferado del público. El muchacho regresó a su inmovilidad, a la mansedumbre de su espera. Otro cuchillo fue a dar al otro brazo con el consiguiente derramamiento de sangre, sólo que esta vez el muchacho se limitó a apretar los labios. Lucio creyó que el adolescente empalidecía. Un tercero y un cuarto cuchillo dieron en ambos muslos. La sangre, por supuesto, brotó de ellos con mayor violencia. El quinto terminó en el pecho, del lado del corazón, y esta vez el muchacho no pudo reprimir una mueca, que se abrieran sus ojos (mansos, sí, pero también azorados). El sexto fue al vientre. Al séptimo tocó perforar la frente, y fue tal el impacto que casi logró hacerle perder el equilibrio. La cara se inundó de sangre y de una materia sanguinolenta y extraña. Todo el cuerpo del adolescente estaba empapado de sangre. La violencia con que el padre lanzaba los cuchillos, su cara de odio, casi espantaba más a Lucio que el espectáculo del muchacho herido. El público gritaba, aplaudía enardecido. Una mujer se desmayó y otra comenzó a dar saltos de alegría. Junto a Lucio un hombre exclamó con entusiasmo Es el espectáculo más educativo que he visto en mucho tiempo, y lanzó un billete a la caja abierta del hombre. Lucio se sintió mareado. Siguió bajando hacia el cine-teatro Payret, donde una compañía española de zarzuelas presentaba *La Gran Vía*. Después, en la tanda de medianoche, proyectarían una película de Dolores del Río. Otra orquesta, también de mujeres, se dejó escuchar Una rosa de Francia, cuya suave fragancia, una tarde de mayo... (en tiempo de son). La grandiosa entrada del Payret estaba concurrida. Todas las formas posibles de seres humanos se hallaban allí. Ir y venir, vocerío babélico, indistinto, insoportable. Sólo el pregón de los vendedores de flores y cigarros era capaz de sobresalir en aquella confusión. Una linda muchacha se me acercó, llevaba un traje de terciopelo verde os-

196

curo (terciopelo en la Isla, ¿qué me dices?), bajo el que debía de estar sudando como una condenada, me miró con ojos azules demasiado femeninos, sonrió con boca demasiado femenina, alargó hacia mí una manita de alabastro (¿dónde se escondería por el día esta beldad?), cargada de joyas, demasiado femenina (que besé por dármelas de libertino), y exclamó con el tono demasiado femenino de la voz fuerte ¡Que Dios te bendiga, macho!, demasiada femineidad, demasiada hembra, ¿no te parece?, era un hombre, claro está, no hay mujer tan femenina como un hombre cuando decide ser femenino, y las mujeres lo saben, y por eso odian a los hombres femeninos. Lucio buscó a una florista, compró un Príncipe Negro y se lo regaló. Por favor, pidió dulce aunque firme, me dejas tranquilo que a mí no me engañas. La muchacha olió la flor, sonrió y lanzó un beso mientras se alejaba con el traje de terciopelo verde. En la acera de enfrente, en los portales del Centro Gallego, encontró Lucio que habían abierto una feria. FERIA DE FENOMENOS, decía el cartel de la entrada. Gallos con seis patas, monos hermafroditas, vacas con un solo tarro en el centro de la cabeza, fetos de niños con dos cabezas, camaleones gigantes, perros sin ojos, y los únicos seres vivos de la feria: dos hermanas siamesas, resueltamente unidas, que tocaban guitarras y cantaban *Punto Guajiro*. Lucio dejó atrás el Teatro Nacional donde ponían *Lucia de Lamermoor*, pensó en Casta Diva (como se comprenderá) y, sin saber qué hacer terminó doblando por la calle San Rafael. Se sintió cansado y entró en el Nautilus Bar. Por fortuna el bar se hallaba casi vacío. En la victrola se escuchaba la voz de Vicentico Valdés, Envidia, tengo envidia del pañuelo, que una vez secó tu llanto... Sentado a una mesa, pidió un doble de aguardiente y encendió un cigarro.

Un cuarentón famélico, de sombrero y traje negros, se sentó frente a mí, la frente estrecha, los ojos hundidos en las cuencas, las mejillas hundidas, la boca sin labios, me dijo bajo, casi en susurro, me costó escucharlo Caerá, no te preocupes, caerá la gran Babilonia, el ángel me lo contó, nadie quiere creerme, vi al ángel una noche, ayer por la noche, hoy mismo, esta noche, lo vi hablando, palabras de fuego, palabras que se veían salir como llamas de sus labios, la gran Babilonia caerá, estallarán los edificios, subirá el mar, serán sepultados por el mar, el cielo bajará de un golpe hasta el mar, mar y cielo se unirán, la unión de los dos es el fuego, el fuego, se harán polvo las esperanzas, polvo las ilusiones, tierra arrasada quiere decir más que tierra arrasada, comprende, y lo peor: nadie me quiere creer, yo vi al ángel que anuncia la destrucción de la gran Babilonia, lo vi como te estoy viendo a ti, mejor, mejor que a ti, porque tú estás condenado al horror, así dijo un cuarentón famélico de traje y sombrero negros que se sentó frente a mí la noche del Nautilus Bar.

Tarde, cuando ya el aguardiente ardía en el estómago, Lucio fue a la cafetería América, pidió un bocadito de jamón y un jugo de mango. En una mesa cercana, descubrió al adolescente de los cuchillos, aquel Sebastián del Prado, con la niña y el padre. Salvo la palidez, no se veía en el muchacho ningún recuerdo del espectáculo de hacía unas horas. El padre sacaba de una bolsa algunas frituras y las repartía en los platos de cada uno. El camarero les sirvió tres vasos de agua. La niña dijo algo al oído del muchacho (a propósito, evidentemente, del camarero) y el muchacho rió, rió, por poco se atraganta. Bebió agua, continuó riendo. Lucio lo vio más blanco y más niño. El padre levantó la maleta que estaba en el suelo, la abrió, sacó un cuchillo y con él partió sendos pedazos de pan.

Cuando llegó a casa de Miri, puede que ya fueran más de las tres de la mañana. Lucio miró a través de la ventana y vio a Manilla, negro y gordo, que, como un oso, se había quedado dormido en uno de los butacones de la sala. Estaba sin camisa, con el vientre inmenso, las tetillas empapadas en sudor y más visibles que nunca los collares de santería. Tenía abierta la boca y un hilillo de saliva le corría mentón abajo para mezclarse con el sudor del pecho. Como venía envuelto en la vehemencia del aguardiente, Lucio no tuvo reparos en llamar insistente a la puerta. El hombrón despertó casi sin despertar, y levantó las manos sorprendido (él, que nunca se sorprendía). Se incorporó con esfuerzo. Avanzó dando tumbos, estremeciendo muebles y paredes, hasta la puerta, y cuando la abrió, brillaron de modo especial los sanguinolentos ojos de rana. ¿Qué coño tú quieres?

Ver a Miri, sonrió Lucio. ¿Sabes la puta hora que es? Por toda respuesta, Lucio alargó un billete de veinte pesos. Con agilidad asombrosa, Manilla tomó el billete en el aire. Tenía las manazas cargadas de anillos. Habrá veinte más cuando me vaya, dijo Lucio. Manilla abrió la puerta, dejó pasar a Lucio y cerró con doble pestillo. Tuvo también la precaución de entornar la ventana. Volvió a la butaca, evidentemente su butaca, porque parecía a punto de desplomarse. Lucio se quitó el flus y lo acomodó en el espaldar de su asiento. Ya más despierto, Manilla miró al muchacho con los ojos cada vez más enrojecidos, llenos de fibrillas burlonas. Oye, ésta es una casa decente y de vez en cuando preferimos que nos dejen dormir. Tengo necesidad de ver a Miri. No lo tienes que jurar, carilindo. La voz cavernosa de Manilla brotaba de una garganta ansiosa de ron. Manilla tomó un tabaco, lo olió, lo alejó de sus ojos para mirarlo con gusto, pasó la lengua por algunos puntos, cortó la perilla con unas tijeras, y lo prendió ceremonioso. Rió con el tabaco en la boca. Hace calor, ¿verdad?, y para respaldar la frase con una acción física, comenzó a pasarse por cuello, pecho y vientre, un pañuelo amarillo con fuerte aroma a Agua de Portugal. La Habana está que arde, recalcó, yo no sé cómo tú andas solo y a estas horas, carilindo. Lucio no respondió. La única luz (así como el único lujo) de la sala provenía de una lámpara de neón que recorría la gigantesca concha marina en que se encontraba el altar de Oshún. Esta imagen tenía poco que ver con la Virgen de la Caridad de El Cobre de la Isla, quizá sólo el traje amarillo; la cara, más mulata que aquélla, se veía risueña con expresión pícara bastante impropia en una santa. El altar estaba lleno de ofrendas: frutas, girasoles, pozuelos con harina, jarras de cerveza, prendas doradas y por supuesto velas. Manilla dio varias bocanadas al tabaco, mirando al techo, mirando el humo, olvidado de Lucio. Incorporó trabajoso la enorme humanidad, encendió una vela, mojó el dedo en la copa de agua colocada ante la Virgen, marcó en su frente la señal de la cruz, hizo sonar una campanita, se santiguó. Se volvió hacia Lucio acariciándose el vientre de negrura concisa. Son tiempos malos, carilindo, la gente anda descreída por ahí, y en los descreídos vive Belcebú. Se dejó caer en la butaca otra vez (las maderas lanzaron un alarido) y tomó un bastón con el que golpeó el suelo. Miri, llamó, Miri.

Silencio. Manilla chupó del tabaco y negó con la cabeza. Esta juventud..., se quejó. Miri, llamó más fuerte. Hubo algún movimiento en la habitación contigua; se escuchó un suspiro o una queja, el chirrido de un bastidor. Volvió el negro a golpear el piso con el bastón, ¡Miri! Lucio sintió que ella se incorporaba en la cama, creyó saber cuándo calzaba las chancleticas de palo. Los pasos se fueron acercando a la puerta, donde una cortina hecha de caracoles ensartados. La niña apareció restregándose los ojos. Tenía un cuerpo esmirriado y, vestida con una raída bata de algodón, daba la impresión de ser aún más flaca, más pequeña, más niña; como si la hubieran disfrazado de mujer. Mulatica bastante clara, bastante bonita, tenía el pelo bueno y los ojos achinados, y de no haber sido por los labios, nunca se hubiera dicho que era hija de Manilla. Miró al padre de modo incrédulo y bostezó. Manilla dio varias vueltas al tabaco en su boca y luego señaló a Lucio con él. El carilindo quiere verte, quiere rociarte con Agua Bendita. Miri dio media vuelta y desapareció nuevamente en el cuarto. De allí llegaba ahora, confuso, un bolero de Pedro Junco (no se adivinaba quién lo cantaba, en todo caso una mujer), Nosotros, que nos queremos tanto. Cuando reapareció, más despejada, traía el pelo recogido en un moño y vestía el quimono de seda con flores de loto que ya Lucio conocía. Se detuvo en medio de la salita como a la espera de una orden. Manilla se sirvió un magnánimo trago de ron (el ron y el vaso estaban a la mano, sobre la mesita en que también había un cenicero y un crucifijo de yeso). Siéntate frente a él, ordenó Manilla. Nosotros, que del amor hicimos un sol maravilloso, romance tan divino. Sin pensarlo dos veces, casi maquinal, Miri se sentó en una butaca frente a Lucio. Incapaces de fijarse en otra cosa, se encontraron los ojos de Lucio y de Miri. Todavía no es una mujer, podría estar jugando con muñecas, y soñar con una vida de cuentos de hadas, y tener la ilusión del Príncipe Azul. Nosotros, que nos queremos tanto, debemos separarnos, no me preguntes más. Manilla bebió un sorbo de ron, le quitó la ceniza al tabaco y dijo a Miri con tono paternal Abre la bata. Miri obedeció al instante. Es una niña, así como no tiene senos y casi tampoco vello, no debe de tener idea de para qué sirve abrirse el quimono frente a mí, para qué sirve el cuerpo de un hombre. Dando un golpe con el bastón, Manilla ordenó esta vez a Lucio Mírala, carilindo, es casi una niña, ¿dónde, dime, dónde vas a encontrar a una niña que se abra la bata para que tú la mires? Las palabras de Manilla provocaron en Lucio dos sentimientos contrarios: por un lado, una oleada de indignación; por otro, un latigazo de sangre (provocado por la misma indignación) que hizo su miembro más duro. Quiso levantarse y darle un golpe a Manilla; en lugar de eso, se sobó las entrepiernas. El disco se había rayado: Debemos separarnos, debemos separarnos, debemos separarnos. Tras otro trago de ron y otro bastonazo, Manilla pidió Ponte de pie, Miri, quítate el kimono, que te vea bien, que el carilindo vea la carne fresca que tiene delante. La niña obedeció. Dejó caer el quimono y dio varias vueltas para que Lucio viera su cuerpo desde todos los ángulos. Lucio quiso desabotonar su portañuela; levantando el bastón, Manilla se lo impidió No te desesperes, para eso está Miri, carilindo. Cuando ella cayó de rodillas frente a Lucio, la luz alargada de la vela proyectaba en la pared la imagen de Oshún. Interesado, Manilla abandonó el tabaco sobre el cenicero, bebió un trago largo de ron y entrecerró los ojos; su voz se escuchaba cálida Desabótonale el pantalón con suavidad, Miri, con toda la suavidad que puedas, al principio debe ser suave, muy suave, que tus manos no se sientan, que él no se percate de lo que está ocurriendo, que sea mayor la promesa que el hecho, no lo olvides, el placer que más gusta es el que no acaba de serlo, la esperanza del placer es más seductora. La niña desabotonó la camisa, la portañuela, el calzoncillo de Lucio. Sus manitas se detuvieron en el aire como a la espera de una nueva orden, sus ojos quedaron fijos en algún lugar que no pertenecía a la sala de Manilla. El negro se acarició el vientre. Bien, Miri, vamos a sacar esa pinga al aire, que está loca por salir, mira cómo se agita por debajo del pantalón, mírala y no olvides: con delicadeza, la brusquedad se deja para el final, así, poco a poco, saca esa morronga como si fuera de cristal, así, mi niña, muy bien, lo estás haciendo muy bien, ahora mírala, mírala bastante, tiene la pinga grande el cabrón carilindo, y siempre que estés frente a una pinga grande, detente a mirarla, eso las pone gozosas, que las pingas grandes y gordas son como las estrellas de cine, nada les gusta más que las estén mirando siempre, y si estás frente a una pinga chiquita, también mírala mucho, así se cree grande y se embulla, además, el carilindo está loco por que tú hagas algo con ella, y tú serás sabia y te demorarás todo lo que te dé la gana para que él se vuelva cada vez más loco, sácale los cojones, hija mía, ellos también tienen que ver con lo que estás haciendo, acuérdate que en esos cojones tensos está la leche, y la leche es tu aspiración, el Agua Bendita. Manilla secó su sudor con el pañolón amarillo que volvió a llenar la sala del olor a Agua de Portugal. Después, comenzó a acariciar el cabo del bastón. Si no hubiera sido por el cantante que repetía hasta el cansancio Debemos separarnos, debemos separarnos, nada pareció dispuesto a romper la quietud de la sala, como si durante algunos segundos no fuera a suceder nada. Vamos, Miri, pidió Manilla persuasivo, pasa tu lengua por los cojones del carilindo, dale gusto a los cojones, despreocúpate del rabo, indiferencia con el rabo, ni lo mires, concéntrate en los cojones, ése es ahora tu objetivo, mientras más desesperada por tu boca esté la pinga, mejor, hazle dibujos con la lengua en los cojones, mételos en tu boca, sin lastimarlos, sin lastimarlos, con gusto, sin premura, tú no estás apurada, tienes toda la noche para darte gusto y darle gusto al carilindo, mira, fíjate en el lunarcito que tiene ahí, pues ahí chupa un poquito, un poquito, ligerita, sin insistir demasiado, ahora ve subiendo, Miri, mi niña, ve subiendo, detente ahí, en el tronco, quédate ahí, separa la boca, tócala, tócala como si estuvieras poniendo tus manos sobre el manto de la Virgen, levemente, mi amor, que él no sienta demasiado la presión de tus manitos, tócala y llénate la boca de saliva, porque vas a envolver con tu boca la cabezona de la pinga del carilindo, que es lo que está esperando el hijo de puta, vamos, poco a poco, que el rabo, la mandarria, la pinga del carilindo entre por fin en tu boca. Manilla dio con el bastón en el suelo. Así no, Miri, esa pinga no entró bien, así no, aguántala por debajo, y que penetre en tu boca como Dios manda. Otro bastonazo. Coño, Miri, te dije que así no, vuelve a probar, mira que la entrada de la pinga en la boca es un momento de magia, vamos, no te desanimes, mi hija, la clave de mamar bien es que le cojas el gusto, para mamar bien la única regla es que tiene que gustarte mamar, vamos, ahora tu lengua, que cobre vida tu lengua, que se mueva, que se mueva mucho, Miri, por toda la cabeza, más concentrada allí, en la parte de abajo, comprende, ahí es donde está la impaciencia del carilindo, más rápida la lengua, Miri, más rápida. Manilla repitió el golpe de bastón y se secó el sudor con el pañuelo amarillo. Si no pones de tu parte, Miri, estás perdida. Otra vez, así, así, mi niña, así, mueve rapidito la lengua, vamos, que el carilindo recuerde para siempre la mamada de pinga que le estás dando, que el rabo ese no crea que porque es grande puede más que tú, que esté pensando siempre en tu boca, que no olvide tu boca, Miri. La niña levantó la cabeza, tenía los ojos enrojecidos y dos lágrimas a punto de correr. ¿Qué pasa, Miri?, preguntó Manilla con voz fuerte, imperativa. La niña hacía lo posible por no sollozar. El negro se levantó de la butaca, fue al altar donde la vela comenzaba a apagarse, prendió otra, mojó el dedo en la copa de agua y otra vez hizo en su frente la señal de la cruz. Eres una inútil, exclamó ayudando a Miri a levantarse, quédate ahí, es hora de que aprendas cómo se hace. Con mil trabajos se prosternó Manilla frente a Lucio. Esto se hace con mucho amor, Miri, con mucho amor, tomó el miembro del muchacho y lo llevó sin impaciencia hasta su boca.

Sigilosa, con suma precaución, la señorita Berta entra al cuarto y, sin siquiera encender la luz, se detiene frente a la cama de la madre. Doña Juana duerme, como siempre, su sueño insuperable. La vela que ha puesto junto a la mesa de noche, ante una imagen de la Caridad de El Cobre, se ha consumido, de modo que la señorita Berta enciende otra, blanca y salomónica, y se santigua.

Precisa tener en cuenta que vela semejante tendrá importancia decisiva en la historia de la Isla. Aunque no es ocasión de adelantar acontecimientos. Si las cosas de la vida carecen de orden y momento justos, para algo están los libros.

El gran pecho, el gran vientre de la anciana de noventa años sube y baja con regularidad jubilosa. Hace años que doña Juana no se digna despertar. Hace años que permanece maravillosamente dormida, con el ropón blanco, el rosario entre las manos juntas, como si quisiera adelantársele a la muerte.

Aunque lo parezca, no son las dos de la mañana (ya se sabe, la Isla engaña), en realidad el reloj está marcando las seis y cinco de la tarde, pero como el octubre de la Isla es así, oscureció demasiado pronto. La señorita Berta intenta leer *Figuras de la pasión del Señor* mientras se hurga en la nariz, y marca ligeramente con la boca las palabras. Al instante, como era de esperar, se siente observada. Desde hacía varios días la mirada no venía a perturbarla. Ahora que de repente experimenta la fuerza de los ojos sobre ella, deja de entender lo que lee y pasa las páginas con desesperación, porque no tiene conciencia más que la de ser observada por alguien que no conoce, que no sabe dónde está, que ignora por qué ha decidido torturarla con esa mirada persistente. La indignación sube a su cabeza en una oleada de sangre y la obliga a lanzar con furia el libro contra la pared, a enfrentarse decidida con la ventana abierta, con el cuadro del Sagrado Corazón, con el retrato de la graduación donde se ve a una Berta joven, llena de gracia y de esperanzas, sí, de esperanzas, ¿por qué no? alguna vez se es joven, ingenua, y se cree en cosas imposibles, que para algo una es mortal, y quiero que me digas ¿qué quieres saber?, ¿por qué te preocupas por mí?, si conoces cuanto ocurre en esta Isla maldita, nociva, creada para la amargura, si conoces cuanto ocurre en este planeta condenado, ¿por qué te ensañas conmigo?, ¿por qué no me dejas tranquila y te olvidas de mí?, sí, te lo aconsejo, olvídate de mí, no soy más que la ceniza miserable con la que me hiciste, déjame, déjame ceniza, no me mires, no me conviertas en otra cosa, ni mejor ni peor, permite que me disperse en la ventolera con la que te complaces en castigar a esta tierra mísera varada en medio de un mar tan hermoso como infecto, soy polvo y quiero seguir siéndolo, no aspiro a nada, ni siquiera a tu mirada, no repares en mí, déjame morir tranquila un poco cada día, déjame morir sin que tus ojos se claven en mí como puñales. La señorita Berta sale a la Isla dispuesta a encontrarse con alguien (¡con Alguien!), dispuesta a todo; la recibe sin embargo la muralla de árboles exóticos, la brisa húmeda y perfumada con aroma de pinos, mangos, acacias, guanábanas, el aroma del sándalo rojo de Ceilán, la recibe la sombra precoz de la noche de octubre, la soledad inmensa de la hora en que todos se retiran como si respondieran a órdenes superiores. No hay nadie, por supuesto, no puede haber *nadie*, quiero decir n-a-d-i-e, ¡Dios, Nadie! Aunque ella no deja por eso de sentirse mirada, ya sabemos: la mirada es y será siempre un hecho misterioso, no tiene que provenir de los ojos de alguien, en absoluto; para que la señorita Berta (como cualquiera de nosotros) se sienta mirada no hace falta que alguien la mire.

Casi sin saludar, entra la Señorita en casa de Irene. Esta comienza a explicar He pensado mucho en aquella pregunta que me hiciste, he pensado mucho en Dios y he llegado a la conclusión... Pero la señorita Berta la interrumpe Me están mirando, se queja, Me están mirando. Y sin que Irene la invite, pasa al cuarto del Herido.

Ahí está el Herido. Como una de las estampas de Cristo que ella compra en aquella tienda de la calle Reina. Su cara de nazareno, su perfil aguzado de moribundo. Sus manos largas y huesudas en las que ella cree ver las marcas de los clavos. La Señorita se acerca, toma una de las manos y la besa, allí donde supone la herida, donde la sangre coagulada posee un ligero gusto a hierro. Los ojos del Herido, no obstante, continúan cerrados. Ella se aparta, desesperada, grita ¿Quién me mira, coño, quién me está mirando? Irene corre ¿Qué tienes, mujer?

El camino que se abre entre el Hermes de Praxiteles (verdad, el Hermes de Chavito) y el busto de Greta Garbo está sembrado de limoneros y naranjales, siempre repletos de flores y frutas, desprendo un azahar, lo coloco en mi pelo, continúo hacia la fuente con el Niño de la oca, allí me detengo airada como si la torpe estatua del Niño tuviera alguna implicación en mi desgracia, como si fuera él quien se dedicara a mirarme y a mirarme con insistencia que me va a volver loca, continúo después rumbo al zaguán donde el carro de los pasteles de Merengue, blanquísimo y lleno de adornos, de estampas y cintas de colores, más que carro de venta, semeja una pequeña carroza de carnaval, Señor, no me mires, por tu Sagrada Piedad te lo pido, no me mires, olvídame, déjame olvidada en un rincón de esta tierra que mal creaste, yo, Señor, y Tú lo sabes, puesto que todo lo sabes, no tengo la culpa de tu desacierto.

En las calles no ha oscurecido como en la Isla. En las calles aún queda un resto de sol que se va arrastrando con debilidad hacia las zonas altas de las paredes, hacia los techos. Algunos niños, casi desnudos, montados sobre caballos de madera, juegan a la guerra entre indios y *cow-boys,* se disparan con pistolas de madera, pum-pum, te maté. La señorita Berta pasa por Eleusis, donde Rolo la recibe afable y le informa que está a punto de cerrar. Nada replica ella. Busca entre los libros con mirada nerviosa. Ni siquiera se despide cuando abandona la librería y se enfrenta otra vez con la calle que comienza a iluminarse de azul. Un marinero se acerca. Joven, cercano a los veinte años... (el mismo que encontró Rolo hace algunas páginas, el mismo que creyó ver Sebastián la noche en que hallaron al Herido, el mismo que tendrá importancia decisiva en este libro; no hay que describirlo; el lector lo conoce; y aun cuando al narrador no se le ocurriera describirlo, el lector siempre lo encontrará joven y hermoso; un marinero siempre será, primero que todo, joven y hermoso; el lector también pensará inevitablemente en Cernuda y en Genet; y hará bien: esos escritores supremos dieron al marinero, cada uno a su modo, categoría divina, y merecen que en cada ocasión en que la dicha nos ponga frente a un marinero, frente al Marinero, nos detengamos con un minuto de silencio, de recordación, de fervor). Como no es demasiado sensible a la belleza humana, masculina o femenina, Berta ni se fija en él. Sabe que es un marinero por el traje blanco, el ancho cuello rodeado de listas azules.

La parroquia está cerrada. Llama a la puerta, desesperada. Nadie le abre. El sacristán, ¿será sordo?, tiene que ser sordo. El cura andará por ahí repartiendo la extremaunción, que esta época es diabólica, la gente muere como moscas y el sagrado óleo no alcanza. Da varias vueltas alrededor de la parroquia. Por ningún vitral, por ninguna ventana se ve luz. La casa del cura también está oscura como si la hubieran abandonado. Queda sentada en un banco de granito, justo bajo un farol (única luz de la parroquia), cerca de la imagen de san Agustín, sintiéndose observada, terrible, minuciosamente observada, juzgada (al fin y al cabo lo propio de cualquier mirada, la más ingenua, es que valora, juzga). No sabe qué hacer. Subida al muro de la parroquia, una niña la observa. Berta abandona el banco, va hacia ella. Se acerca lenta como si tuviera miedo de espantarla. ¿Cómo te llamas? La niña sonríe y no responde. Eres linda, ¿dónde vives? En los ojos de la niña, medio cerrados por la sonrisa, hay un brillo ingenuo. Levanta un bracito y señala con vaguedad hacia un lugar, cualquier lugar. ¿Hace rato que me estás mirando? La niña ni afirma ni niega, se limita a jugar con el lazo de su trenza. Sí, exclama Berta, yo lo sé, hace rato me estás mirando, y abre los brazos para tomar en ellos a la niña, abrazarla fuerte, Vamos, ahí te vas a caer, regresa al banco con la niña que ya no ríe. Quiero saber por qué me estabas mirando. La niña tiene la cabeza baja. Dímelo, por favor, te lo ruego, es importante, ¿por qué me estabas mirando? La abraza con más fuerza, se aferra a ella, trata de mirarla fijo a los ojos. Resulta imposible: la niña no deja de jugar con el lazo de su trenza. Si te doy un caramelo, ¿dirás por qué me mirabas con tanta insistencia? La niña se echa a llorar, desconsolada se echa a llorar. Empuja a Berta, escapa de sus brazos y sale corriendo sin dejar de llorar.

Aunque a esta hora la plaza del Mercado está cerrada, continúa llena de luz. Los vendedores no tienen demasiada confianza en la ronda nocturna. Dejan por eso encendidas las luces de los puestos para espantar a los ladrones (en esta época son muchos, cada día más, ¿llegará el momento en que nos robemos los unos a los otros?). Berta se interna en el Mercado iluminado, desierto, donde sólo se ven algunos pordioseros echados en los pisos. Avanza lenta por entre los pasillos que por el día resultan intransitables, de tan atestados, de tanto ir y venir, de tanta mercancía, telas, flores, vegetales, santos de yeso, mimbres, joyas falsas, piezas de cuero, animales vivos y animales descuartizados. Como nadie pregona, como nadie propone con grosera insistencia sus mercancías, como los pordioseros parecieran dormidos, prevalece un gran silencio dentro del Mercado, que los pasos de Berta tornan aún más grandioso. Los ojos continúan mirándola, con ironía, con sorna, haciéndola experimentar la sensación de que no es nadie, de que no pasa de ser un poco de ceniza entre ceniza. Entonces escucha una risa, Señor, si eres Tú quien ríe, te ruego no te burles de esta Tu sierva, no me distingas con Tu mirada, si en verdad no soy nadie, permite que desaparezca entre la multitud de nadies que me rodean. Mucho más nítida, mucho más burlona, la risa vuelve a herir el silencio de la plaza del Mercado. Berta mira con disimulo hacia uno y otro lado. Descubre a un anciano dormido, vestido de traje, sucio a más no poder, sentado en el suelo y rodeado de sacos repletos con sabe Dios qué, acompañado por un perro y por un jarro de peltre en cuyo fondo se ven monedas. Llena de inquietud, Berta se acerca; poco a poco se acerca, tratando de que los pasos no vayan a despertarlo. Cuando está junto a él, se arrodilla a duras penas. De un blanco sucio, moviendo la cola sin entusiasmo, caídas las orejas, el perro levanta la cabeza que tiene recostada en uno de los muslos del anciano y la observa con ojos acuosos y tristes. Berta lleva el índice a los labios para rogarle silencio. El anciano calvo, sin dientes, tiene la boca abierta. Un hilillo de saliva corre mentón abajo. En su cara no cabe una arruga más. Duerme sin placidez, se ahoga, tose, lleva la mano sucia a la frente sudorosa quizá como queriendo espantar las pesadillas que deben de estar acosándolo. Berta se acerca más. Es notable el hedor del cuerpo lleno de sudor y tierra. También el otro hedor que escapa de la boca desdentada, del estómago vacío. A Berta, sin embargo, eso no le importa. Toma entre las suyas una de las manos del anciano y así permanece algún tiempo, hasta que el anciano despierta. Las manos del anciano se liberan de las de ella y se extienden como si quisieran tocar el aire. Las pupilas de él están borradas, los ojos son dos cuentas de cristal blanco. ¿Quién eres? El movimiento exangüe de los labios hace que corra con mayor rapidez, mentón abajo, el hilillo de saliva. Deja ella caer monedas en el jarro de peltre, desprende el ramo de azahares que lleva al pelo y lo coloca cuidadosa en la solapa del saco raído.

Calles oscuras, vacías, silenciosas. Nadie serías, nadie, si no fuera porque continúas sintiéndote observada, y crees descubrir a cada paso, detrás de los visillos de las ventanas, detrás de los árboles, en los transeúntes que pasan, los ojos que persiguen tus pasos, tus movimientos, tus pensamientos, sí, tus pensamientos (sabes bien que los ojos van más allá de la realidad tangible, sabes el poder de los ojos que traspasan, que todo lo encuentran y conocen). Se ha levantado un viento fuerte que trae, mezclado, con olor a árboles, un fuerte olor a mar (en las islas el viento trae siempre olor a mar). Vas bajando hacia la Isla y no quieres llegar a la Isla. Si te encerraras en la casa, no podrías dormir con la conciencia desesperante de que los ojos están sobre ti, te persiguen hasta en los rincones más inimaginables. ¿Te acuerdas, Berta, de aquel cuadro que había en tu casa cuando niña? ¿Te acuerdas de aquel anciano de larga barba blanca y ceño adusto (¡siempre barbas blancas y largas, siempre ceños adustos!) escribiendo con pluma de ganso sobre un pergamino?, ¿te acuerdas? Letras doradas, góticas, decían Dios lo oye todo, Dios lo escribe todo, Dios lo mira todo, Dios lo sabe todo. Una ira profunda te obliga a volverte. Ahí, cerca de ti, mira, una sombra, la sombra de un hombre, grítale, no tengas miedo, grítale ¿A Usted no le parece terrible malgastar la eternidad en oír, escribir, mirar y saberlo todo?, con las cosas hermosas que se podrían hacer ¿por qué emprenderla con estos pobres mortales que somos nosotros?, además, ¿qué somos para que nos tenga en cuenta, si al fin y al cabo Usted nos hizo con un poco de barro, otro poco de ceniza y un soplo? No, Berta, cálmate, sigue tu camino. No es la sombra de un hombre. Ven, cerciórate, no es un hombre, sino el espantapájaros de un huerto.

En la Feria del Siglo hay gente, alegría, un ir y venir incesante; vendedores de globos; niños que comen algodón de azúcar; bebedores; anunciadores de espectáculos; pregoneros; otros niños montan patines; parejas; las parejas caminan despacio y abrazadas con sosiego; solitarios que buscan a quien abrazarse; novios que se besan rabiosos en rincones oscuros que no son oscuros; música, mucha música que llega de todas partes y crea la gran algarabía: los Caballitos tocan algo que escasamente recuerdan arias de *Cavalleria rusticana,* y la anciana de mantón en quien nadie repara, acciona el organillo y canta con mala voz de tiple Mira niño que la Virgen lo ve todo y que sabe lo malito que tú eres... En la Feria del Siglo hay cartománticas, cantantes, tragaespadas, repentistas, sibilas, magos, payasos, rumberas, equilibristas. Allí está el famoso, el grande Pailock, el famoso, el grande prestidigitador que se ha hecho célebre desapareciendo a la esposa, a la divina Asmania.

Con los zapatos ortopédicos, la carterita de piel de cocodrilo y el abanico que acaba de sacar porque, aunque no hace calor, para ella el calor de la noche se está volviendo insoportable, la señorita Berta se detiene junto al grupo que rodea a un hombre. Se trata de un hombre entrado en años que lleva pantalones de dorado damasco que contrastan con el turbante rojo, y que tiene descubierto el envejecido torso, con una piel que recuerda la piel de cocodrilo de la carterita de Berta. De una victrola que se oye horrenda escapa a duras penas una música extraña, indistinguible, puede ser lo mismo el *Réquiem,* de Mozart que un danzón de Antonio María Romeu (música que se mezcla con todas las otras músicas indistinguibles de la feria, aunque siempre prevalezca la voz vieja y aflautada Mira niño que la Virgen lo ve todo...). De una mesa llena de espadas, ceremonioso, el hombre escoge una. Levanta la cabeza, lleva la mano derecha al pecho y allí la deja dramáticamente; la izquierda, la que empuña la espada, se alza de modo más dramático aún. Abre la boca, cierra los ojos. Comienza a introducir la espada en su boca. La espada va entrando lenta por la garganta del hombre. El público, en vilo, no puede creer lo que ve. Cuando la empuñadura no muy dorada, no muy hermosa, es lo único visible, el público lanza un ¡Ah! unánime. Aplaude. El hombre saca rapidísimo la espada de su boca y mira al público sin reír, con el ceño fruncido, como si un gran dolor le impidiera seguir el espectáculo, como si todos los órganos de su cuerpo hubieran quedado atravesados, heridos, maltrechos. Pasea por quienes lo rodean los ojos entre enfadados y desafiantes, los detiene un instante en Berta, y ella sabe que no son ciertos el enfado, el desafío. En el fondo de los ojos hay una gran desolación, similar a la que observa ella en sus propios ojos cuando se mira al espejo.

Al Comecandela lo han llevado al hospital. Le salió mal el acto y se ha quemado. Varias personas comentan el hecho. Un señor vestido de traje, entrado en años y con perrito en brazos, hace la historia sin poder contener las carcajadas, sí, la candela no entró en su boca, no sé por qué razón el hombrecito cerró la boca, las mejillas ardieron como si fueran de papel, aunque lo más gracioso fue cómo el pelo cogió candela, parecía un pelo de estopa, parecían fibras de henequén, yo no sabía que fuera gracioso ver cómo arde la cabellera de un hombre, y las pestañas, ¿se fijaron en las pestañas?, aquellas diminutas llamitas de las pestañas... Continúa riendo, riendo, se dobla de risa. El perrito ladra.

Como el Tragaespadas, el Mago está rodeado de una multitud. No se parece, sin embargo, al otro. El Mago es un cuarentón bien plantado, con interesantes canas bajo el bombín, vestido de impecable frac, apoyado en un bastón. No es un Mago de trucos, no, de ninguna manera, no es de esos que hacen aparecer o desaparecer conejos, pañuelos, de esos que esconden a mujeres en cajas para luego atravesarlas con espadas y hacen juegos de manos. Es mucho más serio. Se dedica a observar a los que tiene enfrente con ojos de brillos terribles. Les adivina el nombre, la edad, lo que hacen y quieren y guardan en los bolsillos. Berta ha quedado fascinada mirando los ojos del Mago. ¿Y si fueran ésos...? Ahora el Mago está observando fijo a un adolescente, muchachito tierno, de pelo rubio y ojos azules, carita de niña y el cuerpo hermosamente desgarbado de todos los adolescentes. El muchacho queda mirando a los ojos del Mago. La sonrisa tímida que había en sus labios desaparece. El muchachito queda con la vista fija en los ojos brillosos del Mago. Dando pasos hacia atrás, el Mago levanta los brazos. El adolescente avanza entonces. Vamos, Adrián, no tengas miedo, pide el Mago también serio, también concentrado en los magníficos ojos de Adrián. Continúa escuchándose la algarabía de la feria, y por sobre todos los ruidos, la voz de la vieja del organillo Mira niño que la Virgen lo ve todo... El adolescente cierra entonces los ojos y llora. Cae de rodillas. Une las manos a la altura de la boca. El Mago se acerca y pone una de sus manos en la cabeza del muchacho. Está ceñudo el Mago, se diría capaz él también de llorar. ¿Quién soy yo para ti? Por toda respuesta Adrián, el adolescente, exclama en voz alta Padre Nuestro que estás en los cielos... El público aplaude a rabiar. La señorita Berta se abre paso entre la multitud que rodea al Mago. Llega frente a él en el momento justo en que el adolescente se levanta turbado, los ojos arrasados en llanto, la frente empapada. El Mago, a su vez, se ha quitado el bombín y pasa un rojo pañolón por su pelo. El sudor le ha corrido el maquillaje. El Mago repara, confundido, sin entender, en la mujer que llega intempestiva. Berta pide ¡Míreme, míreme a mí! El la complace con ojos inquietos, consternados, indecisos, irritados, de color indefinido, vulnerables, ojos de hombre que tiene cansancio y sueño, que desespera por llegar a casa, tirarse en la cama, esperar la noche siguiente en que debe volver a la feria y ganarse unos cuantos pesos para continuar viviendo, es decir, continuar vistiendo frac, bombín, bastón, pañolón rojo. Ruborizada, Berta regresa donde los que rodean al Mago, diciendo Perdón, perdón, no sabía lo que hacía.

Pago veinticinco centavos a un viejo jorobado, sentado en una silla de ruedas, entro a una carpa negra bordada con estrellas y medias-lunas amarillas, entro a un sitio oscuro donde por fortuna me siento invisible, libre de las miradas (¡aunque sea por un instante!), me dijeron la Cartomántica es lo mejor de la feria, cabeza calva y cara de bruja, esta señora debe de tener más de noventa años, lleva disfraz de gitana, sentada tras una mesa, ha vestido la mesa con mantel de pana azul oscuro, aquí todo es oscuro, la única luz proviene de dos velas que hay sobre la mesa, la anciana levanta una de las arrugadas manos, cuyas uñas impresionan por lo largas, por lo negras, no me invita, más bien ordena que me siente, lo hago, claro, en la punta de la silla, sobre la mesa, entre las velas y un vaso de agua con un jazmín, hay un mazo de cartas, una de las garras antiquísimas de la Cartomántica cae sobre el mazo de cartas, mueve los labios, creo que reza, que implora el favor de alguien: no podría asegurarlo: sólo veo el movimiento de los labios y nada escucho, la Cartomántica me mira con ojos pequeñitos, lacrimosos, casi cerrados, ¡parte!, ordena con voz que sorprende por lo vigorosa. La Señorita divide en dos el mazo de cartas. La Cartomántica une las dos partes y dispone tres cartas sobre el paño azul de la mesa. Estas tres cartas son tu vida, dice, ésta de aquí para el pasado, ésta para el presente y ésta para el porvenir, vuelve la carta que queda a la derecha, ¿ves esta figura con alas, ves este ángel?, es el número catorce de los Arcanos Mayores y se llama la Templanza, como puedes comprobar, tiene dos ánforas que contienen la esencia de la vida y simbolizan la frugalidad. Hace una pausa, se lleva una mano a la frente. Tu nombre es Berta, ¿verdad?, el mío es Mayra, sé que en otra vida fuiste monja, servidora del Señor, en cierta forma lo has seguido siendo en esta vida transitoria que llevas ahora, monja y servidora del señor, y has llevado una existencia moderada, paciente, armónica, adaptable, no tienes nada de qué arrepentirte, Berta, el Señor te observa con agrado, no sé por qué te molesta Su santa mirada. Moja un dedo en el agua contenida en el vaso, el agua del jazmín, y se moja la frente. Vuelve la segunda carta, la del centro. ¡El presente está representado por la carta número dieciséis de los Arcanos Mayores, la Torre!, una torre alta coronada por cuatro almenas, mírala, ¿ves?, está sacudida por un rayo, Casa de Dios, Hospital, Fuego Celeste, Torre de Babel..., los hombres caen al suelo, el pasado es pasado, se acabó, Berta, se acabó y no lo sabemos, a partir de ahora será la destrucción y el cambio, te veo y me veo, tú y yo, y el resto, cuantos andan por allá afuera y más allá, vamos cayendo de la Torre, de cabeza al suelo, se derrumban las antiguas creencias, se rompen familias y amistades, sobreviene la destrucción, es la bancarrota, es el fin, es la pérdida. La Cartomántica se persigna. Berta también. La primera tiende una de las manos antiquísimas, de largas y negras uñas, y Berta entiende que debe tomarla, apretarla. La Cartomántica vuelve la última de las cartas. Número quince, el Diablo, el Demonio con alas de murciélago. La Cartomántica suelta la mano de la Señorita, señala al suelo, baja la cabeza. ¡Fuego!, grita con la voz aún más poderosa, más potente, una voz joven y hasta hermosa, Hija mía, tú, sin querer, contribuirás al fuego, veo árboles que arden, casas que arden, veo que arden el pasado y el presente, hay un jardín devastado. De un salto, Berta se pone de pie. ¿Y qué hago?, dime ¿qué puedo hacer para que esa destrucción no tenga lugar? La Cartomántica limpia su frente y su nuca con el agua del vaso, recoge las cartas, bosteza, inclina la cabeza, cierra los ojos.

El Marinero. Otra vez. Surge de entre la multitud de la feria. Se acerca y dice con la magnífica voz profunda, tono de seguridad que asusta Usted me anda buscando. Ella lo mira a los ojos un instante, a los ojos grandes y bellísimos en los que es imposible encontrar un resto de piedad, y replica airada Quítese de mi camino. Intenta continuar. El le impide el paso. Yo sé que usted quiere encontrarse conmigo, y la voz del Marinero se hace más sensual, más hermosa, más segura de sí misma, Aquí me tiene, no pierda la oportunidad. La señorita Berta está casi muda de indignación, lo que no le impide ripostar Puedo ser su madre, y creo que hasta su abuela. El Marinero lanza una carcajada, se encoge de hombros, se va alejando, alejando (casi sería justo escribir: «desapareciendo») sin volver la espalda. De pronto, no está. No, no está. ¿Cómo es posible? No está. ¡Como si nunca hubiera visto ningún Marinero! La Señorita respira aliviada. Los marineros son así, lo mismo aparecen que desaparecen.

Al final de la feria han creado el cine. ANTEO CINEMA, dice el cartel pretencioso. Cuando ya la feria está a punto de convertirse en matorral, en monte, con unos cuantos cartones de sonrientes mujeres que anuncian cerveza Cristal, sillas de tijera, pantalla manchada, amarilla, y puerta en rojo, ANTEO CINEMA. El cartel mal hecho de la entrada anuncia para la segunda tanda a Bette Davis en *Jezabel la tempestuosa*. Berta paga los cinco centavos de la entrada (sólo cinco centavos, hoy es Día de Damas), y se deja guiar por una muchacha aburrida que porta linterna. La linterna y la muchacha son innecesarios: entre la luz de la pantalla y del cielo blanco de estrellas, Berta puede ver la improvisada sala llena de personas que ríen. ¿Por qué ríen, por qué con tantos deseos? Berta se sienta dispuesta a no dejarse convencer; a ella nunca le han hecho gracia las películas que hacen gracia. Prefiere un buen drama de Joan Crawford, Olivia de Havilland o Lana Turner. Eso por no hablar de Vivian Leigh en *Lo que el viento se llevó*. Pero falta un poco para disfrutar a Bette Davis en *Jezabel*. Antes, el espectador está obligado a consumir una de esas estúpidas películas de relleno... Luego de acomodarse, de estudiar los alrededores y de sentir alivio (al parecer la mirada le ha otorgado cierta tregua), comienza a abanicarse. Sus ojos descansan por fin en la pantalla. Allí está ocurriendo algo que no entiende, que no sabe qué es. Un grupo de personas discute frente a la puerta de una tienda. Siempre que alguno trata de golpear a otro, el otro esquiva rápido el golpe que va a parar a la cara de un tercero. Cada vez son más los que se incorporan a la reyerta. Berta reconoce en el grupo a las figuras inconfundibles del Gordo y el Flaco. El Gordo trata de golpear al Flaco; el Flaco huye ágil; la golpeada es una digna señora de sombrerito que pasa casualmente por el lugar; el esposo de la señora, también digno y trajeado, se incorpora a la pelea, trata de golpear a alguien que no se deja para terminar golpeando a otra señora digna de sombrerito que casualmente pasa por el lugar y que también tiene un digno esposo trajeado. Situación infinita. No tiene para cuando acabar. El público ríe, ríe, ríe que no puede más. Berta no, Berta no ríe, aunque al menos sonríe, que la verdad es que resulta gracioso ver cómo golpean a esas damas encopetadas (en realidad lo gracioso no es ver cómo las golpean, sino cómo pierden la dignidad). Cuando ya la riña es multitudinaria, cuando ya se ha extendido por toda la calle, el Gordo y el Flaco logran escabullirse. Ellos, que crearon el problema, logran escapar, dejan el gran lío armado en la calle, cientos de personas que golpean a quien no tienen que golpear, mientras ellos se alejan, campantes. Entonces, la cara del Flaco ocupa completamente la pantalla manchada y amarilla. Un instante, un fugaz instante en que mira al público de la sala, se rasca la cabeza y sonríe. La brevedad de la sonrisa no impide que la señorita Berta experimente un estremecimiento (o como dirá después cuando haga la historia a Mercedes y a Irene, que «el corazón le dé un vuelco»). Algo en esa sonrisa la perturba, la conmueve hasta las lágrimas. Por eso, sucede lo que sucede, por eso se pone de pie y grita, grita sin importarle que todos se vuelvan indignados, silben, la manden a callar. No le importa. La tiene sin cuidado que la acomodadora aburrida intente sacarla a la fuerza del cine. Lo único que Berta quiere es detener la imagen sonriente de Stan Laurel, aquel relámpago (efímero como cualquier revelación) que por un segundo la hace tener la certidumbre de que está salvada.

No sé si sabrás, Casta Diva, que esta noche se abrieron las puertas monumentales de la Opera de París, y a la Ciudad Luz (que no se deja deslumbrar por otra luz que no emane de ella misma) se la vio deslumbrada. El teatro fue testigo de un suceso histórico, sin igual. María Callas, la Divina, ofreció un concierto. Desde temprano, se la vio llegar vestida de blanco en el auto negro, seguida por una multitud de adoradores y cientos de fotógrafos de diarios del mundo entero, que habían viajado desde los más distantes puntos del planeta para informar del acontecimiento. La policía debió cuidar a la Diva para que pudiera entrar sin contratiempos al teatro. A pesar de que sus hermosos ojos de griega (los ojos con los que también aprendió a cantar) se veían fatigados, saludó sonriente al gentío que la aplaudió. Durante horas se encerró en sus camerinos, acompañada únicamente por los ayudantes. Suele hacer meditación, *comme il faut*. Entretanto, cuando se abrieron las puertas monumentales, llegaron los hombres y mujeres más ilustres, Marian Anderson, Edit Piaf, Alicia Alonso, Serge Lifar, Anna Magnani, Leontine Price, Marc Chagall, Pablo Picasso, Coco Chanel, Katherine Hepburn, Joan Miró, Margretta Elkins y muchos, muchísimos más que no puedo citar porque haría una lista enorme. También llegaron personas nada ilustres: muchos miembros de la nobleza europea, cientos de ancianas cuya importancia radica en que van cubiertas de joyas y ostentan títulos como el de Princesse, Comtesse y Lady no sé cuántos (tú conoces la idiotez humana). También arribaron personajillos francamente despreciables, como Monseigneur le Cardinal y Monsieur le President (jefe de Iglesia y jefe de Estado, o sea, dos infelices administradores que se creen con derecho a mandar en la vida de los otros). A las nueve en punto comenzaron a entrar los músicos al escenario. A las nueve y tres minutos entró el director de orquesta, Tullio Serafin, quien, como bien sabes, es el director de la Scala de Milán, y vino a dirigir la orquesta de la Opera a petición de la Diva. A las nueve y cuatro minutos y medio salió a escena María Callas. Radiante, sonriente, nada cansados los bellos ojos de griega. Llevaba un traje negro que la hacía lucir más esbelta. Ni una sola joya (artista al fin, no necesitaba oropeles; su mejor joya: su voz; debes saber que cuando comenzó a cantar, dejaron de brillar, humildes, las esmeraldas, los brillantes, los rubíes que tan profusamente andaban por palcos y plateas). Ovación. A uno le basta con verla para saber que es digna de ovación. Ella, sonriente, sin la menor timidez, segura de sí, con la certeza de que la ovación la merece como nadie. ¿Con qué piensas que comenzó? Pues sí, Bellini, *Norma*, «Casta Diva», que ella (perdóname) canta como nadie. Luego vinieron «Regnava nel silenzio», «Surta è la notte... Ernani!», «Vissi d'arte», «Je suis Titania»... En un momento dado entró nada menos que Giuseppe di Stefano, y juntos hicieron el dúo inigualable de Amelia y Riccardo de *Un bal masqué*. Otro dúo que estuvo incluso a punto de conmover al jefe del Ejército (!), fue el «Miserere» de *El trovador*. La verdadera apoteosis, sin embargo, fue después; el público en realidad levitó (no estoy exagerando: las personas se elevaban de las butacas) al escuchar aquella voz única, aquella voz que Dios envió para nuestra redención, cantando «Mon coeur s'ouvre à ta voix», el aria de *Samson et Dalila* que Saint-Saëns compuso poco antes del accidente de la bicicleta. Dicen que hasta la reina Isabel de Inglaterra, que no lloraba desde niña y que escuchaba el concierto en el aparato de radio RCA-Majesty, lloró de la emoción. Dicen que Monsieur le President tomó la mano de su esposa, la acarició y firmó esa noche una ley que favorecía a los *clochards*. Dicen que el Cardenal hizo lo que nunca: se rebeló contra el Papa santificando el amor. Dicen que las marquesas y las condesas regalaban diademas a la salida del teatro. Dicen que Onassis sintió un justificado ataque de inferioridad. Dicen que el generalísimo Francisco Franco declamó de memoria un poema de Lorca. Dicen que Picasso pintó un cuadro prodigioso y que no lo firmó, para que fuera anónimo, como el Romancero. Dicen que Joan Miró ayudó a Picasso a pintar el cuadro anónimo. Dicen que durante días no hubo discursos inútiles en Naciones Unidas. Dicen que los camaradas del Kremlin estuvieron a punto de pensar en la felicidad del pueblo. Dicen que no se registró ningún asesinato en la ciudad de Nueva York, y que los negros más pobres de la ciudad asistieron a un cóctel en la Casa Blanca. Dicen que la Isla se desprendió del fondo del mar y anduvo errante por los mares durante la noche del concierto prodigioso. Lo cierto, Casta Diva, es que luego del concierto de la Opera de París, se supo por fin que, al igual que Cristo, María, la Divina Callas, había dividido en dos la historia del mundo.

Casta Diva ha abierto el bargueño y sacado y desempolvado

fotografías, postales, maquillajes, joyas de fantasía, partituras y trajes, y lo ha puesto todo sobre la cama, y ha quedado mirándolo horrorizada como si fueran los restos de un naufragio. ¿Y qué son sino los restos de un naufragio?, pregunta a Tatina, que, como es de suponer, ríe. Las fotografías han perdido nitidez y es muy difícil distinguirla vestida de Traviata o de Louise. No se entienden las letras de las partituras, los trajes se han descolorido, el tiempo los ha desgarrado, las joyas parecen más que nunca trozos de cristal, y pensar que ésta era mi alma, Tatina, que en ese bargueño estaba yo, principalmente en este vestidito blanco, de tules y cintas rosadas (aunque no lo creas estas cintas eran rosadas), con el que, con sólo doce años, me presenté ante el maestro, ante Lecuona cantando *El jardinero y la rosa*, y el maestro se me acercó de lo más emocionado y dijo Serás una gran cantante, y hasta Rita Montaner me dio un beso en la frente y me auguró un éxito seguro. Cuando Tingo entra, la madre está abrazada al vestidito de tules y antiguas cintas rosadas. Casta Diva lo mira y se le acerca fascinada. Yo tenía tu edad cuando Lecuona me oyó cantar. Y desviste a Tingo, y le pone el vestidito de tules. Te pareces a mí cuando tenía tu edad, le dice al hijo. Coloca una cinta en el pelo de Tingo para que el parecido sea mayor. Ahora mueve las manos hacia delante, ordena a Tingo, mueve las manos que yo cantaré.

Sebastián ha escrito en una hoja de su cuaderno de clases: Dios Todopoderoso, espero que al recibo de ésta Te encuentres bien, nosotros no tan bien, Te escribimos porque andamos deseosos de que la Isla deje de serlo, si Tú pusieras de tu parte, podrías tomarla y llevarla hasta Yucatán, hasta la Florida o hasta Venezuela, ¿Te imaginas, Dios, qué alegría podrías darnos, si quisieras, a tus no tan pecadores hijos (por lo menos no tan pecadores como Tú crees) permitiéndonos caminar de un país a otro sin el peligro de perecer ahogados?, confiamos en Tu bondad, en espera de respuesta tuya, queda de ti. Sebastián ha puesto la carta en una botella y la ha lanzado al mar.

Regresando del Más Acá, casi entrando en su casa, el profesor Kingston ha encontrado una naranja, doradita y grande. Se inclina con mil trabajos a recogerla. Es tanto el esfuerzo, que me arrepiento de haberla visto, de haberme detenido, aunque de cualquier manera la recojo, ya hasta las cosas más simples se convierten para mí en un problema de honor. Entra en la casa, busca un cuchillo y parte la naranja en dos. Se sienta en la comadrita a chupar la naranja. Vaya decepción, la naranja no sabe a nada, su jugo abundante y amarillo es insípido como el agua. ¿Será un problema mío o de la naranja?, *I don't know*. Entonces va y se sirve un vaso de leche que tampoco sabe a nada. Parte una lasca de jamonada y la mastica sólo para averiguar el gusto, y tampoco la jamonada tiene sabor.

Ahí está el Herido. Sebastián ha entrado a escondidas en casa de Irene y se ha escabullido hasta el cuarto donde el muchacho duerme. ¿Es un muchacho o una muchacha? Sebastián duda. Extiende una mano y toca las manos de él (o de ella) que están cruzadas sobre el vientre, como ha visto Sebastián que hacen reposar las manos de los muertos. Es de noche, así que Irene ha encendido la lámpara sobre la pequeña mesa al lado de la cama. Sin embargo, Sebastián cree darse cuenta de que la lámpara resulta innecesaria. El cuerpo del Herido está iluminado por una luz que baja en diagonal del techo, aunque Sebastián comprueba que ninguna luz baja de ningún modo, que en el techo no hay ninguna luz, incluso piensa que es posible que la luz escape del cuerpo en diagonal hacia el techo. Para comprobarlo, apaga la luz de la lámpara, y ve que, en efecto, el cuerpo del Herido continúa encendido como si tal cosa, como si la luz fuera asunto de él. El cuarto a oscuras. El cuerpo brillando en medio del cuarto a oscuras. ¿Qué haces aquí?, pregunta al cuerpo iluminado. El Herido abre los ojos y lo mira. Vine por ti, dice con voz que no se llega a saber si es de hombre o de mujer. ¿Para qué te hago falta? Soy yo quien te hace falta. ¿Para qué me haces falta? Ten paciencia, Sebastián, todo a su debido tiempo, ¿sabes? los hombres han olvidado el valor de la paciencia. ¿Me vas a llevar a algún lugar? Quizá. ¿Por qué hablas de ese modo tan raro?, ¿cómo te llamas? Las manos se descruzan y una de ellas dibuja un movimiento cansado y luminoso en el aire. Ya habrá lugar y momento preciso para esos detalles, dime ¿hay un papel sobre la mesita de noche? Sebastián afirma. ¿Tiene algo escrito? Sebastián vuelve a afirmar. Lee lo que dice. Sebastián toma el papel y se dispone a obedecer. Hay cosas que no entiendo. No importa, léelas sin entenderlas, léelas como las entiendas. Sebastián lee: Lucrecio, *De Rerum Natura*; Apuleyo, *El asno de oro*; Carlyle, *Sartor Resartus*; Renan, *Vida de Jesús*; Michelet, *La bruja*; Lessing, *El Laoconte*; Vives, *Diálogos*; Jacobo de Vorágine, *La leyenda dorada*; Boecio, *La consolación por la filosofía*; Fulcanelli, *El hermetismo de las catedrales*. Muy bien, Sebastián, es una lista inmejorable, ahora doblas el papel y lo guardas en tu bolsillo, no lo pierdas. ¿Para qué lo necesito? ¡Los hombres han olvidado el valor de la paciencia!, suspira el Herido, que sólo te baste saber que lo necesitarás, ahora vete, debes dormir y soñar, en cuanto a mí... ¡estoy tan débil! Sebastián hizo cuanto pidió el Herido. Este cerró los ojos y la luz de su cuerpo comenzó a desaparecer, hasta que Sebastián se vio en la necesidad de prender otra vez la lámpara de Irene.

Una de las virtudes de la literatura es quizá que con ella se pueda abolir el tiempo, o mejor, darle otro sentido, confundir los tres tiempos conocidos en un cuarto que los abarque a todos y provoque lo que podría llamarse la simultaneidad. Una de las grandes ambiciones de cualquier novelista, ¿no será lograr que Pasado, Presente y Futuro se mezclen en una página así como en un mismo cuadro de Luca Signorelli sea posible ver el Calvario, la Crucifixión, el Descendimiento y hasta la Transfiguración? Luego resulta posible que, aun sin que haya ocurrido, se pueda narrar con brevedad el sueño que esta noche tendrá Sebastián. Lo ideal hubiera sido narrar ese sueño futuro en el presente en que el Herido habla. Mientras el Herido habla, Sebastián sueña. Supongo, no obstante, que son resultados demasiado elevados que no permite la pobreza de recursos con que este libro ha sido escrito. Sin duda, el novelista que logre la Simultaneidad habrá hecho una conquista para todos y será llamado «genio». Más modesto, el autor de este libro se dispone ahora a contar cómo será el sueño de Sebastián, al tiempo que Sebastián escapa a escondidas de casa de Irene en medio de la extraña noche de la Isla.

Sebastián estará en un jardín junto a un hombre. El hombre tendrá alrededor de sesenta años y dos hermosos ojos a los lados de una fea nariz. Con boca burlona dirá que se llama Virgilio. Sin saber a ciencia cierta por qué, Sebastián lo venerará como a un maestro, lo llamará Maestro. Cada vez que el Maestro avance, por dondequiera que lo haga, Sebastián seguirá su planta cautelosa. En el sueño, irán avanzando por un jardín. Se detendrán junto a la verja que separará el jardín de la oscuridad. El Maestro le preguntará ¿Quieres pasar al otro lado? Con ingenuidad, Sebastián responderá Tengo miedo. Con lógica, el Maestro observará No te he preguntado si tienes miedo, te he preguntado simplemente si quieres pasar al otro lado. ¿No hay peligro?, y está cargada de inocencia la pregunta de Sebastián. Claro, hay peligro, pero existen, recuerda, peligros deliciosos. Entonces el Maestro llamado Virgilio, para dar el ejemplo, pasará al otro lado. Se escucharán detonaciones, y la figura del Maestro, ardiendo, desaparecerá en la oscuridad. ¿Será necesario relatar la soledad en que quedará Sebastián luego de la desaparición de Virgilio, del Maestro? Es tan grande la desolación que provocan los sueños...

Después de haberse marchado Beny Moré, Chacho regresó a la cama y al silencio. Casta Diva, que se había ilusionado al verlo aparecer entre los árboles, al ver que casi lloraba escuchando al Mejor Cantante del Mundo, se sintió estafada cuando lo vio regresar a la cama, echarse de nuevo en ella, y lo cubrió de improperios, le gritó Mal padre, mal marido, ni porque tienes un hija boba y un hijo inútil, ¿es que no piensas trabajar?, aquí estuvo el capitán Alonso a preguntar por qué no vas al cuartel, que te van a expulsar deshonrosamente del ejército, si no trabajas ¿de qué carajo vamos a vivir tus hijos y yo? El cerró los ojos y fue como si no hubiera escuchado, no movió un músculo de su cara, no alzó una mano indicándole que bajara la voz, como solía hacer cuando discutían. Nada hizo Chacho. A pesar de su ira, Casta Diva se dio cuenta de que el marido no podía hacer otra cosa que permanecer tirado en la cama, en ese silencio desesperante para ella, y de la ira pasó a la compasión, y sintió una fatiga desmesurada que se apoderaba de su cuerpo, y se acostó al lado de él, y también cerró los ojos y hasta puede que se haya quedado dormida.

Durante días, la única prueba que dio Chacho de estar vivo fue su respiración y sus ojos, que a veces se abrían para quedar fijos en las maderas del techo. Tatina podía estar riendo a carcajadas durante horas; Tingo, preguntar hasta la saciedad; Casta Diva, pelear y llorar: él no parecía escucharlos. Era como si, viviendo allí, Chacho viviera en otro lugar. Jamás volvió a la mesa, ni se le vio beber un vaso de agua, no se le vio saciar ninguna necesidad. Parecía como si las funciones del cuerpo se hubieran paralizado. Lo único que dio la impresión de continuar el curso normal de la vida fueron la barba y las uñas.

Y resulta que ahora, en esta mañana que amanece de llovizna (o lo parece, ya se sabe: en la Isla las cosas no siempre son como son), Chacho se levanta de la cama, se dirige al antiguo fonógrafo y busca entre los discos. Coloca uno en el plato. Con gran ruido comienza a escucharse en el cuarto, en la casa, en la Isla, la voz de Carlos Gardel, Sus ojos se cerraron y el mundo siguió andando... En casa de Helena entró la voz de Gardel, y ella no supo de primer momento de dónde llegaba la voz milagrosa con aquel gemido Su boca que era mía ya no me besa más..., y salió Helena a la Isla y le pareció que la voz llegaba de cada árbol, de cada rincón, de cada estatua. Y Rolo, que estaba en Eleusis ordenando los libros, supo que era Gardel (se le hizo un nudo en la garganta) y dejó, por supuesto, los libros y salió a la Isla y encontró a Merengue por el lado de la antipara y del Apolo del Belvedere, y ambos vieron a Helena, y ninguno supo de dónde llegaba la voz, que la voz escapaba sin duda de toda la Isla, Se apagaron los ecos de su reír sonoro... Irene curaba en ese momento con agua oxigenada las heridas ya sanas del Herido, y también se sorprendió, y salió a buscar y vio a la señorita Berta sollozando junto al busto de Greta Garbo. Fue Marta, quien venía tocando las paredes para guiarse y no tropezar, la que informó Gardel está cantando en casa de Casta Diva, Y es cruel este silencio que me hace tanto mal... Y fueron

222

donde Casta Diva y vieron que ella y Chacho, sentados en el suelo, junto a las bocinas del antiguo fonógrafo, tenían la cara oculta entre las manos.

El me enamoró así, explica Casta Diva, yo iba un 6 de enero por la Calzada Real con mi hermana Luisa, que era una niña, cuando lo vi venir vestido de soldado, con veinte años, qué lindo, Virgen santa, qué hombre, y se detuvo mirándome con los ojos alegres y tristes que tenía, y cuando pasamos nos siguió cantando *Noche de Reyes*, uno de los tangos más bellos que he escuchado nunca, y que él cantaba tan bien, y cada vez que me veía cantaba el tango, y yo me demoraba y demoraba, tenía necesidad de oírlo cantar, hasta que una tarde me tomó del brazo y me llevó a un banco del parquecito que está frente a la iglesia, y aseguró Soy muy feliz de que estés feliz de ser mi novia, y yo no pude responder a la osadía sino diciendo Feliz no es la palabra, no hay palabra para mi felicidad, y así ha sido, créanme, hasta el día de hoy.

Vido está chupando mangos bajo la mata. De repente ha vuelto a hacer calor como si estuviera en agosto. Vido suda chupando mangos bajo la mata. Es dulce el sabor del mango, y tan abundante el jugo, que escapa de su boca y un hilillo de jugo corre hacia el cuello, hacia el pecho, se mezcla con el sudor. Vido recoge con el dedo el jugo mezclado con el sudor y se lo lleva a los labios. A la dulzura del mango se agrega ahora un delicioso toque salado. El olor del mango es intenso, como el sabor. También es intenso el olor del sudor. Vido huele sus axilas y siente gusto, y pasa el mango por las axilas oscurecidas por el vello incipiente, y lo chupa luego con ese agradable toque de sal.

Otro domingo (que no es aquel de la visita de Beny Moré), a mediodía, poco después del almuerzo, Mercedes sale de su casa y pasa el aula, la puertecita hacia el Más Allá, deja atrás la casa del profesor Kingston, se interna en al marabuzal y sin saber cómo llega al borde del mar. Mercedes se sorprende de verse allí,

y es que venía pensando ¡Dios, cuánto daría por ser un personaje de novela! Acaba de leer el capítulo octavo de *Las honradas*,
el capítulo en que Victoria no puede hacer otra cosa que entregarse a Fernando, y ha quedado perturbada. Su cuerpo despertó.
Mi cuerpo despertó leyendo en uno de los sillones de la sala,
frente a mi hermana, que dormía, o lo aparentaba, fui sintiendo
cómo cada parte mía reaccionaba con la lectura, y de repente,
sin más ni más, estaba desesperada, fui al cuarto, me desnudé lo
más silenciosa que pude para no despertar a Marta, entré al
baño, llené la bañadera con agua tibia y dejé que mi cuerpo
fuera bendecido por el agua, tomé la esponja, me enjaboné, era
buena la esponja recorriendo mi cuerpo como tosca mano de
hombre (las manos de los hombres deben ser siempre toscas y
delicadas al mismo tiempo), observé la piel de mis brazos, de
mis piernas, la descubrí blanca, fina, apetecible, mi piel, cerré
con fuerza los ojos y que la esponja, es decir, las toscas y delicadas manos, hicieran el resto, con los ojos cerrados es posible
imaginar con más fuerza, suelo desnudarme y tenderme en la
bañadera llena de agua tibia para lograr que alguien entre y me
enjabone, el baño es una de mis secretas satisfacciones, nadie lo
sabe, nadie lo sabrá, un hombre distinto acude siempre, desde
Lucio hasta el conductor de la guagua roja, ese mulato delgado
y alto que lleva pantalones caqui, demasiado ceñidos en la entrepierna, donde se marca una elevación de la que parece estar
orgulloso, también viene el soldado que hace la posta en la entrada de Columbia, no tan alto, pero recio, soldadito de plomo,
blanco y vistoso, con el traje amarillo, a quien nunca me cansaré
de mirar cuando pasa por la calle, el paso majestuoso, o cuando
lo veo de civil bebiendo grave en la bodega de Plácido, jugando
al billar, no repara en mí, jamás me ha mirado, no existo para
él, a veces entra Chavito, también Chavito es hermoso, sólo que
en este caso no debo decirlo ¿qué pensarán de mí?, Chavito es
negro, tan negro como Merengue, a mí no me importa, yo la
verdad encuentro preciosos a los negros, hoy, sin embargo,
¿quién estaba junto a mí en el baño?, Fernando, ¿cómo vas a
venir, si eres un personaje de novela?, Fernando, sí, un personaje
de Carrión, vino al baño hoy y encontró mi cuerpo despierto,
se sentó al borde de la bañadera, primero me miró largo, y yo
quedé quieta, como correspondía, fingiendo que sólo me inte-

224

resaba estar así, en el agua, él sonrió con superioridad, pasó los dedos por mis mejillas húmedas y fue bajándolos poco a poco, ¡lento, Fernando, lento!, por el cuello, por los senos, tárdate en los pezones, tortúrame, continuaré, mientras, intentando fingir indiferencia, aunque casi no puedo, voy a gritar, ¡voy a gritar!, que tu mano no se preocupe de mí, que tu mano siga impávida para acariciarme el ombligo, y más, más abajo, un poco más abajo, así, sabio, Fernando, no importa que seas el personaje de una novela de Carrión, ten la conciencia del placer que provoca tu demora, ahora entiendo a Victoria, ¿de dónde sacaste la sabiduría?, abriré las piernas para recibir tus dedos, ¡qué dedos grandes!, tus dedos así, entrando en mí, y ahora que me siento tan feliz, voy a hacerte una confesión: en este momento, yo soy únicamente la humedad donde entran tus dedos, Fernando.

Mercedes está sentada al borde del mar. El sol está en el centro mismo del cielo, hasta el punto que las sombras no existen. La luz es como el agua que llega a los pies de Mercedes. No, la luz no es como el agua, sino peor, mucho peor, el agua viene, la pequeña ola llega, moja los pies y retrocede, se une al todo del que proviene, la luz en cambio, más sabia, queda en el cuerpo de Mercedes, entra por la piel, llega a los huesos, destruye cuanto se le va resistiendo. Cada haz de luz es él mismo un todo. Mercedes siente que va desapareciendo a medida que la inunda la luz. Mercedes siente que ella misma es luz. Mira sus manos, la mirada pasa a través de ellas hacia el mar, hacia el horizonte. El mar es un espejo, algo que está ahí sólo para relumbrar. La arena es otro centelleo. Mercedes está tan iluminada que se incorpora a la luz, es ella un destello más, desaparece.

Todo tiempo pasado fue mejor, éste es mi lema, pero un lema que ha llegado a ser estúpido: ¿de qué tiempo pasado estoy hablando?, ¿cómo puedo decir que el pasado fue mejor si no recuerdo, si no sé de qué pasado estoy hablando?, tú qué vas a entenderme, Herido, asaeteado, acostado ahí en la cama sin saber nada de la realidad, tu misión ahora es dormir mientras curo tus heridas y termino de salvarte como es mi deber, en tanto, aquí tienes a Irene la Desmemoriada, la pobre Irene olvidada de cuanto le ocurrió, sé a lo sumo que mi nombre es Irene, es bastante, tal vez sea bastante saber el nombre, el nombre y la cara en el espejo, mi hijo Lucio ha venido hoy a decirme que el 17 de febrero, el día de mi cumpleaños..., no importa lo que dijo, la fecha quedó dando vueltas, así que mi cumpleaños es el 17 de febrero..., ¿no será la fecha de la muerte de mi madre?, ¿o será acaso que mi madre murió el mismo día de mi cumpleaños?, estas cosas no ocurren, ocurren sólo en las novelas radiales de Félix B. Caignet, y me dio vergüenza preguntarle, Lucio, ¿qué día murió tu abuela?, ¿de qué murió tu abuela?, ¿dónde murió tu abuela?, me da vergüenza, además, ¿qué haría con la información?, ¿de qué me serviría?, yo soy una mujer con la cabeza vacía, y eso puede que algunos lo consideren una suerte, yo no, yo estimo que cada hombre vale por su pasado, será el pasado quien te redima o te condene, ya sé, no me digas, el pasado se va urdiendo con los hilos del presente, observa, sin embargo, Herido, muchacho asaeteado, que cuando una mujer teje su pasado son dos hilos, nada más que eso, dos hilos, y sólo lo que deja de ser presente, lo que se hace pasado, se convierte en tela, el presente sólo sirve para hacer, es decir para el sobresalto y la incertidumbre, el pasado en cambio es lo que está hecho, mal o bien, no importa, es lo hecho y por tanto lo seguro, el terreno firme, del futuro ni hablemos, el futuro es una ilusión, el hombre lo inventó para llenar las horas de tedio que lo conducen a la muerte, el futuro es la muerte, y no sé qué sea la muerte, sólo conozco que es el futuro, ahora dime, Herido, qué hago en esta Isla sin tener una historia que contar, debes saber que lo importante del pasado no es lo que enseña (la mujer teje un mal punto, se detiene, lo deshace y vuelve a tejerlo bien, ¿no?), sino lo que sirve para contar, para hacer el cuento de tu vida, y si tú no tienes nada que contar sobre ti, ¿quién eres?, nadie, por más vuelta que le des, nadie, aunque te vean, si tú no puedes contar Nací un 17 de febrero en Pijirigua, Artemisa, mi padre trabajaba de campesino para unos terratenientes, mi madre lavaba para la calle, éramos tan pobres que mi madre construía mis zapatos con yagua y sacos de yute, yo fui una niña que comenzó a trabajar a los cinco años, recuerdo que me ponían un cajón para que alcanzara el fregadero, cuidé a mis hermanos como una madre, y a pesar de las calamidades que te cuento, fui feliz, si no puedes contar esto que así de pronto se me acaba de ocurrir (y que muy bien pudo haber sido cierto, ¡ojalá!), entonces los demás ignoran cuáles fueron y siguen siendo mis sueños, mis miedos, mis alegrías, mis angustias, mis obsesiones, el problema principal, muchachito Herido, es que tenemos que acabar de entender que la vida no puede servir únicamente para vivirla, opino que Dios nos da la vida también para que la podamos narrar como un cuento, una historia, que entretenga y sirva a otros ¿tú no crees?

Por suerte, hoy Chacho no ha vuelto a colocar en el fonógrafo un disco de Carlos Gardel. La voz del llamado *Zorzal criollo* llegó a ser tan permanente en la Isla que durante días no pudieron escucharse los alaridos de las cañabravas, ni los jubilosos de las casuarinas, ni los lamentos que últimamente se oyen cada vez con mayor fuerza. La Isla quedó reducida a la voz que repetía una y otra vez, hasta el cansancio, los mismos tangos. Hoy Chacho se levantó temprano y se dirigió derecho al escaparate y sacó los uniformes de soldado, las medallas y los diplomas ganados a los largo de años de servicio como radiotelegrafista del Cuerpo de Señales. Hizo un bulto con ellos y salió a la Isla. No se detuvo a mirar el cielo nublado de finales de octubre. Ni aspiró como otras veces el aire embalsamado de la Isla. Tomó por el caminito de piedras que conduce a la fuente con el Niño de la oca y llegó al antiguo abrevadero. Allí tiró cuanto llevaba. Roció alcohol y prendió un fósforo. Uniformes, medallas y diplomas ardieron con rapidez. Es justo suponer que para entonces ya Chacho estuviera pensando en los conejos.

¿Qué día es hoy? Lo sabes, 2 de noviembre, día de los muertos. Por esa razón se ha puesto en la Isla una mesa larga, una mesa vieja, desvencijada por aguaceros y soles, pero que se ha vestido con el mejor mantel de encajes de Casta Diva, un mantel hecho por la madre para la boda de la hija y que, según dicen Irene y Helena, es un primor, un verdadero primor. La mesa, con el mantel, ya no parece lo que es. Entonces es mentira que el hábito no hace al monje, observa Rolo. La mesa se ve de lo más linda. El mantel casi llega al suelo, oculta las paredes toscas, comidas por el comején. En el centro, colocaron el gran crucifijo de bronce, uno de los mayores orgullos de la señorita Berta. Es un crucifijo simple, sin adornos, tan limpio que reluce como oro (sin serlo) y cuyo mayor valor, según la Señorita, estriba en que cuidó la muerte de Francisco Vicente Aguilera en su finca de San Miguel de Rompe. Y la señorita Berta se llena de orgullo mirando al crucifijo y comienza a narrar (no se sabe cuántas veces lo ha hecho) la amistad de su padre con Aguilera y con los dos primeros presidentes que tuvo la República en armas, Céspedes y el marqués de Santa Lucía, Salvador Cisneros Betancourt. Alguien, probablemente Helena, la interrumpe con delicadeza, con finura para que la señorita Berta no se sienta herida, sólo que es necesario interrumpirla, que si no hará otra vez el cuento de la guerra y del exilio, y ponderará una vez más el heroísmo del padre, la entereza de doña Juana (que continúa durmiendo vestida con el ropón de hilo, el rosario en las manos y la vela blanca encendida sobre la mesa de noche, frente a una estampa de la Caridad de El Cobre). Cuando la señorita Berta hace silencio comprendiendo quizá que los demás no están para peroratas, las mujeres, Helena, Irene, Casta Diva, continúan arreglando la mesa. En dos búcaros colocan sendos ramos de flores artificiales (y que en verdad sorprenden: no parecen flores artificiales que imitaran flores naturales, sino flores naturales que imitaran flores artificiales). Admiran los ramos y llenan los bordes de la mesa con las palmatorias y las velas que cada cual ha traído. Velas de todo tipo. De las baratas, de a dos por cinco centavos, que se apagan enseguida, y otras hermosísimas, rojas, azules, amarillas, rosadas, con formas de santos; las hay altas, muy altas, cirios, que permanecerán encendidas toda la noche si el viento lo permite; también velas gordas que ha aportado el profesor Kingston y que, según el criterio de la señorita Berta, no se deberían usar puesto que son velas heréticas, que tienen grabadas estrellas de seis puntas. Sí, explica humilde el profesor, me las regaló un polaco amigo. Rolo aclara que esas estrellas de David no importan, lo que interesa es la luz que recibirán nuestros muertos, y además precisa tener en cuenta que las estrellas se irán borrando a medida que avance la noche. Se colocan en las palmatorias más grandes las velas aportadas por el profesor Kingston (y asunto concluido). En el suelo, las flores naturales encargadas a Le Printemps, que es un jardín elegante, donde han compuesto cinco ramos de príncipes negros con cintas y moñas y tarjetas que hacen propaganda de la casa. Irene también ha preparado sus ramos (hay que reconocer que son aún más bellos los ramos de Irene) y ha colocado por doquier pencas de arecas y ramas de pinos. Dos ángeles de mármol. (En realidad no son de mármol, no nos dejemos engañar, son de barro; entre el barro y el mármol existe la misma diferencia que entre nosotros y Dios.) Y los ángeles tristes, con unción, se abrazan, miran al cielo con ojos sin pupilas. Los ángeles dan el toque final a la mesa. Casta Diva casi se echa a llorar. Irene la obliga a controlarse con un gesto y dice No olvides que hoy es el día de los fieles difuntos. Casta Diva llora Sí, hoy es mi día. Mercedes la abraza No te pongas así, Casta, tú estás vivísima. No, Mercedes, no te engañes, estoy más muerta que viva. Rolo da dos palmadas con sonrisa inexplicable (¿de burla, de benevolencia?), da dos palmadas y la orden de que traigan las fotografías. Cada cual regresa con las fotos de sus muertos. La mesa se repleta de fotos enmarcadas. Marcos dorados y plateados, marcos de baquelita, marcos de madera y cristal, marcos de ébano y cartón. Y las fotografías... Las más variadas que pueda pensarse. Fotos de estudio y de camaritas, fotos coloreadas y fotos sepia, fotos en pose y de sorpresa. Las caras resultan diferentes, de pronto (y esto no debería escribirlo, suena a blasfemia, ¡qué se le va a hacer!; entre otras cosas, las novelas se escriben para blasfemar) de pronto, repito, la mesa semeja una mesa de feria. Se destacan en la mesa las siguientes fotografías: niña con pelota en las manos; anciana desdentada que sonríe; joven trajeado; pareja vestida a la usanza de los años veinte; joven militar sobre fondo marino; niño de meses acostado en moisés; señor extremadamente serio, con sombrero de pajilla, recostado a silla de medallón, en la que señora sentada acaricia perrito blanco; damita de largo vestido recostada lánguida en columna dórica; señora en pantalones, portando cayado, sonriente, entre malezas; mujer joven, que recuerda bastante a Irene, niño en brazos; señora con sombrero, bufanda y sobretodo en medio de nevada; negro sonriente que toca tumbadora; payaso triste; anciana tras micrófono; policía; hombre a caballo, polainas, machete, traje mambí. Hay muchas caras, caras de todas las formas posibles, con las más variadas expresiones, que hay hasta una foto de Stan Laurel sonriente. Sebastián se impresiona con la fotografía de un niño sobre un caballito de madera. Es como si hubieran puesto la foto de él mismo, de Sebastián, que aunque la foto sea vieja (incluso puede verse en una esquina la fecha), es como si fuera Sebastián montado en un caballito de madera. Y se impresiona aún más cuando se entera de que es la fotografía de su tío, del tío Arístides, que murió terriblemente. Murió, cuenta Irene por lo bajo, para que Helena no la oiga, cuando iba a un juego de pelota, que tu tío era gentil y un anciano se sentó en el guardafangos del camión y él, con sus dieciocho años magnánimos le ofreció su parte en el asiento y se fue él al guardafangos, y cuando quince minutos más tarde el camión se volcó, tu tío Arístides quedó aplastado por el camión, con sólo dieciocho añitos, tu tío, Sebastián, igualito a ti, seguro que su espíritu anda alrededor de ti y te ampara, es tu ángel guardián tu tío Arístides. Irene se va como si nada hubiera dicho, y se inclina a otro oído y señala otra fotografía. Hay tantas (cincuenta, sesenta, cien) que la mesa no alcanza. Y la señorita Berta ha traído un busto de Antonio Maceo y otro de José Martí, Muertos insignes, dice. Traen páginas de la partitura original del Himno Invasor. Traen un pedazo ensangrentado de la camisa de Plácido. Traen los espejuelos de Zenea. Traen un óleo original de Ponce. Traen un libro de Emilio Ballagas. Traen trozos de las maderas de cierto barco que se hundió. Mercedes aparece con una fotografía de la descuartizada, de la pobre Celia Margarita Mena. Casta Diva coloca una foto de una mujer muy linda, con peineta, flor roja, mantilla negra, mirada apasionada, labios entreabiertos. También se ha aparecido Merengue con una foto de Nola, la esposa. Merengue también ha traído la foto de un negro adusto, foto tan vieja que parece un daguerrotipo. Tampoco se pone objeción. Se sabe que es Antolín, el negro, el santo, el espíritu protector de Merengue. Y se encienden las velas. Mercedes las va encendiendo y cuando quedan todas encendidas, se esparce por la galería el olor de la parafina. Cayendo de rodillas, la señorita Berta canta *El Señor es mi pastor, nada me faltará...* con voz de contralto indefensa. Poco a poco van cayendo todos de rodillas. *En lugares de delicados pastos, me hará yacer...* Helena se tapa la cara con las manos. Con las manos juntas y los ojos cerrados, Casta Diva se une al canto. *Junto a aguas de reposo me pastoreará...* Irene tiene el rosario entre las manos. *Confortará mi alma: me guiará por sendas de justicia...* Rolo baja la cabeza, pega la barbilla al pecho Nuestras vidas son los ríos... musita. Lucio ha puesto una rodilla en tierra y recostado la frente en una mano. Mercedes se tapa la cara con un velo negro. En el suelo, Merengue se ha quitado el sombrero. El profesor Kingston se concentra en las palmas de sus manos. Hierática, como una esfinge, Marta se balancea en un sillón. Pasa un pájaro pesado y blanco. Se persignan.

(Cada vez que pase una lechuza, los personajes de esta novela se santiguarán.)

Mamá, no entiendo, gime Tingo-no-Entiendo buscando refugio junto a Casta Diva. Mirándolo malhumorada, la madre lo manda a callar. Tingo interrumpe el salmo cantado de la señorita Berta. ¿Por qué, mamá, por qué? Cállate, muchacho, cállate. No, explícame, ¿por qué?, no entiendo, quiero saber. Ojalá supiéramos, dice Rolo con doble intención, no hay nada que saber. Hoy es 2 de noviembre, día de los fieles difuntos. Y eso, ¿qué importa? Callan, olvidan los rezos, miran perplejos hacia todos lados. Y eso, ¿qué importa? ¿Por qué esta mesa, estas fotografías, estas velas, estas flores? La señorita Berta interrumpe el canto. Todos se ponen de pie y sin hablar entre sí se van a diferentes rincones. ¿Por qué, por qué?, pregunta Tingo una y otra vez, sin cansarse. Nadie responde.

Es la noche de los muertos. Alta, limpia, fresca, llena de estrellas, sin calor, sin amenaza de lluvia. Iluminada con las velas y las fotografías de los muertos, la mesa permanece en una esquina de la galería. Frente a ella, se han agrupado hombres y mujeres, sentados en sillones, abanicándose. Velan una vez más a sus muertos. Cada año, en día como éste, los muertos se vuelven a velar. Procuran que las velas no se apaguen, que les llegue la luz, sí, que la luz ascienda y se mezcle con la luz de los espíritus luminosos, que ilumine a los espíritus sombríos. De cuando en cuando cambian el agua de las flores naturales, de las grandes copas dedicadas a santa Clara. A veces se escucha un Padre Nuestro. A veces, un Ave María. Rezan el rosario. También, a ratos, permiten que crezca el silencio (el silencio de la Isla, por supuesto, que está poblado con el idioma desconocido de los árboles). El silencio de la Isla y de la noche alta, limpia, fresca del dos de noviembre, día de los muertos. Por allá por el zaguán, por la antipara, junto al Apolo del Belvedere, se puede escuchar de cuando en cuando el bastón de la Condesa Descalza.

¿Qué cosa es la muerte?

Cuando niño, me llevaban al cementerio cada día de los muertos, allí, explicaba mi madre, permanecía lo único valioso, lo único perdurable que teníamos, las cenizas de los tatarabuelos, de los bisabuelos, de los abuelos, de algunos tíos, a mí me encantaba que llegara el día de los fieles difuntos, mi madre preparaba una cesta con velas, otra con frituras de maíz (siempre frituras de maíz) y salíamos ella y yo pueblo abajo hacia el cementerio, único día del año en que se nos permitía entrar al cementerio de noche, cuando pasábamos la iglesia y doblábamos por la calle Céspedes, se veían a lo lejos los muros altos y el resplandor que flotaba sobre los muros altos, una halo que siempre me intrigaba, yo sabía que aquel nimbo dorado eran las luces de tantas velas, pero al propio tiempo (y no sé cómo explicarlo) no lo sabía, y siempre me intrigaba que el punto que mi madre señalaba y nombraba, el cementerio, fuera una luminosidad, un fulgor que se destacaba en la noche, un fulgor que hacía que la única zona siempre oscura del pueblo fuera esa noche más brillante que lo más brillante, y recuerdo que cuando llegábamos encontrábamos vendedores de imágenes y velas y estampitas y relicarios y oraciones, encontrábamos a los que hacían promesas, de rodillas, pidiendo por el amor de Dios, por la Santísima Virgen, por santa Rita de Casia (Abogada de Lo Imposible) una moneda, una caridad, que mi madre siempre me daba para que fuera a mí a quien desearan Que Dios le dé mucha salud, y no puedo evitar verme ahora entrando a aquella feria en la que se había convertido el cementerio, cada tumba, cada panteón, llenos, toda la familia reunida allí igual que los demás días se reunían en los portales, conversando, riendo, bebiendo café, chocolate y hasta aguardiente, haciendo cuentos, calculando en qué año murió Fulano de Tal, en qué año contrajo la tisis Mengano, y los jarrones atestados de dalias, rosas, gladiolos, lirios, con pencas de guano y ramos de muralla, y yo encendía las velas en la humilde tumba familiar, y me contaba mi madre de la cirrosis de abuela Emilia, y de la consunción de los dos abuelos, Ramón y Berardo, y de la cirrosis de mi padre, que el mismo día de su muerte, por la mañana, había planeado un viaje a Guanabo, quería entrar al mar, y nada se decía con tristeza, al menos con esa tristeza que adquirían los cuentos de muertos en otros días del año, los cuentos tenían esa noche algo gozoso, como si la muerte fuera una fiesta, morir algo gozoso, una ventaja que ellos, los muertos, nos llevaban, y brindábamos con refrescos, y las familias se intercambiaban las comidas que habían llevado en sus cestas, y las niñas acostaban sus muñecas sobre las tumbas, y los niños se acostaban ellos, jugábamos a morir, que es un juego asombroso (sobre todo porque era un juego), y caminábamos por la tierra, la tierra llena de tierra, la tierra con más tierra, y nos poníamos a cantar, cada uno de los presentes entonaba una canción distinta, babel, confusión de voces que de cualquier manera Dios, allá arriba, debía de entender.

¿Qué cosa es la muerte?

¿Conoces tú la historia del joven que se iba a casar con una doncella preciosa y por el camino encontró un cadáver?, si no la conoces, nunca entenderás por qué en días como hoy representan, en cada teatro de España, el *Don Juan Tenorio* del vilipendiado, del no tan fácil Zorrilla.

Sucedió en cierta ocasión que un mancebo, en vísperas de su boda y pasando por un camino, encontró un esqueleto. Por burlarse pidió al esqueleto ¿Por qué no vienes al banquete de bodas? Y continuó su camino. El esqueleto, sin embargo, acudió al banquete para sorpresa y horror (supongo) de los presentes, y comió y bebió como el que más y cuando hubo terminado se acercó al joven y le dijo Quiero hacerte un regalo, te ruego vengas conmigo. Temblando, el joven siguió al esqueleto un largo trecho, un tiempo largo, y subieron montañas y pasaron ríos y poblados hasta que llegaron (de noche, por supuesto) a un extenso valle lleno de lucesitas. El joven descubrió que las lucesitas provenían de miles de millones de velas encendidas en un valle. Las había acabadas de encender, las había mediadas, las había a punto de consumirse, las había apagadas. ¿Qué significan tantas velas?, indagó el joven. Cada una representa la vida de cada uno de los hombres que viven en la tierra. El joven miró a su alrededor y casi sin voz preguntó ¿Cuál es la mía? ¡Esta!, exclamó el esqueleto alzando una, sopló sobre ella y la apagó.

¿Qué cosa es la muerte?

Mírame, mírame bien y no me olvides, mírame bien hasta que te hartes de mirarme, y entonces ya no harás la pregunta, ¿qué cosa es la muerte?, la muerte es una noche en que no tienes a quién ver ni a quién contarle que no tienes a quién ver para contarle que no tienes a quién ver, mírame, mírame bien, la vida es un viaje, la muerte es otro viaje, la meta es el horizonte, el horizonte es una línea que no se alcanza, por más que te esfuerces no se alcanza, porque si se alcanza deja de ser horizonte, ¿no será que un viaje (el viaje de la vida), y el otro viaje (el viaje de la muerte), son el mismo viaje sin que lo sepamos?, ¿no será que las palabras vida y muerte designan lo mismo?, a ver, responde, ¿tú has esperado a alguien mucho tiempo, tanto que has olvidado que esperabas a alguien?, esperar, esperar, esperar, esperar, esperar, hasta el fin, y lo más gracioso es que no hay fin, estar en la sala como si hubiera ocurrido una catástrofe, *como si hubiera*, lo recalco porque de catástrofes nada, la tierra en silencio y tranquila, gira, gira, como dice el tango, y nadie más que tú espera y espera, y nada, nadie llama a la puerta, ay, Dios, es espantoso, te quejas, sí, Dios existe pero es sordo, ¿y quién se atreve a destacar la diferencia entre un vivo y un muerto, y no me vengan con la bobería de que un vivo respira y un muerto no, ¿la carroña?: un accidente sin importancia.

¿Qué cosa es la muerte?

Muchacho, hijo mío, si yo pudiera sentarme un día y contarte mi vida desde el primer vagido hasta hoy, no tendrías la valentía de hacer semejante pregunta, no te permitirías esa ingenuidad, al principio uno cree saber qué es la muerte, incluso es capaz de definirla en unas cuantas palabras, palabras sensatas, aptas para los ineptos, la he visto tanto y tan cerca, la he soñado, repudiado y añorado tanto, ha rondado y la he rondado con tanta persistencia, que ya sé que es tonto cualquier intento de definirla, mientras más cerca más lejos, el horizonte, dije y repito, ¿así que ustedes piensan que es una noche especial, la noche de los fieles difuntos?, pobrecitos, ¿será la noche en que nuestros muertos experimentan, con mayor fuerza, la alegría de estar muertos?, yo digo que hoy es nuestro día, que son ellos quienes nos velan, sí, ya sé, son palabras, uno tiene la manía de las palabras, arranquémonos las lenguas, cortémonos las manos, saquémonos los corazones podridos, será un mundo mejor, a mí, por ejemplo, me encanta dormir, el sueño es el anticipo de la muerte, preparación, clase, conclusión, todos sueñan lo que son aunque ninguno lo entiende, ¿se sueña?, ¿se tienen pesadillas?, yo diré para siempre que odio las preguntas tontas y todavía más las respuestas tontas, cualquiera sabe que vivir y morir es lo mismo y que ambas cosas significan soñar.

¿Qué cosa es la muerte?

Un día fui al cementerio, sacaban los restos de alguien a quien mucho quise, alguien que debe de estar en la gloria (si esto es posible), y los sepultureros se equivocaron sin querer (o queriendo, a los sepultureros les encantan los errores), y abrieron una tumba que no era la tumba de ese alguien a quien mucho quise, sacaron el cadáver espléndido y reciente de una niña de once años, yo la vi, sí, señor, la vi con estos ojos que también algún día saltarán de sus órbitas, la niña se había convertido en una masa temblorosa de pus y gusanos que no estaban quietos un segundo, en algunos lugares, restos de piel, de lo que debió de ser una hermosa piel de once años, y los sepultureros me dijeron que había sido una muerta linda, lindísima, pero cuando la vi resultaba imposible saberlo, y no voy a hablar de

235

la peste, no, no hay peste en el mundo más insoportable que la de un cuerpo humano cuando muere, lo juro, en particular recuerdo los ojos, que ya habían perdido los párpados y eran dos cuencas de líquido verde que corría incesante como lágrimas, y por aquel cuerpo (digo cuerpo para que me entiendan) corrían cucarachas blancas, gigantes, como no he visto ni he vuelto a ver, supongo que hasta mi pudrición, y la boca tenía una risa extraña, no hay risa tan pertinaz, miles de moscas llegaron desde todos los puntos del cementerio para bordonear sobre la masa gelatinosa que había sido una niña de once años, y a sus pies, intacta, intocada, limpia, perfecta, una hermosa muñeca rubia de ojos azules que cuando la movimos dijo Mamá.

¿Qué cosa es la muerte?

Cállate, víbora, cierra la inmunda boca.

Está bien, cierro la boca, *mais vous serez semblable à cette ordure, à cette horrible infection, étoile de mes yeux, soleil de ma nature.*

Cállate o te convertirás en carroña mucho antes de que te des cuenta.

Por favor, señores, respeten la memoria de los muertos.

El hombre es el único animal que almacena a sus muertos, el único animal, el único.

Acógenos en tu seno, Dios misericordioso.

Sí, acógenos en tu seno de horror y podredumbre.

Oye, yo quisiera dar un paso, abrir una puerta, dar otro paso y ya.

Es decir, nada, un paso y polvo.

Polvo, nada.

No me digas, ¿y tú crees que a nosotros nos gusta que nos guarden en cajas, que nos encierren en bóvedas y nos abandonen a la pudrición?

Ay, coño, me desespera pensar que me encerrarán y pondrán, encima de esta carne llena de deseos, encima de esto que soy, una lápida de mármol.

No me pongan flores, ¿oyeron?, no me pongan flores.

¿Qué cosa es la muerte?

236

¿Te acuerdas, amigo mío, de aquel ahogado que vimos cierto día en que queríamos divertirnos, tomar cerveza en la desembocadura del río, junto al mar?, ¿te acuerdas?, un joven, magnífico, o sea, un joven, otros magníficos jóvenes lo sacaron, aún no estaba rígido, y su cuerpo se resistía a comprender que ya la sangre no corría por él, su cuerpo se negaba a olvidar el cielo y las gaviotas y las cervezas heladas que nosotros estábamos tomando, me dijiste En un instante el hombre deja de ser hombre y se convierte en cosa, y ¿de verdad crees que aquel muerto tan hermoso era una cosa, una cosa más entre las cosas?, no queríamos mirarlo, sí queríamos mirarlo, no mirábamos, mirábamos, y tendrás que reconocerlo: el ahogado había agregado, a su belleza física, la belleza de la indiferencia.

¿Qué cosa es la muerte?

La Isla.
¿Se han fijado en la Isla?, inmenso cementerio sin tumbas, cementerio gigante la Isla,
almas errantes deambulan por la Isla,
¿y cuándo murieron estos pobres isleños?
En Balonda, dicen, el hombre abandona la choza y el jardín donde ha muerto su mujer favorita y, si vuelve al sitio, es para orar por ella.
Morir es entrar en la segunda vida, la mejor.
Yo no quiero más vida que ésta, que me dejen en ésta para siempre, aguardiente, majarete y, si es posible un disco de Nico Membiela o de Blanca Rosa Gil, otro de Esther Borja cantando Damisela encantadora, damisela por ti yo muero.
No te preocupes, en ésta seguirás para siempre, que los muertos no se dan cuenta de que están muertos, he ahí el drama, el terrible drama de los muertos.
Sí, que me dejen tomando cerveza Hatuey, comiendo chorizos El Miño, lechón asado, calabaza y malanga hervidas con mojo isleño, entiéndame, hay cosas que no son para esta noche.
El hombre es un vestido, un trapo viejo que alguien olvida en un clavo, y pasa el tiempo y cuando lo vuelves a ver, nada, polvito en el suelo que se debe barrer.
¿Te has perdido alguna vez en la Isla?,

ah, perderse en la Isla, a esa hora precisa de esta Isla en que nadie sabe exactamente la hora que es,

despertar sin saber quién eres, ni dónde estás, ni qué vas a hacer,

quitar las capas de tierra que te han echado encima, levantarte para nada, mirar a tu alrededor sin que haya nada que mirar,

no, morir es una fiesta, un baile con Maravillas de Florida, con la orquesta de Belisario López,

un son, un mambo, un cha-cha-chá, un bolerito,

en nombre de este amor y por tu bien te digo adiós

adiós, adiós, adiós, qué triste fue el adiós, qué inmensa soledad me quedó sin tu amor.

Señores, por favor, un poco de respeto.

¿Qué cosa es la muerte?

Maeterlink, Maurice Maeterlinck, ¿saben quién es?, dijo que el aniquilamiento total resultaba imposible, que somos prisioneros de un infinito sin salida donde nada perece, todo se dispersa, pero tampoco nada se pierde, dijo que ni un cuerpo ni un pensamiento pueden caer fuera del tiempo y del espacio, de donde pueden deducir, amigos míos, que yo no moriré, ¡nunca!, nunca moriré, cuando llegue la hora de los estertores y las boqueadas y el último aliento, y unas manos que se creerán piadosas cierren estos ojos obstinados, entonces ya estaré convertido en la fruta que morderá un adolescente, en el agua que refrescará los cuerpos, en el pan que saciará las hambres, en el vino que borrará las penas, en el árbol que mitigará el sol bestial de la Isla, en el sol bestial de la Isla, en cada risa con la que suele espantarse el horror de la Isla, en cada palabra, estaré en cada palabra, soy una combinación de palabras, soy todas las palabras, palabras mías, asciendan a las estrellas y dirijamos desde allí el destino de los mortales.

¿Terminaste?, demasiado retórico para mi gusto.

¿Qué cosa es la muerte?

238

Vido llama a Tingo-no-Entiendo y le pregunta Oye, ¿tú quieres ver a una muerta? Aunque asustado, Tingo afirma. Ven, yo conozco una muerta y te la voy a enseñar, y te enseñaré además cómo resucita. Vido sale corriendo por la galería y se interna por el lado de la Venus de Milo. Tingo lo sigue. La noche de los fieles difuntos es limpia y los árboles se ven nítidos. Atrás quedan las voces, los cantos, los salmos. Por el lado del Laoconte, donde las higueras y los ébanos carboneros, Vido se detiene. Es aquí, dice, ponte de rodillas. ¿Por qué? Porque sí, imbécil, porque tienes que estar de rodillas, si no ella no aparece. Sin entender, Tingo se arrodilla. Ahora cierra los ojos, concéntrate, di para tus adentros «que aparezca la muerta». Vido zafa el cinto y se baja el pantalón. ¡Abre los ojos!, y hay en su voz un tono imperioso, impaciente. Tingo abre los ojos. Vido se está acariciando. Está muerta, ¿ves? Tingo se va a levantar pero Vido se lo impide Tócala, anda, tócala para que resucite, si la tocas, estará viva, dice Vido, y si logras revivirla, tendrás que matarla poco a poco otra vez.

La noche se hace cada vez más noche, más alta, más noche y más limpia. Es necesario, a cada momento, encender las velas que se apagan. Cuando están encendidas, a la luz de las llamitas titubeantes, las fotografías semejan estampas de santos.

Y después de todo, ¿alguien me quiere decir por fin qué cosa es la muerte?

Muy tarde, cuando la noche resulta más noche, y cuando nadie puede o nadie se siente capaz de decir cuándo, el narrador decide que ocurra el milagro. No es un milagro en realidad. El narrador (que tiene el defecto de la grandilocuencia) quiere revestirlo con atmósfera de grandeza, de prodigio. El narrador tiene su vena teatral de la que, por más que quiera, no puede desprenderse. Impaciente como todo lector que se respete, el lector impaciente quiere saber en qué consiste el «milagro».

Y el milagro consiste en que el Herido aparece junto a la mesa de Difuntos, vestido con un pijama de Lucio, el pelo revuelto por tantos días de cama. Ninguno de los personajes que viven en esta Isla ha visto jamás a Dios (al menos del modo en que ellos lo imaginan, puesto que se sabe: Dios está visible en la Creación, lo vemos cada día de muchas maneras que a veces no comprendemos). Estos personajes caen todos de rodillas porque creen ver a Dios. No lo creen así, de modo tan explícito, sino de forma que casi les resulta inexplicable, y que hasta llega a confundirse con la alegría que les provoca el verlo sano y salvo, cuando en algún momento creyeron que no viviría. Oscuramente, sin embargo, algo les dice que este Herido tiene que ver con sus destinos. Y él, como buen padre, va donde cada uno, acaricia sus cabezas, menciona sus nombres como si los conociera de toda la vida. Y resulta una suerte que ellos tengan las cabezas bajas y no puedan ver la mirada de lástima que ahora está asomando a los ojos del Herido.

IV
Finis gloriæ mundi

Nunca más brillará en ti la luz de una lámpara.

Apocalipsis 18, 23

Por aquí el camino siempre estuvo bordeado de palmas reales y por eso lo llamaban el Palmar. Decían que las palmas estaban ahí desde hacía años, desde mucho antes que llegara Padrino a comprar el terreno y a construir. Decían que Padrino no las destruyó por Angelina, que ella defendió las palmas reales, ya que Padrino sólo quería encinas. Las encinas le recordaban los robles de Europa, se debe recordar que Padrino vino de joven, de adolescente casi, y aquí se enriqueció, pero nunca pudo olvidarse de España. Esta noche las palmas reales no están. Y la noche está detenida sobre los árboles. La noche roja sobre los árboles negros. Pero las palmas reales no están. No hay viento, y como no hay viento ni palmas, nadie puede oír aquel cuchicheo (que en lugar de palmas las hacía parecer viejas piadosas en la novena de la parroquia). El mundo está quieto esta noche. La noche misma peligra, como si el cielo fuera a unirse con la tierra en cualquier momento.

Y al parecer el cielo se une con la tierra. Es un momento, cosa de un segundo, ni se puede contar. Irene salió, la atormentaban los lamentos. La noche entera se habían estado escuchando lamentos. No se podía decir que fuera por el Más Allá o por el Más Acá, por el lado del Discóbolo, o por el del Laoconte. Tomó una linterna y salió. Como era de esperar, encontró a Helena y a Merengue; ellos también andaban atormentados con los lamentos, con aquel lloriqueo que daba la impresión de que la Isla se había llenado de heridos. Como se supondrá, los tres supieron siempre que no había ningún herido, que se trataba de otro de los engaños de la Isla. No bien iban hacia una esquina, hacia el lado del Moisés, por ejemplo, escuchaban los gemidos por la zona del busto de Martí; cuando llegaban al busto de Martí, entonces los gemidos se sentían por donde está la fuente con el Niño de la oca. Para enloquecer. Es el viento, afirmaba Merengue. El viento, sí, el viento, repetía Irene. Tiene que ser el viento, aseveraba Helena categórica. ¿Y qué viento? Si esa noche parecía como si la tierra se hubiera quedado inmóvil en uno de sus giros, como si la tierra fuera un punto muerto en medio de tanto Universo. Los árboles se veían quietecitos como en el lienzo de un paisaje mal pintado. Cualquiera podía haber dicho que el cielo, rojo, se tocaba con sólo levantar las manos. Y no se trataba únicamente de los quejidos, la verdad, sino del olor desagradable que después de la medianoche se hizo más y más intenso, hasta que casi pareció imposible respirar. Un olor que no podía saberse bien a qué era, y que tampoco podía determinarse de dónde llegaba. Y encontraron a Rolo por el abrevadero, atravesando las cañas bravas, preocupado por la desaparición de las palmas. Lo más raro: no se notaba que las hubiesen cortado. No había restos de palmas en la tierra. Nunca hubo palmas y ya está, exclamaba Rolo con una ironía que, por lo seria, había dejado de ser ironía. Y es ahora cuando digo que el cielo parece unirse con la tierra. El cielo rojo baja tanto sobre la Isla, que la Isla se cubre de una niebla también roja, tan roja y tan niebla, que la Isla desaparece y ellos mismos no saben dónde están, por dónde ni adónde van, ellos también desaparecen y si aún pueden creerse seres vivos es porque continúan pensando (luego existen) que deben encontrar el modo de llegar a sus casas, aunque, la verdad, ni las propias manos son capaces de distinguir. Da lo mismo tener los ojos abiertos que cerrados. Las luces de las linternas no se abren paso por entre la densa bruma. No parece que pisaran tierra. Dejan de sentir la gravedad de sus cuerpos. No saben a ciencia cierta si cada miembro de su cuerpo responde a las órdenes de sus cerebros. La voces se apagan antes de escapar de los labios. El silencio resulta tan perfecto como la bruma. También ignoran si el tiempo continúa transcurriendo o se ha detenido como todo en la Isla; carecen de la más mínima noción temporal. Aquella neblina roja confunde hasta tal punto sus sentidos que mucho después de haberse disipado y vuelto el cielo a su lugar, estos pobres personajes siguen creyendo que andan perdidos.

Y es aquí donde la Virgen de la Caridad de El Cobre se convierte en protagonista de un hecho notable. La humilde imagen tallada en madera por un artista anónimo no está en su lugar. La urna, entre el Discóbolo y la Diana, se ve vacía, con el cristal y el búcaro rotos. Están pisoteados los girasoles de Helena. Irene descubre la ausencia. A sus gritos, acuden los demás. No hay nada que hacer. De la Virgen no quedan rastros. Bueno, sí, quedan rastros: una de las olas de madera que pretendían ahogar a los jóvenes aparece como a dos metros, casi a los pies del Discóbolo. Ante la desaparición de la Virgen, los personajes de este libro deben de experimentar una profunda sensación de desamparo. Es lógico si se tiene en cuenta que los personajes de este libro son cubanos. Como cualquier cubano, los personajes de este libro no han aprendido a vivir solos. Los cubanos no quieren saber que los hombres están solos en el mundo y que únicamente los hombres son responsables de sus actos, de sus destinos. Cuba es un pueblo de niños y los niños (se sabe) gustan de cometer travesuras cuando hay un adulto que los observe, un padre o una madre que los mire, y los aplauda cuando hagan gracias, y los castigue cuando se excedan, y (sobre todo) que los salve en caso de peligro. Por eso, cuando descubren la desaparición de la Virgen, los personajes de este libro (desvalidos) caen de rodillas e imploran a un cielo que los árboles ocultan.

Por más que sea costumbre, no deja de ser turbador escuchar un llanto en la Isla. Sobre todo si uno cree que ese llanto no pertenece a nadie, que es un llanto viejo, atrapado ahí, entre árboles y paredes, resignado a no desaparecer, un llanto inservible, consciente de su inutilidad y por eso mismo más doloroso, más llanto. Y lo grave es cuando el llanto se escucha luego de una noche de lamentos. Entonces sí que uno se desespera y no sabe si salir huyendo o ponerse también a llorar: ambas cosas serían igualmente vanas.

Este llanto de ahora, sin embargo, no es de los errantes, de

245

los sin causa, o con causa tan lejana que no se sabe por qué anda aún de un lado para otro. Este llanto tiene sus ojos y sus lágrimas, y son los ojos y las lágrimas de Marta. Ella ha tenido la osadía de llegar al Hermes de Praxiteles (así como puede andar ella, aferrándose a los árboles, sopesando cada paso como si a cada paso hubiera algún abismo). Sebastián la ha descubierto y ha corrido. ¿Por qué lloras? La ve asustada, toma una de sus manos y se da cuenta de que está temblando. Abrazada a los muslos del Hermes, Marta solloza. Sebastián la deja que se calme. La conduce luego a la galería y la sienta en su sillón. Ella baja la cabeza, permanece mucho rato en silencio. Si uno no supiera que se ha quedado ciega, pensaría que está mirando las palmas de sus manos.

Hace sólo un rato, el Herido fue a verla. Cuando sintió sus pasos, Marta supo que era él por ese aroma que lo acompaña, ese extraño aroma de flores secas, de cartas antiguas, de escaparates donde se guardan fotografías, libros y recuerdos. Lo supo además porque sus pasos no correspondían a ninguno de los habitantes de la Isla, y ella ha logrado saber quién es quién por el golpe de los pasos. El le anunció Quiero hacerte un regalo, Marta, y su voz tenía el timbre de los hombres altos y fuertes, un poco niños todavía, y de cualquier modo ya del todo hombres, Sé que te ha tocado sufrir y quiero hacerte un regalo, y aquella voz, a no dudarlo, tenía que corresponder a un hombre trigueño de tez blanca y limpia, a un hombre de ojos y manos grandes, que sabía muy bien adónde y por dónde se dirigía en la vida. Como se podrá deducir, ella no habló. Parecía él conocer el deseo de Marta, su necesidad de viajar (aunque sólo fuera en sueños), a esas ciudades que debían de existir más allá del horizonte (aun cuando ella a veces llegara a dudarlo). Estuvo él mucho rato contando de ciudades remotas, hablando de civilizaciones desaparecidas y por aparecer, contando de tiempos idos y por llegar, y cuando decidió marcharse, la dejó aún más desesperada que nunca por abrir los ojos frente al Campanile del Giotto, la Opera de París, el Paseo de Gracia, la catedral de Santa Sofía... Pero al rato de quedar sola, Marta notó que sus ojos veían. No se debe pensar en una súbita recuperación de la vista, sino en un lento proceso por medio del cual fueron apareciendo ante sus ojos las paredes desnudas y descoloridas de una habitación que no sabía si era la suya, unos muebles gastados por el uso, una mañana sin esplendor que entraba tímida por el posible marco de una posible ventana, para terminar en un reloj sin números y sin manecillas; todo como sin dimensiones, como si se tratara de la borrosa lámina de una enciclopedia, salí a la Isla, vi que no había árboles allí, el gran rectángulo que correspondía a la Isla estaba constituido por un arenal, y las casas estaban, sí, pero vacías, sin puertas ni ventanas, sin muebles, sin nadie, sin el olor de las cocinas, sin las chácharas que hacen a veces de la Isla la capital del bullicio, busqué a alguien, busqué el modo de comunicarme con alguien, todo fue inútil y entonces salí a la calle y encontré un derrumbe, y un montón de papeles que volaban al viento, y no supe adónde dirigirme, no tenía referencias, la torre de la parroquia había desaparecido, por ejemplo, y lo que hice fue caminar y caminar sin saber hacia dónde iba, los árboles estaban sin hojas como en invierno (de los países con invierno), y la tierra se había convertido en arena, y no había flores, noté que estaban secas en el suelo, y el cielo era de acero, gris, como pocas veces el cielo de la Isla, y el olor que traía el viento era un olor de podredumbre y cómo no iba a haber olor de podredumbre si por dondequiera crecían derrumbes, montañas de escombros, de basuras, a ratos se escuchaban disparos, a ratos me parecía ver el resplandor del fuego, y yo me pregunté ¿éste es el sueño que puedo soñar?, ¿ésta es la ciudad a la que mis ojos tienen acceso?, hubo un momento en que un remolino de viento bajó arrastrando pájaros muertos, y otro remolino arrastró muebles, fotografías, vi pasar un coche sin cochero y sin caballos, bajando solo, como llevado por aquel aire tan fuerte, una señora con trajes de otra época iba sentada detrás, aunque cuando se acercó vi que ya no era una señora, sino un vestido hecho trizas, y yo sentí frío, mucho frío. Marta llamó varias veces. Nunca respondió nadie. Quiso regresar al sillón, a la ceguera, a los deseos insatisfechos, regresar a aquellas tardes largas y baldías en las que al menos la alimentaba la esperanza. Creyó que se sentaba a llorar bajo lo que tomó por un árbol (y en realidad era una guillotina). Creyó que estuvo llorando mucho tiempo. Sintió que anochecía cuando ya había anochecido. Sintió que la tocaban por el hombro cuando ya hacía mucho que aquel niño la llamaba. ¿Quién eres? El niño no respondió, se limitó a hacerme una señal de que lo siguiera, y yo por supuesto lo seguí sin dudar, aquel niño era el único ser vivo que había visto desde que salí de casa, y caminamos y caminamos, sin hablar, sin hablar bajamos hacia una especie de cueva, en cierto momento me ordenó Espérame aquí, y yo no tuve otro remedio que obedecer la orden, no me importaba si era niño o demonio, me importaba que se tratara de alguien que iba a mi lado, es peor estar solo que mal acompañado, eso lo aprenderás en cuanto te veas perdido, rodeado de arenas y de escombros, cuando vino a buscarme comenzamos a entrar por pasillos oscuros, por pasillos estrechos hasta que llegamos a una biblioteca, no me preguntes por qué sabía que estaba en una biblioteca, supongo que por los estantes donde debió de haber libros alguna vez, y por cierto aire religioso, quiero decir, de verdadera religiosidad, aunque el lugar estaba lleno de camas, de niños, de mujeres, de ancianos, y entonces no pareció una biblioteca sino un hospital, y en verdad me hallaba en una biblioteca convertida en hospital, se oían lamentos como los de acá, como los de la Isla en días en que el viento viene del sur, y me eché en la cama que el niño indicó, y supongo que quedé dormida. Quedó dormida para defenderse, para escapar, para que el tiempo pasara, para no percatarse del paso del tiempo, para que cuando despertara y estuvieran sacando a los refugiados, fuera más fácil sumarse a aquel grupo sin entender, sin hacerse preguntas ociosas. Los llevaron por largos caminos (la palabra «camino» resulta aquí un eufemismo). Los llevaron por lugares desolados durante una sola noche muy larga. Debieron de haber llegado al mar (si es que podemos llamar así a aquella extensión roja que vagamente lo recordaba). Atracado a un muelle, un barco. Disciplinados, fuimos subiendo a él, me llamó la atención que antes de subir, todos se volvían un instante para mirar atrás, yo también lo hice, vi una ciudad, como de cristal, o ni siquiera una ciudad, sino una acumulación de reflejos, una serie de diminutas piezas que se descomponían en luces, en destellos, y sentí deseos de llorar, y vi que todos estaban, como yo, llorando, había que zarpar, no queríamos zarpar, una sensación de nostalgia anticipada (no me preguntes nostalgia de qué) nos estaba invadiendo, se escuchó el sonido de la sirena del barco, y éste se fue alejando de la orilla, dejando una estela de espuma de un rojo oscuro, estimo que fue entonces cuando se oyó aquel sonido que con nada puedo compararte, aquel sonido único que no alcanzo a poder relatar, me volví, vi un espectáculo precioso y terrible, la ciudad saltaba en pedazos, se deshacía en infinitas partículas veloces, iluminadas, como siempre supuse se destruyen las galaxias.

Quizá no quepa duda, explica el Herido, el santo que más lienzos ha provocado es aquel oficial de la guardia pretoriana del emperador Diocleciano, convertido al cristianismo, el joven gallardo, casi desnudo, cuyo cuerpo vemos siempre cubierto de más o menos flechas y agujeros, benévolo patrón de los arqueros y los tapiceros, san Sebastián, cuya fiesta se celebra el 20 de enero, desde el siglo quince hasta la fecha, cientos de pintores se han preocupado por él, por qué de tantos suplicios, de tantos mártires que en el mundo han sido, el de san Sebastián ha logrado inquietar más a los artistas, es algo no difícil de saber. El Herido habla bajo, como para sí mismo. Podrían aventurarse sin duda varias hipótesis, la que parece acercarse más a la verdad no es puramente estética, claro, no es tan bello lapidar, emascular, golpear como asaetear (no tendré en cuenta aquí ninguna interpretación freudiana, la metáfora fálica —bastante atendible, por cierto), es evidente que la imagen de un efebo casi desnudo, atado a un árbol o a una columna, recibiendo flechas con ambigua y llorosa expresión de quien pide clemencia, resulta sumamente tentadora y exige a gritos la representación pictórica, ni que decir tiene que, si Sebastián hubiera sido un anciano de ochenta años, no cautivaría lo mismo, la juventud, la belleza martirizada es algo que conmueve más que ninguna otra cosa, no es lo mismo, por desgracia, un feo cuerpo torturado que un bello cuerpo torturado, como tampoco es lo mismo, por desgracia, un hermoso cuerpo triunfante que un hermoso cuerpo torturado, el cuerpo bello y herido, satisface por partida doble, placer mezclado con pena: ¡goce supremo!, un cuerpo que nos hace sentir que debemos salvarlo antes de poseerlo, es el cuerpo al que (reconozcámoslo o no) aspiramos, habrá que convenir al final: lo que más fascina es el componente de tortura que adquiere aquí la belleza, ya desde el Renacimiento, o tal vez desde antes, el hombre occidental ha quedado rendido ante el hechizo que en él provoca el dolor ajeno, si hombres como Van Gogh o como Kafka o como tantos, hubiesen sido felices, no los admiraríamos lo mismo, el dolor sacraliza, por eso resulta probable (hablo sólo a base de probabilidades, no doy nada por seguro) que hayan proliferado tantas ideologías que exaltan el hambre, el sacrificio, el dolor, como modo de redención, el problema principal radica en que por el dolor no se salva tanto quien sufre como quien ve sufrir, el sufrimiento, en tanto que espectáculo, actúa a modo de catarsis, los grandes ideólogos del sufrimiento, los grandes políticos, los grandes reformadores religiosos, no sufren en carne propia, ven en cambio con ojos arrasados en llanto el sufrimiento de su pueblo, y arengan Este es el camino de la salvación, momentos antes de sentarse ante una mesa generosa, reconforta saber que uno es capaz de conmoverse con el dolor ajeno en el minuto de marcharse a dormir en colchones de dulces plumas, pensar que los otros mueren de hambre y reconocer la propia bondad al pensar en ellos hace que el ideólogo del dolor se sienta satisfecho consigo mismo, y lo prepara para continuar disfrutando de la existencia.

De los cientos de san Sebastianes que se pueden ver en las pinacotecas del mundo, continuó el Herido, hay algunos insuperables, mira, debes reparar en este del Perugino, entre columnas, bajo arcos renacentistas, con sólo dos flechas hiriendo su cuerpo y ese apacible paisaje de fondo, aquí tienes el de Antonello da Messina, torturado en una plaza a cuyo alrededor conversan ciudadanos con trajes de la época del pintor, aquí, el de Antonio Pollaiuolo, y el de Andrea Mantegna, literalmente acribillado, el de Luca Cambiaso, con ese trazo nervioso, que comunica con intensidad la sensación del sufrimiento, mientras ve llegar ángeles, tantos ángeles acudiendo con la corona del martirio, el de Luca Signorelli, que aprovechando la envidiable simultaneidad, permite ver al santo llevado por sus enemigos y luego asaeteado por ellos (observa: los enemigos —qué dato interesante— no son contemporáneos del santo, sino del pintor), aquí están estos dos grabados de Durero (con esa fuerza), el que está atado al árbol es el que prefiero, pero debes tener presentes estos tres, particularmente encantadores: el de Juan Antonio Bazzi, llamado *El Sodoma*, admirado incluso por Vasari (que no admiraba a *El Sodoma);* el del Greco, robusto y actual, muy vivo puesto que sólo una saeta ha ido a clavarse justo bajo el corazón, y el de Honthorst, acaso el más bello, y en el que san Sebastián parece muerto (sólo lo parece, debes saber que san Sebastián no murió a consecuencia de las saetas), míralo, rendido por el dolor, barbudo, humano, contemporáneo tuyo y mío, con ese cuerpo de una perfección que dan ganas de llorar.

Así ha dicho a Sebastián el Herido, sentado en la galería, en el sillón de Irene, abierto sobre las piernas un cuaderno en el que escribe de cuando en cuando. Del cuaderno salen las láminas de los distintos cuadros de san Sebastián, en donde ha ido anotando las galerías en las que pueden encontrarse.

(Sebastián ve al Herido escribiendo en el cuaderno. ¿Qué escribes? Apuntes. ¿Para qué? Para continuar la historia.)

No, viejo, no hagas literatura, no tienes ni tendrás un poco de láudano para aliviar tu vigilia, *you won't have it.* Lo mejor que puedes hacer es terminar de darte fricciones en los pies, y salir a ver si encuentras a Helena, a Irene, a Merengue, alguien, cualquiera, que mitigue tu soledad. Porque ahora, no sé qué me pasa, siento la soledad más que nunca, será porque espero, aunque no debe de ser por eso, yo siempre esperé, siempre he estado esperando, y nunca he sabido qué, esperar algo que no se sabe qué puede ser es el peor modo de esperar, la espera perfecta, sí, y por lo mismo la más desesperante. El profesor Kingston termina de darse las fricciones y se abriga, tiene frío, mucho frío. Deja sobre la mesa de noche el tomo de Coleridge, sin leer, y descubre algo trascendental: sobre las sábanas las huellas de los pies de un gato. De más está decir que se sobresalta. Las huellas significan muchas cosas, la más importante de las cuales es que lo que él tomó por un sueño, no lo fue, no, entonces no fue un sueño, *it wasn't a dream.* Y si no fue un sueño... El profesor Kingston observa las huellas como si el verdadero sueño estuviera teniendo lugar.

Estaba acostado, aún duraba la noche. Como había dejado encendida la luz del baño, la oscuridad no era total. Abrió los ojos. Sentada en la comadrita, estaba Cira (tenía que ser Cira aquella mujer que vestía de negro y llevaba guantes y a quien un velo ocultaba la cara). Cira, llamó. Le pareció que la mujer sonreía, aunque resultaba difícil saberlo. Ella acariciaba al gato que tenía en su regazo. No cualquier gato, sino *Kublai Khan,* el gato que la acompañó hasta su muerte. Cira levantó al animal, y el animal saltó hacia la cama, caminó por sobre las sábanas, se echó a ronronear a su lado. El profesor Kingston cerró los ojos antes de preguntar ¿Por qué volviste? Ella no respondió. Cuando él creyó abrir los ojos, no estaban ni ella ni el gato.

Ahí están las huellas, *the cat was here.* Aún incrédulo, el profesor Kingston pasa sus dedos por la tierra que han dejado sobre las sábanas los pies del gato. Luego se da cuenta de que más que nunca necesita encontrar a alguien, a cualquiera, se abriga con la bufanda y sale al Más Allá, donde hay un frío intenso y es de noche, ¿cómo de noche?, yo pensé que había amanecido, vi la luz del amanecer entrando por las hendijas de la ventana, es de noche y no sólo eso, el cielo está rojo y amenazante, parece que se quiere unir con la tierra, y si se une, ¿qué?, una catástrofe. El profesor Kingston avanza entre las malezas con dificultad, un poco porque le duele el cuerpo y un mucho porque ha olvidado el camino. Toma hacia abajo, hacia la izquierda, buscando la puertecita desvencijada que lo lleve al Más Acá, pero camina y camina y no encuentra la puertecita. Piensa: Es mejor orientarse a partir de la carpintería del padre de Vido. Camina, pues, en sentido recto, como quien va para el río, que no se escucha, que está desaparecido, la carpintería tampoco aparece, el profesor Kingston da vueltas, deambula sin rumbo, se pierde entre matorrales desconocidos. A veces cree ver un salto de agua, a veces un grupo de hombres en el mar, a veces una casa blanca, a los lejos. Sabe, sin embargo, que se trata de aquellos persistentes recuerdos de niñez, de Jamaica yo tengo tres recuerdos recurrentes: el de Dun's River Falls, aquellas aguas misteriosas que nunca dejaban de caer, con su sonido ensordecedor, insistente; el de un grupo de hombres elegantes, trajeados, con el mar a la cintura (en alguna ocasión mi madre me aclaró, se trataba de un bautismo cristiano en Gunboat Beach); y el de un prado, una casa blanquísima, a lo lejos, sobre un collado. Es toda la Jamaica que me pertenece, toda la Jamaica que llevo conmigo, *this is all the Jamaica I need,* además del inglés, y de saber que nací en Savanna-La-Mar (no en Kingston, como todo el mundo cree) hace cientos, miles de años. Tienes frío, profesor, y te fatiga andar perdido, no encontrar la puertecita que te conduzca al Más Acá, te asusta el cielo rojo, ese cielo que se diría que caerá en cualquier momento sobre la tierra (la catástrofe se avecina). Tienes frío, profesor, y te duelen los huesos, y nada oyes como no sea el eco de tus propios pensamientos. Si pudieras regresar a la casa... El profesor Kingston trata de desandar el camino, de encontrar la casa. Lo único que logra es llegar a un terreno pedregoso donde, en un tronco muerto, está sentado un hombre. Es él. No tiene que verlo para saber. Es él. El Marino. Llenándose de valor, el profesor Kingston se acerca. Ahí estás de nuevo, joven, siempre joven, impecable el traje de marino, el negro pelo ensortijado, los ojos grandes, la boca perfecta, ahí estás de nuevo, esperándome, esta vez esperándome a mí. Ando buscando el camino de regreso, dice el profesor exagerando sin darse cuenta el acento de jamaiquino. Poniéndose de pie, el Marino muestra la superioridad de su estatura; extiende la mano y lo toma por el brazo, lo conduce hacia la playa. Ahí está Cira, y señala a la mujer con velo y traje negro, a quien el mar baña los pies desnudos. Con gracia, Cira dice adiós. El profesor Kingston se acerca. La mujer levanta el velo, sonríe. Ahí está Cira joven y hermosa, sin los estigmas que la lepra dejó en ella. Había olvidado tu cara, exclama él con rubor. Ella no deja de sonreír. En el momento en que le quita los guantes para observar las manos de Cira, las manos que antes ella no le permitía ver, comienza a lloviznar. Faltaste de mi vida tantos años, confiesa él, que llegó un momento en que no supe si de verdad estuviste algún día, recordaba mejor a *Kublai Khan* que a ti, hay ausencias imperdonables, nunca entendí qué habías venido a hacer a mi vida si te ibas a marchar tan pronto, después poco a poco, *as you learn all things in life,* me fui dando cuenta de que habías venido para que yo supiera qué cosa es estar solo, al parecer el aprendizaje que me tenía reservada esta existencia era conocer la soledad, y conocerla después de haber vivido contigo era el modo total de conocerla, cuando te marchaste me fui a New York, La Habana me ahogaba, La Habana eras tú y no estabas, en New York es donde más solo se puede estar si uno está solo, porque en New York uno no es nadie, sino un poco de ceniza, y eso es lo que soy, lo que somos todos, y lo que tanto nos cuesta aprender, un poco de ceniza que alguien va a soplar en cualquier momento.

Querido profesor Kingston: el Marino se acercará en un bote y los ayudará a subir. Experimentado al fin (sabrá Dios cuántos botes habrá conducido en su vida), remará con destreza y el bote enfilará con rapidez hacia alta mar, hacia ese horizonte que usted no conoce. Continuará lloviznando, hecho este que tanto usted como Cira interpretarán como de buen augurio. Usted continuará desarrollando ante la mujer esa (vamos a decir) filosofía un tanto pesimista, un tanto sentimental. Pesimista y sentimental, ella estará encantada de escucharlo y no dejará de sonreír. En realidad, la conversación no tendrá demasiada importancia, y ustedes lo sabrán. Lo importante será lo que ya fue importante: que ambos estarán uno frente al otro, como en aquellos tiempos dichosos en que se conocieron. Nadie sabe con certeza si cuando muere encuentra a los seres queridos que lo precedieron en la muerte, de modo que usted y Cira podrán darse por satisfechos de que la ficción resuelva en este caso, con facilidad, asunto tan delicado. Querido profesor, usted irá rejuveneciendo. Sin darse cuenta volverá a ser aquel negro fino que fue hace tantos años. Así que la pareja que harán Cira y usted será una hermosa pareja de veinteañeros a medida que el bote se aleje de la orilla. Querido profesor, si fuera usted curioso, debería volverse a mirar, debería percatarse de que no se ve la orilla. Debería notar, además, que ya el joven Marino no va en el bote. Pero no será usted curioso, ni tendrá en cuenta semejantes pormenores. Llegará el momento en que no sentirá el golpe de los remos, ni el bote, ni el mar, ni la noche. Sólo reconocerá la presencia de Cira y la alegría de creer que irán juntos a un lugar donde nadie podrá importunarlos. Deseamos con fervor que sea cierto cuanto imaginan, que tengan un buen viaje. *God speed!*

En La Habana hay tanta luz que da la impresión de ser una ciudad sumergida en el agua. No hay colores en La Habana a causa de la luz. Aparte de enceguecernos, de impedirnos mirar de frente la ciudad, la luz convierte a La Habana en un resplandor que surge entre aguas falsas. Hace sentir que todo es aquí inexistente, inventado y destruido por la luz. La realidad de Venecia, lo que hace que uno la viva con tanta fuerza, radica en su agua y en su luz, que lejos de difuminar los colores, los enfatiza, y por eso la Venecia real resulta siempre superior a la Venecia de los pintores. La Habana es lo contrario de Venecia. El problema fundamental es que antes de ser una ciudad, La Habana es una ilusión. La Habana es un engaño. Un sueño. Esta última palabra (sueño) no aparece aquí en su sentido poético de quimera, de esperanza. Podría rectificarse la frase, reescribirla: La Habana es un sopor, un letargo. La luz adquiere tal vigor que La Habana carece de materia. Una de las funciones de la luz en esta alucinación es borrar el sentido del tiempo. Se deambula entre pasado y presente, de un lado al otro, como por una alameda blanca, carente de árboles, sin que se llegue a vislumbrar el futuro. No existe el futuro. La luz es de tal violencia que el tiempo de La Habana es inmóvil. No hay tiempo, sin que esto quiera decir que La Habana es eterna, todo lo contrario. No hay tiempo, luego La Habana es la ciudad donde uno comprende con intensidad casi desesperante el sentido de lo efímero. Y el hombre que anda por La Habana carece de tanta materia como ella. Por eso en La Habana los cuerpos se buscan como en ningún otro lugar. El encuentro físico, los cuerpos que se tocan, viene a ser el único acto de voluntad propia que puede restituir la conciencia de realidad. En una ciudad siempre desaparecida, la necesidad del encuentro adquiere valor de vida o muerte, o mejor, de aparición o desaparición.

Buscar a alguien que se ha perdido en La Habana debe de ser un acto de locura. Todos andan perdidos en La Habana, todos han sucumbido al rigor de la luz. Sin embargo, ¿cómo convencer, con estas razones, a un padre que ha perdido a su hijo y lo anda buscando por cada rincón de la ciudad? En este libro, ese padre tiene un nombre, Merengue, y los sitios a los que acude son los más concurridos, digamos por ejemplo que ha pasado una mañana entera en el Parque de la Fraternidad, entre la muchedumbre, de un lado a otro, sentándose entre los mendigos, entre los borrachos, mostrando una foto de Chavito, que es un negro de veinte años, semejante, por tanto, al millón de negros con veinte años que deambula por la ciudad. Nadie ha visto a nadie, por supuesto. Digamos que Merengue ha ido a la playa de Marianao, que ha estado una tarde entera en el Coney Island de la playa de Marianao, que ha caminado el malecón de Castillo a Castillo, de La Punta hasta La Chorrera, que ha merodeado por la Lonja del Comercio, el Puerto, que ha fingido que bebía un trago de ron en el bar Dos Hermanos, que ha fingido otro trago en el Sloppy Joe's, que se ha sentado una madrugada, hasta el amanecer, en el Paseo del Prado, cerca de la estatua de Juan Clemente Zenea, que ha quedado dormido de cansancio en el Crucero de la Playa, que otro amanecer lo ha sorprendido en Guanabo, sobre la arena, frente al mar (sin duda lo más real de La Habana), y que ha recorrido los pueblos cercanos: Bauta, Santa Cruz del Norte, Bejucal, Güira, San Antonio de los Baños, El Rincón, pueblo sagrado este último, pueblo de leprosorio y de santuario, donde se ha prosternado frente a la imagen del milagroso san Lázaro y llorado y rezado, y pedido al santo que le devuelva a su hijo, y que si le cumple, irá caminando cada 17 de diciembre, en peregrinación desde la Isla, arrastrando un ancla. Merengue ha hecho todo eso y más que es preferible no relatar aquí, aunque de ningún modo es posible que se pase por alto su visita a hospitales, casas de socorro, su visita a la morgue, donde terminó de percatarse de que la muerte era algo que el hombre, en esta vida, nunca alcanzaría a comprender.

Un golpe. Otro golpe. Merengue abre los ojos. Está sentado en el sillón y abre los ojos y no ve nada porque no ha encendido las luces. Las velas, frente al san Lázaro, se han mitigado tanto que son dos punticos nerviosos que nada pueden contra la oscuridad de la Isla que se ha apoderado del cuarto. Esta oscuridad de mierda ha consumido las velas. Merengue se da cuenta de que acaba de soñar que alguien abría las dos hojas de la ventana que da a la galería. Se levanta y estira, con pereza. Sonríe. Nadie puede abrir la ventana, yo la tranqué, por ventana cerrada no entran intrusos. El tabaco está en el suelo, apagado. Merengue va a recogerlo cuando oye un golpe y otro golpe. Es la ventana. El viento la abre y la cierra a su antojo. Luego debe de ser cierto que alguien abrió la ventana, que no fue un sueño (no por imposible deja de ser posible). Con premura, sin miedo, saca un machete de debajo del colchón. La mano que empuña el machete se levanta dispuesta a atacar y él se acerca sigiloso a la ventana. Afuera, la Isla, la noche. Merengue abre bien la ventana, evita un nuevo golpe del viento. No hay nadie en la Isla. El mundo se ha recogido temprano. Se oye el graznido de una lechuza. Merengue se santigua. ¿Qué hora es? Mira al reloj que ha puesto encima de la coqueta. La una y cinco, quiere decir que se rompió o se le acabó la cuerda; es imposible que sea tan tarde, que sea la madrugada, no puede ser. Más seguro, se dirige a la puerta y abre, sale a la galería. Un golpe y otro golpe y abre los ojos. Se da cuenta: ha soñado y se levanta, sonríe en su sueño, ve que, en efecto, la ventana está abierta y piensa Alguien debe de haberla abierto, de lo contrario... Toma el machete que no está debajo del colchón, sino en la gaveta del aparador, y observa la Isla vacía y llena de inquietud en esta noche. Sale a la galería. No hay nadie y lo más probable es que él haya creído que trancó la ventana y no la haya trancado, no es nada del otro mundo, uno pasa la vida creyendo que las cosas son como no son. Y se adelanta hasta el borde mismo en que termina la galería y comienza la tierra de la Isla. Algo brilla entre las viudas que Irene sembró. En el instante en que Merengue va a inclinarse para ver mejor, tiene la impresión de que una sombra blanca pasa rápida por detrás del Discóbolo, con rumbo a la Diana o al David. Merengue corre por la Isla. No grita para no alarmar. Levanta el brazo con el machete, dispuesto a lo que sea. Apartando ramas, lastimándose los pies, va descalzo, persigue lo que no ve, lo que ni siquiera sabe si existe. Pasa el Discóbolo, llega a la Diana y entra en una zona de pinos donde queda desorientado, sin saber adónde dirigirse. Escucha un golpe y otro golpe y abre los ojos y se da cuenta: ha soñado. Se levanta y se percata de que la ventana está abierta y piensa Quizá la haya dejado, a lo mejor la haya cerrado en la imaginación, no en la realidad, y saca el machete que no está ni debajo del colchón ni en la gaveta del aparador, sino en la maleta donde guarda las pinzas y las piezas de repuesto para el carro de los pasteles. Sale a la Isla. Por curiosidad sale a la Isla. Sabe que entre sueño y realidad no hay otro vínculo que el de un cuerpo dormido. Un cuerpo dormido es un cuerpo muerto. Los hombres cuando no están despiertos es como si estuvieran muertos. Y en la galería ve que algo brilla entre las viudas sembradas por Irene y cuando se inclina ve que se trata de la llave con la que se debe de abrir un arcón. No es una llave común y corriente; es una llave grande y antigua. Y aunque no ve ninguna figura blanca corriendo por detrás del Discóbolo hacia la Diana o hacia el David, hacia allá se dirige, y llega a los pinos y no queda desorientado, sino que sigue apartando ramas, lastimándose los pies, está descalzo, y se detiene junto a la estrecha puertecita de madera que separa el Más Allá del Más Acá, y permanece un instante en silencio tratando de escuchar, de descubrir algún sonido extraño en la Isla. Por supuesto, es tan fuerte el viento de la noche, que los sonidos de la Isla son extraños, y uno cree que hay miles de desconocidos, de figuras blancas que corren de un lado para otro. Merengue sonríe al pensar A lo mejor ya las estatuas se han cansado de sus incómodas posiciones y huyeron por fin, se echaron a correr, bueno, a lo mejor. Y abre la estrecha puertecita que separa al Más Allá del Más Acá y pasa al Más Allá que se ve intransitable y va a dirigirse a la casa del profesor Kingston cuando ve, colgado de una rama de marabú, un pañuelo ensangrentado. Escucha un golpe y otro golpe y se da cuenta, con alivio, de que ha soñado y se levanta con una sonrisa; nada hay que complazca más a un hombre que despertar de un mal sueño. La habitación está a oscuras, no ha encendido las luces, las velas del san Lázaro se han consumido tanto que son dos punticos nerviosos que nada pueden contra la oscuridad de la Isla que se ha adueñado del cuarto. La ventana está abierta, de par en par, a merced del viento que trae olor a tierra húmeda y a mar, los días de lluvia el mar parece que está al doblar de la esquina. Merengue va a cerrar la ventana y se da cuenta de que tiene algo en las manos. Lo que tiene es una llave, una llave nada común. No tiene miedo. Hombre precavido, sin embargo, busca el machete que no está ni bajo el colchón, ni en la gaveta del aparador ni en la maleta de las piezas del carro de los pasteles, sino en el mismísimo altar de san Lázaro. Sale a la Isla. Se dirige sin titubeo hacia el Más Allá y se da cuenta de que la estrecha puertecita que separa las dos partes de la Isla, está abierta como si alguien hubiera pasado por allí. En efecto, colgado de una rama de marabú, hay un pañuelo ensangrentado. Lo toma como prueba, sigue por el estrecho camino que hizo el profesor Kingston con el paso diario. Continúa hacia el camino de marabúes. Las estrellas y la luna se fueron al carajo. Hay olor a tierra húmeda, a mar, el mar está ahí, a la vuelta de la esquina. Amenaza lluvia. ¿Desde cuándo amenaza lluvia? Merengue avanza descalzo por entre los marabúes. La Isla ahora se ha convertido en monte. El monte. ¿Y hay voces? No, es tu imaginación. Aquí ahora no hay voces. Ese grito, ese lamento no son otra cosa que el viento al colarse por entre el follaje. Merengue se pregunta si será cierto lo que dice la Condesa Descalza, que esa loca tiene cada cosas. Y aunque la Isla esté desierta y uno lo sepa, se camina por ella como si en cualquier momento pudiera encontrarse con alguien. La Isla es así. Y ahora es más oscura que todo lo oscuro de esta tierra. Y sin darse cuenta llega Merengue a la orilla del mar, que no es azul ni es negro, sino rojo, de un rojo amenazante. Y el mar está inquieto, con esa misma inquietud que tienen el viento y el cielo. Merengue cae de rodillas en la arena de la orilla, cuando siente un golpe y otro golpe y abre los ojos y esta vez sí continúa ahí, arrodillado al borde del mar, a la espera de algo que no sabe qué pueda ser. Se abren las nubes. Una luz vivísima escapa de entre ellas y cae sobre una pequeña porción de arena. Merengue ve primero una sombra, o ni siquiera eso. Al contacto con la luz, la sombra adquiere la forma de un hombre. Merengue ve cómo de la luz surgen dos piernas, un torso, dos brazos, una cabeza. Por un instante no es más que eso. Poco a poco, los contornos se definen. Las piernas y los brazos son piernas y brazos de un hombre. En la cabeza se precisan los ojos, la nariz, la boca. Merengue quisiera escuchar un golpe y otro golpe que lo despierten, que lo alejen de la orilla, que lo saquen del escalofrío que ahora llega con la misma intensidad con que las olas están golpeando la orilla. Es Chavito, piensa con el sobresalto de su corazón. Y trata de mirar con todo el poder de los ojos asustados. Y Chavito levanta las manos a la altura de los ojos, las mira, al parecer con sorpresa, y luego ríe. Echa a andar. Seguido por la luz, se encamina hacia la orilla. No se puede decir que entra al agua; se debe aclarar que va subiendo a ella. Chavito ha comenzado a avanzar por sobre las aguas, y el mar, como por milagro, se amansa al recibirlo. Y son seguros y firmes sus pasos a medida que se alejan de la orilla y se encaminan a un horizonte que la noche oculta, un horizonte que Merengue nunca ha sabido si existe en realidad.

Y si el cielo se uniera con la tierra, ¿qué? Nada. Caminaríamos por entre las nubes, contentos. Mira, allá, ¿tú ves aquella encina grande? ¿La ves? ¿Viste la rama grandota que parece la pata de una gallina gigante? Allí se ahorcó Carola, la hermosa hija de Homero Guardavía. ¿Quién te dijo eso? Mi tío Rolo, que él la vio colgando de lo más moradita, dice. Tu eres un mentiroso y tu tío es tres veces mentiroso, además, cállate, se van a dar cuenta de que estamos aquí. Ahora las encinas están cantando, sí, cantando canciones religiosas, arrulladoras. Esta noche parece que no se va a acabar, ya no amanecerá nunca, habrá que vivir para siempre en esta noche, esta noche eterna, un simple pretexto para que el cielo se una por fin con la tierra y entonces caminemos en la oscuridad permanente y blanda de las nubes, con los ángeles y los santos, y Dios con su cetro, muy cómodo en el butacón enorme tapizado de satén azul que es su preferido, diciendo lo que tenemos y no tenemos que hacer. No hables más boberías... Dime, ¿es verdad que allí se ahorcó Carola? Coño, por mi madre. ¿Y por qué se ahorcó si dicen que era linda? Por eso, por linda.

Carola, la mujer más linda que nació en esta Isla, vivía dichosa con su mamá y Homero Guardavía, su papá, y vivían en esa casita que ahora se está cayendo, como se está cayendo el viejo solo y triste, que anda por entre los rieles arrastrando una vida que ya no es suya, la casita se veía preciosa, pintada de azul, con puertas y ventanas amarillas, y muchas flores, porque a Carola y a la mamá y hasta al guardavía le gustaban las flores, y Carola, la muchacha más linda que ha nacido y posiblemente nacerá en esta Isla, se sentaba por las tardes, acabada de bañar, vestida de limpio, perfumada con esencia que ella misma preparaba con las flores del jardín, se sentaba, digo, bellísima, a bordar junto a la ventana mientras miraba pasar los trenes que iban y venían, y les decía adiós a los pasajeros, dicen que los pasajeros sabían cuándo estaban llegando a casa de Carola y se preparaban para decir adiós desde mucho antes, y dicen que los hombres se ajustaban las corbatas que el cansancio de tantas horas de viaje les habían zafado, y se ponían los sombreros, y que las mujeres se maquillaban y peinaban antes de pasar por casa de Carola y saludarla, adiós, adiós, agitando los pañuelos, lo que te cuento es tan cierto como que estamos aquí, bueno, más cierto, porque yo no sé si estoy aquí. ¿Por qué te callas? ¿Adónde me llevas? Ahora entramos en el Más Allá. Ya lo sé, ¿adónde me llevas? Pronto vas a saberlo, mira la casa del profesor Kingston. Cierto. El bosquecito ha quedado atrás. El viejo edificio amarillento donde vive el jamaiquino recuerda la torre de un castillo que se levantara precariamente entre siguarayas y almácigos y casuarinas y el marabusal intransitable. Un tanto hacia la izquierda, en un claro de la maraña de la vegetación, el cementerio de los perros, con nueve tumbas y nueve lápidas de latón. ¿Adónde vamos? No preguntes más, dime, ¿qué pasó con Carola? ¿Tú ves bien? ¿No te parece que hay neblina? No hay ninguna neblina. Camina despacio, te vas a caer. Ya estamos llegando. ¿Qué pasó con Carola? ¡Pobre muchacha! Comenzaron a llegar gentes de toda la Isla. ¿De toda la Isla, para qué? Como lo oyes, desde el Cabo de San Antonio hasta la Punta de Maisí. Gentes que venían de lejos, familias completas que venían a ver a Carola. ¿Para qué? Para verla, nada más que para verla, su belleza se fue haciendo famosa gracias a la cantidad de trenes que entonces pasaban por aquí. Llegaron familias de las montañas de Oriente, y de los llanos de Camagüey, y del Escambray, y de la Ciénaga, y de Isla de Pinos, y de todas las ciudades grandes y pequeñas que hay en la isla, que en Cuba hay cientos de ciudades, ¿tú no lo sabías? Hay exactamente trescientas veintisiete, o algo así. Venían y venían, cada día venían más. Se quedaban por los alrededores de la casa de Homero Guardavía. Acampaban por ahí, por los campos, que cuentan que en aquellos años no había tantas casas como ahora. Y se quedaban sólo para ver a Carola cuando se asomara a la ventana, a bordar, tan linda. Claro, la hija de Homero no era linda, sino lindísima, y las gentes no se conformaron con mirarla, y así, un día, quisieron tocarla, y ella, que además de hermosa en buena no había quien le pusiera un pie delante, se dejaba tocar sonriendo, besaba a los niños, acariciaba a los ancianos, cada día llegaban más familias de los puntos más lejanos, y no sólo del país, que también la fama de su belleza se fue en los barcos, surcó los siete mares, y muy muy lejos se supo de Carola, que hasta en Pekín y en China se supo, dicen, y ya no cabían las gentes en los alrededores, la multitud iba creciendo por toda La Habana y llegaba hasta Batabanó, y si no seguían es porque ahí se termina la isla de Cuba, querían ver a Carola aunque no todos podían ver a Carola, y sucedió que hubo muertos, muchos se mataron por verla, hombres hubo que se retaron a duelo por acercarse unos pasos a la casa de Carola, mujeres que caían deshechas de fatiga y de hambre, niños que no pudieron con el sol de los días ni las luces de las noches, ni las lluvias, ni los ciclones que pasaron (y fueron varios), ancianos de cuerpos ansiosos y débiles, que caían de extenuación y rabia ya que ni en esos instantes finales podían ver el rostro magnífico, divino, de Carola, la hija de Homero Guardavía, y ella, que en buena no había quien le pusiera un pie delante, fue y salió por entre la multitud para que la vieran bien, dicen que se puso el mejor vestido, uno de tul y organdí finísimo, que adornó con flores su cabeza rubia como el oro, y calzó zapaticos de raso que se conservan allá donde vive el Papa (el infeliz rey de la Iglesia) en una caja de cristal, y Carola caminó y caminó por entre la multitud fascinada, meses, años, caminando, sonriendo, alabando, besando, acariciando, dicen que cuando regresó no había quien la reconociera, delgadísima, encogida, arrugada como una ancianita, las flores de su cabeza se habían podrido junto con su pelo, había perdido los dientes, y los ojos también los había perdido, ciega, sí, que cuentan que regresó como si por ella hubieran pasado cientos de años, siglos que se colaron como bichos en su cuerpo y desbarataron la piel y los huesos, regresó a la casa por puro instinto, ya las multitudes se habían dispersado porque se había corrido que en Atenas, una ciudad que está lejísimo y tiene ruinas y ruinas, había otra muchacha más bella que Carola, se fueron en buques y trenes para Atenas a ver a la otra, se fueron, por supuesto, los que pudieron sobrevivir; la tierra alrededor de la casa, en varios kilómetros a la redonda, estaba transformada, como la propia Carola, la tierra parecía un inmenso desierto donde no crecía ni la yerba, la misma noche del regreso, Carola besó a su madre y a su padre, se despidió como si fuera a dormir, y se ahorcó allí, en la encina que te enseñé.

Y puede aprovecharse la aparición de Homero Guardavía, para señalar que después del suicidio de Carola y la muerte de su mujer, el buen hombre trató de buscar alivio dedicándose a la crianza de conejos. Y no los cría para venderlos, ni para comer, nada de eso, los cría porque sí, como podría alguien criar un perro, un gato, una cotorra. Y los tiene por miles, en enormes jaulas donde podrían vivir varios humanos. Se puede decir que la vida de Homero armoniza bien entre trenes y conejos, y que cuanto acontece en el resto del mundo lo tiene sin cuidado. Chacho y Homero siempre fueron buenos amigos. Claro, todo lo buen amigo que se puede ser de un hombre que desde el suicidio de la hija casi ni habla. Pero a su modo, la verdad, se han entendido. Y sucedió que, habiéndose enterado Homero por Casta Diva de que Chacho pasaba los días echado en cama, sin hablar, que luego le había dado por colocar en el fonógrafo incansables discos de Gardel, y que por último, inesperadamente, había quemado uniformes, medallas y cuanto recordara el ejército, sucedió, digo, que una mañana se apareció Homero en la Isla con un conejito. Regalo para Chacho, explicó a Casta Diva casi al tiempo que desaparecía otra vez tras la antipara del zaguán. Para sorpresa de Casta Diva, para mi sorpresa, Chacho atendió al animal que yo colocaba en su cama, y se sentó, lo tomó en sus manos y juro que lo miraba con ternura, que lo llevó a su mejilla, y que cuando se acostó lo hizo junto a él, junto al conejito gris y asustadizo, y que durante días no se separó de él un segundo, sólo vivió entonces para el animal, para acariciarlo y darle hierbas, para mirarlo fijo durante horas, para mimarlo y decirle cosas que yo no alcanzaba a oír aunque hubiera puesto toda el alma en mis oídos. Por tratar de encontrar un puente, aunque fuera mínimo, de comunicación con el marido, Casta Diva intentó también mimar al conejo, sólo que Chacho le retiró la mano con brusquedad. Esa misma tarde se fue a las jaulas de Homero, y estuvo mirando los conejos, uno por uno, como si fueran animales que nunca antes hubiera visto, acariciándolos, dándoles hierbas en la boca, diciéndoles aquellas cosas que nadie podía escuchar. Nunca más volvió a la casa. Parecía haberse olvidado de Casta Diva, de Tingo, de Tatina. Homero acomodó para él unas cobijas en una de las jaulas donde una coneja blanca y recién parida, llamada *Primavera,* cuidaba su prole abundante. Chacho tampoco salió de la jaula nunca más. Comía la misma hierba que Homero servía a *Primavera.* Tarde por tarde Casta Diva venía a verlo y hablaba largo de los hijos, del tiempo en que habían sido dichosos, de los tangos que él me cantaba, de cómo nos íbamos de excursiones a la playa El Salao, con el termo de cervezas y la cazuela de chicharrones, de lo que habíamos sufrido cuando nació Tatina, tan añorada, y el médico nos había dicho que era idiota, de las carreras que dimos con ella para tratar de curarla, de lo infructuoso de esas carreras. Y cuando se daba cuenta de que ya las palabras no tenían sentido, trajo incluso a Tatina y a Tingo para que él los viera, y un día hasta fue capaz de instalar en las jaulas el viejo fonógrafo y colocar uno de los discos de Gardel. Y fue inútil, lo cierto es que nada hizo que Chacho abandonara la jaula ni su actitud, hasta el momento mismo en que desapareció casi entre las manos de Casta Diva.

¿Será verdad, Oscar Wilde, que la lujuria es la madre de la melancolía? Sentado en su butaca de moaré color marfil, encendida la lámpara de pie recién comprada en una liquidación de Lámparas Quesada, Rolo pasa y repasa las páginas de *Cuba a pluma y lápiz,* de Samuel Hazard. No lee. Ni siquiera se detiene a mirar las ilustraciones. Está pasando maquinalmente las páginas y piensa Tú decías eso, Oscar Wilde, porque en el fondo no estuviste de acuerdo contigo mismo, había en ti una secreta conciencia de pecado, un fondo de rechazo que ocultabas con tu actitud escandalosa. Rolo está triste. Son pasadas las cuatro de la mañana. Hace aproximadamente una hora que llegó de casa de la Sanguijuela y siente como si su piel estuviera cubierta por una costra de tierra, a pesar de que lo primero que hizo al llegar fue darse un baño largo, con agua caliente, cargada de colonia 1800. Recuesta la cabeza en el espaldar de la butaca, mira la hermosa reproducción del Cristo de Velázquez que está en la pared, sobre el aparador, y continúa pasando, sin leer, las páginas del libro.

Llegó a casa de la Sanguijuela alrededor de las siete, demasiado temprano, es cierto. En realidad sólo quería saludar, dejar un par de besos en las mejillas envejecidas, odiosamente perfumadas de la Sanguijuela, decirle algunas ingeniosidades, varios chistes (quizá los mismos del año pasado), felicitarla, Que cumplas muchos más, que La Habana no sé qué aldea triste sería sin ti, y marcharse corriendo, ojos que te vieron ir. Sin embargo, desde que dobló por la calle Consulado para tomar por Animas (en realidad debería llamarse calle Animas en Pena) supo que, como todos los años, no se iría, una extraña fuerza (no tan extraña, mentira, no sé por qué soy retórico) lo retendría allí hasta el fin para poder regresar bien tarde a la casa, con asco, con la tristeza de siempre, con ese desprecio por sí mismo que tendría resumen en la pregunta que, invariable, le hacía a Oscar Wilde. Creía que si Sandokán hubiera venido, tal vez hubiera podido vencer la tentación de asistir a la fiesta. Sólo que Sandokan hacía más de una semana que no se dejaba ver, y al final con Sandokán hubiera sido lo mismo, y después de todo, *la chair est triste, Hélas!* Subió con lentitud las escaleras de la casa marcada con el número 98, y la inscripción en bronce ELIO PECCI, MARCHAND Y DECORADOR (flagrante mentira lo de Elio Pecci: la Sanguijuela no se llamaba así, sino Jorge Tamayo, y no había nacido en Trieste, como decía ostentoso, sino en Bayamo). Subió las escaleras como de costumbre, es decir, con mezcla de repulsión y fascinación, como creyendo que podría resistir en cualquier instante, aunque sabiendo al propio tiempo que no regresaría, que se detendría en el descanso donde se apreciaba una reproducción excelente de una marina de Romañach, y tocaría por fin la enorme aldaba que imitaba una de las gárgolas espantosas de Notre Dame de París. Dos tímidos toques. Siguieron segundos de absoluto silencio. Rolo razonó que ningún otro instante más propicio para volver a las calles bulliciosas, donde anochecía rápidamente y donde el barullo, la gritería, los boleros, los cha-cha-chás a toda voz, parecían establecer una misteriosa relación con las sombras. La Habana vivía con la noche, a mayor oscuridad mayor vida, aire permanente de fiesta, ajeno a la profundidad, a la especulación metafísica, a la poesía (por Dios, Rolo, qué pedante te pones, y qué manía de pedir peras al olmo). No, de ninguna manera abandonó el lugar frente a la puerta. En primer término, no lo deseaba en realidad; en segundo, la puerta se abrió para mostrar un espléndido ejemplar de la raza humana, un *garçon* de más de seis pies de estatura, rubio como sólo un país con tanta mescolanza racial podía producir, porque siendo su pelo lacio y de un amarillo deslumbrante, teniendo los ojos color aguamarina y la piel más blanca que pudiera imaginarse, algo sospechoso, remoto e impreciso lo alejaba (¡por fortuna!) de la exótica realidad de un escandinavo. Rolo se dijo que la clave habría que buscarla no en el físico, sino en otra cosa inefable que había en los ojos acariciadores, en el descaro de la sonrisa, en la actitud de entrega y de rechazo a un mismo y turbador momento, en el modo tan femenino como viril (¡si lo hubieras visto, Platón!) con que dio las buenas noches y extendió el brazo fuerte y delicado en movimiento casi danzario para invitarlo a pasar. Llevaba pantalón torero, maravillosa seda bordada en oro y plata, que se ajustaba perfecta a la abundancia de piernas y de muslos, a la abundancia de todo en aquel cuerpo abundante. Como al parecer era demasiado temprano, no había acabado de vestirse, y tenía desnudo el torso; uno de esos torsos anchos, poderosos, que es mejor no mirar si uno está interesado en la paz del corazón. ¿A quién anuncio?, preguntó el *garçon*, sin dejar de sonreír, infligiéndole a la voz un tono entre autoritario y sumiso (en verdad, el chico resultaba una paradoja viviente). Diga que aquí está Rolo Pasos, respondió con altanería que descubría su indefensión. Tome asiento, por favor, el señor Pecci lo atenderá en cuanto pueda. Más que nunca Rolo se sintió como un gusano frente a una mariposa. Pasó a la sala pensando: Te tienen bien amaestrado, muchacho, ¿acaso ignoras que cuando tu piel pierda el brillo, las arrugas entristezcan tus desvergonzados ojos y todo en tu cuerpo se deje atraer por las fuerzas terribles que escapan de la tierra, te darán una patada por el culo, te dejarán en la calle y sin llavín, y otro ejemplar espléndido ocupará tu lugar? Se sintió vengado por un

266

instante; casi enseguida replicó Eso no importa, goza mientras de tu privilegio, por algo el Señor fue tan pródigo contigo, aprovecha cuanto puedas la gloriosa injusticia de Dios. Y así, con sensación en la que intervenían admiración y envidia, se sentó en una butaca Art Nouveau, repleta de motivos florales, tan hermosa como incómoda. No cabía duda, el señor Jorge Tamayo, alias Elio Pecci, alias la Sanguijuela, no se comportaba como el advenedizo que era. A pesar de su nacimiento espurio en Bayamo, poseía un gusto exquisito. Su salón era muy *smart*, *très chic*. Rolo debió reconocer una vez más que, por encima de todos los defectos (el primero de los cuales se llamaba frivolidad), su viejo amigo había logrado montar en pleno corazón del mar Caribe una casa proustiana si las hay, tanto o más proustiana que la del propio autor de *À la recherche*..., por cuanto Monsieur Proust no se había nunca propuesto ser «proustiano». Y hablando de él, allí estaba presidiendo la sala, sobre un jarrón de Émille Gallé, azul lapislázuli, con ramo de lirios hechos de nácar, en su lecho de muerte, inmensa reproducción de la famosa fotografía de Man Ray. La fotografía provocaba repulsión en Rolo, no le gustaba la imagen del genio barbado, los ojos a medio cerrar, ojeroso, perfilada aún más por la muerte la nariz judía. No le gustaba, no quería pensar que se trataba del autor de la novela más apasionante de la historia de la literatura, ese fenómeno que, como dijo Conrad, jamás volvería a producirse. Después pensó ¿Habrá leído la Sanguijuela a Monsieur Proust?

Cierra el libro de Samuel Hazard. La mirada recorre la sala amueblada con baratas piezas compradas a plazos en Orbay y Cerrato, los viejos libreros comidos de comejenes, el antiquísimo RCA-Víctor que ya casi no quiere dejarse escuchar, las paredes despintadas, en donde se llenan de polvo, manchadas por la humedad, reproducciones de cuadros célebres. Mi vida es un fracaso, mi vida es un fracaso, mi vida es un fracaso, mi vida es...

Se abrió una puerta con grandilocuencia, y apareció la Sanguijuela. Rolo se puso de pie, sonrió, dijo Tu entrada ha sido precedida por claros clarines. Ah!, *mon cher*, qué delicia tenerte acá, exclamó con voz de contratenor que nada tenía que ver con el corpachón, la cabeza redonda y calva. Se abrazaron. Que llegues a los cien, querido, por ti y por esta ciudad que tanto te necesita, dijo Rolo, adoptando sin darse cuenta el mismo tono teatral de la Sanguijuela. *Ma non tanto*, cien años son más de lo que necesito, aunque quizá noventa y nueve. *(Risas.)* La Sanguijuela tenía fuerte olor a perfume, alguna colonia cara, y se veía limpio, blanquísimo, casi azul, acabado de rasurar y de bañar. Rolo se dijo que había envejecido desde la última vez que se vieron, que tenía más papada, las mejillas más fláccidas y un aro gris en las pupilas. Vestía una bata de seda marrón, pantalones oscuros, zapatillas de finísima piel. En su mano, boquilla y cigarro que no fumaba. Sentado en la punta del butacón, como si estuviera apurado, la Sanguijuela miraba a Rolo con ojos en los que se descubría una benevolencia que debía de ser falsa. Cada vez que llega mi cumpleaños, explicó con angustia también falsa, me pongo triste, son ustedes, mis amigos, los que me ayudan a vivir. Rolo observó que, con los años, la Sanguijuela se estaba pareciendo a Benito Mussolini. He venido temprano y te ruego me disculpes, sólo quería felicitarte, debo irme, mi hermana está enferma. La Sanguijuela cerró los ojos y se tocó el pecho como si le doliera. ¡De eso nada! Tú no te vas, tú tienes que acompañar a tu amigo en este difícil trance en que la muerte hace desaparecer una pieza en el terrible ajedrez que juega con la vida. Permitió que se extendiera una pausa, impresionado a todas luces por lo que acababa de decir. Rolo se dio cuenta de que se había sentido ingenioso, inteligente. ¡Qué ingenioso, qué inteligente!, exclamó, eres genio y figura... Bajando los ojos con rubor, la Sanguijuela agregó con tono en el que se descubría cierto patetismo No puedes abandonarme hoy, será mi último cumpleaños en la Isla. Rolo mostró su sorpresa inclinándose y abriendo más los ojos. Sí, Rolo, con el dolor de mi alma, debo irme, tú sabes, para mí La Habana es la única ciudad del mundo, el resto es aldea, sólo aquí me siento como pez en el agua, yo mejor que nadie sé que en ningún otro lugar voy a encontrar un Prado como nuestro Prado, digan lo que digan los madrileños, en ningún otro lugar voy a encontrar tantos edificios lindos, esas casas opulentas, el Malecón, donde no se puede pasear solo, ese sol, ese cielo, las palmas, ay, las palmas deliciosas, ¡el mar!, ¿dónde tú has visto otro mar como éste, con esos colores, ese mar lleno de esmeraldas?, conozco muy bien, Rolo, que en ningún lugar encontraré a hombres como los cubanos, los cubanos son un compendio ¡feliz! de la mescolanza racial, no es que sean más lindos o más elegantes o qué sé yo, es que tienen gracia, niño, ésa es la palabra: ¡gracia!, gracia que no tiene nadie, gracia de todos los colores, gracias negras, mulatas, trigueñas, rubias, albinas, enanas y gigantes, hablan con gracia, se mueven con gracia, pelean con gracia, enamoran con gracia, los cubanos no se vestirán como Lord Brummel, no calcularán como Einstein, no escribirán como Montaigne, no pensarán como Hegel (¡gracias a Dios!), en cambio, y debido a que ni escriben ni piensan ni calculan, tienen gracia..., ¡Dios!, y ¿para qué, dime, para qué quiere una al lado al pobre de Bertrand Russell, cómo puede compararse Ortega y Gasset con un mulato sudoroso, vestido de blanco, pañuelo rojo en la mano, que baila guaguancó en un cafetucho de la playa de Marianao?, ¿qué le importa a una si hay dos o tres problemas filosóficos verdaderamente serios en el divino momento en que te arrodillas frente a un habanero que se abre la bragueta? (dijo «bragueta» en lugar de portañuela, como suele decirse en Cuba. ¡Pedante!), ¿has visto alguna fotografía de Jean-Paul Sartre?, es bizco. Dejó crecer un conveniente silencio. Palmaditas de la mano derecha sobre el muslo derecho. Tos falsa. Mis negocios me reclaman, *dear*, mis negocios en París esperan por mí, y he alquilado ya un pisito, nada pretencioso, te podrás imaginar, en Saint-Germain des Prés, nada del otro mundo, por fortuna (yo no quiero nada con el otro mundo), modestico, *bon marché*, mis economías no dan para más. Siempre llorando, maricón de mierda, pensó Rolo, hablas para que yo interprete al revés todo lo que dices. ¿Conociste a José K.? Rolo se movió incómodo en la incómoda silla Art Nouveau. La Sanguijuela bajó el tono de su voz de contratenor y puso una de sus redonditas manos alrededor de la boca a modo de bocina No se llama José K., por supuesto *(risita)*, pero él no quiere que sepan su verdadero nombre *(bajando aún más el tono),* es de gran familia, *pedigrée*, mi amor. Y llamando: ¡José K.! hizo reaparecer al rubio aún más bello que antes (como si esto fuera posible, como si por allá dentro, en alguno de los cuartos, anduviera Dios retocando algún posible defecto de la Creación). La Sanguijuela se volvió al muchacho con mohín lleno de ternura Mira, Pepito, éste es uno de mis mejores amigos, ¡qué digo!, mi mejor amigo, escritor de primera, un genio. Rolo sonrió, negó con la cabeza No le crea, señor, es un exagerado. ¿Exagerado, protestó la Sanguijuela, y quién escribió aquel poema maravilloso que dice «Se va con las aguas quietas / el amor que mío creía»? No, no es así, ripostó Rolo horrorizado, «Se va por aguas inquietas...». La Sanguijuela, sin embargo, no lo estaba atendiendo, se había vuelto hacia el joven, decía Pepito, dulzura, ¿por qué no le traes a Rolo un traguito de algo? Y volviéndose hacia Rolo ¿Qué quieres?, ¿un vermusito, un campari, un whisky, un roncito, una cerveza?, pide por esa boca que Pepito es de lo más complaciente. Quizá un vermouth, transigió Rolo, derrotado. La Sanguijuela miró al muchacho con ojos Marilyn Monroe y le lanzó un beso. Haciendo una reverencia llena de burla, el *garçon* desapareció. ¿Viste qué mono?, y mira... Hizo un gesto con las manos queriendo significar un tamaño enorme. Un primor, me lo llevo a París, mi vida, porque Francia es Francia, que es una cosa, y los franceses son los franceses, que es otra, si yo fuera el presidente de la Comunidad de Naciones, obligaría a los franceses a vivir a más de cien kilómetros de París, una ciudad tan bella, hijo, la estropean, son groseros, feos, incultos, aquello del racionalismo es mentira, no todos son Albert Camus, ni el filósofo bizco, ni esa señora de útero frío llamada Simonne de Beauvoir, además, me llevo a Pepito porque, como ya te dije, hombres, lo que se dice hombres, lo que se entiende universalmente por hombres, el concepto platónico del hombre, sólo se da en esta Isla misteriosa y terriblemente desventurada, te lo digo yo que he recorrido el mundo como la Western Union, y por otra parte, *mon amour*, ya me estoy poniendo vieja, treinta y siete años, no es juego, Rolo, son muchos años. Rolo ni pestañeó cuando oyó esos treinta y siete a los que habría que agregar, por lo menos, diez años más. Experimentó cierta cólera que pudo dominar a duras penas al pensar que ese maricón gordo y parecido al Duce, se acostaba con las bellezas más espléndidas de La Habana. Tú tienes mucha suerte, fue el resumen hablado de su pensamiento. Tú tienes mucha suerte, repitió tratando de eliminar cualquier carga de envidia. Dios ha sido generoso conmigo, porque en honor a la verdad, ni los busco, son ellos los que llaman a mi puerta, claro: una tiene su *cachet,* tú me perdonas, te digo esto porque sé que te alegras de mi destino y porque nunca ha habido el menor roce de envidia entre tú y yo. Y luego de una pausa triste y larguísima, No me hagas caso, Rolo, bastante dinero que me cuestan. Rolo pensó: Has dicho la primera verdad de esta noche y probablemente la última. La Sanguijuela se puso de pie, reponiéndose de la breve debilidad, Ahora me perdonas, mi amor, tengo que vestirme. Y desapareció con el mismo artificio con que había llegado.

Algún tiempo después, se oyeron las notas de la *Invitación al vals*, de Carl María von Weber, que el falso torero y falso José K., de verdadera belleza, recibió con gracioso paso de baile. Pareció como si los invitados estuvieran esperando los acordes de aquella fogosidad musical.

Casi enano y carniseco, vestido como un caballero de la corte de Felipe II (y llamado el *Viking),* un negrito servía de ujier. Parado como una estaca junto a la puerta y dando bastonazos, pronunciaba los nombres de los que iban llegando: Carmen Miranda, María Antonieta de Habsburgo-Lorena, Stalin, Madame Buterfly, Gilles de Rais, Henry Miller, La Niña de los Peines, Salomón y la Reina de Saba (en realidad, remedos de Yul Brynner y Elizabeth Taylor), Douglas Fairbanks (junior), Eleonora Duse, el cardenal Mazarino, Cecilia Valdés, Conchita Piquer, Theda Bara, El Caballero de París, Jean Antoinette Poison Le Normand d'Etiole, y casi todos los personajes célebres del mundo. El amplio apartamento de la Sanguijuela se llenó hasta que pareció imposible dar dos pasos sin tropezar con algún famoso. Los camareros que servían manjares y bebidas lucían espléndidos mantos de terciopelo escarlata dignos de *El Satiricón.* Sin embargo, las bandejas ofrecían lonjas de lechón asado, tostones, yuca con mojo, frituras de malanga, tamales, chicharrones y cualquier otra comida criolla con abundancia sorprendente. La bebida sí resultaba más diversa e internacional, de modo que lo mismo se podía ver a la india Anacaona tomando una copa de Napoleón que a Lorenzo el Magnífico con una botella de cerveza Hatuey. Rolo se sentía incómodo entre invitados tan ilustres como inesperados. A la Sanguijuela no se le había ocurrido hasta el presente celebrar el cumpleaños con una fiesta de disfraces, bien que siempre sus fiestas (o sus *partys*, como él decía) resultaban bastante extraordinarias. Sólo Rolo no llevaba disfraz, lo cual lo hacía sentirse ridículo, llamativo. Aunque hacia las nueve de la noche, por fortuna, se apareció un correcto señor, vestido con saco y corbata, bolso de trabajo que lo delataba como abogado, notario quizá, tal vez algún procurador. Rolo sintió el alivio de ver a alguien con apariencia normal y buscó la forma de acercarse, saludar, presentarse, brindarle una copa. El hombre lo rehusó sin palabras, con brusquedad inexplicable. Joseíto K., que observó el tejemaneje, se acercó esplendente con el vistoso traje de luces y una punta de burla en los ojos aguamarina. No haga caso, exclamó, es Martina Tabares, la tortillera más famosa de Luyanó. Rolo trató de hacerse invisible en un rincón. No quería beber para no perder la lucidez, aunque sentía vértigo como si hubiera tomado un barril de cerveza. De cuando en cuando se permitía un chicharrón para no desairar a los efebos que servían en las complicadas bandejas de plata. Allí, en la esquina, bajo unos campesinos lánguidos de Antonio Gattorno, se dispuso a observar a emperatrices de bárbas cerradas, guerreros de formas femeninas, caballeros cruzados, obispos y embajadores de sexos y conversaciones equívocas. La música fue pasando del romántico al barroco y de éste al danzón, hasta que al final fueron Pérez Prado, Benny Moré, la *Sonora Matancera* con el vozarrón soberbio de Celia Cruz, Daniel Santos, la voz llorona de Panchito Risset y hasta Toña la Negra, divina Toña, divina negra cantando Piedad, piedad para el que sufre, piedad, piedad para el que llora, y un poquito de calor en nuestras vidas... Cleopatra bailaba con Fanny Elssler, Alejandro Magno con Gerardo Machado, Juana de Arco con Mariana Alcoforado. La fiesta subió poco a poco de punto. Llegó el momento en que ya no sólo se bailaba, sino que la reina Victoria comenzó a besarse desesperadamente con Dunia la Taína, en lo que al parecer resultó una orden para que despertaran los fantasmas de la lujuria. Serían alrededor de las diez de la noche. Rolo comenzó a sentirse bien. Nadie se ocupaba de él, así que la falta de disfraz dejó de preocuparle. Por otra parte, Pepito K., tan bondadoso, le alcanzó un antifaz, con el cual su timidez quedó oculta. Tantos días de abstinencia sexual, pensó, deberían tener fin en noche tan propicia. Se burló del pobre Sandokán, que estaría imaginando, en su cobacha del barrio de Zamora, a un Rolo lloroso y desesperado por su ausencia. Imbécil, tú no sabes con los mundos que yo me codeo, dijo en alta voz. Y me puse a mirar descaradamente a uno de esos pequeños Trimalciones que servían las yucas con mojo, medio mulatico él, celestial tal vez por eso mismo, y le sonreí, me sonrió, y cuando se acercó exclamé con la mejor de mis voces Y tú, belleza, ¿nada más ofreces yuca? (Yo mismo me sorprendí del descaro.) El mulatico sonrió con sonrisa que ya hubiera querido Franz Hals, y fue más descarado porque apuntó Yo, señor, ofrezco lo que me pidan, pero veo que a usted no le hace mucha falta, y señalando hacia mi derecha, desapareció, miré hacia donde me había indicado, un hombre (tenía que ser un hombre: andaba cercano a los siete pies de estatura) ataviado con un dominó que lo ocultaba tanto que ni siquiera se veían sus ojos tras las aberturas de la capucha, estaba casi junto a mí, en actitud evidentemente provocadora, quiero decir, se acariciaba la sagrada zona donde comenzaba a notarse un crecimiento prometedor, pensé quedarme allí, entrar en el juego, sólo que me puse a pensar Yo no sé quién se oculta tras el dominó, va y se trata de un ser monstruoso, uno de esos hombres desagradables que por algo recurren a la máscara..., y en cuanto al criado, tenía al aire la carita fresca, risueña, se le veían los brazos hermosos, bien formados, sin alardes de músculos exaltados a fuerza de ejercicios, me olvidé, pues, del gigante del dominó, decidí seguir al mulatico que repartía yuca con mojo, de una bandeja tomé una copa de no sabía qué, no por tomar, sino porque me sentiría menos diferente con la copa en la mano, trató de abrirse paso como pudo entre tanto personaje notorio y poseído por la lujuria, tratando por todos los medios de no perder de vista al mulatico, cuando tropezó y volvió el contenido intacto de la copa en el traje de alguien disfrazado de marinero. Rolo levantó la cabeza. La palabra Disculpe quedó sin pronunciar. No, no se trataba de ningún disfraz. ¿Te acuerdas, Rolo, del marinero que encontraste aquella noche extraña de la Isla, la noche de octubre en la que apareció el Herido, y tú, mucho antes, fuiste a la terminal de trenes y viste allí un jolongo, y luego al Marinero que salía del baño abrochándose la portañuela, casi adolescente, alto, delgado, de piel oscura y boca (te impresionó mucho la boca) a punto de ser gruesa, sin llegar a serlo, movimientos elegantes, movimien-

273

tos de bailarín y no de marinero?, ¿te acuerdas? Tuviste otra vez, muy cerca, fijos en ti, los grandes ojos brillantes, color miel, en los que no se descubría ninguna piedad. El Marinero, que no llevaba antifaz, sonrió. No, no se preocupe, no tiene la menor importancia. ¡Qué voz, Rolo, qué voz! Fuerte, bien timbrada, no parecía una voz sino una mano acariciando tu mejilla. Creíste que estabas pidiendo excusas. En realidad estabas mudo y demudado, y el Marinero debía de darse cuenta porque te miraba con intensidad, medio burlón, muy sabio, sabiendo él (tan joven) todo lo que pasaba por ti (tan viejo). Y a lo único que atinaste fue a sacar el pañuelo, pasarlo por el muslo del muchacho; él, más rápido, te apretó fuerte la muñeca No, señor, no se moleste, para mí ha sido un placer tropezar con usted, volverlo a ver. Con lo que quedaba fuera de discusión que se trataba del mismo y que, además, se acordaba de ti. Sonreíste (o eso creíste) y quedaste allí, paralizado, sintiendo que algo definitivo ocurría dentro de ti. Y justo en ese momento se apagaron las luces. Bueno, se apagaron las luces eléctricas, porque algunos escasos lampadarios brindaron rápidos brillos al salón. Cesó la música. Las parejas se separaron como impelidas por una orden. Se escucharon las notas de la gran marcha de *Aída*, se abrió una puerta y sucedió lo inesperado: apareció Jorge Tamayo, la Sanguijuela. Y no era la Sanguijuela, sino una constelación. Su calva cabeza estaba cubierta por una peluca grandiosa, de bucles dorados. Maquillada y sonriente la cara Benito Mussolini. Enguantadas las manos. Largo y anchísimo el vestido, con infinitas capas de tules, en donde brillaban cientos de luces verdes, vivas, parpadeantes, que con toda seguridad no provenían de pedrerías falsas o verdaderas. Hubo un primer segundo de asombro, un ¡Ahhhhhh!, seguido luego por una ovación que obligó a la Sanguijuela a levantar los brazos e inclinarse ceremonioso. Los invitados abrieron paso. El avanzó lento, mayestático, iluminado el traje, iluminada la sonrisa, llevándose a cada momento un pañuelito bordado a los ojos para secar lágrimas que no corrían por sus mejillas. Unicamente cuando se encendieron de nuevo las lámparas y la gran marcha cedió lugar a Olga Guillot, Voy viviendo ya de tus mentiras, sé que tu cariño no es sincero..., pudo Rolo comprobar que el vestido de la Sanguijuela estaba lleno de cocuyos atrapados en bolsitas del tul. Se volvió Rolo hacia el Marinero: ya no estaba. Buscó entre el gentío que restablecía el baile y el besuqueo. El mulatico de las yucas con mojo se acercó con una bandeja de tamales Para que usted vea, tengo diferentes cosas que ofrecer. Rolo ni lo atendió. Entre birretes, pamelas, coronas, chambergos, tricornios, moños y cintas, trataba de encontrar el gorro de cinta azul de la Marina. No dio con él. Sonriendo, tratando de ocultar la agitación, continuó el avance entre los que bailaban, de un lado a otro, de una esquina a la otra, en búsqueda cada vez más infructuosa, desesperada. Hubo un momento en que Pepito K. se le acercó y le preguntó, más que con los labios, con la punta de burla de sus ojos aguamarina, ¿Se le ha perdido alguien?, yo puedo ayudarlo en cuanto desee. Rolo quiso continuar sonriendo. Creo que me busco a mí mismo, recalcó satisfecho de haber salido con bien de la banderilla que le había querido colocar el falso torero. Se detuvo entonces en un rincón, esta vez bajo un paisaje de Víctor Manuel (¿de dónde habrá sacado este cuadro la Sanguijuela? Víctor Manuel casi no pinta paisajes, ¿será una falsificación?), y se propuso paz, sí, paz, pensó que había llegado la hora de retirarse, aunque se fuera con aquel deseo dentro, con aquella angustia que haría las delicias de Freud y de Sandokán, así en Viena como en Coco Solo. De nuevo, a su lado, el gigante del dominó se acariciaba la promisoria montaña sagrada. No, no te voy a hacer caso, ni lo pienses, no estoy tan desesperado como para dejarme seducir por una máscara, además, aún no estoy perdido, ahora puedo salir de esta casa infernal y darme un paseo por el Prado, siempre aparece algo, no te preocupes, en La Habana hay más maricones que palmas reales. No obstante, cuando el gigante del dominó se fue acercando hasta pegar su cuerpo con el suyo, Rolo no se movió. Dejó que el otro le acariciara la espalda, las nalgas, los muslos. Buscó él el bulto prometedor y descubrió que no se trataba de ninguna promesa, sino de una escalofriante y poderosa verdad. Vamos, ordenó el gigante. A Rolo le gustó el tono perentorio, la seguridad con que le apretó el brazo. *Noli me tangere*, exclamó Rolo con una sonrisa que supo cargada de aquiescencia y humillación. Vamos, repitió el otro que a todas luces ni había entendido la frase ni le interesaba. Rolo se sintió transportado por entre la multitud, con una agradable sensación en la que se mezclaba susto y deseo. Entraron

275

al baño. Junto a la puerta, el camarada Stalin se hallaba arrodillado acariciando la grandiosa verga de Eugenia de Montijo. Ni el camarada ni la emperatriz se turbaron por la llegada de Rolo y del gigante. También Rolo cayó de rodillas lleno de unción, como en aquellos tiempos en que, recibiendo la hostia de manos del padre de la iglesia de San Rafael, sentía que una multitud de ángeles lo guiaba hacia el reino de la dicha.

Después de intentar un frustrado viaje por el río, Sebastián regresa a la Isla que ahora es un bosque gigantesco y vacío, poblado únicamente por Dianas, Hermes, Pensadores y Laocontes que la falta de luz hace luminosos y espectrales. Sin valor para internarse en ella, detenido junto al Apolo del Belvedere que está detrás de la antipara del zaguán, Sebastián observa los árboles, que se agitan como si quisieran echarse a correr, y el cielo cada vez más bajo, de un morado intenso, presagiando lluvia desde hace horas. Aunque quiere volver a casa y encerrarse a leer, desiste porque sospecha que a esa hora Helena debe de estar anotando números en su libreta interminable, y resulta, además, probable que se le ocurra sentarlo frente a ella con el libro de moral y cívica, o de religión. Por eso avanza lento por la galería, en sentido contrario al de su casa, queriendo que el tiempo escape veloz. Y bordea la Isla sin decidirse a poner un pie sobre la yerba, aunque sin dejar de mirar hechizado hacia la espesura que lo atrae y atemoriza. Juega con *Buva* y *Pecu*, los dos gatos de Chavito que están subidos al vientre del Cristo de la Pietá; sigue hacia el imponente Moisés que se yergue donde termina el ala izquierda del edificio, allí donde comienza el cuarto de Consuelo. Ahora, a la altura de la casa de Merengue, cree ver una figura por entre el follaje. Y lo que ha visto resulta impreciso, casi nada, una sombra detrás de las adelfas, alguien que se detiene un segundo y desaparece luego en esa zona final del Más Acá, ya casi en el límite con el Más Allá, que es la más oscura de todas porque el aula y la casa de Consuelo no tienen luces. Desde luego, Sebastián no puede afirmar categórico que alguien deambule por allí. Una lechuza pasa volando pesada y desaparece por entre los álamos. La Isla está llena de espejismos, de ilusiones. Las estatuas y el viento y la noche y las ramas de los árboles se confabulan para aturdir, para que uno crea que las cosas son como no son ni pueden ser. Y hay largas historias de las confusiones que se han tenido aquí. Muchas historias, infinidad de historias. Y yo no quiero caer en equivocaciones, no me da la gana de que la Isla se burle de mí, y por eso me decido, que el miedo se vaya al carajo, y me interno en la arboleda por uno de los tantos caminos de piedra que llevan a la fuente con el Niño de la oca, y siento pasos alrededor de mí, pasos pesados como si alguien se arrastrara, y crujen las hojas secas y se escuchan las ramas que se parten, yo no me dejo engañar, es el viento, nada más que el viento de esta noche, el viento que quiere arrancar los árboles de raíz, y llego a la fuente y compruebo que no hay ninguna figura blanca allí. Está, en cambio, Lucio con un flus de casimir azul prusia, muy elegante, vestido como para una fiesta. Tiene un pie recostado en el borde del estanque y los brazos cruzados sobre la rodilla levantada. Un cigarro se consume entre sus dedos. Pensativo, mira al agua del estanque y, como siempre, no se da cuenta de la llegada de Sebastián. Silencioso, con respeto o con temor, Sebastián se acerca a él y se detiene a su lado. Lucio saca del bolsillo del pantalón un pañuelo rojo y lo pasa por su frente seca. El olor del agua de colonia del pañuelo es más penetrante que el de todos los árboles, que el olor a tierra húmeda que tiene el viento esta noche. Sebastián se acerca más, confiado por el mutismo de Lucio. Sin desviar la mirada del agua estancada, el hombre pasa un brazo por los hombros de Sebastián, lo abraza, abraza al muchacho, lo lleva hacia sí, tanto que Sebastián siente cercano el fuego de la respiración del otro. Lucio habla ahora con lentitud, como si le costara trabajo encontrar el significado de cada palabra, no entiendo, Sebas, no entiendo, y mira al muchacho con el ceño fruncido y luego pregunta ¿Tú sabes lo que es no entender? Y por supuesto, Sebastián afirma porque su misma pregunta él no la entiende. Y Lucio lanza lejos, al agua, el cigarro sin fumar, y baja la pierna del borde del estanque y se yergue, y vuelve a iluminarse su cara con la sonrisa de siempre (donde brilla una muela de oro), esa sonrisa que tan famoso lo ha hecho entre las estudiantes del Instituto, y todavía siente Sebastián sobre sus hombros el peso del brazo del otro cuando escucha No me hagas caso, muchacho, no me hagas caso, soy un ignorante que no sabe nada, y se aleja sonriendo, aunque queda en la fuente el olor a agua de colonia como si Lucio se hubiera dividido en dos.

Alguien llora. No cabe duda. Sebastián cree que los sollozos llegan de la zona donde está el Elegguá y hacia allí se dirige sin pensarlo dos veces, y bordea la fuente, y pasa el jagüey sagrado, y llega donde las cañabravas que rodean el abrevadero vacío (aún con la sombra verde que indica dónde hubo agua alguna vez), y por fin ve la gran piedra con los ojos de caracoles, las mejillas rayadas y la boca que sonríe y muestra los dientes que son las piedras blancas del río. Tirado en el suelo, la espalda recostada al Elegguá, está Tingo. Y quien llora es él, y llora incontenible, con un llanto que no parece haber tenido principio y que tampoco tendrá fin, que cuando Tingo llora parece que llorara desde siempre y para siempre. Sebastián se sienta a su lado y le dice Dime, por qué estás llorando, qué te ha pasado, vamos, habla. Tingo como si no oyera, como si el llanto fuera la única posibilidad, la única salvación. Oye, mira que ya estoy yo aquí, mírame, soy Sebastián, tu amigo, mírame, y Tingo llora y llora. Llora sin parar. Y solloza. Sebastián le acaricia la cabeza, muchacho, no es para tanto, dime, qué te ha pasado. Y cuando Tingo siente la mano de Sebastián acariciando su cabeza, se estremece, es evidente que se estremece, y levanta hacia el amigo los ojos que el llanto hace más bellos, y poco a poco se va calmando, va dejando de llorar, y aunque suspira, solloza varias veces, trata de controlarse hasta que lo logra y con el dorso de la mano seca sus mejillas. Hay un silencio entre los dos. Un silencio que no lo es porque en la Isla, que está enardecida con el viento, parece que hubiera una multitud gritando improperios; claro, a poco que uno escuche con cuidado se da cuenta de que no es una multitud, que no son improperios, sino las ramas de tantos árboles. Y Tingo, con la voz entrecortada, habla sin mirar a Sebastián, con los ojos bajos como si estuviera hablando para sí, como si sólo a él importara lo que dice.

Cuando la señorita Berta dijo que nos podíamos ir, que daba por terminada la sesión de la tarde porque la lluvia caería de un momento a otro, yo aún no había acabado de copiar de la pizarra el tema sobre los Alpes, que tanto trabajo me costó, tú sabes, no entendía y no sé decirte la razón, yo escribo lento y no hay modo de que lo haga más aprisa, aunque me apuro y trato de alcanzarlos, bueno, tú sabes, me ves escribiendo rápido, y terminando siempre después, mucho después que los demás, y eso me pasó hoy, y mientras más quería apurarme, más me demoraba, y sucedió que ustedes se fueron, y la señorita Berta me miraba con esos ojos extraños, como cuando está desesperada, tú sabes, y viene y me dice Tingo, me voy porque no quiero que me coja el aguacero, y yo le digo Señorita, falta poco, ya termino, y dice No, tú siempre dices lo mismo y no tienes para cuando acabar, así que te quedas, terminas, apagas la luz y cierras la puerta, y quedé solo con aquellas palabras de la pizarra que no acababa de entender, que nunca entendí, ¿tú sabes qué son los Alpes, Sebastián?, claro, eso no importa, el caso es que al fin terminé, y si quieres que te diga la verdad no terminé, y me comí unas cuantas palabras y puse punto final que no era, tú sabes, punto final, y apagué la luz y cerré la puerta y salí a la Isla contento de llegar a mi casa temprano y soltar las libretas y salir a buscarte, salí a la Isla, vi que sí, que parecía que iba a caer un aguacero de un momento a otro, que ya se sentía como si la lluvia estuviera cayendo, un ruidito de agua y agua que no sabía de dónde venía, aunque todavía la Isla estaba seca, y quién te dice, Sebastián, que ahí fue donde comenzó a ocurrir lo que ocurrió y que tú no me creerás y yo te pido que creas, aunque no lo entiendas como yo tampoco lo entiendo, es la absoluta verdad lo que voy a contarte, y comenzaré diciéndote que el rincón martiano no estaba, ni en su lugar ni en ninguna parte, no estaba, y yo no lo podía creer, cómo es posible que el rincón con el busto de Martí hubiera desaparecido si yo por la mañana, tú sabes, le puse rosas y todo, y caminé unos pasos, y pensé que a lo mejor Chavito lo había cambiado de lugar, que Chavito es como es, y avancé unos pasos, diez pasos avancé y puedo asegurarlo porque los conté, y fue lo peor que pude haber hecho, que seguro no sabes lo que me ocurrió entonces, pues llegué a un sitio con unas matas rarísimas que yo nunca había visto, de hojas grandes amontonadas en el extremo de la rama, y de un verde fuerte, feo, y un olor que no te puedo explicar, y como yo nunca había visto en la Isla, unas matas así, regresé, diez pasos más atrás para volver al aula, y me di cuenta de que no había aula, de que ya no era sólo el busto de Martí lo que había desaparecido sino que también el aula estaba perdida y me descubrí en un sitio que no se diferenciaba en nada del otro, con las mismas matas de las hojas grandes, verde oscuro, amontonadas en el extremo de las ramas, y yo pensé que si me desviaba un poquito hacia la izquierda, caminando recto hacia la izquierda, tenía por necesidad que llegar a la puerta del Más Allá y podía orientarme con la casa de Consuelo, o si por el contrario, me desviaba a la derecha podía llegar a casa de Marta y Mercedes, y después vendría la casa de la señorita Berta, y después la de Irene y después la mía, pero por más que me internaba entre aquellas matas rarísimas no llegaba a ningún lugar, ningún lugar aparecía, y aunque el temporal era el mismo, el mismo aire y la misma amenaza de lluvia, la Isla estaba distinta y no tenía modo de saber dónde estaba, y se me ocurrió que podía llamar, llamarte a ti, a alguien, y grité, grité mucho, y nadie vino, nadie oyó, y seguí caminando y esta vez se me ocurrió que podía caminar en sentido contrario, hacia la puerta principal, tú sabes, deseaba con todas mis fuerzas encontrarme con alguna estatua, que si hubiera visto al hombre que lanza el disco, o al otro que lucha con sus hijos contra una serpiente, hubiera sido distinto porque habría sabido en qué parte de la Isla me hallaba, que sólo en ese momento me di cuenta de para qué sirven las estatuas, y las estatuas están para que uno sepa por dónde camina, a las estatuas yo no las veía, ellas no aparecían, y no sólo eso, sino que las matas seguían siendo las mismas, rarísimas, y no veía palmas ni ceibas ni yagrumas ni hitamorreales ni los rosales de Irene ni nada, nada, sólo esas matas rarísimas, y llegué a la conclusión de que, como la Isla estaba cerrada por todos lados, si caminaba en sentido recto, hacia donde quiera que fuera tendría que toparme con una pared, no había más que pensar, tendría que toparme con una casa, y caminé y caminé en sentido recto y supongo que hayan sido horas caminando porque comenzó a oscurecer y los pies me dolían y comenzaron a sangrarme y ya yo no podía más y no aparecía ninguna casa, ninguna pared, y para colmo de males la piel comenzó a arderme y se levantaron estas ronchas y la piel se enrojeció y yo creía que me habían puesto en una hoguera como a ese santo de Savona no sé cuánto que dice la señorita Berta, y sentí la sed más grande que he sentido nunca, y el hambre más grande, y por fin, cuando ya creía que lo único posible era tirarme en la tierra, cuando estaba a punto de darme por vencido, llegué a un lugar, no a un lugar de aquí, no, sino a un lugar donde yo no había estado jamás.

Una casa, Sebastián, un castillo, un palacio, bueno yo no sé, un edificio viejísimo, se veía que estaba a punto de derrumbarse, con paredes así de anchas, descascaradas, sin pintura, manchadas de negro y verde, y más altas que las paredes de aquí, te lo juro, más altas, y ventanas de rejas, y por cualquiera de las grietas crecían matas, helechos, jaramagos, hasta una yagruma de lo más tiececita salía de una de las grietas de las paredes, y yo no sabía por dónde se entraba a ese lugar, le di la vuelta varias veces y nada, no había puerta, aquellos muros daban miedo de tan altos y nada más, y aunque era de noche, se veía de lo más bien, nunca he visto una noche como ésa tan clarita que ni mi sombra se había perdido, yo seguía con mi sombra como si fueran las doce del día, y yo camina que te camina, a punto de desmayarme de cansancio, llamando a veces a mi mamá, bajito, no fuera a ser que me oyera alguien que no fuera mi mamá, y alrededor de la casa o del castillo o del palacio, tú sabes, crecía un bosque que ya quisiera la Isla, sí un bosque bosque de verdad, ¿y quién dijo una vez que los bosques tienen alma, y que aunque los bosques se abran sus almas siempre huyen?, ¿quién dijo eso?, ¿fuiste tú?, tienes que ser tú, a nadie más se le ocurren esas cosas, y entonces me cansé y me senté debajo de una ventana, y oí que alguien lloraba, suspiros, sollozos y pensé que era yo, mi propio llanto venía de otro lugar, de lejos, de lo alto, de la ventana, toqué mis mejillas, estaban secas, yo estaba cansado, tú sabes, y no tenía fuerzas para llorar, y me dije estás en el aula y te quedaste dormido en el pupitre y mañana, cuando la señorita Berta abra el aula para la clase, te despertará, así me dije, y también me dije que a lo mejor mi mamá se daba cuenta de que yo no había ido a comer ni a dormir y comenzaba a buscarme, y por fuerza pasarían por la escuela y me encontrarían dormido en el pupitre, y me despertarían y yo les contaría esta pesadilla, les diría Ay lo que soñé, y nos reiríamos mucho, Sebastián, me estaba engañando como un bobo, yo sabía que no había sueño ni pesadilla ni nada, aquello parecía tan verdad como yo mismo, y si aquello no era verdad, entonces, yo era tan mentira como aquello, que yo he soñado y sé cuándo sueño y cuándo no, y me dije cálmate, muchacho, cálmate, y cerré los ojos para tratar de pensar en cómo había llegado allí porque un camino tanto va como viene, así que debía haber un modo de regresar, y miré a lo alto pensando en lo que nos explicó una vez tu tío Rolo, ¿te acuerdas?, ¿eso de que las estrellas, como las estatuas, sirven para cuando los caminos se extravían?, miré al cielo, había estrellas, tantas y tan brilladoras que no supe cuál podía servirme, la luna se veía redonda y grande, amarilla, sólo que tampoco me servía porque cuando me puse de pie y caminé hacia la derecha o la izquierda, la luna se movió conmigo, a la derecha, a la izquierda, y las estrellas también iban de un lado para otro, tu tío Rolo nos engañó, tú sabes, nos engañó, y volví a dar la vuelta por la ruina, oyendo el llanto, los sollozos, los suspiros, a veces palabras, recuerdo incluso una frase, la recuerdo porque me llamó la atención, una voz de hombre bastante fuerte decía En un dulce estupor soñando estaba, y me acuerdo bien ya que la palabra estupor me pareció lindísima, ¿no te parece a ti?, y también estoy seguro de que oí otra voz de hombre, más triste, más suavecita que decía Si yo gritara, ¿quién me oiría desde los órdenes angélicos?, con qué tristeza, Sebastián, con qué tristeza, y quién te dice que en una de esas vueltas me encuentro con la puerta, y no sé cómo no la había visto antes si nunca he visto puerta más grande, enorme, con clavos grandísimos, abierta de par en par y entré a una sala, y digo sala porque no sé cómo llamar al lugar ese en que entré, amplio, con techo que se perdía allá arriba, y había muebles, una cantidad de muebles que no te puedes imaginar, muebles viejos, destartalados, lámparas, libros, ropa, ropa vieja, cuadros de paisajes, de gente seria que miraba con severidad y me ponían de lo más triste, más de lo que estaba por haberme perdido, y había cajas, espejos rotos, sobre todo uno, roto por varios lugares en el que me miré y, ahora te vas a sorprender: no me vi, encontré a un señor sonriente él, que se inclinaba de modo rarísimo, yo nunca en mi vida he visto a nadie inclinarse así, y estaba disfrazado, ropa de lo más extraña que llevaba, y sonreía, guiñaba un ojo, bastante feo el hombre,

¿sabes?, y su voz no salía de él sino de toda la casa, o de arriba, del techo, y me dijo bienvenido, y yo no sé qué respondí, creo que no, que no respondí, me limité a mirarlo con ojos azorados, y me imagino que tuviera los ojos azorados: me pidió no te asustes, y levantó una mano en el aire, una mano en la que llevaba un sombrero negro, parecido a los sombreros de los magos, o de esos que hemos visto en películas de antes, y me preguntó cómo me llamaba y le dije Tingo, al principio pensé mentir, pensé decir tu nombre o el de Vido, a última hora la boca me traicionó y dije Tingo, y vi que el hombre se ponía serio y pensativo, y me miraba como si el aparecido fuera yo y no él, y me preguntó, ¿a que no sabes lo que me preguntó?, se acercó mucho a mí y yo vi su cara fea cerquita de la mía, y hasta sentí su aliento a vinagre, y me preguntó, ¿Tú no eres Sebastián?, y yo, ¿cómo iba a decir mentira?, negué con la cabeza, No señor, yo no soy Sebastián, Pues entonces, me contestó el hombre con esa voz que no salía de él sino de la casa entera, entonces ve y dile a ese muchacho que lo estamos esperando, y mostró el sombrero, así como hacen los magos en los circos, mostró el sombrero como quien enseña una cosa demasiado costosa, se lo puso, por Dios, Sebastián, tienes que creerme, en el momento en que el hombre aquel tan extrañamente vestido y tan feo se puso el sombrero, desapareció, sí, dejó de estar frente a mí y lo busqué y lo busqué y nada, se puso el sombrero y desapareció, y sólo quedé escuchando su voz, o el eco, que se repetía cada vez menos claramente, dile a Sebastián que lo estamos esperando, y me tiré al suelo y lloré, lloré que me dolían los ojos, y cuando los abro, me encuentro contigo, y veo que estoy en la Isla, y me doy cuenta de que soy un comemierda, no fue más que un sueño.

Esta noche es Nochebuena,
vamos al monte hermanito
a cortar un arbolito,
porque la noche es serena.
Los reyes y los pastores
andan siguiendo una estrella...,

Así canta Tingo por toda la Isla en la tarde del 24 de diciembre. Y Sebastián, que lo oye, sale corriendo a buscar a Tingo para ayudarlo a cortar el arbolito cuando

vuelve a ver al Herido escribiendo en el cuaderno. ¿Qué escribes? Apuntes. ¿Para qué?

para decidir que esta noche no será Nochebuena,
que no iremos al monte,
hermanito,
a cortar ningún arbolito ni aunque la noche
sea serena, para decidir que ni habrá
reyes ni pastores,
que las estrellas se apagarán
para decidir que no se iluminarán los árboles
de Navidad,
ni se sacará el Nacimiento
para decidir que esta noche no se pondrá
la larga mesa familiar
con los manteles de hilo blanco,
bordados,
ni las vajillas de porcelana de China,
ni los cubiertos de plata que sólo se suelen usar
esta noche del año
para decidir que no cocinaremos congrí,
ni yucas, ni haremos ensalada de tomates
con rodajas de cebolla,
ni asaremos lechón en los huecos del patio,
que no traeremos turrones de Jijona (los que prefiero)
ni los de Alicante (que me gustan menos),
que no se enfriarán cervezas,
ni vino tinto (en esta tierra calcinada precisa
ponerlo a enfriar),
ya no habrá más nueces,
ni avellanas,
mucho menos dátiles,
aquí nunca se han cultivado ni se cultivarán,
y que no habrá buñuelos ni quesos con mermelada
de guayaba (postre que horrorizaría a cualquier francés)

para decidir que los niños no canten
villancicos
mientras los adultos hacen chistes obscenos
para decidir que nadie se sienta transido de emoción
religiosa,
ya que, aunque la Nochebuena de la Isla
haya sido siempre una fiesta pagana,
hay quien sale a mirar la luna,
las nubes, la noche
y cree ver en ellas mensajes
ocultos de poderes inmortales,
omnímodos
para decidir que los personajes
que se mueven en esta Isla no recuerden
que hoy
es la víspera del nacimiento del Hijo de Dios,
según las convenciones
del calendario occidental

¿Por qué quieres que olvidemos algo que nos hace felices?
Para que se acostumbren a olvidarlo, no lo tomes a mal, intento ser piadoso, y ahora vete, necesito tranquilidad, déjame escribir, ya tendremos tiempo de hablar.

Cuentan que en Nochebuena alguien vio a la Condesa Descalza en la Feria del Siglo. Cuentan que la vieron en los caballitos, que la vieron entrar en la casa de los espejos, en el laberinto en cuyo final no había ningún minotauro (nunca hay ningún minotauro al final de ningún laberinto), sino una vieja mecánica que se reía todo el tiempo. Cuentan que se tomó fotografías donde con sólo sacar la cabeza por encima de un cartón, salió retratada con el cuerpo de una cortesana del Rey Sol, de una campesina tirolesa, de una Menina de Velázquez, de Orville Wright en un planeador biplano. Cuentan que pescó salchichas y sartenes en el Pozo de la Suerte, y que se lavó la cara en la fuente de la Eterna Juventud. Cuentan que bebió cervezas en la taberna de Don Ramón y que cantó mientras bebía canciones de Manuel Corona y Sindo Garay. Cuentan que vio tres veces una película de Errol Flynn, y que entró donde Mayra la Cartomántica y fue ella (la Condesa) quien predijo el futuro. Cuentan que esa noche se escuchó (desde hacía tiempo no se escuchaba) la dolorosa flauta de Cirilo. Cuentan que, más tarde, mucho más tarde, alguien la vio acompañada de un marinero, que iban cogidos del brazo, pasando por la Diana, como quien quiere salir del Más Acá para internarse en el Más Allá. Cuentan que iban diciendo un poema de René López, el más famoso, el que comienza

> Barcos que pasáis en la alta noche
> por la azul epidermis de los mares...

Cuentan que la Condesa se veía de lo más contenta, que reía y que lanzó al Elegguá de Consuelo, como ofrenda, su bastón de ácana en forma de serpiente. Cuentan que el marinero la besó en la frente cuando llegaron a la puertecita que separa el Más Acá del Más Allá. Cuentan que la Condesa se volvió y gritó Esto no es una Isla, sino un monstruo lleno de árboles, y cuentan que rió, y cómo rió. Y se cuentan muchas más cosas, claro está, que contar no cuesta nada y la gente es capaz de cualquier historia con tal de que los otros lloren o se inquieten.

(Ya que se decidió abolir la Nochebuena, pasemos por alto el día, adelantemos el calendario y escribamos: es la mañana del 25 de diciembre.)

Es la mañana del 25 de diciembre. El estruendo sorprende a Helena en el momento de preparar el desayuno para Sebastián. Es un estruendo como si la Isla entera se hubiera venido abajo. Ella corre, sale a la Isla y comprende: nada ha sucedido, sólo ha sido uno de los múltiples engaños de este lugar maldito.

Es la mañana del 25 de diciembre. El estruendo no sorprende a Helena. Ella sale a la mañana, bordea la galería, toma por el caminito de piedras que pasa cerca de la Venus de Milo, sigue bordeando la Fuente con el Niño de la oca y continúa hacia la casa de Consuelo por el otro caminito que se abre entre la Diana y el Discóbolo. Antes de terminar de llegar, ya observa cómo se vienen abajo las últimas vigas, los últimos pilares, y cómo una inmensa columna de polvo se levanta de entre las ruinas de lo que alguna vez fue la casa de Consuelo.

No se sabe qué pueda provocar el derrumbe. Acaso entre la mayor intensidad del viento, y el calor del sol, logren que una grieta del techo se abra más de lo debido, y el techo comience a hundirse junto con la arena y los escombros bajen de él con rapidez para que la fuerza del techo (al hundirse), consiga que las columnas (ya de por sí resquebrajadas) no soporten el peso, y se vengan abajo. Cuando las columnas cedan, se tratará sólo de aguardar el estrépito; en cuestión de minutos la casa, que ha tenido su historia, dejará de ser una casa para convertirse en inútil montaña de piedras.

Será ahora un pedrerío inservible la antigua casa de Consuelo, pero quiero que sepas que la casa tuvo su historia, aquí vivió una muchacha delgada y no muy alta, de ojos, boca y nariz grandes, que bailaba todo el tiempo, sí, bailaba al son de Delibes, Adam, Chaikovsky, Minkus, bailaba y bailaba, mañana, tarde y noche no dejaba de bailar, y tanto bailó que llegó a Nueva York bailando y se hizo primera *ballerina* de una compañía de por allá, y llegó a ser una de las *ballerinas* más grandes del siglo, sí señor, que hacía una *Giselle* como nadie y eso nadie me lo podrá negar, y vivió también Julio Antonio el Hermoso, que así le decían con justa razón que no creo que haya habido hombre más apuesto en toda la Isla, y no hablo de esta Isla, sino de toda la Isla (de Cuba), y aquí vivió Julio Antonio el Hermoso antes de irse a México con una mujer también muy bonita, fotógrafa ella, a encontrarse con la muerte (Dios no perdona, dicen, que por la tierra anden hombres tan bellos, Dios los quiere a todos de ángeles junto a él), y aquí vivió una negrita muy simpática que bailaba rumba en el circo de los Hermanos Torres, y esa negrita pasaba el día llorando por no sé qué razón trágica de su vida y por eso la llamaban la Rumbera Triste, aunque muy buena persona que era, sí señor, y también vivió un científico llamado Arsenio, que quiso velar el sol, poner un techo a la Isla, colocar equipos gigantes de refrigeración, importar nieve, para que viviendo en Cuba viviéramos en Islandia, y de más está decir que el proyecto del científico llamado Arsenio nunca se realizó, y aquí vivió un tal Valdés (esposo de Espera Morales), a quien llamaban El Comunista, que leía todo el tiempo a Lenin y a quien todos tenían, por esa razón, justo terror, y las viejitas se santiguaban cuando lo veían pasar, y las mujeres cerraban puertas y ventanas, y los hombres interrumpían los juegos de billar al verlo aparecer, y los niños le caían a pedradas, y El Comunista únicamente decía Ya llegará el tiempo de mi venganza, y aquí vivió además el capitán Caspio, un marino que sabía más que nadie de marinería y que nunca se atrevió a salir en barco, ya que poseía la teoría de que el horizonte no era una línea imaginaria, sino un muro, y que los barcos se estrellaban contra él, y aquí vivió un pintor llamado Ponce y un poeta llamado Regino, y Lorenzo el pianista, y dos hermanas acróbatas, y un sacerdote llamado Carlos Manuel (como el padre de la patria), y otro escritor, Reinaldo, y Maité la del conejito, y varios asesinos célebres cuyos nombres no menciono (no me gusta atraer la mala suerte), y por supuesto, aquí vivió Consuelo, quien habló con la Virgen y eso sólo bastaría para que lloráramos, hasta el fin de los tiempos, la destrucción de esta casa llena de historia.

Se ha llegado a decir que, antes de vivir en la Isla, Consuelo la Mulata vivía en una casita de madera que se levantaba en la desembocadura del río Almendares, frente al torreón de La Chorrera, cerca de la casona misteriosa de los Loynaz (la misma que Dulce María describiera en una rara novela). Consuelo, muy joven, vivía feliz con su madre, negra y anciana, otrora esclava de la familia Simoni. Esclava al fin, la mamá de Consuelo tenía algo de bruja y de sabia. La madre nunca quiso hablar del padre de la hija, así que del padre de Consuelo poco se sabía, salvo que debía de ser blanco: de la piel de Consuelo había desaparecido el negror de la madre. Hija de blanco al fin, no carecía de astucia; la mescolanza racial hace suponer que, además de hermosa, Consuelo poseía los atributos indispensables (astucia, videncia y sabiduría) para ser una cubana cabal. Vivían de bordar. Las familias honorables (es decir, acaudaladas) de La Habana acudían a ellas con ropones, ajuares de novia, sábanas de hilo y vestidos blancos. Se cuenta que por aquellos años Consuelo aún no sabía de sus cualidades adivinatorias. Un día entre los días, Consuelo dijo a su madre Cada vez que aparto los ojos del bordado veo peces, muchos peces. La madre hizo más visible aquel halo azul de los ojos, fatigados por sufrimientos y bordados, preguntó ¿En sueños, quieres decir? No, nunca sueño, mamá, usted lo sabe, veo peces cuando estoy despierta, aquí, junto a mí, junto a usted, cuando aparto los ojos de la labor, cuando no miro ni al hilo ni a la tela, entonces, mamá, veo peces. La madre dejó el aro del bordado, se levantó, salió a la mañana radiante, miró a los lejos, al horizonte donde se veían veleros. Al sentarse de nuevo exclamó entre suspiros Hay peligro. Consuelo la miró sin entender. Hay peligro, se acerca tormenta. Consuelo continuó sin entender. La madre se impacientó ¡Los peces, hija, los peces! La conversación tendría lugar hacia las once de la mañana. Hacia las tres, ya las olas saltaban los arrecifes y venían casi a caer en el patio de la casa. Media hora más tarde el mar comenzó a subir de modo evidente y llegó a las escaleras de La Chorrera y confundió el mar con el río, y con mil trabajos Consuelo logró subir a la madre sobre la mesa, y subió luego ella a otra mesa cuando ya el mar entraba en la casa y comenzaba a arrancarla de sus cansados cimientos, y la madre dijo No te preocupes por mí, soy hija de Yemayá, gracias a ella llegó mi hora, preocúpate por ti, que tienes mucho que hacer, y yo, asustada, le dije Usted no puede abandonarme, mamá, usted no puede dejarme sola, y ella no respondió, cómo iba a responder, la pobre, si el mar se llevaba la casa y la vimos alejarse (a la casa, digo), entrar al río, alejarse, aquella casita en la que habíamos vivido doce hermosos años, arrastrada por el mar como un barquito sin capitán, sin defensa, mi casita (pobre, sí, pero mía), arrastrada por las olas. Las mesas tampoco resistieron el embate del mar. Primero salió la madre, como sobre una balsa, sin alegría aunque sin miedo. Cuando la madre se percató de que había llegado el momento de alejarse gritó a Consuelo ¡Arboles, hija, muchos árboles y no olvides a la Virgen! Tampoco esta vez la hija entendió el mensaje. Tocó a Consuelo ver cómo la madre se alejaba mar afuera, hasta que ya no fue más que un puntico, nada, en medio de la inmensidad. Su propia mesa comenzó a ser llevada por las aguas, sólo que tuvo la suerte de que se deshiciera contra los muros del torreón, y un policía gentil (a veces existen) la salvara de aquel mar dispuesto a acabar con La Habana (no sería la primera —mucho menos la última vez— que el mar intentara acabar con la ciudad). Dos semanas después, el mar se retiró sin cumplir del todo su trabajo (no cumplir el trabajo hasta sus últimas consecuencias era exactamente su trabajo). La retirada del mar dejó en La Habana cantidades inimaginables de desperdicios, algas, fósiles marinos, peces muertos, restos de galeones sumergidos y de ahogados. Fue en esa hora funesta cuando tuvo Consuelo la conciencia de que había quedado sin casa. Ignoro si todos los seres humanos conocen qué encierra la frase «quedar sin casa». No hay perplejidad que se le pueda comparar. No hay desamparo que se le pueda comparar. No hay terror que se le pueda comparar. Es que cuando a una casa se la lleva el mar, no se va sólo un techo donde guarecerte de la intemperie, de la lluvia, del frío de la luna, no se va sólo el lugar donde sueños, grandezas y mezquindades están a salvo de la mirada (severa) del otro, del que te busca y estudia para saber en qué lugar del cuerpo escondes la debilidad, en qué lugar guardas lo que no debe ser visible, es que no se va sólo lo que te protege y da calor, el lugar que permite que tú seas lo más tú de todos los tús que muestras, es que una casa no es sólo el Lugar, aquel del refugio y del pudor, una casa es también el almacén de tus recuerdos, donde guardaste las cajas de bombones, ya sin bombones, llenas de cartas y fotografías, la imagen aquella de la modelo de revista a la que quisiste igualarte, el lugar donde compartiste quimeras y espantos, el lugar donde lavabas la ropa (que es un modo de purificación), y donde preparabas los alimentos (que es un modo de comunión), y donde te bañabas (que es un modo de igualarte al Señor), y donde dormías (que es un modo de acercar el misterio), una casa es también el lugar de la defecación (que es el modo de irte adiestrando en devolver a la tierra lo que a ella pertenece), y el lugar del amor (que es el modo de experimentar cada uno aquel goce de la expulsión del edén), y el lugar donde tienes la ilusión de que algo del universo te pertenece, donde único Pascal dejaba de aterrarse por los espacios infinitos, ya que es también el lugar que has construido a tu escala, donde no te sientes una mísera partícula en un plan infinito en el tiempo y en el espacio, es ponerle límites al Universo y decir de modo categórico Mi lugar es éste, y es bueno porque es mi lugar. Así explicó Consuelo a sus parientes la sensación de haber perdido la casa. La explicó así, grandilocuente, porque era una mujer grandilocuente, sentimental, y porque además es necesario dejar constancia aquí de que, personaje al fin, poseía los defectos de su autor (de ahí que mencionara a Pascal, autor a quien Consuelo no conocía ni en sueños). Fue, sin embargo, harto explícita como para que sus parientes se percataran de que quedar sin casa podía ser lo más terrible que ocurriera a cualquier ser vivo. No le dieron albergue, no obstante. Pretextaron poco espacio, se lamentaron de no poder ayudarla (¿siempre necesitaremos una excusa, un modo de negar que no nos haga ver lo innobles que somos?). Consuelo comenzó a vivir con los mendigos de la Plaza Vieja. Allí, en las arcadas, en las galerías de los palacios venidos a menos, encontró un techo eventual para vivir, para no mojarse con la lluvia ni enfermar con el frío húmedo de la madrugada. Ante la negativa de los parientes, se decidió a solicitar entrevista a una antigua clienta que quizá estuviera dispuesta a ayudarla, la dignísima señorita Silvina Bota, cronista social de un diario importante, quien sin duda conocía a «todas las esferas del poder» (como ella repetía) y que pertenecía a una Asociación de Damas por el Bien del Prójimo. Un poco vieja, un poco gorda, la señorita Bota tenía sin embargo aire de niña que no sabe qué hacer con tanta edad. Vestía traje de marinera y llevaba el pelo a lo paje. Sus ojos resultaban tan dulces como su hablar pausado y cargado de cultismos, anglicismos, galicismos, arcaísmos. A Consuelo la fascinaban sobre todo las manitos (cargadas de joyas), aquel par de palomitas indefensas que revolaban alrededor de las palabras. La recibió en su despacho elegante, más cortés que nunca la carita de niña envejecida. Volvió Consuelo a repetir el monólogo (que ya ahora no transcribiremos) y se sintió escuchada con atención. La señorita Bota tenía la habilidad de morderse las uñas sin afectar en lo absoluto el *rouge* de Avon. No bien hubo terminado la bordadora su doloroso discurso, la señorita Bota preguntó con la voz de tiple ¿Y dices que estás viviendo en los portales de la plaza Vieja? Consuelo afirmó, vehemente. La señorita Bota se levantó de su hermosa silla Renacimiento español, avanzó por el despacho y espetó *But,* tú tienes un techo, esos antiguos y lujosos palacios fueron construidos para la *eternity,* ¿de qué te quejas?, no seas ambiciosa, Consuelito, cuando llueve, no te mojas, ¿para qué quieres más? Otro día entre los días, los mendigos decidieron hacer una manifestación frente al Palacio Presidencial, se llamó la Marcha de los Sin Casa. La organizadora fue Consuelo. Como la manifestación resultó cruelmente reprimida, ella debió huir, pensó que Marianao sería buen lugar para esconderse. Y gracias a esa huída (¿quién se vanagloria de conocer los designios de Dios?) conoció a la Niña Ibáñez, que era una ancianita que había sufrido mil desgracias y que quizá por eso se la veía siempre vivaracha, alegres los ojos azules, dispuesta a reír. La Niña Ibáñez, que había llevado a la ruina a su esposo bodeguero regalando los víveres a quienes no tenían dinero, la albergó durante días, le dio dinero y comida, la presentó a Padrino con el objeto de que la empleara, y la presentó, con otra intención, a Lico Grande. Lico Grande (hombrón de casi siete pies, tan negro que parecía mandinga) se dedicaba con idéntica fortuna a la relojería y a la jardinería. Creía que Dios se manifestaba en cada cosa creada, desde la más insignificante hormiga hasta la señorita Bota, y solía exclamar a veces sin ton ni son Me he dado cuenta de que cada cosa quiere seguir siendo lo que es. Por eso, porque Dios era un hombre, una montaña, un río o un árbol, Lico Grande se dedicó a sembrar las más extrañas variedades de árboles en la Isla, que ya pertenecía a Padrino. Este último (gallego al fin, no podía soportar la visión de una mulata) contrató a Consuelo. Lico Grande y Consuelo se casaron. Hay quien dice que durante la Primera Intervención Norteamericana, hay quien dice que cuando el gobierno de Tiburón. El dato carece de importancia: la Isla fue la misma gobernara quien gobernara (razón por la cual no se puede hablar de que el tiempo transcurre sobre ella). Lo cierto es que ya por esos años (por usar medidas de tiempo con las que podamos entendernos) Consuelo sabía de sus poderes y estaba en plena capacidad de utilizarlos. Así, por ejemplo, días antes de conocer a Lico Grande, para dondequiera que mirara, veía bosques. En otra oportunidad, comenzó a ver coronas llenas de luz. Cierta noche, junto a una ceiba, se le apareció la

Virgen de la Caridad de El Cobre. No fue nada extraordinario, explicó, de acuerdo con lo que el común de los mortales llamamos extraordinario, sin embargo fue extraordinario de un modo que ella no pudo (o no quiso) explicar. Había algo en ella, solía decir, que parecía más real que la misma realidad, un resplandor sin luz, un cuerpo sin cuerpo, una sonrisa sin boca, una conversación sin voz. Como resultado de la visión, Consuelo anduvo días y días llorando, inconsolable. Hemos llegado a pensar que la Virgen hizo revelaciones sobre el destino de la Isla. Nunca supimos qué dijo.

Un derrumbe. La mañana de Navidad. A cada uno de los personajes que hemos visto aparecer y desaparecer como sombras en la Isla, lo sorprende, a su modo, el estrépito. Cada uno corre hacia donde cree que ha ocurrido la catástrofe, y resulta notable destacar aquí que ninguno se dirige hacia el mismo lugar. Más tarde, cuando ya sepan que se ha venido abajo la antigua casa de Consuelo, intentarán encontrar el significado del derrumbe. Aunque quizá, lo mismo que en la vida, tampoco en la literatura los hechos deban necesariamente poseer un significado.

Mercedes, ¿será cierto que aquí hubo alguna vez un palmar, una Virgen de la Caridad de El Cobre, esa casa que dicen de Consuelo? Puede que Irene esté regando las flores del jardín, o puede que esté sentada en uno de los sillones de la galería con aquel halcón disecado (el lector es libre de escoger). Puede que Mercedes se le acerque para cortar un ramo de rosas que poner en la urna vacía de la Virgen, o puede que acabe de acercarse abrazada al cráneo de *Hylas*. Ante la pregunta inesperada, puede quedar sin saber qué responder y preferir mirar las copas de los árboles de la Isla. Te has puesto a pensar, puede continuar Irene, qué pocas cosas sabemos con certeza; y puede que Mercedes (copiada al fin y al cabo de los seres humanos, llegaría si quisiera a ser muy cruel) haya estado a punto de decir Que no tengas memoria no quiere decir que los demás seamos desmemoriados. Aunque (como los seres humanos, también Mercedes llegaría a ser condescendiente) puede quedar callada. Pueden continuar solas durante buena parte de la tarde, conversando cosas nada baladíes como el mejor modo de condimentar frijoles negros, o la última moda de París, o puede también que se les acerque Helena con aire de preocupación.

Y ninguno supo nunca que la Condesa Descalza vivía en la antigua casa de Consuelo. Tampoco se sabrá. A nadie se le ocurrirá que esos escombros hay que levantarlos. Si no hay nada que buscar ahí, ¿qué razón tendrían para que se les ocurriera? Desde hacía años, la Condesa entraba a la medianoche y se echaba en el suelo, sobre mantas regaladas que ella mantenía limpias. Se podría suponer el placer inmenso que sentía la Condesa, con sólo ver cómo a la hora de acostarse la sonrisa de burla de su cara era sustituida por otra de bienestar, de serenidad. Esa noche del 24 de diciembre en que no hubo Nochebuena, ella se acostó como siempre, a la luz de la lámpara, acompañada de aquel tomito de Petrarca, *Excelencia de la vida solitaria*, del que ni siquiera tuvo tiempo de leer una página. De inmediato quedó dormida. Y tuvo algunos sueños vagos, hasta que con mucha nitidez de entre esos sueños imprecisos surgió la imagen de doña Juana. Y no era esa doña Juana de noventa años que dormía a toda hora con un rosario entre las manos, sino una joven bellísima a quien se la conocía por Tita. Y en el sueño doña Juana la invitaba para una fiesta. Y la Condesa, que también se veía en sueños joven y hermosa, preguntaba ¿Qué vamos a celebrar en esa fiesta? Y doña Juana, es decir, Tita la miraba con incredulidad sonriente y ripostaba ¿Estás loca?, vamos a celebrar que se acabó la guerra, que triunfamos sobre España, que se fueron los norteamericanos, que se iza la bandera cubana en el Castillo del Morro, que comenzamos a ser República, por fin, una República soberana. Y la Condesa sentía tal regocijo que se abrazaba a Tita. Y las dos bailaban abrazadas al son del Himno de Perucho Figueredo. Y así estuvo la Condesa Descalza soñando toda la noche con aquella fiesta, invitada por Tita, aquella fiesta en que se estaba celebrando el surgimiento de una República llamada Cuba.

Sandokán se fue. Ha escrito una hermosa carta al Tío, donde le dice entre otras cosas: Querido Rolo, la Isla me queda pequeña, es duro eso de andar y andar durante días para sólo encontrar una orilla que se detiene frente a un mar azul monótono, igualmente extenso, igualmente imposible. Querido Rolo, cuando estas líneas lleguen a tus manos, estaré lejos, habré zarpado en un barco que recorrerá la China, Corea, el Japón, las Filipinas, Nueva Zelanda, los Mares del Sur, como Arthur Gordom Pim. No creo que regrese. No creo que me vuelvas a ver. Estoy harto de vivir en un punto. En el mapa del mundo, toda Isla es al fin y al cabo, un punto. Siempre soñé con vivir en el mundo, y el mundo es una sucesión de puntos, una recta. No dudes, sin embargo, de que vaya a donde vaya llevaré tu recuerdo puesto que eres (y serás) el más hermoso encuentro que haya acaecido en mi vida. No me olvides. Alégrate de verme libre.

Sandokán se fue. No ha escrito ninguna carta al Tío. Se cuenta que murió a medianoche, de rápido navajazo, en un pleito que cierta puta célebre provocó en un bar de la playa, el mismo que está al lado de donde toca el Chori, no sé, se llama el bar Lágrimas de Oro, creo.

Sandokán se fue. No ha escrito ninguna carta al Tío puesto que Sandokán ni escribir sabe. Conquistó (cosa que no resulta difícil para hombre de sus atributos) a una millonaria turinesa o madrileña (ni se sabe ni resulta importante si la millonaria es de aquí o de allá). Es millonaria. Nada reprobable hay en que una millonaria (si no millonaria, al menos con una sólida cuenta bancaria) viaje al Caribe a buscar a un hombre que la haga olvidar que es millonaria, y le permita sentirse querida y sea capaz de divertir a sus amigos bailando guaguancó o cantando una guajira o simplemente haciendo caribeños chistes verdes. Tampoco parece reprobable que un hombre pobre del Caribe engañe con halagos (y otras cosas de mayor valía) a una millonaria dispuesta a dejarse engañar, y que lo haga olvidar que es un pobre hombre del Caribe. Cada uno da lo que tiene. El mundo que llamamos moderno ¿no está regido por una rigurosa ley de mercado? ¿No hemos llegado por mil vericuetos a la primitiva fórmula del «tú me das, yo te doy?».

Sandokán se fue y el tío Rolo ha quedado presa de la desesperación. No sabe si se ha ido de marino, de cadáver o de gigoló. Tampoco es que haga falta saberlo. Se ha ido. Cualquiera de los tres caminos conduce a la misma soledad. El Tío lo quería como se quiere siempre a quien nos muestra un mundo que no es el nuestro, es decir, lo necesitaba. El Tío ha cerrado Eleusis, y ha dejado dicho que no quiere ser molestado.

A su modo, Melissa se cree santa. Habría tal vez que ponerse de acuerdo en qué consiste la santidad. Si lo que importa es la manera en que el hombre aprende a purificarse para acercarse a Dios, Melissa lo es de modo categórico, con el único pormenor de que Melissa no cree en Dios y está segura de que el mal es más justo que el bien. Para ella, mediante el mal logra el hombre la purificación con mayor rapidez que mediante el bien y la bondad. El bien no enseña; la maldad sí. La felicidad no hace al hombre sabio; la desgracia sí. Sufrir resulta más saludable que gozar. Recalca: Lo único entretenido de la *Divina Comedia* es el «Infierno». Nadie sabe quién es la madre de Melissa, ni el padre, ni los hermanos, ni el novio, ni los amigos de Melissa. Nadie sabe nada de ella, salvo que aguarda el tiempo en que el mal se apodere de la tierra. En que lleguen el hambre, las enfermedades, la guerra. Sueña con un Estado todopoderoso en que, como dice con absoluta seriedad Lo que se pueda hacer esté prohibido, y lo que no esté prohibido no se pueda hacer, un estado de espanto sin fin donde el hombre no importe, donde lo que importe sean las ideas, y que el hombre sufra a cada momento la desgracia cotidiana que a fuerza de cotidiana deje de parecer desgracia y se convierta en tragedia, hay que encontrar el modo de que el hombre se salve, el hombre ha tomado por camino equivocado, no sabe lo que quiere, no puede saberlo, es necesario salvarlo, un Estado que sea un padre severo, y ordene y mande, y cuyas órdenes y mandos no se discutan es lo que el hombre (que aún no ha rebasado la niñez) necesita, un Estado que convierta al hombre en enemigo del hombre, un Estado con ojos ubicuos, con cientos de manos armadas dispuestas a degollar, a arrasar, un Estado que encierre al hombre en las cuatro paredes de su pobreza y lo haga pasar hambre y sed y lo deje insomne, lo haga sentir que su vida nada vale, que lo importante es cómo y para qué puede ese Estado utilizar su vida, que convierta la vida de cada cual en expediente, en el número de ese expediente, hay que acabar con el placer, con las complacencias, el dolor es el único modo de aprendizaje, y hay que utilizarlo con razón, a conciencia. A su modo, Melissa se cree santa, la sagrada profetisa de un culto por llegar. Ella sube a la azotea, desnuda, observa con desprecio la Isla, y con desprecio observa a sus compañeros. Aguarda. Está segura de que un futuro (no demasiado lejano) asistirá a la Aurora de Una Nueva Era.

Fortunato, Lucio está borracho. Debes encontrarlo dormido en una de las mesas de los Aires Libres de Prado, tomar un taxi y traerlo a la Isla. Fortunato, debes entrar con Lucio tratando de no despertar a los otros, tratando de que Irene no se percate del estado en que está el hijo. Por suerte, Irene ha quedado dormida en el sillón de la sala y puedes entrar en el mayor silencio posible, sin despertarla. Llévalo al cuarto, desnúdalo, acuéstalo. No te atrevas a ducharlo, harías demasiado ruido y serían inútiles las precauciones anteriores. Fortunato, míralo: Lucio se ve bellísimo medio dormido, lánguido, desnudo sobre la cama. Siéntate a los pies de la cama y contempla el pecho, el pubis, los muslos, las piernas, los pies (sobre todo los pies). Llámalo, ¡Lucio!, y acaricia las plantas de los pies, el calcañar, el tobillo. Besa el calcañar, Fortunato, besa el tobillo para que Lucio abra los ojos. Ahora levanta la cabeza, míralo. El te llama, Fortunato, con la voz apagada, y tú dices ¿Qué quieres? El, por supuesto, no responde, ¿qué va a responder?, y se vuelve boca abajo. Fortunato, ahí tienes las espaldas poderosas de Lucio, las nalgas aún más poderosas, ahí tienes el cuerpo que tantas fantasías te ha provocado. Casi sin que te lo propongas, la mano va a la espalda e inicia una caricia tenue, comenzada en el cuello, continuada por toda la línea de la columna hacia ese lugar mágico en que comienzan las nalgas. Siente, Fortunato, en la punta de tus dedos la reacción de la piel de Lucio, cómo despierta y espera caricias nuevas. Envalentónate, sube hasta las nalgas, verás cómo las nalgas también despiertan, también se tensan. Lucio suspira. Aléjate de la cama, desnúdate, Fortunato, mira a tu amigo, a Lucio, al deseado. Quieres acercarte y no quieres acercarte, y te entiendo, ya que deseas prolongar el instante, o mejor, detenerlo, también quisieras que la realidad no te defraudara, que el momento alcance hechizo igual al que han tenido tus fantasías. Fortunato, es inevitable que acudas, tu cuerpo lo pide, todo el vigor de tu cuerpo lo pide, y por más que las fantasías te colmen, ahí tienes el cuerpo de Lucio, el cuerpo de verdad, esperándote, ¿qué otra cosa puedes hacer? Comienza a besarle los pies. Huélelos, bésalos. Ve subiendo poco a poco, sin precipitarte, por las piernas, hacia los muslos. Detente en los muslos antes de subir a las nalgas. Es preciso que él necesite que tu boca llegue a las nalgas, y por eso lo sabio es que lo demores, que espere, la sabiduría del gozo consiste en la demora, recuérdalo, en prometer caricias que no acaban de cumplirse. Ahora sí puedes ir lentamente hacia la altura de las nalgas. Míralas, se endurecen para recibirte. Bésalas, muérdelas con suavidad, gira, dibuja con la lengua sobre ellas, mueve la lengua con rapidez que Lucio sentirá esa rapidez como una torturante caricia. Recorre las nalgas hasta que él se sienta vencido y abra las piernas, para ayudarte a encontrar lo que estás buscando. Ve entonces, acude rápido, ahí tienes por fin la oscuridad redonda, es decir, perfecta, con la que tanto has soñado. Detente a mirarla. No sé si te dará satisfacción pensar que nunca antes nadie ha llegado tan lejos como tú. Seguramente sí, te gustará la idea: nada satisface más que el papel de descubridor. Lleva, pues, tu lengua hacia el centro de su deseo para que su deseo sea insoportable. Su deseo, y el tuyo, claro, que la suavidad dulzona te proporcionará una fuerza desconocida. Sigue con la lengua el diseño de cada pliegue. Busca la línea redonda. Síguela. Dibuja su redondez. Después, que entre la lengua con toda la dureza de que seas capaz, como si quisieras buscar con la lengua las entrañas de Lucio. Mira, muerde la almohada. Mira cómo se mueve. Le estás haciendo sentir algo con lo que él no había soñado (jamás). Emerge de cuando en cuando (para desesperarlo más), finge que no volverás allí, bésale la espalda, las nalgas, regresa cuando menos lo espere, varía cuanto puedas la velocidad de la lengua. Asimismo, usa a ratos, en lugar de la lengua, las yemas de los dedos. Sin olvidar que debes acariciar muslos y piernas: como en la guerra (y el amor, ¿qué cosa es?) el éxito consiste en atacar siempre, en no dar tregua. Fortunato, detente ahora: como en la guerra, el éxito consiste en dar tregua cuando el enemigo menos la espera, para desconcertarlo, para atacar otra vez. Con suavidad, tiéndete sobre él. Tortura el cuello con la boca, mientras el animal de tu virilidad, más animal que nunca, más lleno de venas y de sangre, más desesperado, busca el lugar justo donde clavarse y desaparecer. Pasa tus manos por debajo de sus brazos y aprieta sus hombros con fuerza. Termina por unirte a él. Al fin y al cabo ya no puede más y sólo desea que tú entres; esa mezcla (dolor placentero, placer doloroso) es justo lo que necesita. Si lo ves llorar, no tengas miedo, pregúntale con la voz más dulce, con la que mejor logres contradecir la agresividad del animal de tu virilidad ¿Te duele?, que (si fuera honrado) Lucio respondería Por primera vez soy feliz, Fortunato.

Casta Diva llega a las jaulas de los conejos muy temprano, acabando de amanecer. Ha soñado que Tingo y Tatina se convertían en conejos y que salía y veía la Isla invadida de conejos. Como es de esperar, despertó sobresaltada y corrió a las jaulas donde Homero Guardavía le abrió sin mirarla, diciendo una sentencia sobre la vida que ella no entendió. Y ahora llega a la jaula donde conviven Chacho y *Primavera* sin contener las arqueadas. El mal olor que escapa de las jaulas hace pensar que un lento cadáver se pudre a la intemperie. Chacho, llama, y sólo responde un movimiento leve de las jaulas, un roce de patas. ¿Puedo darle hierbas de comer?, pregunta a Homero, pero ya éste se ha esfumado en el gris de la mañana. Casta toma de las hierbas que están amontonadas en una palangana oxidada. Abre la puerta de la jaula de Chacho y *Primavera.* El olor a podrido es ahora más fuerte y ella debe hacer un esfuerzo para no vomitar. Se inclina un tanto. Dentro, en la oscuridad de la jaula, hay un movimiento asustadizo y un silencio. Casta Diva descubre la blancura de *Primavera,* sus ojos rojos la observan con mansedumbre. Pegado a ella, cree notar a Chacho, y sin embargo no puede ser Chacho esa cosa pequeña e indefinible que también la mira con ojos grandes y aterrorizados. Chacho, llama, y debe de tener una última prueba de coraje para entrar a la jaula. *Primavera* ni se mueve con la entrada de Casta. Chacho, sin embargo, emite un chillido y casi desaparece entre el pelaje blanco de la coneja que sólo mueve la nariz. Chacho, te traje comida, y echa la hierba a los pies de la coneja, que no se mueve. Casta Diva canta con su exhausta voz de soprano Uno busca lleno de esperanzas el camino que los sueños prometieron a sus ansias, sabe que la lucha es cruel y es mucha... Chacho se aparta de *Primavera* y levanta los bracitos, se tapa los oídos, chilla. Casta continúa cantando Pero lucha y se desangra por la fe que lo empecina... El pelo desaparece de la cabecita de Chacho, los ojos se hunden hasta que son dos sombras moradas, como la boca, la cabeza empequeñece y no se notan ni esas sombras en que se han convertido los ojos y la boca, el torso, las piernas se reducen, se reducen como el chillido, que deja un eco que también se disipa, la cabecita se une con los pies y forman una cosa mínima que se escurre entre tanta hierba seca, entre tanta mierda.

Hoy vi que las estrellas comenzaron a apagarse, dicen que cuando las estrellas comienzan a apagarse, es que el mundo se va a acabar, eso yo no lo entiendo, pero lo dicen y lo repito, que el mundo se va a acabar no bien llegue el año que viene, tú sabes, el año que viene la Isla saltará en pedazos, dicen, eso lo sé por las estrellas, porque comenzaron a apagarse, y porque las hormigas perdieron el rumbo de sus cuevas, que es algo que también dicen, y los pájaros se extraviaron, no pudieron regresar a los nidos, y murió el profesor Kingston, lo encontraron con los ojos abiertos, acostado en la cama como si estuviera contando los travesaños del techo, y la Condesa Descalza no ha venido más por aquí, tío Rolo anda triste, Irene está que ni sabe cómo se llama, mi mamá enmudeció, mi papá se convirtió en conejo y desapareció, dicen, entre la mierda de la conejera, y yo no entiendo, tú sabes, a mí me dicen Tingo-no-Entiendo por eso, porque nunca entiendo, y a mí en este libro me tocó ser el personaje que no entiende, y lo único que entiendo es que aquí nadie entiende, que otros se roban la lana y yo soy el que carga la fama, y mira que pregunto y nadie responde, y es que no hay respuestas, tú sabes, y si es cierto que cuando se apagan las estrellas el mundo se va a acabar, pues el mundo se acaba de un momento a otro, yo las vi (a las estrellas, digo), las vi con estos ojos, así, cómo se iban apagando una por una, hasta que el cielo no fue más que una masa oscura a la que no se le podía llamar cielo, y ¿cómo será que el mundo se acabe?, ¿será una explosión, un volcán, un ciclón, un terremoto?, ¿adónde iremos a parar?, a lo mejor salgo con la explosión y termino en un lugar mejor que éste, yo, la verdad, no entiendo, con tantos lugares en que se puede nacer, por qué me tuvo que tocar la Isla, donde tú caminas y caminas y para dondequiera que camines vas al mar, el mar por todas partes, por qué me tuvo que tocar este calor, y estas ganas de llorar, y esto mismo es lo que dice Helena, a Helena la vi llorando, según parece también ella vio las estrellas que se apagaban y las hormigas y los pájaros perdidos, y sabe que la Isla se viene abajo, y ella sabe más que yo, ella parece que entiende, estuvo diciendo que había soñado con un rey rojo que nos ataba a los árboles para que sufriéramos los castigos del sol, un rey rojo que nos cortaba la cabeza para que viviéramos mejor, que según ese rey la cabeza es un estorbo para el hombre, según Helena todos los reyes, rojos, verdes o negros, del color que sean, son así, y yo de eso no sé, a mí me dicen Tingo-no-Entiendo por la simple razón de que no entiendo, y yo lo único que entiendo es que aquí nadie entiende y, además, no hay nada que entender, tú sabes, aquí lo mejor es estar callado mirando cómo las estrellas se apagan cada vez más, cada noche dos, tres, cuatro estrellas menos, hasta que no quede ninguna y entonces la Isla estallará como Dios quiera que estalle, que para eso Dios es el que sabe cómo debe hacer estallar, y la verdad, pensando y pensando, prefiero estallar con la Isla, va y es cierto que fuera de la Isla no hay nada, va y el mundo no existe, y menos mal que la balsa aquella que hicimos Sebastián, Vido y yo no sirvió para nada, yo prefiero mala Isla conocida que buen continente por conocer (y que a lo mejor es un continente de mentira).

Construyeron la balsa con troncos robados al carbonero. Ataron cada tronco con sogas y con lianas. Pusieron de mástil una vara de tumbar limones y como vela una sábana de hilo que Vido sacó de la gaveta de la señorita Berta. Sebastián consiguió una brújula y un libro llamado *Diario de navegación de Cristobal Colón*. Tingo llevó pomos de agua, algunos panes y una lata de leche condensada por la mitad. Escondieron la balsa tras los acantilados, la ataron con una soga al madero que sobrevivía a un antiguo muelle y se reunieron a hacer planes en las ruinas del tal Barreto (aquel Gilles de Rais tropical). Sebastián dijo categórico Hay que huir, no queda otro remedio, he sabido de buena tinta que esta tierra está comenzando a enfermarse, ya las estrellas se han ido apagando, y un rayo destruyó el sándalo rojo de Ceilán, no hay pájaros en los árboles, y se desmoronó la casa de Consuelo. Sacó un gran mapa del mundo y lo extendió sobre la tierra. El único modo de huir es el mar, vivir en una Isla significa que más tarde o más temprano tienes que enfrentarte con el mar. Si tomamos hacia el Norte, dijo Vido señalando el mapa, toparemos con Cayo Hueso, si nos orientamos hacia el Noroeste podríamos terminar en algún lugar de México, en cambio si nos orientamos hacia el Nordeste iríamos a dar a las Islas Canarias, o en el mejor de los casos a la mismísima Andalucía, sólo que tanto el Noroeste como el Noreste implican enormes extensiones de océano, el tramo más corto, más recto y más seguro es el Norte, Cayo Hueso, de ahí podemos llegar por tierra a Nueva York, y en Nueva York tomar un barco de verdad hasta Europa, propongo, pues, el Norte. Sebastián lo apoyó. Tingo se encogió de hombros. Saldrían esa misma noche en cuanto oscureciera para que el sol no los dañara durante la travesía. Porque, además, según se decía, el sol provocaba alucinaciones en los marineros, los hacía ver islas donde sólo había mar. Y yo pregunto, apuntó Sebastián levantando una mano, esta Isla que habitamos, ¿no será una alucinación de don Cristóbal?, ¿no seremos un engaño para marineros extraviados?, no dudo que seamos sólo un espejismo, que ninguno de nosotros exista en la realidad y estemos tratando de huir de un lugar que tampoco es verdadero. Y como muy poco se podía refutar al razonamiento de Sebastián, hubo un silencio. Yo pienso, razonó al cabo Vido, que aun cuando no existamos, lo creemos, y basta la creencia para que de algún modo existamos, y propongo además continuar creyéndolo para creer que huimos y creer que por fin arribamos a Europa.

Me voy con ustedes, dice Mercedes, estoy cansada de esperar, de pasar la vida esperando, esperando, esperando, ¡qué terrible esperar!, esperando que la vida cambie, que la vida no sea esta monotonía de levantarse, de ir al Ayuntamiento, y volver a acostarme para levantarme al día siguiente, regresar al Ayuntamiento, y seguir en una rueda que no termina nunca, estoy harta de andar por los mismos senderos, los mismos palmares, el mismo mar, las mismas casas, el mismo calor, siempre, calor siempre, en otoño, invierno, primavera, ¡calor!, estoy harta de la luz, de tener los ojos ardiendo siempre por la luz, de no ser nadie por culpa de la luz, yo hubiera querido nacer en una tierra donde el tiempo existiera, donde los relojes tuvieran manecillas y las manecillas avanzaran, óiganme, no vivimos en una Isla sino en un velero detenido en calma chicha, debía haberme ido antes, debí haber seguido a mi tío Leandro, que huyó a la India, huir, huir, lo único que esta Isla propone, huir, parece el verbo mágico, el verbo que con sólo mencionarlo cambia la vida al revés, como si en Bruselas, en Roma, en Praga la gente no se aburriera como aquí, supongo que sí, se deben de aburrir, de otro modo, pero aburridos igual, por eso he pensado siempre que lo más seguro es vivir en las páginas de una novela, ¡Dios, cuánto daría por ser un personaje de novela!, es el único modo de tener en verdad una vida intensa, llena de peripecias, una vida imaginaria, yo soñaba con ser el gran personaje de un gran libro, yo soñaba con ser Naná de Venus en el teatro de Variedades, y que el teatro estuviera repleto para verme, y salir casi desnuda y que no me importara tener el timbre de voz de una gata, o moverme torpemente en el escenario, mi gracia natural sería tan intensa que el público tendría que aplaudirme hasta rabiar, sí, yo sería Naná despertando la admiración de todos aunque tuviera el final trágico de Naná, o ser quizá una institutriz, llegar a una casa de Londres, encontrar dos niños diabólicos, dos niños que ven aquello que no soy capaz de ver, dos niños que me hacen entablar una batalla con las fuerzas del mal, ¡Dios, cuánto daría

303

por ser un personaje de novela!, Alicia, por ejemplo, Alicia siguiendo a Arturo Cova por los laberintos de la selva colombiana, desaparecidos, tragados por la selva, o la pícara Moll Flanders, que fue puta a los doce años y doce años ladrona, y se casó con su hermano, y se hizo rica y murió arrepentida, y ¿a quién, díganme, a quién no le gustaría haber sido por unas horas Mathilde La Mole?, Mathilde, la voluntariosa Mathilde, llevando la cabeza de Julián, enterrando la cabeza en una ceremonia suntuosa, ¿a quién no le gustaría ser Ana, la apasionada Karenina?, ¡Dios, cuánto daría por ser un personaje de novela!, cualquier cosa resultaría mejor que la realidad árida de cada día en esta Isla, por eso espérenme, yo también huiré, yo también me lanzaré al mar en esa balsa, ahora entiendo a mi madre y comprendo que la vida es cualquier cosa menos esto, muchachos, quiero ser libre, libre, libre incluso para terminar de modo trágico los días de mi vida, podrida como Naná, pero libre, sí, libre, y eso sólo se consigue escapando, enfrentando el horizonte en una balsa...

Hay un problema. Sucede que ni los muchachos, ni tú, Mercedes, han contado con los designios de la Isla. Esta noche se desatará una ventolera de todos los demonios, y cuando lleguen a los acantilados en los cuales escondieron la balsa, encontrarán el cabo roto, la balsa a la deriva, muy lejos de la playa, un punto que se aleja (la esperanza también se pierde) hacia el horizonte, desplegada al viento la sábana de la señorita Berta.

Los ojos del Sagrado Corazón viven y la miran. De nada vale que intente esquivarlos procurando perderse en las páginas de *Figuras de la pasión del Señor*. No puede concentrarse. Los ojos la fascinan, la siguen a todas partes y la fascinan. Ha intentado varias labores, además de leer: zurcir, limpiar los adornos de la repisa, buscar un buen párrafo de Azorín para la clase de español, preparar láminas del lago Leman para la de geografía. Nada. Los ojos fijos en ella y, si se sienta de frente al cuadro, los ojos la obligan a levantar la cabeza y, si le da la espalda, allá van los ojos como punzones a clavarse en su espalda. ¡Dios, deja de mirarme! La señorita Berta no sabe qué hacer. Va al cuarto varias veces. Doña Juana duerme su sueño reposado, perfecto, acompasado el ritmo de la respiración; las manos, dobladas sobre el ropón de hilo, sostienen el rosario como si pretendiera adelantársele, con esa actitud, a la sorpresa de la muerte. Encima de la cama, la cruz de bronce que perteneció a Francisco Vicente Aguilera. La señorita Berta lamenta que las clases hayan terminado por las vacaciones de fin de año; con las clases al menos se distrae, se olvida de los ojos, de doña Juana y del salmo 23 que no puede dejar de repetir. Le gusta encontrarse frente a los muchachos, hablar de tantas cosas que ellos no saben, para olvidar, para escapar, para. Se asoma a la ventana. Anochece. La Isla desaparece, es pura impresión. Obsesivos, vuelven a ella los versos del salmo 23,

El Señor es mi pastor,
nada me falta.
Sobre los frescos pastos,
me lleva a descansar,
y a las aguas tranquilas me conduce

¡Dios, deja de espiarme! La señorita Berta, asomada a la ventana, mira la Isla como si quisiera descubrir en ella algo milagroso. La Isla es una cosa oscura que se esfuma bajo la noche que llega y, cuando amanezca, ¿volverá a ser la Isla de siempre, más húmeda y más frondosa tal vez, pero la de siempre? Y ya va la señorita Berta a decir Los milagros son pura engañifa para mentalidades simples, va a repetir, burlándose, los versos del salmo, ya se siente dispuesta a blasfemar, cuando bajo el aguacatero, a dos pasos de la galería, de espaldas a ella, ve a un hombre con un paraguas. Un anciano. Se nota porque es inseguro el modo de guarecerse bajo el paraguas y bajo el aguacatero, y tiene la espalda encorvada, y se descubre, bajo el sombrero, el pelo blanco. ¿Quién es? ¿Qué hace guareciéndose bajo el paraguas y el aguacatero, si ahora no llueve? Se levanta la solapa del saco. Debe de tener frío. La señorita Berta se esfuerza por verlo mejor, aunque la noche es un cristal empañado sobre el cristal empañado de la ventana. Hay un detalle, simple detalle que la sobresalta. Y se trata de un pormenor que probablemente no tenga ninguna importancia, aunque no cabe duda de que los pormenores son los que revisten a veces importancia. El anciano que viste traje negro y sombrero, lleva, no obstante, polainas de trabajo y espuelas que brillan a despecho del cristal empañado de la ventana. La señorita Berta sale a la galería.

—Buenas noches, señor, ¿está perdido?, ¿en qué puedo ayudarlo?

El anciano se vuelve a medias, con trabajo, como si le dolieran todos los huesos y pide con voz débil:

—Me gustaría tomar un vaso de agua, señorita.

—Venga, venga por aquí.

Berta lo toma por el brazo y lo conduce hacia la casa pensando Si no tiene cien años, le falta poco, ¿qué hará con esas espuelas? Cuando entran, el anciano se quita el sombrero, suspirando de alivio.

—Siéntese, por favor, en lugar de agua, ¿preferiría un tilo frío?

—No, gracias, quiero agua, tengo la garganta seca.

Berta nota que bebe con indecisión, con mano temblorosa, que el agua le moja el saco negro. A la luz de la lámpara, se percata de que no cabe en aquella cara una arruga más, que la frente casi desaparece hacia las cejas, que las cejas casi ocultan los ojos, que posee una gran nariz sobre una boca sin labios, que carece de cuello.

—¿Cómo se llama usted, mi viejo?

El, sin embargo, no responde. Ha quedado con los ojos cerrados luego de beber el agua, como si quisiera retener para siempre el recuerdo del momento en que al agua refrescó su garganta.

—¿Desea más?, también le puedo hacer un buchito de café.

Sin abrir los ojos, el anciano eleva una de sus manos temblorosas como si con ese gesto intentara afirmar:

—Sí, deseo café, y al propio tiempo agradecer cuanto usted, Berta, está haciendo por mí.

—¿De dónde me conoce?

Berta prepara el café y lo trae en la taza de las visitas.

No lo bebe él de inmediato.

—Los conozco a todos —dice.

—¿Quién es usted?

El anciano lleva una mano a su pecho y se inclina. Cuando

306

mueve los pies, se escucha con demasiada fuerza el metal de las espuelas. Abre los ojos y los levanta hacia ella, que experimenta una sensación en la que se mezcla el júbilo con el terror.

—¡Tú! —grita.

—Bueno —pide él—, no formes tanta alharaca.

—¿Por qué has estado mirándome todo el tiempo, qué quieres de mí?

—¿De ti?, nada, no quiero nada de nadie, estoy cansado, casi muerto de cansancio, tengo hambre y sed, y me apena defraudarte, no soy yo quien te ha mirado, yo no miro, yo no tengo tiempo de mirar, estoy demasiado decepcionado, demasiado triste por el rumbo que han tomado las cosas.

—¿Y es que acaso no eres Tú el creador de cuanto existió, existe y existirá?

—Si vas a empezar con ingenuidades...

—¿A qué viniste?

—Ah, mira, ésa sí es buena pregunta.

Se iluminan vagamente sus ojos.

—¿A qué vine?

Hace una pausa para oler el café, después agrega:

—Vine a prevenirte.

Berta está de pie y casi no puede contener la ira.

—Prevenirme, ¿de qué?

—¡Huye!

—¿Y por qué, por qué tengo que huir?, ¿por qué me eliges a mí, entre todos los posibles, para semejante recomendación?

—No te he elegido, Berta, de un modo u otro a todos les he recomendado lo mismo, no puedo aparecerme ante los demás porque no cualquiera está preparado para recibirme, ante ti sí, puedo decirte, para que te sientas aliviada, que ya sea en sueños, mediante presencias o ausencias humanas, mediante cartas, libros, desapariciones, estrellas que se apagan, muertes o cualquier otra señal (poseo infinitas maneras de dar avisos, como comprenderás) a cada uno le he gritado ¡Huye!

—¿Y por qué tenemos que huir?

—Porque perdí.

—¿Qué perdiste?

—La Isla, Berta, la Isla, estás hoy con las entendederas cerradas.

307

—Tal vez esté más bruta que nunca, pero ¿me quieres decir qué significa decir «Perdí la Isla»?

El anciano introduce un dedo en el café, su aspecto de tristeza es aún mayor que antes.

—Significa eso mismo, que la perdí, en una apuesta.

—¿Con quién?

El anciano suspira de nuevo.

—Preguntas tontas no, por favor, hasta un niño conoce con quién hago yo siempre las apuestas.

Berta anda de un lado para otro sin saber qué hacer ni adónde ir, luego se vuelve hacia El con aspecto amenazante.

—Es muy fácil ponerse a jugar con quienquiera que sea, perder algo que significa tanto para otros, y después aconsejar así, como un mal padre, ¡Huye!, como si huir fuera la única solución.

El la mira con aire de niño cogido en falta, como quien pregunta ¿Qué quieres que haga?, en cambio explica:

—La huida no es la mejor solución, lo sé, en cambio sí es la que más ilusiones deja, un hombre huye de una catástrofe, no se percata de que la catástrofe va con él, en cambio le queda la candidez de creerse salvado.

—Significa que cuando nos aconsejas huir, ¿en realidad ofreces ilusiones?

—Berta, creo que cometí un error mostrándome ante ti.

—¡Eres un canalla!

Dando un golpe de impaciencia en el brazo del sillón, El se lamenta:

—Mujer, te encanta moralizar, es hora de irme.

—¿Qué hago con mi madre? —pregunta Berta desesperada.

—¿Doña Juana?, ella es feliz durmiendo, ella será la que mejor parada salga de todo esto, déjala, déjala durmiendo.

Y diciendo esto, bebe por fin el café, toma el sombrero y se pone de pie.

El techo de la sala de Berta se abre en silencio, sin ángeles, sin trompetas, sin aspavientos, al tiempo que El asciende con rapidez y suavidad para la que ella no está preparada.

La única prueba que Berta posee de esta visita es el paraguas que ha quedado junto al sillón.

Y lo cierto es que esta mañana del 31 de diciembre el tío Rolo está diciendo a cuantos quieran oírlo que él vio cómo al amanecer el Apolo del Belvedere fue perdiendo su capa, la capa haciéndose polvo, y cómo perdió la hoja de parra que le ha ocultado hasta el día de hoy las partes pudendas, y cómo perdía el pelo y el hermoso perfil clásico, y su base, y se deshacía todo, que dice que él vio cómo terminaba en montón de polvo el Apolo del Belvedere. Y debe de ser cierto lo que está diciendo el Tío: el Apolo no está. Y Lucio asegura que igual sucedió al Laoconte, que él lo vio en el momento de pulverizarse, lo primero que se consumió fue la serpiente, y hubo un momento en que se vieron muy raros aquel hombre con sus dos hijos sufriendo por nada, puesto que nada los agredía, hasta que luego ellos también cayeron deshechos en ruidoso montón de piedras. Y también debe de ser cierto cuanto asegura Lucio: el Laoconte tampoco está. Ni están el Hermes de Praxiteles, ni el busto de Greta Garbo, ni la Venus de Milo, ni la Diana, ni el Discóbolo, ni el Elegguá, ni la Victoria de Samotracia que podía verse a la entrada. Y en cuanto al busto de Martí, es como si nunca hubiera estado. Ni los crotos ni las rosas que le habían sembrado alrededor aparecen por ningún lado. La fuente continúa ahí, pero ya no se ve en ella al Niño de la oca, ni en su fondo se halla el agua estancada, verdosa, acumulada por años de aguaceros. Se han esfumado también los caminos de piedras, gracias a los cuales era posible aventurarse por entre tantos árboles sin miedo al desastre de una desaparición, sin miedo a los fantasmas de la Isla. Las estatuas y los caminos eran como la Virgen, un modo de sentir que estábamos protegidos por un orden superior y eterno, algo seguro en medio de la contingencia, algo que nos iba a sobrevivir; lo indiscutible es que, aunque al hombre parezca dolerle que las cosas lo sobrevivan, resulta que (ser inexplicable, paradójico al fin) al propio tiempo le alegra que así sea, para poder cantar a esas cosas (sean las cataratas del Niágara, sea su ciudad) y dejar una prueba de su paso por la tierra, y también para poder mirar con ojos efímeros lo que tiene valor eterno y sentir que algo palpa de la eternidad, que algo de ella lo contagia.

Y resulta que hoy es 31 de diciembre, y de acuerdo con los tópicos humanos, es de suponer que los personajes de este relato celebren la llegada del Año Nuevo.

Es altamente probable que un poco antes de que se haga de noche, se pueda ver al Herido con su cuaderno salir de casa de Irene, atravesar la Isla, llegar al zaguán, salir por la gran puerta que da a la calle de la Línea. Quizá se le vea detenerse un segundo ante Eleusis, la librería, cruzarse con un marinero, y seguir hacia la Terminal de Trenes. Aunque también es altamente probable que se le vea tomar rumbo al Más Allá, hacia la carpintería donde lo encontraron cierta noche de finales de octubre. Lo que sí resultará cierto (o por lo menos todo lo cierto que pueden ser estas cosas) es que cuando llegue por fin esta noche del 31 de diciembre, el Herido no estará en la Isla.

Las luces de las galerías están encendidas. Poco se logra con eso. Si hoy no fuera hoy, Merengue habría sacado un sillón a la galería desde el anochecer para fumarse un H. Upmann y conversar. Enseguida habría venido Chavito con la sillita de lona plegable y la sonrisa, y se habría sentado frente al padre, que es indiscutible que a Chavito le gustaba sonsacar a Merengue, hacerle preguntas de otros tiempos que siempre, en el recuerdo, semejan más venturosos. Llegaría Mercedes con Marta bañadas, de punta en blanco, los cuellos y los pechos inmaculados con talco de Myrurgia, suspirando, diciendo Mercedes que viene para olvidarse por unas horas del maldito Ayuntamiento. Llegaría Casta Diva con delantal de marpacíficos y aire de diva, exclamando No me tienten, no me tienten que tengo mucho que hacer. Y san Martín la habría seguido, fingiéndose molesto, exclamando con falsa ira A esta mujer no hay modo de mantenerla en casa. Vendría también Irene con el abanico de guano, contando de la familia de Bauta. Si fuera una noche como las de hace tiempo, aparecería la señorita Berta con su aspecto de doctora en pedagogía. Y también se dejaría ver el tío Rolo, diciendo poemas de Julián del Casal. Y llegaría Helena, en las manos la

310

linterna y las llaves de la verja, vigilante siempre de la Isla. Y se iniciaría la conversación. Y por cualquier nimiedad estallarían las carcajadas.

Pero hoy no es cualquier día. Han sucedido muchas cosas y muchas están por suceder. Hoy es 31 de diciembre, un fin de año especial, y para nada importa que estén encendidas las luces de la galería.

¿31 de diciembre?, ¿y qué me dices con eso? Te digo que debemos celebrarlo. Y yo qué tengo que celebrar, si ya ves: ni de mi nombre me acuerdo, si mi memoria ha sido arrasada y ni siquiera sé quién soy, si estoy aquí y es como si no estuviera en ninguna parte. Irene anda de un lado para otro de la casa sin saber adónde va, y luego se detiene en medio de la sala. La señorita Berta la consuela Vamos, ya verás, es un olvido pasajero, recuperarás la memoria, volverás a ser la Irene de siempre. Y la conduce hacia la galería, hacia la Isla anochecida. Casta Diva está ahí, esperándolas, sentada en el suelo, con Tatina cargada, diciendo Hoy me miré al espejo y no me vi, sabe Dios por qué rumbos anda mi imagen, lo cierto es que no está conmigo, no frente a mí como quisiera. Y al instante, como si las palabras de Casta Diva hubieran dado la orden, escapa de entre los árboles una magnífica voz de soprano

È strano! È strano! In core
Scolpiti ho quegli accenti!
Saria per me sventura un serio amore?
Che risolvi, o turbata anima mia

Y Casta queda como alelada, como si se hubiera perdido en algún lugar que sólo ella conoce. Resulta altamente probable que también se esté escuchando la flauta de Cirilo, aunque la verdad, eso no se puede asegurar. A veces se escuchan disparos, sirenas de perseguidoras, y ¿quién se atreve a decir que son en verdad disparos y sirenas de perseguidoras? Mercedes viene con Marta del brazo. Vienen serias y se sientan sin siquiera dar las

311

buenas noches. Merengue trae una bandeja de pasteles que deposita, también silencioso, en una mesita colocada por Helena. Tanto Helena como el tío Rolo, acaban de traer más sillones para que todos se sienten con comodidad, Por favor, pónganse cómodos que cuando den las doce campanadas, así como nos sorprenda el año que llega, así lo pasaremos. Nadie ríe la gracia del Tío. ¿Dónde están los muchachos? Los muchachos andan por el zaguán, dice la Señorita sirviendo limonada en los vasos.

Y no hay fiesta, sino un aguardar. Aguardar que sean las doce de la noche y el reloj de la señorita Berta dé por fin las doce campanadas. Y aguardar algo más: no saben qué pueda ser.

Y aunque no lo pueden saber, aguardan a que aparezca un joven marinero y alguien grite ¡Fuego! (Deberá notarse: entre el Fuego y la palabra que lo designa existe un abismo de perplejidad; es el fuego de las pocas cosas en este mundo, que resulta más impresionante que su nombre.) Durante segundos enormes, los personajes que esperan a su modo la llegada de un nuevo año, quedarán fascinados por las llamas que aparecerán por el lado de la señorita Berta y que con rapidez inusitada correrán hacia el resto de la Isla, consumiendo árboles y casas, destruyendo cuanto encuentren a su paso sin el menor titubeo. Brillantes, vigorosas, doradas, las llamas serán cada vez más altas, cada vez más hermosas, cada vez más rápidas, y lanzarán colores a la noche que irán desde el rojo hasta el morado y se harán blancas en lo alto. Y no sólo crecerán hacia las alturas, sino que avanzarán en cualquier dirección, se apoderarán de la Isla, de la noche, con la seguridad y la indiferencia que tiene siempre lo hermoso. De nada valdrán los esfuerzos de los personajes. De nada servirán los gritos y la desesperación. En poco tiempo, la Isla será un mundo arrasado, un mundo que sólo podrá encontrarse en este libro.

Porque sucede que ella está boca arriba, como siempre, las manos cruzadas sobre el pecho, prendido de ellas el rosario (con Tierra Santa, bendecido por Pío XII), en esa posición que es el mejor modo de evitar la sorpresa de la muerte. Doña Juana duerme tranquila, con la serenidad de los que nacen para eternos. Y tiene un lindo sueño. Habrá que reconocerlo: la bonanza llega siempre algún día. Luego de noventa años de vida desafortunada, doña Juana se ha echado a dormir sueños dichosos. ¡Cuánto daría la señorita Berta por leer esta página! ¡Cuánto daría por saber a qué se debe la decisión de la madre de preferir el sueño a la vigilia! Pero la señorita Berta es un personaje de este libro, es decir, está condenada a permanecer en él y aparecer sólo cuando se la convoque. Y ahora no aparece, no puede ni debe aparecer. La habitación de doña Juana, cerrada al friecito (es un decir) de diciembre, está iluminada sólo por la vela de la palmatoria, blanca y salomónica, frente a la imagen de la Caridad de El Cobre. Nadie en la Isla va a saber nunca que doña Juana sueña con Viena. No con la Viena de los bosques y los valses, por supuesto, que ella en su vida ha estado allí, sino con la finca de su prima, la poetisa Nieves Xenes, en el pueblecito de Quivicán. Es un sueño que se remonta a muchos años atrás, cuando izaron por primera vez la bandera en el Castillo del Morro, y Don Tomás se sentó, con aspecto de profesor honrado y poco brillante, en la silla presidencial. Doña Juana no es entonces doña, mucho menos Juana. Doña Juana constituiría un nombre demasiado severo para esa joven, para ese cuerpo delicado y ágil, para la despreocupada mujer que sube a los árboles en busca de mandarinas, se baña en los ríos y lo mismo toca al piano las danzas de Saumell, o canta a Pepe Sánchez, que va a los panales porque la miel santifica la piel y la garganta. La llaman Tita. Y tiene un hermoso color moreno en la piel, el pelo negrísimo, los ojos inteligentes y alegres, la boca siempre encendida. La descripción resulta acaso un tanto complaciente, pero así se ve doña Juana en el sueño y no queda otro remedio que narrar las cosas como son. Es una mañana de fiesta en Viena. De fiesta campestre. Los árboles han sido adornados con lazos de seda y flores de papel crepé. Han abierto siete huecos en la tierra y siete cocineros asan siete puercos hermosos. En la cocina, lentos calderos de congrí. La yuca será hervida más tarde para que a la hora del almuerzo esté acabada de hacer. Sobre un estrado, una charanga interpreta el primer danzón, *Las alturas de Simpson*. Sentada en la gran butaca de mimbre, vestida de negro, puede verse a Luisa Pérez de Zambrana, la poetisa. Junto a ella, vestido de blanco, Varona, el filósofo. Ambos conversan con Nieves, con Aurelia Castillo, con un joven y bellísimo mulato de apellido Poveda, y hasta con el mismísimo Esteban Borrero, que no se sabe cómo subvirtió sus hábitos para venir a la fiesta. Por allá anda el temido Fray Candil acompañado por su esposa Piedad Zenea. Algunos jóvenes bailan. Otros se acuestan en la hierba a contemplar el cielo, dicen, de un azul que Tita acaba por bautizar como «principio de siglo». Los niños corren alrededor de la laguna, montan hamacas, se tiran en yaguas por las lomas, cantan

> Componte, niña, componte,
> que ahí viene tu marinero,
> con ese bonito traje
> que parece un calesero...

Se sirve aguardiente con agua de coco. También, refrescos de tamarindo, champolas, limonadas y guarapos bien fríos. Pasan bandejas con panecitos de gloria y buñuelos. Desde el balcón de su cuarto, el tío Chodo, borracho desde hacía días, lanza un discurso que no se entiende y que provoca risa. El negro Valentín salta y grita con alegría desmedida, y todos lo miran y ríen y hasta se hubiera dicho que sienten deseos de saltar, y Benjamina, que andaba de un lado para otro con una cesta de ciruelas, comienza a saltar, y hasta La Nene salta lanzando al aire papelitos en colores. El padre Gaztelu pasa rociando agua bendita, tarareando el danzón y diciendo décimas. De La Habana ha venido un fotógrafo de lo más serio, de lo más viejo, con cámara de trípode, a inmortalizar el momento. Así más o menos es el sueño de doña Juana, y en él no es ella aún doña Juana sino Tita, y está frente al espejo, ayudada a vestirse por sus mejores amigas, porque tienen una sorpresa para los invitados, y es que a Tita se le ha ocurrido vestirse como la República, y se ha mandado a coser un traje largo con grandes franjas azul y blanco, y gorro frigio rojo encendido, con la estrella solitaria. Y la verdad, doña Juana se ve bellísima de Tita vestida de República en el sueño dichoso. Y cuando consideran llegado el momento justo, y se escucha la charanga en otro danzón de Faílde,

314

y el tío Chodo se cansa de dar perorata, sale Tita a la terraza, baja los escalones que la llevan al jardín y aparece así, radiante, entre los invitados, y hay un silencio tremendo, que hasta la charanga hace silencio para ver pasar a Tita vestida de República. Y en el sueño doña Juana se encanta de ver cómo Tita ha logrado encantar a los presentes con ese sencillo disfraz. Hasta Luisa Pérez, la poetisa, y Varona, el filósofo, se ponen de pie, sorprendidos, reverentes. El padre Gaztelu la rocía con agua bendita y se acerca para decirle por lo bajo Dios te bendiga, hija. Y es el gesto del padre el que da la orden para que alguien grite ¡Viva Cuba libre!, y la charanga reinicia el danzón, y la fiesta vuelve a ser fiesta. Tita, sin embargo, no se detiene. En el sueño, doña Juana la ve seguir contenta por el camino de palmas, bordeando la laguna, las guardarrayas, los corrales, el cañaveral, oronda con su traje, cantando a viva voz

> En Cuba, la isla hermosa del ardiente sol
> bajo su cielo azul, adorable trigueña
> de todas las flores, la reina eres tú...,

y la noche comienza a caer, y Tita continúa caminando por los campos con el traje de República, bajo la oscuridad de la noche, tan noche que ni las manos se ve, y Tita sigue, y Tita necesita luz para poder aventurarse por los campos desaparecidos con las sombras. Sin dejar de soñar, doña Juana levanta una mano y busca la palmatoria con la vela, blanca y salomónica, delante de la estampita de la Caridad de El Cobre. Toma la vela para iluminar el camino de Tita, pero la vela cae sobre su ropón de hilo blanco. En la realidad, doña Juana arde. En el sueño, Tita puede ver que todo se ilumina, que los campos se encienden como si hubiera comenzado a amanecer.

«Lo que non es escripto
non lo afirmaremos.»
Berceo

Se hace preciso contradecir a Flaubert: no resulta saludable que el escritor deba estar en su obra como Dios en la Creación: presente pero invisible. Para empezar, es mentira que Dios sea invisible. Lo vemos cada día en las formas más disímiles: como barrendero, empleado, niño, amante, payaso, enemigo, mal y buen escritor, fruta, gato, árbol, flor... (y si no lo vemos como estadista es porque de esos menesteres se encarga el Demonio). Ahora bien, si insistimos en que Dios no está, si tenemos la desgracia de no creer que El se muestra en cada cosa creada (salvo en los jefes de Estado, por supuesto), ¿no es su ausencia uno de los mayores motivos de desconsuelo? Luego, ¿por qué debe el escritor imitar a Dios en el que es sin lugar a dudas el peor de sus atributos, la invisibilidad? Me doy el lujo de hacer una confesión: sólo yo puedo apagar el fuego: sólo yo soy responsable de él. Mis personajes esperan desilusionados a los bomberos, y rezan porque acaso aspiran, además, a un milagro, sin saber que depende de mí, sin saber que el milagro no corresponde a Dios sino a mí, que en este caso (sólo en este caso), venimos siendo la misma persona. Con romper unas páginas, la Isla volvería a la normalidad. Con hacer que doña Juana no despierte, que no extienda la mano, que no derribe la vela, llegarían felices al nuevo año. Quizá me conmueva lo que yo mismo tendré que perder, lo mío que se hará polvo con ese fuego; tantos recuerdos, tanta dicha, el único lugar donde pude ser feliz, hasta el punto en que he llegado a pensar que mi vida verdadera, la real, fue aquélla de la Isla, y que el resto, cuanto viví después, no han sido más que pobres variaciones, pretextos para hacer memoria, el mejor modo de repetirlo, unas veces bien, otras no tanto. Puede deducirse, entonces, que mi vida duró en verdad once años. Quizá no sea algo que me suceda sólo a mí, y a cada hombre le sea concedido un corto periodo de vida, un centro vigoroso de años, alrededor del cual giren los que lo anteceden y los que vienen después. Esto cae en el campo de la especulación. De cualquier modo, el fuego, a quien más perjudica es a mí. Y lo que me duele es que he sido yo quien lo ha provocado. Bueno, sí, doña Juana extendió la mano y derribó la vela que desató las llamaradas. Este es, sin embargo, el lado superficial del asunto. Y ¿por qué precisamente ese suceso? Yo barajaba, como cualquiera sabe, cierto número de posibilidades. Podía no haberla tenido en cuenta. Podía haberla hecho despertar, espléndida a sus noventa años, tomar la vela y salir a la Isla; los personajes se hubieran sorprendido, la señorita Berta habría llorado..., se me ocurrió, en cambio, el fuego. Ahí está, pues, la Isla ardiendo. Los personajes (yo estaba en el zaguán) abandonaron la galería y entraron a la Isla, huyendo, gritando, sin saber qué hacer, a quién llamar, y eso que ignoraban la confusión que se estaba produciendo en el resto del país en ese preciso instante, puesto que es hora de revelar que en ese preciso instante el Señor Presidente de la República, Fulgencio Batista, huía en un avión hacia la República Dominicana con la familia y el dinero, y el cuartel de Columbia (a dos o tres cuadras de la Isla) se quedaba sin poder, y los Rebeldes, con sus larguísimas barbas vehementes, se hacían dueños de la situación. Y aunque he tratado de mantener a los personajes al margen de la vida política, obedeciendo demasiado al pie de la letra la famosa frase de Stendhal que dice algo así como que «la política produce en la literatura igual efecto que un pistoletazo en un concierto», la verdad es que ahora el pistoletazo me parece inevitable aun cuando se estuviera escuchando a María Callas, la Divina, en un aria de Saint-Saëns. En el fondo, alguna relación debe de tener la huida del Señor Presidente, el triunfo de los Rebeldes y el hecho de que doña Juana extienda la mano, voltee la vela y provoque el incendio que puso fin a los primeros once años de mi vida, lo que, por la opinión antes expuesta, significa decir a mi vida completa.

«Es verdad que no se puede encontrar
la piedra filosofal.
Pero está bien que se la busque.»
Fontenelle

Sea cual sea la relación entre los hechos, en última instancia inescrutable, en última instancia inútil puesto que no borra el hecho principal (en este caso, para mí, EL FUEGO, aun cuando la Historia no lo registre y en cambio ponga tanto énfasis en la huida del Presidente y en el triunfo de los Rebeldes), lo cierto es que las llamaradas se alzaron por allá, *du côté* de la señorita Berta, durante segundos que ponen en tela de juicio la mensurabilidad del tiempo. Quedamos fascinados ante las llamaradas cada vez más altas, cada vez más hermosas, cada vez más rápidas, que se propagaban con la rapidez que correspondía al grado de nuestra fascinación. Tengo la impresión (no estoy seguro) de que Merengue fue el primero en reaccionar, en gritar ¡Fuego! (ya aseguré que entre el Fuego y la palabra que lo designa existe un abismo de perplejidad, que es —el Fuego— de las pocas cosas en este mundo que resultan más impresionantes que su nombre), y en correr en busca de agua. Aunque, por supuesto, ya a esas alturas unos cuantos cubos de agua de poco o nada podían servir. Irene también corrió en busca de la manguera con la que acostumbraba regar el jardín. No obstante, el agua parecía alimento para las llamas vigorosas, lanzando colores a la noche que se hacían blancas en lo alto, semejando estrellas que salieran de la tierra y trataran de fijarse en el cielo. En algún momento pudo verse al loro *Morales,* tan deslumbrado al parecer como nosotros, entrar volando en las llamaradas. Fue la primera (y última) vez que Melissa lloró. Y algo verdaderamente asombroso: luego del loro, comenzaron a salir de los árboles gaviotas, bijiritas, pericos, ánades, cardenales, sinsontes, azulejos, golondrinas, colibríes, y muchos otros pájaros, que revolaban alegres sobre el fuego para lanzarse luego a él con intenso batir de alas. Una larga hilera de ratas, jutías y almiquíes, abandonó también las madrigueras y se internó en las llamas. Enloquecido, el tío Rolo gritaba. Ayudado por Vido, Merengue continuaba lanzando infatigables e infructuosos cubos de agua al tiempo que peleaba con san Lázaro,

Coño, viejo maricón, leproso, te olvidaste de nosotros. Con Tatina cargada, Casta Diva lloraba. Casi desnudo, armado con una
mandarria, Lucio semejaba un personaje de tragedia griega (aunque lo de la mandarria recuerde en algo a lo que hace muchos,
muchos años, milenios, se dio en llamar realismo socialista) en
lucha contra la adversidad, especie de Perseo dispuesto a acabar
con la Medusa; ignoro si se percataba (tampoco nosotros nos
percatábamos) de que los mandarriazos eran golpes inservibles:
derribaban paredes que de cualquier modo iban a ser pasto de
las llamas. De un lado a otro, Mercedes iba haciendo preguntas
que nadie entendía, y regresaba, abrazaba a Marta, quien, con los
ojos cerrados, iluminada por las llamas, parecía la sacerdotisa de
un culto antiguo. Tingo se había escondido tras el sándalo rojo
de Ceilán, y lloraba sin entender (siempre sin entender). La señorita Berta decía con desconsuelo Ya los siete ángeles tienen las
siete trompetas, ya El abrió el séptimo sello, éste es el fuego del
incensario, el fuego del altar que cae sobre la tierra... Viendo
amenazado su reino, mi madre daba órdenes desesperadas. El
profesor Kingston apareció junto al busto de Greta Garbo, silencioso, un poco triste, acompañado del marino de largo pelo ri-
zado, ojos oscuros y grandes (el mismo —ahora, al cabo del
tiempo, lo sé— que conoció Luis Cernuda, el mismo que conocimos en cualquier puerto del mundo; es hora de llegar a la conclusión de que sólo existe un marinero, y cada vez que uno tropieza con un marinero es El Marinero, el de Cernuda —tiempo
después, leí esta idea en *Querelle de Brest*, sin mencionar a Cernuda). No ignoro que el profesor Kingston ya está muerto, que
desapareció poéticamente en la Isla páginas atrás y la lógica de
la estructura indica que no debe estar aquí, pero qué voy a hacer
si aparece, si lo veo, si casi lo oigo decir *The land of ice, and of
fearful sounds where no living thing was to be seen,* y noto que se
apoya en el hombro del marinero (también es hora de afirmar
que un marinero aparece para que uno se apoye en su hombro,
y hasta llore en él, que entre otras cosas un marinero aparece
para consolar). De igual modo, aunque no se sabía de dónde venía, aunque no se la podía ver, se escuchaba la risa y la voz de
la Condesa Descalza, Lo dije, lo dije y no me hicieron caso, dije
que serían arrasados, que estaban destinados a la destrucción. Y
ya escribí que las llamas no sólo crecían hacia lo alto, sino que

avanzaban en cualquier dirección, se apoderaban de la Isla, de la noche, con la seguridad, la impiedad, la indiferencia de lo sublime. Debo reconocer que yo también tenía los ojos arrasados en llanto, aunque por diferente motivo. No me interesaba la pérdida de nada, y aun cuando hubiera sabido (cosa que ignoraba entonces) que mi vida terminaba con aquel fuego, me hubiera importado bastante poco, hechizado como estaba con la múltiple fulguración de las llamas, con aquel movimiento voluptuoso y cambiante que, al propio tiempo que destruía lo transitorio, fundaba una belleza definitiva. Se debe recordar que en situaciones límite, cuando lo más importante parece estar en juego, la mente se divierte y detiene en detalles y razonamientos que nada tienen que ver con la fatalidad de lo que acaece. Así yo, ante la destrucción de mi casa (la destrucción de cualquier casa es en el fondo la destrucción de una esperanza, de una vida, y hasta de un mundo), ante un hecho para mí y los míos tan definitivo, me puse a pensar en el lado sagrado de aquel fuego, en la razón que habían tenido los antiguos para otorgarle categoría divina, y llegué a imaginar la alegría de los dioses con la ofrenda que se le hacía en aquel paso de 1958 para 1959, y tuve la ingenuidad de creer que sería exorcismo suficiente, que los años por venir estarían pletóricos de paz y de bonanza. En el fondo de tanta retórica he tratado de decir: me sentía contento. Casi hubiera deseado arengar a cuantos me rodeaban, decirles No se dejen abatir, este fuego no es más que el inicio de una Nueva Era, literalmente fabulosa, donde seremos los Elegidos de la Felicidad, un Fuego es la puerta que se cierra para que se abran miles de puertas, la señal de una Nueva Vida Dichosa. Nada dije por fortuna (desde entonces tuve la sabiduría de reprimir las ansias de arengar, como si tuviera ya conciencia oscura de la falsedad de cualquier arenga, porque las arengas, como los jefes de Estado, son cosa del Demonio). Nada dije y

«... Siempre es peligroso escribir
desde el punto de vista del "yo".»
Anthony Trollope

Yo salí corriendo. Yo me perdí entre los árboles. Yo pasé por donde antes se había visto la Venus de Milo, hacia el lado en que alguna vez estuvo el Laoconte. Yo entré en casa del tío Rolo, que estaba abierta. Nadie, ni mi madre, se percató de la huida. Ya Sandokán nunca dormiría la borrachera tirado en aquella cama. Oscura, la librería me recibió inofensiva. No encendí la luz. Ni hacía falta ni quería llamar la atención. La catástrofe en nada alteraba la calma de ese lado intocado de la tierra. Se escuchaba si acaso un susurro como el que produce el viento entre las cañabravas. Nada inquietante para quien ignorara que a unos cuantos metros estaba teniendo lugar un incendio de proporciones colosales. Como un Teseo avezado (que se da incluso el lujo de desdeñar el hilo de Ariadna), corrí sin ver, pero viendo de otro modo, hacia el centro mismo de la librería donde aquella alfombra ocultaba un desnivel en el piso. Ahí estaba la puerta de madera. La abrí y, después de cerrarla de nuevo sobre mí, descendí rápido la escalera. Había llegado por fin a un mundo de absoluta calma. El fuego resultaba un recuerdo. Estuve mucho tiempo descendiendo, por lo que suponía un inmenso túnel. A veces creía ver una claridad en lo más profundo; cuando llegaba a lo que presumía el lugar de la posible luz, hallaba idéntica oscuridad y otra luminosidad aún más lejana. También tenía la impresión de que oía voces. Supongo que las oía, sólo que en algún momento me percaté de que mis propios pensamientos adquirían sonoridad real e independiente de mi voluntad. Mis pensamientos se oían, encontraban eco en el túnel, por lo que tuve a bien repetir para mis adentros los versos del libro aquel robado la tarde en que mi madre me mandó en busca del Tío, y que al instante se oyeron, incomprensibles, aunque de una belleza que los hacía clarísimos:

«Suspiro por las regiones
donde vuelan los alciones
sobre el mar...»

Y fue como en esos cuentos de *Las mil y una noches* en los que las palabras mágicas abren puertas que parecían cerradas para siempre, o permiten que aparezca el efrit, que resuelve cualquier situación y nos colma de riquezas. Me respondió un coro de voces que repetía frases, conocidas unas, desconocidas otras, y el largo túnel se iluminó y vi que en realidad no se trataba de un túnel sino de un lugar bellísimo, con abedules y cipreses y álamos y fuentes y arroyuelos mansos (por más que uno trate de huir del lugar común...) y una luz especial, casi falsa, que lo mismo podía ser el atardecer que la aurora, un lugar, en fin entre Fragonard y Corot, con brisa que llegaba embalsamada por tantas flores espléndidas, y que traía para colmo melodía de laúd. No tiene que ser avisado el lector para darse cuenta de la impostura, de la mistificación de este pasaje. Debo reconocer al menos tres razones para haberlo escrito. La primera, siempre deseé llegar a un lugar así, esa suerte de Cyterea a la que más o menos, con mayor o menor pasión, aspiramos todos; supongo que en mi caso la atmósfera cursi del lugar de mis sueños se debiera a la serie de cuadros de paisajes que había en casa de mi abuela, y que se repetían casi idénticos en cuanta casa visitábamos por esa época en La Habana; «paisajes imposibles», diría Lorca, rotundamente idílicos, aún más idílicos que el que acabo de describir, donde se veían donceles (mi memoria no recuerda ninguna doncella) pulsando laúdes. La segunda razón para mentir de modo tan flagrante fue que cuando me senté a escribir, mi mente se hallaba bloqueada por la blancura impudorosa de la virgen página, de ningún modo escondida y bastante indignante, para la que hay una respuesta única: escribir, escribir lo primero que se te ocurra. (A la virgen página es menester enmendarle la plana, llenarla de signos, de cualquier signo; ya se encargará ella de transformar en revelación la mentira posible.) La tercera razón es para mí la más convincente: si toda literatura es embuste, ¿qué más da agregar infundio al infundio? Si a fin de cuentas el lector sabe que se le miente, ¿para qué fingir que no se le miente? El caso es, claro, que hay mentiras y mentiras. Hay la mentira de Victorien Sardou y la mentira de Honorato de Balzac; hay la mentira de Pearl S. Buck y la de William Faulkner. Asunto demasiado espinoso, prefiero pasar sobre él lo más rápido posible. En última instancia tanto derecho tenían a mentir los unos como los otros. Y mientras abuso de la digresión, ¿qué le sucedía al adolescente de once años que era yo luego de bajar las escaleras del túnel infinitamente oscuro y encontrarse en medio de la bucólica escena? Será justo aclarar que de paisaje madrigalesco nada. Un marabuzal. Un monte. Había llegado, al parecer, la hora indecisa que precede a la noche. Llevaba las piernas y los brazos sangrando por las ramas de los marabúes. No se oía ninguna música, ninguna voz, nada, y el único olor posible era el de mi propio miedo. Cuando por fin logré salir del monte, me hallé en una zona desértica, poblada de rocas, desprovista de árboles, sobre la que se dejaba caer la noche sin estrellas y sin luna. A lo lejos, como en los cuentos que Helena (mi madre) me leía para dormirme, se adivinaba una lucecita dudosa. Corrí hacia ella, si no alegre al menos con bastante resolución. Encontré una casa grande, en ruinas. Encontré, además, el inconveniente de un río bastante ancho, crecido y turbio que se interponía entre la casa y yo. Sentado a la orilla del río, estuve mucho tiempo meditando sobre qué camino seguir. El río se veía peligroso como para cruzarlo a nado. Por lo demás, huelga decir que yo nunca había visto río tan caudaloso. El único río que conocía era la zanja que pasaba por detrás de la Isla, cruzando la carpintería, donde Vido se bañaba desnudo. Mucho menos pensar en construir una balsa puesto que no había un solo tronco de nada con qué hacerla. Pensé: A lo mejor si descanso y espero al amanecer, con la doble luz de la mente fresca y del sol, podré encontrar el modo de pasar al otro lado. Ya estaba a punto de echarme en las rocas, cuando vi un ancianito a mi lado. No sé cómo pudo acercarse sin que me diera cuenta. Lo cierto es que allí estaba. Mínimo, casi calvo, ojitos de ratón apagados tras unas gafas sin lentes, barba blanca de varios años, ropas andrajosas, sucias. Me alargó la mano. ¿Tienes una moneda? Ando sin dinero, respondí. Malo, malo, el dinero es la fuerza que mueve la Tierra, la Razón Ultima, el Logos, la *Causa Eficiens,* no tienes dinero porque seguro eres un botarate. No pude ripostar. Me limité a mirar la casa con la lucesita promisoria. El ancianito se acercó mucho. Sentí el vaho de su estómago vacío. ¿Quieres ir a la casa? Como es lógico, afirmé. Sí, todos quieren: pocos pueden, yo llevo años tratando y aquí me tienes. Se sacó el ancianito la dentadura postiza y estuvo mirándola buen rato con el ceño fruncido como Hamlet en la escena en que encuentra el cráneo de *poor* Yorick. Hay un barquero, dijo al cabo. Interesado, pregunté ¿Cuándo viene el barquero? De Pascuas a San Juan, casi nunca, nunca, no lo esperes. ¿Usted lo ha visto? Llevo años en esta orilla y sólo he podido verlo un par de veces. ¿Y por qué no lo ha usado en ese momento? Volvió a colocarse la dentadura postiza, masticó varias veces para probar quizá su eficacia y mostró uno de los ojos apagados de ratoncito para que me diera cuenta de que era un ojo de cristal. Ir a la casa cuesta un ojo de la cara, explicó encogiéndose de hombros. Si a usted le falta un ojo, significa que ya pagó. Fingiendo que no había escuchado, el ancianito sacó de no sé dónde una bolsa de monedas y se puso a contarlas. Después, movió la bolsa en el aire para que las monedas sonaran. Oye, música de las esferas, ¡qué Mozart ni qué niño muerto! Me miró asustado, abrió la boca para tomar aire, se puso rojo como la grana y guardó la bolsa en el lugar de donde la había sacado, o sea, en un lugar que no puedo decir. Más calmado, me pasó un brazo por los hombros, Te voy a contar una historia. Y justo en ese instante de sumo peligro, al borde ya del abismo con mis tiernos once años, apareció de la negrura, de la niebla, de la nada, un bote, o mejor, la sombra de un bote con una sombra humana, o casi humana, que gritaba estentóreo mi nombre Sebastián, Sebastián, y tendía una mano humana, o casi humana, a la que me aferré. A su vez, el ancianito se aferró a mí lloroso, gimiendo Quiero ir, quiero ir. El barquero, o la sombra del barquero, lo empujó con tal brusquedad que el hombrecito salió por los aires. Que el diablo te acompañe, gritó el barquero con voz más estentórea aún. La sensación que tuve entonces fue la de encontrarme en un bote y al mismo tiempo no encontrarme en un bote, la de cruzar un río y al mismo tiempo no hacerlo, la de ir guiado por un barquero que estaba junto a mí y no estaba. Un poco por ser amable y un mucho por conferirle la pizca de realidad indispensable a aquella situación ilusoria, di gracias al barquero y le dije que se había comportado con verdadera valentía. No puedo decir que me miró o sonrió porque yo no veía nada en la cara fantasmal; no puedo decir que me tocó porque, aunque lo hizo, mi cuerpo no experimentó nada. Ahora sí experimento hondo cansancio y,

«Tanto si la obra es horrenda o gloriosa,
terrible o divina,
hay poco que escoger.
Tan sólo aceptar tranquilamente.»
Charlotte Brontë

al mirar por la ventana (esta ventana, la de aquí, la ventana «real», la de mi casa) me doy cuenta: hace un día precioso, de esos, tan escasos en La Habana, en que la mucha luz no borra las cosas, más bien lo contrario, y en que el cielo es de un azul uniforme, y corre brisa (¡corre brisa!) y dan deseos de irse al mar, a pasear por la costa vacía, o pasear por el campo, bajo un palmar, junto al arroyo que murmura, sobre la hamaca colgada bajo matas de mango, a ver pasar guajiros (muy jóvenes) con sombreros, ropas limpísimas, polainas, guitarras, cantando alegres, cantando alegres, sí, ¿por qué no?, cantando alegres. Afuera el mundo vive, ¡ay!, se regocija. ¿Y qué hago yo aquí tratando de escribir una página que tal vez nadie leerá? ¿Por qué no mejor me visto y salgo a la luz y converso, me río con los otros? Me echo en la cama, con el cuerpo dolorido, repito en alta voz las preguntas. Lo importante es el flechazo, no el blanco, me digo. La frase, obvio, pertenece a Lezama Lima. Pienso en él, en ese escritor inmenso, gordo, gordísimo, encerrado en la casa de Trocadero 162, en pleno corazón de la ciudad más pestilente, horrenda y gritona del planeta, sin poder desplazarse más que de la sala al comedor, apoyado en María Luisa (aun vivo él, ya ella se había convertido en la viuda perfecta), oyendo por música las pingas y cojones de los vecinos, atrapado entre libros polvorientos, paredes húmedas, ahogado, hundido en el sillón, escribiendo en un papelito, escribiendo con terquedad, con el seguro paso del mulo en el abismo. Pienso en Virgilio Piñera, borrado de los diccionarios, de las antologías, de los recuentos críticos, en el apartamentico de la esquina de 27 y N, con aquel asfixiante olor dulzón que mezcla el gas con la borra de café, levantado desde las cuatro de la mañana, machacando, machacando sobre la máquina de escribir los versos de ¿Un pico o una pala?, su última pieza teatral, en verso y prosa (inconclusa), levantándose a cada rato para saborear una cucharada de leche condensada, o escuchar mil veces la Apassionata (en música, o se es Beethoven o nadie), y leer en francés y alta voz una página del Diario íntimo de los hermanos Goncourt, de las cartas de Madame de Sevigné, de las Memorias de Casanova, y Proust (otra vez Proust, Proust sin cansancio en desayuno, almuerzo y comida, Proust). Ahora recuerdo, cierta noche exclamó para siempre (él sabía que para siempre) Entre Marcel Proust y yo habrá las distancias que tú quieras, pero a los dos nos iguala la pasión con que nos sentamos a escribir. Entonces, quiere decir ¿la vida se hizo para los otros? Bueno, no hay que ponerse trágicos, ¡pobre de mí! Las cosas son como son. Sí, porque lo que está escrito *también es* la vida. No, es más, mucho más, es el triunfo del orden sobre el caos, de lo estructurado sobre lo informe, el *fiat lux*, la vara mágica que transforma en universo lo que no tiene pies, cabeza ni sentido, el añadido indispensable sin el cual. Sin el cual, ¿qué? Nada, no voy a seguir repitiendo lugares comunes. ¿Para qué se escribe una novela? Silencio. Insondable. Vasto. Religioso. Magnífico. Elocuente. Se comprenderá, no queda otra alternativa que regresar a la mesa, a la página impúdica que deslumbra, a la tinta, a la pluma del punto roto. Ignoro cómo salté a tierra. De igual forma que me vi de pronto bogando en la sombra de un bote por un río proceloso, acompañado por la sombra casi humana del barquero, así, con la misma irrealidad, me vi en la orilla opuesta, en paisaje más inhóspito si cabe que el del otro lado, aunque con la esperanza de la casa que ahí, a unos pasos, prometía abrigo, un rinconcito donde dormir (si de algo tenía deseos era de dormir; si hay algo insoportable es una vigilia prolongada). Caminé dando tropezones por el suelo rocoso. Pensé que me acompañaban algunas figuras luminosas, aunque por más que me volví a buscar nada descubrí, ni siquiera el río, mucho menos el barquero y su bote. Para ser sincero debo decir: a mis espaldas no había nada. Y me gustaría que esta frase fuera entendida es su más recto sentido: ¡nada! Nada de nada. Sé que la palabra «nada» resulta harto difícil de entender: solicito un pequeño esfuerzo: ¡Nada! Lo que entre otras cosas prodigiosas quiere decir que sólo tenía la alternativa de seguir adelante. Me concentré pues en la casa y en mi propio deseo de llegar. A dos o tres metros de la puerta, estrecha y baja, descubrí a un señor bien trajeado, de *black-tie* o algo así, y cara medio inglesa medio norteamericana, significa decir hierática, y palmatoria en la mano derecha: ¡la lucecita promisoria que se veía a los lejos! Hizo un gesto para que me detuviera. Articuló la que interpreté como frase mágica, y que sonó más o menos así *The portrait of a Lady*, o acaso *Princess Cassamassima*, no sé. La puerta se abrió. Aquí está Sebastián, anunció en inglés todavía más hierático que su cara. Del interior de la casa se escuchó una voz extraña, am-

329

pliada por el eco, que ordenó en cubanísimo español O.K., Míster James, déjalo pasar. Y me vi en una sala lóbrega a cuyo extremo, sentado en un sillón, balanceándose, iluminado por la diagonal de una luz que entraba por la ventana que no había, o que llegaba del techo de enredaderas que tampoco había (la misma luz de los cuadros de Vermeer de Delft), un hombre de cara triste y aburrida y escéptica, burlones ojos verdosos, frente arrugada, nariz de cuervo, como descrita por Míster Poe, labios gruesos, predispuestos a la mueca del desagrado. Me recibió sin sonrisa, con un Llegaste por fin, bienvenido, estás en tu casa, te prometo un viaje más maravilloso que el de Nils Holgersson a través de Suecia. Aunque creo que esto último debo de haberlo soñado, los párpados me pesaban y ya no podía más de cansancio.

«Tengo que hacer que esta obra
sea buena a toda costa,
o por lo menos todo lo buena
que *pueda* hacerla.»
Dostoievski

Cuando desperté (si es que desperté), cuál no sería mi sorpresa al encontrarme en la Isla. La Isla sin fuego y sin destrucciones. El señor de los burlones ojos verdosos y la nariz Edgar A. Poe, que me había recibido y prometido un viaje maravilloso, fumaba con tranquilidad y clase, mirándome sin expresión. ¿Estás bien?, preguntó con su voz singular, haciendo un lánguido gesto con la mano del cigarro. ¿Sabes quién soy? Breve pausa para absorber del cigarro, expulsar humo hacia lo alto como invocando a la divinidad, lanzar el cigarro con desmayado gesto hacia la espesura, abrir mucho los ojos que brillaron con más burla, sonreír, mostrar por supuesto dientes manchados de nicotina, suspirar dos, tres, cuatro veces, tocarse el pecho, en el lado del corazón, con mano bellísima, blanca, de adolescente. Estás autorizado a llamarme Scheherazada. Pareció que la luz se hacía íntima. Por sorpresa, el hombre rejuveneció, se convirtió para mi asombro en el Herido, con su hermosa cara Honthorst, y de ahí pasó a ser una mujer, una bellísima mujer. Como el cruel sultán es eterno, exclamó con voz potente y aún más misteriosa, Scheherazada se ha visto en la obligación de usar incontables seudónimos a lo largo de siglos incontables. Se volvió hacia mí, levantadas las cejas, en el pecho la mano hermosa, cubierta de sortijas que brillaban. Tu primitivismo (eres tan joven) no te ocultará que Scheherazada fue (es, soy, seré) una mujer brillante, decidió (decidí, decido, decidiré) contar y contar y contar para salvar la vida, se dio (me doy, me daré) cuenta de que contar era (es, será) el modo único de sobrevivir, se dio (me doy, me daré) cuenta de las posibilidades salvadoras que tienen (y tendrán siempre siempre) las palabras, tuvo la iluminación de que narrar era (es, seguirá siendo) el único modo (¡el único modo!) de alcanzar la eternidad, y estuvo (estaré, quieran o no) hablando mil noches y una, ¡mil noches y una!, y más, toda una vida como aquel que dice, y como tu primitivismo no te ocultará, ¡se salvó!, ¡Scheherazada se salvó! Estaba de pie, en medio de las flores de Irene, iluminada, envuelta en peplo verde, cada vez más hermosa, mirándome con ojos también verdes, subyugantes, que brillaban tanto como anillos y brazaletes. Y en un segundo volvió a ser otra vez el hombre con cara Míster Poe. Con la mano derecha, comenzó a acariciar la palma de la mano izquierda. Tenía el ceño fruncido antes de continuar: Luego, con el tiempo, a lo largo de siglos y siglos, como un personaje famoso de Mistress Woolf, Scheherazada ha cambiado de cuerpo, de sexo, de nombre, se la ha conocido como Herman Broch, Alberto Moravia, Truman Capote, Azorín, Chordelos de Laclos, Alice B. Toklas (perdón, quise decir Miss Stein), Jean Genet, Vargas Llosa, Cervantes, José Soler Puig, Mademoiselle Yourcenar, Chaucer, Tibor Déry, Nélida Piñón, Lawrence Sterne, Miss Austen, León Tolstói, Carlos (Loveira, Fuentes, Montenegro, Victoria, Baudelaire y Dickens —aunque estos dos últimos sean más bien Charles), Enrique Labrador Ruiz, Clarín, Homero, E.M. Forster, Ryunosuke Akutawaga, Albert Camus, Tomás de Carrasquilla, Katherine Anne Porter, Bioy Casares, Mongo Beti, Thomas Mann, José Saramago, Cirilo Villaverde, Henry Fielding y *tutti quantti*, y si no los menciono a todos es por aquello de *ars longa, vita brevis*, como tú comprenderás, la vida no nos alcanzaría, y yo, tu nada humilde servidor, no soy más que una de las prodigiosas encarnaciones de esa mujer superior y por eso digo: te autorizo a llamarme por mi nombre oculto y verdadero,

Scheherazada, aunque si prefieres puedes emplear también Maestro, de mayor naturalidad, rapidez, familiaridad y que al fin y al cabo significa lo mismo. El Maestro dejó que creciera otro largo y sagrado silencio. Cada vez más íntima, en él se concentraba la luz que bajaba oblicua desde el techo de ramas. Sentí que yo había desaparecido. Al menos así lo creí. Sólo él existía. Cada gesto suyo alcanzaba valor especial. Sacó varios papeles del bolsillo de la descolorida camisa, los desplegó, los llevó a la altura de los ojos. Lo escuché leer:

«La tarea del poeta y del novelista
es enseñar la vileza que se encuentra
debajo de las cosas grandes,
y la grandeza que se encuentra
debajo de las cosas viles.»
Thomas Hardy

lo escuché leer, sin énfasis aunque con énfasis, cansado el acento y al propio tiempo de extraordinaria vivacidad: «La maldita circunstancia del agua por todas partes me obliga a sentarme en la mesa del café. Si no pensara que el agua me rodea como un cáncer, hubiera podido dormir a pierna suelta. Mientras los muchachos se despojaban de sus ropas para nadar, doce personas morían en un cuarto por compresión...» Y era el poder de ir entrando en la Isla casi por primera vez, sentir la compresión del mar, el encierro que cualquier isla provoca, la posibilidad de reconocerla, desvelar sus misterios, asistir a la llegada del día, de la luz que hace invisible y borra los colores, a la neblina de la luz, «todo un pueblo puede morir de luz como puede morir de peste», la autoridad del sol, que exige la hamaca y vuelve hacia arriba las inútiles palmas de las manos, y ver cómo no hay tigres que pasen, dejar que sólo las sombras de sus descripciones alteren, por un momento, el dominio de la luz, asistir después al arcano de la noche antillana, al poder del perfume (hecho de tantas frutas, de tantos perfumes), porque «el perfume de la piña puede detener a un pájaro», y el dulce perfume de un mango en el río, fluyente, por supuesto, permite alcanzar la revelación, y confesar las claves de un descreído misticismo, ver cómo se sacrifica un gallo para lograr la cercanía de otro cuerpo, lograr la entrega de otro cuerpo, mostrar cómo gozan dos o más cuerpos en el platanal, amparados por la Musa Paradisíaca (¡cómo vivir sin semejante satisfacción en esta Isla!), al tiempo que la guanábana resulta traspasada por el puñal, como cualquier corazón, y descubrir no sólo el deleite, el ensalmo del amor al aire, bajo el cielo libre, glorioso (terrible), blanco de estrellas, sino también el otro hechizo del baile (viene siendo lo mismo), y desear vivir, morir, en esta nada jubilosa, donde las cosas no existen, donde no se puede definir ni ordenar ni relatar, donde no se puede más que sentir, el paraíso donde la razón es abolida, sí, «aullando en el mar, devorando frutas, sacrificando animales, siempre más abajo, hasta saber el peso de su isla, el peso de una isla en el amor de un pueblo». Sacralizadas, las palabras (que no fueron, como el lector supondrá, las que acabo de escribir) habían tenido el poder de volverme intangible. El silencio me devolvió, dolorosamente, a la materialidad. Supe, por otra parte, que no cualquier palabra alcanzaría esa fuerza, que no cualquier palabra *era (no podía alcanzar a ser)* La Palabra. De modo que permanecí hundido en mi silencio como un ser infernal a quien, para mayor castigo, se le concede en instante brevísimo la posibilidad de contemplar el Paraíso.

«PELIGRO: Circunstancia de existir
posibilidad, amenaza u ocasión
de que ocurra una desgracia
o un contratiempo.»
María Moliner

El Maestro me llamó con un gesto y echó a andar. Levantándome, seguí su planta cautelosa, fui tras él por entre árboles, los árboles del jardín extenso, intenso, y llegamos a sus confines, donde una verja alta, antigua, herrumbrosa, elegante, adornada en exceso, marcaba el límite con el mundo. El Maestro indicó la oscuridad sobrecogedora del otro lado. ¿Sabes qué hay más allá?, preguntó. Negué con la cabeza, aunque pensando No, Maestro, cómo voy a saber qué hay allá, ni siquiera sé dónde estoy, ni siquiera sé quién soy. Unió las manos, las levantó como si se dispusiera a elevar una plegaria. Nada dijo. Cuando las separó, salió volando de entre ellas una paloma. Digo «paloma» para otorgar nombre conocido a aquel hermoso pájaro blanco que, escapando de sus manos, dio vueltas sobre nuestras cabezas antes de atravesar la verja y pasar gozoso al otro lado de la Isla. Se escuchó una detonación. La paloma, el pájaro, se detuvo en el aire, abiertas las alas (imagen de la perplejidad), y cayó hacia no sé dónde, hacia no sé qué precipicio sin fondo. Silencio imponente. El Maestro se volvió hacia mí. ¿Entendiste? ¿Sabes por fin qué hay al otro lado? Peligro, extremado peligro, significa decir Estamos rodeados, vamos bordeando el peligro. Se deberá recordar: yo era casi un niño, deberá, pues, ser bien entendida, en toda su ingenuidad, la pregunta ¿No hay nada que hacer?, que el Maestro recibió con sonrisa de condescendencia. También el peligro tiene su gracia, dijo, existen peligros deliciosos, hay mucho que hacer contra el peligro, y continuó camino hacia lugares más intrincados de la Isla. Maestro, da miedo, mucho miedo, la palabra «peligro». ¿Miedo?

> «¿Qué me va en ello a mí
> que fabrico esta historia?»
> Jean Genet

Como el avisado lector podrá deducir, debo abandonar el relato dos minutos, aunque sea, y tomar una taza de café, salir a la terraza, ver pasar la vida, o al menos eso que tomamos como tal, la vida, la vida, porque...

¡TENGO MIEDO!

(miedo a qué, ten coraje, vamos, acaba de decirlo)

¡NO!

... necesito recobrar fuerzas, respirar hondo, ver cómo el día es un día más (¡ningún día es un día más!), tratar inútilmente de olvidar el miedo, el peligro. Mientras, el Maestro y yo nos vamos internando en la Isla, el espectáculo de la calle resulta pavoroso: desde hace una semana no pasan los basureros, bolsos de basura crecen y crecen en las esquinas, con ellos crece también el número de moscas y es mefítica la inservible brisa que

corre. Amenazante y feroz como un animal, el sol se apodera
de la calle. Una multitud, hombres y mujeres en bicicleta, sudorosos, llorosos, tristes, cansados, aburridos, llena la calle brillante, también feroz, también amenazante. Otros se sientan en
las aceras, inexpresivos, a esperar no saben qué, no hay nada que
esperar, ni siquiera se sientan a matar el tiempo, no hay tiempo,
el tiempo no existe, el tiempo no es ningún niño que juega a
los dados, no hay niños, no hay dados, el tiempo en esta calle,
en esta ciudad, es un remolino de polvo con dos fechas, nacimiento y muerte. Hablando de niños, viene uno, me apunta con
un rifle de juguete ¡Pum, te maté! En efecto, me mata. Sí,
muerto. Por quinta, octava, décima vez, me acaban de matar.
Muerto y con terror (el peor modo de morir) cierro la puerta.
Y ahora, muerto, ¿qué hago? Seguir, Maestro, seguir con usted
por el jardín (ahora jardín de este libro) significa decir: era un
jardín perecedero, ha quedado fijado en la palabra, único modo
de eternidad, sí, Maestro, seguir con usted para descubrir adónde
vamos a parar. Sí, acompáñame por ahora, ordenó él, me miró
con sorna y continuó diciendo En cuanto a la muerte, nada de
preocupaciones, o por lo menos nada de autolástimas (odio a las
personas que se creen desdichadas), yo soy un fantasma

«¿Qué es un fantasma?
—preguntó Stephan Dedalus—
Alguien que se ha deshecho
en impalpabilidad por muerte,
por ausencia
o por cambio de costumbres.»
James Joyce

y no ando con alharacas, por lo demás, todos somos o hemos
sido fantasmas, todos sufrimos o hemos sufrido en esta vida (y
enfatizo «esta», porque en cuanto a la otra...) no tienes la exclu-
siva del sufrimiento, la literatura cubana se ha caracterizado por
eso, ya lo sabes. (¿Crees de verdad que nacer aquí sea una fiesta
innombrable?), sígueme, verás, prometí un viaje maravilloso y
tengo, ¡tenemos!, que cumplir, vamos a continuar avanzando por
entre tantos y tantos árboles, comenzarás a perder la noción de
lugar, no te sentirás en jardín ni en sitio alguno, la noche se está

convirtiendo en suceso palpable, en muro que puede tocarse con sólo extender las manos, extiende, extiende las manos, toca la noche, no tengas miedo, mira que estas oportunidades son únicas, ahora empuja la puertecita, inclínate para entrar, no vaya el golpe a hacerte perder el sentido que debes poseer bien aguzado, ya está, aquí tenemos la palmatoria, ¿la luz será suficiente?, sí, la luz siempre será suficiente, aun cuando éste, por desgracia, no sea el Siglo de las Luces, sino más bien su contrario. Habíamos llegado a un lugar inmenso, lleno de sombras. Con la conciencia de lo bien ponderada que resulta la verdad en literatura, quisiera jurar al lector que soy veraz, que narro la exacta impresión que me produjo cuanto experimenté entonces, que trato de ser realista (sí, realista), lo más posible, no exagero, ni por un momento se me ha ocurrido distorsionar los hechos que viví y que hoy, gracias al fulgor de las palabras, revivo con mayor intensidad. Cuanto narro es autobiográfico. Ninguna coincidencia con personas o hechos de la realidad es fortuita. Sombras, sombras. Incorpóreas. O ni siquiera formas, huellas que se levantaban inmateriales. Erraban. Se movían como si se tratara de protozoarios. Levantó la palmatoria. Una de aquellas sombras se convirtió en señor adusto, de severísimo traje negro, sentado a una mesa, en silla de Viena, frente a un vaso de agua y a un cuaderno abierto cuyas hojas estaban escritas a mano, con letras pequeñas, apretadas, ahí tienes, el príncipe de Lampedusa, pobre hombre, aun muerto cree que nadie quiere publicar su libro, aun muerto ignora que su novela se ha traducido a todos los idiomas, no sabe (no puede saber; probablemente tampoco le interesaría saberlo) que es un genio, trató de acercar aún más la pobre luz que llevaba en las manos, la sombra regresó a la impalpabilidad en el preciso momento en que otra comenzaba a corporeizarse, ahora pude ver a un hombre con barba, cara demacrada, ojos de delirio, acostado en una cama, no toqué su frente sudorosa, supe que ardía, mencionaba un nombre de mujer que no entendí, ¡José Asunción!, llamó Scheherazada, y el hombre levantó ligeramente la cabeza, pareció que sonreía, nos miraba, y sacó una mano con una pistola de debajo de la manta y llevó con movimientos ceremoniosos a su pecho, a la camisa de dormir donde había dibujado un corazón, el cañón de la pistola, yo grité, por supuesto, o quise gritarle ¡No, no lo hagas! (como si

336

hubiera leído mis pensamientos, el Maestro hizo un gesto para impedirme que gritara), se produjo la detonación, me pareció ver que de su pecho escapaba, violento, el corazón, esto, claro, no puedo afirmarlo, puede ser la morbosa, la diabólica, la malévola, la retorcida imaginación, y la sombra volvió a ser sombra, y él, el Maestro, volvió a levantar la palmatoria, un joven de ojos oscuros y mirada que en algún momento debió de estar asustada (en ese minuto ya no lo estaba, mirada serena de quien lo pudo comprender todo en descubrimiento súbito); llevaban al joven frente al pelotón de fusilamiento, *Yo sé que mi perfil será tranquilo* (era la voz de Scheherazada), y la detonación lo hacía caer, y él, Federico, cayó con los grandes ojos serenos que ya habían alcanzado la revelación, se ponía heroicamente de pie, el Maestro apartó la palmatoria, no quieras ver, dijo, más ojos sabios por ahora, entonces otra sombra, corporeizada por la luz, se acercó, vino hacia mí, un hombre viejo, ¿un hombre viejo?, quizá más viejo de lo que aparentaba, ¿y es anormal? ¿quién es el anormal, babeante, lloricoso, encorvado, casi desnudo, con peste a orine, mendigo, que no puede con su alma, lo conoces?, ¿no lo conoces?, mira bien, voy a acercar la luz, también se llama Federico, o el equivalente a Federico en su idioma natal, Nietzsche, deberías conocerlo, su cerebro llegó tan lejos..., no, mentira, no es él, se trata de Oscar Wilde, que cumple condena por supuesta inmoralidad, y ahora, atento, estás frente a Gérard de Nerval, sí, va dispuesto a ahorcarse con el cinturón en la Vieille Lanterne, cantando No me esperes esta tarde porque la noche será negra y blanca... (era la voz de Scheherazada), tampoco, tampoco es él, es Attila Jozsef lanzándose a las ruedas del tren en marcha, y debes saber: ese hombre que observa cómo se abre la flor más pequeña y queda meditando, meditando, meditando, con cara de dolor, porque la flor, tan pequeña la flor que se abre, despierta en él pensamientos demasiado profundos que lo atormentan, es Wordsworth, y si lo ves pender de la soga de un cuarto de hotel es Esenin, y si ahora huye, es que no es Wordsworth, ni Esenin, sino Rousseau, Jean-Jacques, el paseante solitario, en los últimos años terminó paranoico como Strindberg, es él, Strindberg escribiendo en París el *Alegato de un loco*, y si ves que se transforma en mujer, tienes a Alfonsina, decidió terminar en el fondo del mar, Virginia decidió terminar en el fondo del río,

Hart Crane también optó por el mar (¡ah! *La mer, la mer toujours recommencée...*), o este, mira, rubio y oscuro, hermoso, Dylan Thomas bebiendo dieciocho tragos seguidos de whisky que lo llevarán de la locura sobria a la locura ebria y de ahí a la muerte, y hablando de locura ebria mira hacia allá, Ricardo Reis, Alvaro de Campos, ese hombre múltiple a quien resulta más cómodo llamar Fernando Pessoa, y hablando de locura, puedes ver aparecer a Hölderlin junto al Neckar, y si lo ves que se abre el vientre, Mishima, y si lo ves sin ojos, Homero, Milton, Borges, todos a un tiempo, y si lo que está es abriéndose las venas, llama ¡Petronio! y verás alzarse, elegantes, los ojos del árbitro de la elegancia, y aquel que se consume en la cárcel y va empequeñeciéndose, llámalo ¡Miguel Hernández!, recuérdale Tanto penar para morirse uno (el tono indudable de la voz de Scheherazada), y aquella monja que ahora mi luz hace visible en una celda es sor Juana Inés de la Cruz, y si es un hombre precioso y alto que también se dispara (¿escuchaste la detonación?), es que debe de tratarse de Maiakovski, Bulgakov, Cesare Pavese, Bruno Schulz, que no se suicidó, sino que resultó devuelto a las tiendas color canela, es decir, asesinado una tarde pavorosa por un SS grandioso, hermoso, como suelen aparecer las almas endemoniadas, y ahora mi luz hace visible la decapitación de Tomás Moro, y ahora mi luz hace visible a don Miguel de Unamuno que malvive (o malmuere) con su sentimiento trágico de la vida, y a Camus, que ya sabe (aunque no lo comprende: es absurdo) que ha tenido el accidente definitivo, y ahora mi luz hace visible a Alejandra Pizarnik, a José María Arguedas, y la pobre mujer asomada a la ventana es Emily de Amherst, y si ves a lo lejos las dos sombras que hacen el amor y se atacan (viene siendo lo mismo, ¿no crees?), aman y disparan, disparan y aman, Rimbaud y Verlaine, y ahora mi luz hace visible a Isidore Ducasse, conde de Lautréamont, y el muchachito ingenuo que ya piensa con escribir novelas, el muchachito (*I weep for Adonais —he is dead!*) a quien han clavado miles de dardos y miles de dardos más lo están esperando a lo largo del camino, ese muchachito fantasmal, muerto, vivo y muerto, eres tú, Sebastián, y si te lo revelo es porque

«La vida no debe ser una novela

que se nos impone,
sino una novela que inventamos.»
Novalis

es mi deber, de Maestro, de escritor, de hombre con alto concepto moral, no, comprende, no queda otro remedio, no puedo decir mentiras, si acaso, la mentira que conduzca a la verdad, porque yo, tú, él, nosotros los que escribimos, somos, como Cocteau, los mentirosos que revelamos siempre una verdad, y ya, se acabó, por hoy es suficiente, apago la vela y salimos del Hades. Apagó la vela, salimos del Hades. Por arte de magia, estábamos de nuevo en el jardín...
Y pasó el tiempo. Sí,

... PASO EL TIEMPO

Al llegar a este punto, no puedo dejar de reconocerlo: el novelista debe elegir, seleccionar (hermosa palabra: selección) un número limitado de detalles de entre la enorme abundancia que la vida le ofrece, por la sencilla razón de que, como decía Maupassant (no estaba tan loco como se nos ha obligado a creer) «contarlo todo sería imposible, porque haría falta un volumen por jornada para enumerar los múltiples incidentes que llenan nuestra vida». Hace mucho, los novelistas abandonaron la pretensión de escribirlo todo, como hubiera deseado Rétif de La Bretonne y aquellos soberbios demiurgos llamados Balzac o Tolstói. Más humilde, ahora el infeliz novelista debe recurrir a cuantos artificios estén a su alcance para que el lector no se percate de su impotencia de decirlo todo: síncopes, aceleramientos, resúmenes, saltos bruscos. El tiempo ha sido preocupación tan constante entre los novelistas que, de un tema más, o la condición de una realización, pasó a ser, por momentos, el héroe de la historia, como en *Tristram Shandy*, o en El Tema, como demostraron Mann, Woolf y el más grande, Proust. Como el lector conoce, existen tres tiempos posibles: el de la aventura, el de la escritura y el de la lectura. El tiempo de la aventura... ¡Dios, no! Con la cantidad de cosas que quedan por narrar, con la cantidad de hombres y mujeres tristísimos, abatidos, roñosos, pusilánimes, relapsos, solemnes, insidiosos, pálidos, sepulcrales, aburridos, enormemente ingenuos y leve, discretamente malvados (guardianes de cementerio los llamó Sartre), que no pueden (ni siquiera saben) hacer otra cosa que dedicarse a la crítica literaria, qué voy a hacer yo desaprovechando el tiempo con una digresión sobre el tiempo. Lo mejor será, pues, regresar al instante asombroso en que fui capaz de escribir con la mayor inocencia

y pasó el tiempo.

Cierto, muchas noches transcurrieron con Scheherazada en aquel jardín. En la llamada realidad (en la equívoca, en la indescifrable, en la ambigua realidad, cuyo verdadero nombre debiera ser «fantasía»), estábamos él y yo solos. Ahora debo restringirme, sin embargo, a la inequívoca, a la poderosa fantasía, cuyo verdadero nombre debiera ser «realidad». Cada noche Scheherazada hacía aparecer a un personaje distinto. Así, hizo aparecer a mi madre, a Irene, a Lucio, al tío Rolo, al profesor Kingston, a Merengue..., e iba volviendo a contar la historia de cada uno a su modo, como a él le hubiera gustado. ¡Míralos!, ordenó una noche. ¿A quién? ¿A quién va a ser?, a ellos. Y todos los personajes de la Isla reaparecieron sentados en los sillones de la galería, una tarde de octubre, fresca y luminosa, tomando café, conversando... ¿Sabes quiénes son? Miré al Maestro lleno de sorpresa, único modo de mirar en casos como éste. Sí, Maestro, lo sé, respondí con timidez. Replicó: No vayas a cometer la vulgaridad de explicar que son Marta, Casta Diva, Chavito, Mercedes..., ese pormenor lo conoce cualquiera, no tiene la mayor importancia, estoy hablando de otra cosa. Volví a mirarlos, volví a constatar que continuaban con exacta expresión de dicha en el ocio de la tarde. Scheherazada, el Maestro, se había puesto de pie, no podía contener la ansiedad, y daba cortos paseos, siempre acompañado por la luz que bajaba en diagonal del techo. Y en este instante debo reconocer que el asombrado fui yo al descubrir un hecho milagroso, al comprobar que había vuelto a ser el Herido y que tenía en las manos nada menos que aquel cuaderno con el que se sentaba a escribir en el sillón de Irene. ¿De dónde sacó ese cuaderno, Maestro? Odio las preguntas tontas, respondió, y luego, lanzándome una furiosa mirada con ojos que no eran verdosos sino rojos, dijo Obsérvalos bien, ¿para qué están aquí, qué vienen a hacer? *(mirada de compasión, suspiro)*, y ahora, atiende, vas a tener una señal, voy a escribir en la libreta mientras los miras. Los personajes comenzaron a mudar el color del pelo, de los ojos, cambiaron narices, bocas, manos, cuerpos, vestuarios, expresiones y actitudes, eran otros, y tampoco otros, ni aquellos otros, sino otros, otros más, cambiantes, y respondieron a tantos nombres, René, Sofía, Foción, Alma, Felipe, Bárbara, Esteban, Ramón, Estrella, Gregorio, Maité, Pascasio, Oppiano, Luz Marina... Se trocaron en tantos, en tan breve tiempo, que ahora no soy capaz de dejar testimonio exacto del cambio. Hubo un momento, incluso, en que se convirtieron en réplicas exactas de mí mismo. Me vi multiplicado, cinco, seis, siete veces repetido como si la realidad se hubiera cubierto de espejos. Levanté la mano derecha y varias manos se alzaron. Me asombré y se asombraron. Canté y cantaron. Reí y rieron. Lloré y lloraron. ¿Sabes lo que pasa?, gritó el Maestro con la voz de exultación propia de quien devela a otro las claves del gran descubrimiento, ¡son personajes! ¿...?

«... Tampoco pinto retratos.
No es mi estilo.
Invento. El público, que no sabe en qué consiste
inventar, trata de encontrar originales
en todas partes.»
George Sand

¿Quiere decir que no existen? ¡Qué cosas se te ocurren!, por el contrario, hijo, existen más que nosotros *(pausa breve, otro suspiro, mirada de compasión, inexplicable música de fondo, otro suspiro, muchos suspiros)*, en algo, sí, son como nosotros, hay cosas en las que nos asemejamos puesto que han sido hechos con alquimia rara, Sebastián, con todas las carnes y las sangres, con todas los huesos y arterias, con músculos y nervios, con las angustias, alegrías e incertidumbres, las nostalgias e impiedades, las grandezas y miserias, tienen, como nosotros, de Dios y del demonio, y de todos los misterios; no, al final no son, no somos, como tú: ¡poseemos brillo de eternidad! Scheherazada me lanzó una profunda mirada, irónica, cómplice, y dio vueltas en torno a mí con agilidad sorprendente. En uno de los giros perdió las ropas baratas y apareció vestido con capa, bastón y chistera. Yo mismo, ¿quién soy? ¡Tu personaje!, si vamos a ser honestos, estoy siendo construido con entrañas tuyas, y también con entrañas de ese gran escritor, Virgilio Piñera, a quien tanto quisiste y a quien tanto debes y deberás para siempre, el escritor maldito, bendito contigo (¡ah, tenías que encontrar el modo de unirte a él!), y también estoy siendo construido con muchas otras entrañas, por supuesto, el personaje se hace con cuerpos y almas de tantos cadáveres que se van saqueando por el camino. Continuó girando, moviendo el bastón, quitándose, poniéndose el sombrero, agitando la capa. Los otros personajes perdieron la corporeidad. Quedaron contornos, se hicieron transparentes, desaparecieron. No sólo ellos. Al paso del Maestro la realidad se deshizo como el decorado maltrecho de una pieza teatral que sale de temporada. Scheherazada y yo, solos. El resto, nada. Como en páginas anteriores, *nada de nada*. Absolutamente nada, querido lector. Vuelvo a escribir: «Sé que la palabra "nada" resulta harto difícil de entender». Vuelvo a escribir: «Me gustaría que esta palabra fuera entendida en su más recto sentido: ¡nada!». En esta ocasión que narro me encontré solo con Scheherazada en medio de la nada. En esta ocasión ni siquiera tenía un camino por delante. Ella/él me alargó el cuaderno y exclamó entre risas La tierra no tiene forma: es preciso dársela, Sebastián, la tierra es un mar profundo cubierto de oscuridad, tu espíritu y el mío (que vienen a ser el mismo) se mueven sobre las aguas, ¿no te parece necesario hacer la luz?

Abrí la libreta.

Escribí

luz

y las tres letras, de apariencia inocente, hicieron que la nada se llenara de un brillo magnífico, dorado, y comprobé que existe una diferencia abismal entre la nada oscura y la nada iluminada (el día y la noche en medio de la nada). Y Scheherazada, que al iluminarse había cobrado expresión de beatitud, preguntó con la mejor de sus voces ¿No crees, Sebastián, que deba existir una bóveda que separe las aguas?

Escribí, por supuesto,

                    bóveda

y una bóveda separó la nada, y al instante se convirtió en el
cielo que, como por arte de magia, se hizo azul. Y sin que nadie
me lo ordenara

                    escribí

                    tierra

y nuestros cuerpos dejaron de levitar, nuestros pies se posa-
ron al fin en algo firme,
        como podrá suponerse continué
    escribiendo palabras, palabras, palabras
        palabras, palabras, palabras,
            palabras, palabras,
        palabras

                    viento
                    agua
                montañas
                casas
                ríos
                árboles

y por cada palabra algo se añadió a la realidad. El mundo se
conformó y ordenó como yo quería o deseaba. El Herido y yo
paseamos por aquel invento con alegría que no tuvimos modo
de contener. Sé, o creo saber, que llegamos a un lago. Debimos
de habernos sentado en sus orillas (los lagos están para que nos
sentemos en sus orillas). Con gesto cargado de intención, él ordenó Inclínate, mírate en las aguas azules que, como están acabadas de crear y como todavía somos los únicos humanos, aún
no están contaminadas. Allí, reflejado en las aguas, no me vi, lo
vi a él, vi al Herido que Tingo y yo encontramos, aquella noche

de finales de octubre, en la carpintería del difunto padre de Vido. Y la imagen de las aguas, titubeante y casi efímera, me permitió entender, en una iluminación, qué hacía con el cuaderno, y, lo más importante, me permitió entender quién era yo. Maestro, dije, quiero contar la historia de mi infancia, la historia de aquella Isla en que nací, en Marianao, en las afueras de La Habana, junto al cuartel de Columbia, narrar la historia de aquellos que me acompañaron e hicieron desdichado o feliz, regresar a los meses finales de 1958 en que estábamos próximos, sin saberlo, a un cambio tan definitivo en nuestras vidas, aquel ciclón que abriría puertas y ventanas, y destruiría techos, y echaría abajo paredes, ignorábamos entonces el poder de la Historia en la existencia del hombre común, Maestro, ignorábamos que éramos las fichas en el tablero de un juego incomprensible, no pudimos percatarnos de que la huida del tirano con la familia hacia la República Dominicana, la entrada en La Habana de los Rebeldes victoriosos (que tomamos por enviados del Señor), transformaría tanto nuestras vidas como si hubiéramos muerto la noche del 31 de diciembre de 1958, para nacer el primero de enero de 1959 con nombres, cuerpos y almas completamente transfigurados (aunque esto, lo sé, no tendrá espacio en la novela: deberá ser narrado en otros libros). El Maestro, al parecer, no escuchó. Quedó sonriente, inmóvil. Los ojos adquirieron fulgor especial. Rejuveneció. De su cuerpo comenzó a emanar un resplandor intenso, que enceguecíó. Sólo entonces reaccionó. ¡Escribe, no pierdas el tiempo, escribe!, gritó mientras giraba, y noté, y ahora notarán ustedes, distinguidos y posibles lectores (por el seguro ademán que acompañó a la exclamación, el brillo de los ojos verdosos y la sonrisa tan segura como el ademán), que él (o ella) tenía justa conciencia del valor que debía imprimirle a la frase. Continuó girando y terminó por deshacerse en humo, en polvo brillante que subió a lo alto y se precipitó luego en forma de lluvia generosa sobre la tierra. Comprendí, comprendo: quedaba y queda un solo camino. Vuelvo a abrir, pues, el cuaderno. Escribo: «Se han contado y se cuentan tantas cosas sobre la Isla que si uno se decide a creerlas termina por enloquecer...»

344

«No es la victoria lo que yo quería,
sino la lucha.»
Strindberg

y se levantan, junto con matas de mango, de mamey y guanábanas, álamos, sauces, cipreses, y hasta el espléndido sándalo rojo
de Ceilán, crece una vegetación intrincada, helechos y flores, se
ven estatuas, el Discóbolo, la Diana, el Hermes, la Venus de
Milo, el busto de Greta Garbo, el Laoconte con sus hijos, el
Apolo del Belvedere junto a la antipara del zaguán, la fuente en
el centro muestra al niño que tiene la oca en los brazos, ahí están las casas, la gran verja que da a la calle de la Línea, el Más
Acá separándose del Más Allá. Regreso a una noche de finales
de octubre. Frente a mí, Mercedes con su soledad, Marta con
sus sueños, Lucio y su confusión, el tío Rolo en la librería, la
señorita Berta que nos daba clases soñando con Dios, Tingo llorando de ignorancia, Merengue limpiando el carro de los pasteles mientras pensaba en Chavito desaparecido, Casta Diva y
Chacho, Helena, Vido, Melissa, la Condesa Descalza, el profesor
Kingston, doña Juana que duerme... Puedo verlos: esperan. Están listos, lo sé, para cobrar vida y repetir, transformado, el breve
aunque vigoroso intervalo de tiempo que irá desde una noche
de finales de octubre (amenaza lluvia, sienten la presencia desconocida en la Isla) hasta aquella fecha histórica del 31 de diciembre de 1958 en que tuvo lugar el incendio devastador. Se
animan. A medida que escribo se animan. Viven los ojos, re-
suenan las voces. Se escuchan pasos, susurros. Se abren y cierran
puertas, ventanas. Anochece. Amanece. Las ranas croan. Vuela
un búho. La brisa mueve las copas de los árboles. Despierta el
olor intenso de los pinos y las casuarinas. También la tierra
huele de modo especial, como si lloviera. Es el reino, mi reino,
animado otra vez. La Isla de mi infancia de nuevo frente a mí.
Y aquellos que la poblaron. Sus estados de ánimo, victorias y fra-
casos. El destino de ellos dependerá de mí, de este cuaderno. Es
hora de escribir: escribo. Por el momento, ocupo el lugar de
Dios. Y como ahora el que crea soy yo, las cosas, por supuesto,
no serán, no han sido, como alguna vez fueron. Rectifico. Es-
cojo. Recompongo. Paseo por el cuarto, me asomo a la calle
donde la vida resulta una alucinación. También yo soy una alu-

cinación. No me engaño. No tengo valor material. Cuando salgo a la calle, nadie repara en mí. No existo. Luego ¿quién soy cuando no estoy frente al papel que relumbra? Para sentir que vivo, regreso a la escritura. De modo irremediable regreso al papel. Bastarán las palabras. Aliadas, confabuladas, poderosas. ¿No es acaso justo y hasta necesario que en el principio haya sido el Verbo, que la complejidad del mundo haya comenzado por una simple palabra?

La Habana, 1996

Ultimos títulos